[JENNY ÜBERLEGTE, WIE SIE SICH AUS IHRER LAGE BEFREIEN KONNTE.]

WIE VIELE MÄNNER MOCHTEN DRAUSSEN
AUF DEM GANG SEIN?

PLÖTZLICH KRACHTEN SCHÜSSE. DIE EINGANGSTÜR SCHIEN REGELRECHT ZU EXPLODIEREN.

BORIS VON SMERCEK

DIE SPUR DER RATTEN

Science-Thriller

WUNDERLICH TASCHENBUCH

Originalausgabe
Veröffentlicht im Rowohlt Taschenbuch
Verlag GmbH, Reinbek bei Hamburg, Mai 1999

Redaktion Michael Kunitzsch
Umschlaggestaltung Cordula Schmidt
Foto Gloaguen/Rapho – FOCUS

Satz Minion PostScript (PageOne)
Gesamtherstellung Clausen & Bosse, Leck
Printed in Germany
ISBN 3 499 26192 8

[PROLOG ... 07. JUNI]

An jenem Morgen, den Penelopé Alvaréz zeit ihres Lebens nicht mehr vergessen sollte, deutete nichts auf die bevorstehende Tragödie hin. Als sie aufwachte, durchflutete das dunstige, orangefarbene Sonnenlicht Kaliforniens bereits das Schlafzimmer. Durch das gekippte Panoramafenster, das einen fantastischen Blick hinunter zum Strand bot, drang das gedämpfte Rauschen der Brandung und das Geschrei der Möwen. Doch an diesem Tag hatte Penelopé Alvaréz den Eindruck, daß das Meer und die Vögel anders klangen als sonst – unheilverkündend und böse. Und jedesmal wenn sie sich später an dieses Geräusch erinnerte, an dieses verzerrte Gemisch aus tosendem Wasser und schrillem Gesang, lief ihr ein kalter Schauer über den Rücken.

Sie warf einen Blick auf den Wecker und wischte ihre dunkle Vorahnung beiseite. Wahrscheinlich ging nur die Phantasie mit ihr durch, sagte sie sich. Außerdem wollte sie sich keine Sorgen machen. Nicht heute. Heute kam Emilio zurück, ihr Ehemann. Penelopé strich mit der Hand sehnsüchtig über das leere Bett neben sich und dachte daran, wie schön es wäre, jetzt in seinen Armen zu liegen. Ein Rascheln an der Schlafzimmertür holte sie aus ihren Gedanken. Zögernd wurde die Klinke nach unten gedrückt, und durch den Türspalt lugte Raouls kleines Kindergesicht.

«Morgen, Mami», sagte er, als er sah, daß seine Mutter schon wach war. «Hab ich dich geweckt?»

«Nein, mein Schatz. Du hast mich nicht geweckt. Komm her und gib mir einen Gutenmorgenkuß!»

Raoul strahlte über beide Ohren, tippelte zum Bett und kroch unter die unbenutzte Decke neben seiner Mutter. Dann drückte er Penelopé einen kräftigen Kuß auf die Wange.

Penelopé gab ihm ebenfalls einen dicken Kuß und ließ ihn vollends unter die Decke krabbeln.

«Wollen wir frühstücken?» fragte sie ihn, aber statt einer Antwort kam die typische Gegenfrage: «Gehen wir dann im großen Sand spielen?» Damit meinte er den Strand.

«Na schön, meinetwegen», gab seine Mutter lächelnd nach. «Aber nicht zu lange. Daddy wird bald zurück sein.»

«Daddy?»

«Ja, mein Schatz. Daddy kommt heute aus Sacramento zurück.»

Raoul zog die Stirn in Falten. Diese Miene hatte er von seinem Vater abgeschaut, und sie gab dem kleinen Fratz ein geradezu groteskes Aussehen. «Du, Mami?» fragte er schließlich.

«Hmm?»

«Was ist ein Sacrimento?»

«Sacr-a-mento», korrigierte Penelopé ihn schmunzelnd. «Sacramento ist eine Stadt. Dort hat Daddy gearbeitet.»

Die Antwort schien Raoul zu befriedigen, er stellte keine weiteren Fragen mehr. Sein kleiner Körper kuschelte sich noch näher an den seiner Mutter.

«Komm her, du kleiner Schmusekater», sagte Penelopé und schloß Raoul fest in ihre Arme. Sie liebte ihn über alles, und in Situationen wie dieser empfand sie diese Liebe besonders intensiv. Zärtlich streichelte sie ihm über das kurzgeschnittene braune Haar, das in alle Himmelsrichtungen vom Kopf abstand.

Doch die Harmonie war nur von kurzer Dauer. Durch das gekippte Fenster drang das Grollen des Meeres und vermischte sich mit dem obszönen Geschrei der Möwen zu einem unheimlichen Geistergesang, umkreiste Mutter und Kind und legte sich langsam über das Bett. Jedenfalls erschien es Penelopé so, und sie drückte ihren Sohn schützend an sich.

«Machen wir jetzt Frühstück, Mami?» fragte Raoul mit seinen großen blauen Kinderaugen. In Wahrheit wollte er nur so schnell wie möglich hinunter zum Strand.

«Sicher», erwiderte Penelopé nachdenklich. «Geh schon mal in die Küche vor. Ich komme gleich nach. Will mir nur noch meinen Morgenmantel überziehen.»

Raoul kroch unter der Decke hervor, krabbelte bis zum Bettrand, hopste mit kindlichem Freudengekicher auf den Boden und verschwand durch die Tür. Penelopé sah ihm nach. Sie versuchte, ihre unheilvollen Gedanken zu verdrängen, aber es wollte ihr nicht gelingen.

Raoul half seiner Mutter nach besten Kräften, den Frühstückstisch auf der Terrasse zu decken. Zwar vertraute Penelopé ihm noch nicht das teure Porzellangeschirr an, aber Besteck, Haferflocken, Toast und Cornflakes durfte er schon selber aus der Küche holen. Seiner Mutter zu helfen, erfüllte Raoul mit einem gewissen Stolz, schließlich war er kein kleines Kind mehr!

Als alles gerichtet war, zog Penelopé zuerst sich selbst und anschließend Raoul an, um mit ihm hinauszugehen. Inzwischen war es kurz nach halb neun, die letzten Wölkchen wichen einem strahlend blauen Himmel. Die Sonne stand schon hoch über dem Horizont und gab einen Vorgeschmack auf die kommende Hitze des Tages.

Während Penelopé noch die Haustür schloß, war Raoul bereits zum Gartentor hinausgerannt.

«Sieh dich zuerst um, bevor du auf die Straße springst!» ermahnte ihn seine Mutter, obwohl der asphaltierte Weg nur eine unbedeutende Sackgasse war. Sie zweigte von der Straße her ab, führte durch eine lange Reihe weißer Bungalows und endete hier oben auf den Dünen in Form einer kleinen, ausgebauten Wendeplatte. Außer den Anwohnern verirrte sich kaum jemand hierher.

«Darf ich jetzt runter zum Spielen?» fragte Raoul. Er stand neben dem Stromleitungsmast am Rand der Dünen.

«Okay, mein Schatz. Aber bleib in der Nähe, damit ich dich rufen kann, wenn Daddy kommt.» Und nicht aus Gewohnheit, sondern aus einem unbestimmten Gefühl der Sorge heraus fügte sie hinzu: «Ich hab dich lieb.»

«Ich dich auch, Mami!»

«Ich weiß.» Penelopé lächelte. «Bleib weg vom Meer, hörst du?»

Der Vierjährige nickte und wackelte ein paar Schritte weiter zur Treppe, einem Stahlgerüst, das in knapp vierzig Stufen zum Strand hinabführte. Raoul hatte dieses Hindernis schon oft genug bezwungen, ohne daß jemals etwas passiert wäre. Aber an diesem Tag war Penelopé Alvaréz beunruhigt.

Sie verfolgte den Abstieg ihres Sohnes über den Dünenkamm, bis der kleine braune Schopf verschwunden war, widerstand aber dem Bedürfnis, zur Treppe hinüberzugehen, um Raoul im Auge zu behalten. Schließlich war er alt genug. Um sich auf andere Gedanken zu bringen, lenkte sie ihren Blick auf die Straße hinab, die in der Vormittagshitze bereits zu flimmern begann. Bald mußte Emilio kommen.

Für Raoul waren die Stufen jedesmal eine Herausforderung, da ihm jede einzelne bis zu den Oberschenkeln reichte. Unten angekommen, war die Freude groß. So früh am Tag war noch niemand hier. Der große Sand gehörte ihm. Ihm ganz allein! Bis zum Wasser – seine Eltern nannten es immer ‹das Meer› – war es nicht mehr weit, aber dorthin durfte er sowieso nicht, wenn er allein hier unten war. Den Unterschied zwischen ‹Meer› und ‹Wasser› hatte Raoul nie verstanden. Für ihn war es dasselbe. Allerdings bestand das ‹Meer› aus viel, sehr viel Wasser, deswegen wußte er nicht, ob er sich näher herantrauen würde, selbst wenn Mami ihm das erlaubt hätte.

Eine Schar Möwen zog Raouls Aufmerksamkeit auf sich. Der Junge wußte, daß Vögel wegfliegen, wenn man sie erschreckt, und es war eines seiner Lieblingsspiele, Vögel zu erschrecken. Schon die Vorstellung ließ den Jungen aufjauchzen. Ohne sich weitere Gedanken zu machen, sprang er auf die nächstbeste Möwe zu. Wie erwartet stieß das Tier einen schrillen Warnschrei aus, woraufhin die komplette Schar wild kreischend auseinanderstob. Wie lustig die Vögel doch waren! Und wie dumm! Sie erschraken immer vor Raoul, obwohl er ihnen doch gar nichts tun wollte.

Ein dunkelblauer Toyota Crown bog in den asphaltierten Weg ein, und Penelopés Herz machte einen Sprung. Eine feine Wolkenspur aus Sandstaub hinter sich herziehend, kam das Auto langsam die sanfte Steigung angerollt. Auf halber Strecke blitzten die Scheinwerfer zur Begrüßung kurz auf. Nur wenige Augenblicke später hielt der Wagen direkt vor der Frau, die noch immer am Gartentor stand. Sie freute sich. Endlich war Emilio zurück.

Obwohl seine Geschäftsreise diesmal nur drei Tage gedauert hatte, waren sie Penelopé wie drei Wochen vorgekommen. Sie hatte ihren Mann vermißt, hatte die Kraft und die Geborgenheit, die er ausströmte, entbehrt. Jetzt endlich hatte sie ihn wieder.

Die Fahrertür öffnete sich, und sie sah in das Gesicht, das ihr über die Jahre hinweg so vertraut geworden war. Emilio wirkte müde und abgekämpft, wie immer nach einer solchen Reise. Aber er hatte auch dieses Strahlen in seinen Augen, das verriet, daß seine Geschäfte von Erfolg gekrönt gewesen waren. Er klappte die Wagentür zu und kam um die Kühlerhaube herum, bis er vor seiner Frau stand. Einen Augenblick lang sahen sie sich tief in die Augen.

«Ich habe dich vermißt», sagte Emilio schließlich und nahm Penelopés Gesicht liebevoll in beide Hände. *Ich dich auch*, wollte Penelopé sagen, doch ihr Mann hatte sich bereits vorgebeugt und seine Lippen zärtlich auf ihren Mund gepreßt. Ihre Zungen trafen sich; alles um sie herum schien zu versinken. Sie hörten nichts mehr, sie sahen nichts mehr. Für den Moment war alles andere unwichtig geworden.

Auch Raoul.

Der Junge verfolgte unterdessen eine Möwe, die sich *nicht* von ihm hatte erschrecken lassen. Sie war einfach ein paar Meter weitergehüpft. Der Junge war verwirrt. So etwas hatte er noch nie erlebt. Dieser Sache mußte er unbedingt auf den Grund gehen! Im weichen Sand lief er zwei, drei unsichere Schritte auf die Möwe zu, die jedoch den Abstand hielt und sich mit kleinen Sprüngen in Sicherheit brachte. Raoul war verärgert. Von einem dummen Vogel wollte er sich keineswegs zum Narren halten lassen. Er war fest entschlossen, die Möwe so lange zu jagen, bis sie vor ihm Angst bekam und davonflog.

Schließlich hatte Raoul das Tier bis zum Ufer verfolgt. Hier, wo die auslaufenden Wellen über den Strand spülten, war der Boden fester. Darin witterte der Vierjährige seine Chance. Mit zwei Schrittchen Anlauf und einem beachtlichen Sprung stürzte er sich auf die Möwe, die einen Herzschlag lang zu erstarren schien. Doch bevor die kleinen Kinderhände nach ihr grapschen konnten, gelang ihr die Flucht. Ihre Flügel schlugen auf den Boden und wirbelten Sand und Wasser auf. Wenig später hatte sie die Gefahr hinter sich gelassen und glitt schnittig über das Meer.

Raoul war im Eifer des Gefechts auf die Knie gefallen, aber es tat überhaupt nicht weh. Er hatte gewonnen! Er hatte den Vogel doch noch erschreckt! Vor Freude über seinen Sieg klatschte er in die Hände. Vögel waren so lustig! Lustig und dumm! Daß er sich bei seinem Spiel bis ans Wasser, ans ‹Meer›, herangewagt hatte, war ihm nicht bewußt.

«Hör auf», bettelte Penelopé ihren Mann an. «Wenn uns die Nachbarn sehen!» Emilio hatte sie mit seinen Liebkosungen richtig scharfgemacht. Er hatte ihren Mund, ihre Wangen und ihren Hals geküßt, während seine Hände sanft unter ihren kurzen Sommerrock geschlüpft waren.

«Aber später werde ich dich vernaschen, das schwöre ich dir», sagte Emilio mit dem frechen Grinsen, in das Penelopé sich seinerzeit verliebt hatte.

«Das will ich hoffen, mein schöner Mexikaner», erwiderte sie. «Aber zuerst wollen wir ein paar Schritte am Strand laufen, in Ordnung? Raoul ist auch unten. Er wird sich freuen, dich zu sehen.»

Raoul hatte der Möwe, die ihm um Haaresbreite entwischt war, noch eine Weile nachgesehen. Sie war leicht über das Wasser geschwebt und hatte dann ein paarmal kräftig mit den Flügeln geschlagen, um in die Höhe zu steigen. Schließlich hatte Raoul sie inmitten einer Schar anderer Vögel aus den Augen verloren. Erst danach war ihm klar geworden, wie nah er sich am Wasser befand. Sofort verspürte er Angst. Nicht unbedingt vor dem Wasser und den Wellen, sondern viel mehr vor der Wut seiner Eltern. Schon einmal war Raoul von ihnen am Ufer erwischt worden. Mami hatte ihn daraufhin schrecklich angeschrien, und Daddy hatte ihm sogar den Hintern versohlt. Später hatte er Raoul erklärt, daß er das nur getan habe, weil er ihn sehr liebhabe und er nicht wolle, daß ihm etwas zustoße. So richtig begriffen hatte Raoul das nicht. Weswegen sollte man jemanden schlagen, den man liebhat? Jedenfalls hatte er seinen Eltern damals versprechen müssen, nie wieder so nah ans Ufer zu gehen, wenn sie nicht dabei waren.

Und jetzt hatte er sein Versprechen gebrochen. Die Möwe hatte ihn hierhergelockt – natürlich! –, aber würden Mami und Daddy ihm das glauben? Er fürchtete sich davor, wieder angeschrien und geschlagen zu werden. Diese böse, dumme Möwe! Eingeschüchtert blickte der Junge zur Düne hinter sich, doch seine Eltern waren nicht zu sehen.

Das war gut!

Wildes Gekreische riß Raoul aus seinen Gedanken. Einige Meter entfernt saß eine ganze Menge von Möwen auf einem kleinen Felsen am Ufer, so viele, daß man den Stein nicht mehr sehen konnte. Noch nie hatte der Vierjährige so viele Vögel so dicht zusammengedrängt gesehen. Und obwohl er schon oft hier gespielt hatte, war ihm nie aufgefallen, daß an dieser Stelle ein Felsen lag. Aber das war unwichtig. Endlich konnte er wieder die dummen, lustigen Vögel erschrecken! Fuchtelnd und jauchzend lief Raoul auf den Felsen zu, aber merkwürdigerweise nahm keines der Tiere von dem Jungen Notiz. Unbeeindruckt hüpften sie auf engstem Raum herum, schlugen mit den Flügeln um sich und tschilpten und kreischten verteufelt laut. Erst als Raoul sich ihnen bis auf wenige Schritte genähert hatte, stoben sie auseinander. Alle, bis auf eine.

Raoul war sich sicher, daß es dieselbe Möwe war, die ihn vorhin zum Ufer gelockt hatte. Und was sie jetzt tat, war gar nicht schön: Aufgeregt hüpfend hackte sie auf den Felsen ein, und es sah so aus, als ob sie kleine Stückchen daraus herausriß. Aber es war kein Felsen, Raoul konnte es erkennen. Er war nahe genug herangekommen. Es war ein Mensch. Eine Frau. Merkwürdigerweise unternahm die Frau nicht den geringsten Versuch, sich gegen die Attacken der Möwe zu wehren. Sie lag einfach nur da, während der Vogel mit spitzem Schnabel unablässig an ihrem Hals herumpickte. Ihre Haut war schon ganz zerlöchert. Warum schrie die Frau nicht? Es mußte ihr doch weh tun! Raoul verzog das Gesicht. Na schön! Wenn diese Frau sich nicht selbst wehren konnte, dann mußte eben *er* den Vogel vertreiben! Entschlossen sprang er auf die Frau zu und klatschte dabei in die Hände. Augenblicklich setzte die Möwe zur Flucht an und zog mit einem drohenden Kreischen davon.

Aber die Frau bedankte sich nicht. Sie rührte sich nicht einmal. Nur ihr Kopf wurde von den auslaufenden Wellen hin und her bewegt. Irgendwie schien sie zu schlafen – und irgendwie auch wieder nicht. So etwas hatte der Junge noch nie zuvor gesehen. Ihr Gesicht war rissig und aufgedunsen wie ein nasser Schwamm. Beide Augen waren geöffnet, das eine starrte in den Himmel, das andere war leer, ein schwarzes Loch. Igitt! Das sah eklig aus.

Bevor Raoul einen Gedanken fassen konnte, kam eine Welle angerollt, dic sich im Sand brach und den leblosen Körper umspülte.

Erst als das Wasser wieder abgeflossen war, entdeckte der Junge, daß das fehlende Auge noch lange nicht die schlimmste Verletzung war. Die Frau hatte nur noch einen Arm! Es schien, als hätte ihn jemand knapp unterhalb der Schulter herausgerissen. Das offene Fleisch war fransig und ausgewaschen. Blut war nicht zu sehen. Raoul versuchte sich auszumalen, was für ein Gefühl es war, wenn ihm jemand den Arm ausreißen würde, doch er schob den Gedanken sofort wieder beiseite. Hoffentlich würde ihm so etwas Fürchterliches nie widerfahren.

«Raoul!»

Der Junge schreckte herum. Am Fuß der Dünen, dort, wo der große Sand begann, kamen Mami und Daddy gerade die Treppen herunter. Beim Anblick der Frau hatte er die beiden ganz vergessen. Hoffentlich würden sie nicht schimpfen, weil er sich wieder so nah ans große Wasser herangewagt hatte. Warum nur hatte er sich von der Möwe hierherlocken lassen?

«Raoul!»

Der Kleine war hin- und hergerissen. Er wußte nicht, was er tun sollte, also blieb er einfach stehen. Seine Eltern hatten ihn ohnehin schon gesehen – wegzulaufen hatte keinen Sinn.

Wieder schwenkte sein Blick zu der Frau. Ruhte einen Moment lang auf dem entstellten Gesicht, streifte den abgerissenen Armstummel und wanderte dann tiefer, an dem zerfetzten weißen T-Shirt entlang, das wie eine zweite Haut an der Unbekannten klebte. Und was er dann zu sehen bekam, ließ ihn schaudern. Ihr Körper hörte dort auf, wo normalerweise der Bauchnabel war. Auch hier sah es aus, als wäre sie zerrissen worden; als hätte ein böser Riese ihr den Unterleib herausgezerrt und ins Meer geworfen, während er den Oberkörper hier am Strand hatte fallen lassen. Die Vorstellung machte Raoul angst, und er begann zu zittern. Er wollte nicht zerrissen werden! Und mit einer solchen Frau, einer halben Frau, wollte er nichts zu tun haben.

«Raoul!» In der schrillen Stimme seiner Mutter lag etwas Beängstigendes. Das Kind fuhr wieder herum und sah, wie seine Eltern über den Strand rannten, direkt auf ihn zu. Feiner Sand wirbelte auf, und sein Vater ließ die Jacke, die er auf dem Arm getragen hatte, zu Boden fallen.

«Daddy!» rief der Junge. «Daddy!» Er freute sich, seinen Vater wiederzusehen, der für ein paar Tage in ‹Sacr-a-mento› gewesen war. Raoul hatte sich das Wort gemerkt. Aber Daddy schien sich ganz und gar nicht zu freuen. Sein Gesicht war verzerrt und ernst, wie damals, als er Raoul eine Tracht Prügel verabreicht hatte. Und dann ging alles ganz schnell.

«Raoul!» schrie Daddy. «Komm her! Komm sofort …!» Noch im selben Moment war Daddy bei ihm, riß ihn an sich und zerrte ihn weg vom Ufer. Weg von der Frau. «Was ist nur geschehen, mein Junge!» Raoul hatte befürchtet, wieder den Hintern versohlt zu bekommen, deshalb war er froh, daß Daddy ihn so liebevoll an sich drückte und ihn auf den Arm nahm. Dann kam auch Mami zu ihnen, schluchzend und tränenverschmiert.

«O Gott!» würgte sie hervor, umarmte Sohn und Ehemann und starrte dann auf den Leichnam.

«Sieh nicht hin, Lope!» beschwor Emilio sie. «Sieh es dir nicht an!»

Doch Penelopé Alvaréz konnte nicht anders. Sie *mußte* einfach hinsehen. Was sie sah, würde sie ihr Leben lang nicht vergessen können.

[1 … Zwei Tage später … 09. JUNI]

Durch die Lamellen der Jalousie fiel die frühe Morgensonne in feinen Streifen auf Jenny Cherones Rücken. Das T-Shirt, das ihr im unruhigen Schlaf nach oben gerutscht war, bedeckte nur noch die Schultern. Ihr weißer Slip schien durch das Wechselspiel von Licht und Schatten zweifarbig. Das Leintuch, das Jenny als Decke benutzte, hatte sie im Laufe der lauen Nacht bis zu den Kniekehlen heruntergestrampelt.

Die junge Frau lag auf dem Bauch, die Arme wirr verdreht und das hübsche Gesicht tief ins Kopfkissen vergraben. Das kurz geschnittene braune Haar war wild zerzaust und erinnerte an eine buschige Pflanze, die aus dem Kissen wuchs. Aber die Frisur paßte zu Jennys Charakter. Sie gab der Dreiundzwanzigjährigen eine freche Note und wirkte dennoch weiblich.

Um Punkt acht Uhr zerstach das helle Piepsen des Weckers Jennys Träume wie eine Seifenblase. Das erste, woran sie dachte, nachdem sie den Alarm ausgeschaltet hatte, war Phil. Vor zwei Jahren hatte sie ihn bei einer Medienmesse hier in Los Angeles kennengelernt. Er war neun Jahre älter als Jenny und freiberuflicher Computerexperte. Trotz des Altersunterschieds war er Jenny von Anfang an sympathisch gewesen, und auf seinen Vorschlag hin hatte sie sich mit ihm gerne zum Abendessen verabredet. Phil war attraktiv, einfühlsam und humorvoll gewesen, zumindest hatte sie das damals geglaubt. Jetzt allerdings zweifelte sie an seinen Qualitäten. Sein lichtes Haar mit der hohen Stirn hätte man mit einigem Recht als angehende Glatze bezeichnen können. Und im Gegensatz zu den Tausenden von jungen Halbgöttern, die man während der Sommermonate am kalifornischen Strand bewundern konnte, kultivierte Phil einen gediegenen Wohlstandsbauch.

Wie die meisten Computerfreaks hatte er sich als hochintelligent erwiesen, wenn es um Dinge wie Systemprogrammierung und Softwareentwicklung ging – im täglichen Leben versagte er leider total. Er war der Inbegriff des intellektuellen Theoretikers, der kapitulieren mußte, wenn er eine Glühbirne auswechseln oder einen Nagel in eine Wand schlagen mußte. Wie hatte Jenny nur auf ihn hereinfallen können? Welcher Teufel hatte sie geritten, damals seine erste Einladung zum Abendessen anzunehmen? Und wie hatte sie es zwei Jahre lang mit ihm ausgehalten?

Vor drei Tagen war ihre Beziehung dann in die Brüche gegangen. Phil war zu seiner Ehefrau zurückgekehrt – das letzte, womit Jenny gerechnet hatte. Phil, dieser verdammte Hundesohn!

Gegen ihren Willen spürte Jenny Wut in sich aufsteigen, genauso geballt wie an den beiden Tagen zuvor. Aber sie würde nicht bei ihm anrufen und darum betteln, daß er wieder zurückkam. Das konnte er sich abschminken! *Sie* nicht!

Die junge Frau schälte sich grimmig aus dem Bett und begab sich in die Küche, um ihr Frühstück wie üblich viel zu schnell herunterzuschlingen. Nur an den Wochenenden, wenn Phil dagewesen war, hatte sie sich mehr Zeit dafür genommen. Oft hatten sie gemeinsam im Bett gesessen, Kaffee getrunken und …

Schon wieder Phil!

Konnte sie an gar nichts anderes mehr denken? Hatte sich der pummelige Kerl mit seinem schütteren Haar so in ihrem Gehirn festgesetzt? Vielleicht konnte sie unter der Dusche wieder einen klaren Kopf bekommen.

Während sie sich dem Prasseln der Wasserstrahlen auf ihrer Haut hingab, ließ sie zur Ablenkung das Radio mitlaufen. Sogar die alten Country-Schnulzen, die gerade liefen, waren besser als der ständige Gedanke an Phil.

Beim Abtrocknen kamen die 8.30-Uhr-Nachrichten. Der kalifornische Senator Jack Reese, der um seine Wiederwahl kämpfte, polemisierte mal wieder gegen die Japaner, die bald halb Amerika aufgekauft haben würden. Die üblichen Kraftsprüche.

Jenny hatte dem Radiobericht nur mit einem Ohr zugehört. Tagespolitik interessierte sie nicht sonderlich, am allerwenigsten Wirtschaftsnachrichten. So war sie froh, daß wieder Musik gespielt wurde, während sie sich die Zähne putzte und anzog.

Bevor sie ihr Apartment verließ, hängte sie sich noch ihre Kette um den Hals: einen dünnen Lederriemen mit einer Bärenkralle als Anhänger. Ihre Mutter hatte ihr das Halsband geschenkt, als Jenny sich dazu entschlossen hatte, nach L. A. zu ziehen. Die Kette sollte ihr die Kraft und den Mut des Bären geben, dem diese Kralle einmal gehört hatte.

Bis vor drei Tagen hatte Jenny die Kette nicht ein einziges Mal getragen, denn sie verkörperte genau das, wovor sie damals geflohen war – die alten Traditionen der *Blood*, einer Untergruppe der *Blackfoot*-Indianer. Das engstirnige Leben ihrer Mutter, ihre nostalgische Verhaftung gegenüber ihrer Heimat und den Gebräuchen ihres Volkes, das alles hatte Jenny hinter sich lassen wollen. Die unterschiedlichen Einstellungen zwischen Mutter und Tochter waren denn auch der Anlaß für den heftigen Streit in den letzten Jahren gewesen. Im Grunde genommen mußte Jenny zugeben, daß ihre Mutter in bezug auf Tradition recht gemäßigt war. Aber selbst diese gemäßigte Einstellung brachte Jenny bei jeder erdenklichen Gelegenheit zur Weißglut. Nicht nur damals, als sie den Entschluß gefaßt hatte, von daheim wegzuziehen.

Ungeachtet dieser Differenzen benötigte Jenny nun etwas, das sie über die Trennung von Phil hinwegtröstete, sie aufrichtete. Und – zumindest ein kleines bißchen – hatte sie das Gefühl, daß ihr diese unscheinbare Kette mit der Bärenkralle tatsächlich half.

Als Jenny an diesem Morgen das Haus verließ, war das schlimmste, was sie sich vorstellen konnte, versehentlich Phil über den Weg zu laufen. Daß Phil schon bald das geringste ihrer Probleme sein sollte, hätte sie nie geglaubt. Noch hatte sie keine Ahnung davon, was ihr in den kommenden Tagen alles abverlangt würde.

[2]

Über zweieinhalbtausend Kilometer weiter nördlich war das Wetter kalt, trüb und feucht – ein wolkenverhangener Tag in Kanada. Zwar hatte der nächtliche Regen aufgehört, doch die Nässe hielt sich hartnäckig im Gras und in den Wäldern. Nebelschwaden krochen zähflüssig über das Land, tauchten die ganze Umgebung in trostloses Grau. Der Tag hatte nichts, was British Columbia auch nur im entferntesten hätte attraktiv machen können.

Abbigale Cherone liebte indes den kühlen Regen, den direkten Kontakt mit der Natur, der sie sich tief verbunden fühlte. Bei einem Wetter wie diesem konnte man spüren, daß man lebte, das gab ihr ein gutes Gefühl. Sie konnte nicht verstehen, daß ihre Tochter ein Leben im sonnigen Kalifornien vorzog, aber das Klima war ja auch nicht der Hauptgrund für Jennys Entscheidung gewesen.

Der Dodge Ramcharger, Baujahr '78, tuckerte im Schrittempo in Richtung Süden auf der Landstraße nach Three Pine Village und hinterließ dabei breite Reifenspuren im nassen Asphalt. Äußerlich gab der klobige Allradwagen mit seinen 177 PS nicht besonders viel her. Der einstmals dunkelrote Lack war matt und spröde geworden, und wo seine Farbe nicht schon abgeplatzt war, verunstalteten Schichten von Dreck die betagte Karosserie.

Obwohl die Straße topfeben war, keuchte der alte Motor ebenso wie das Pferd, das am Außenspiegel angebunden war und mit ungleichmäßigem, lahmendem Hufklappern neben dem Dodge Truck dahintrabte. Bei jedem Schnauben bildete sich eine Dampfwolke vor seinen Nüstern, die sich in der kalten Luft augenblicklich wieder auflöste.

King George war Abbigale Cherones Lieblingspferd, ein großer brauner Hengst mit einer Blesse auf der Nase. Sein Fell glänzte, seine Mähne fiel locker am Hals herab. Der muskulöse Körper zeugte von Kraft und Kondition, und die schlanken Fesseln und der schmale Kopf verliehen dem Tier eine gewisse Eleganz, auch wenn es bereits zu den älteren Semestern gehörte. Doch das war Abbigale Cherone egal – mit ihren zweiundfünfzig Jahren zählte sie sich selbst auch nicht mehr zu den Allerjüngsten. Für ihre Arbeit in den Bergwäldern benötigte sie ein zuverlässiges, ausdauerndes Pferd, Eigenschaften, die King George mehr als alles andere besaß.

Aus dem Innern des Autos drang der rauhe Gesang von Bruce Springsteen. Ebenso kraftvoll wie melancholisch – genau das Richtige für diesen Tag, dachte Abbigale. Sie drehte den Lautstärkeregler noch ein wenig höher, tippte mit den Fingern den Rhythmus auf das Lenkrad und summte gedankenverloren die Melodie vor sich hin.

Trotz ihres Alters war Gale, wie sie von ihren Freunden genannt wurde, eine attraktive Frau. Auch wenn man ihr die Lebenserfahrung eines halben Jahrhunderts am Gesicht ablesen konnte, wirkte sie gleichzeitig mädchenhaft und jugendlich. Daß in ihren Adern indianisches Blut floß – ihre Mutter war eine *Blackfoot* gewesen –, konnte man nur erahnen. Die Partien um Augen und Nase sowie eine gewissen Tönung der Haut deuteten ihre Abstammung an. Ihr glattes, langes Haar war schon angegraut, sie hatte es im Nakken zu einem lockeren Pferdeschwanz zusammengebunden.

Ihrer Arbeit als Waldhüterin hatte sie es zu verdanken, daß sie in ausgezeichneter körperlicher Verfassung war, denn sie war fast täglich in den Bergen. Entsprechend zweckmäßig war ihre Kleidung: feste Schnürstiefel, Jeans, ein rotes Flanellhemd, darüber eine wasserfeste Steppjacke. Da ihr in dieser Aufmachung allmählich warm wurde, kurbelte sie das Fahrerfenster bis zum Anschlag herunter.

«Alles klar, Georgy?» fragte sie, und als hätte es sie verstanden, stieß das Pferd ein zustimmendes Schnauben aus. «Deine Haferportion hast du dir wirklich verdient, mein Junge. Gleich haben wir's geschafft.»

Bis Three Pine Village mochten es noch rund drei Kilometer sein. Trotz des Nebels waren die Umrisse des Fünftausend-Einwohner-Städtchens durch die verschmutzte Frontscheibe zu erkennen. Rechts der Straße erhoben sich in wenigen hundert Metern Entfernung die ersten Ausläufer der Rocky Mountains, bewaldete Hänge, die sich bis an die Grenzen der Ortschaft heranschoben. Zur linken Seite hin war die Landschaft eben und grün – eine einzige saftige Grasfläche, über der der träge Morgendunst hing.

Ohne ersichtlichen Grund wurde King Georges Schnauben auf einmal unruhig. Er begann, nervös zu wiehern und den Kopf immer wieder in den Nacken zu werfen.

«Ho! George, ho!» sprach Gale dem Pferd zu, aber es ließ sich nicht besänftigen. «Was ist los, mein Alter?» Die Frage beantwortete sich von selbst: Im Rückspiegel sah die Frau, wie sich von hinten ein Scheinwerferpaar näherte, sehr viel schneller, als auf dieser Straße erlaubt war. Unaufhaltsam schoben sich die beiden Lichtpunkte an Gales Heck heran.

Kein Wunder, daß King George aufgeregt war. Ängstlich tänzelte er neben dem Dodge hin und her, sein Instinkt riet ihm zur Flucht. Daß er angebunden war, gefiel ihm gar nicht.

«Ho! Es ist nur ein Auto, George!» redete Gale auf ihn ein – erfolglos. Auch als sie die Hand aus dem Fenster streckte, um dem Hengst über die Nase zu streichen, war er nicht zu bändigen. Der Flitzer – irgendein blau lackiertes Sportmodell – schoß wie ein Pfeil an Gales Dodge vorbei, kaum eine Armeslänge von King George entfernt. In wilder Furcht bäumte sich das Pferd auf. Es versuchte, sich auf die Hinterbeine zu stellen, was ihm jedoch wegen des Seils, das um seinen Hals geschlungen war, nicht glückte. Der Strick spannte sich, zog mit einem kräftigen Ruck am Außenspiegel – der der Belastung glücklicherweise standhielt – und holte den Hengst wieder auf alle viere zurück.

Gale war sauer. Um ein Haar hätte der Verrückte das Pferd gerammt!

«Brrr, mein Guter! Alles ist okay!» besänftigte sie King George. Doch je ruhiger das Tier wurde, desto mehr kochte sie. Um ihre Wut loszuwerden, lehnte sie sich aus dem Seitenfenster und schrie dem Wagen hinterher: «Verdammt noch mal! Das ist hier keine Rennpiste, du Arsch! Wenn ich dich zu fassen kriege, kannst du dich einsalzen lassen!» Leider hatte sie in der Hektik weder auf das Nummernschild noch auf den Fahrzeugtyp geachtet, aber sie war sich sicher, den Wagen wiederzuerkennen, wenn sie ihn vor Augen hatte. Was sie dann tun würde, wußte sie selber noch nicht, doch eines wußte sie genau: Ungeschoren würde der Fahrer nicht davonkommen.

[3]

Wie jeden Morgen herrschte an der Bushaltestelle reges Treiben, und während Jenny wartete, beobachtete sie die Leute, die um sie herumstanden. Ein Asiate in einem giftgrünen Anzug war in seine Zeitung vertieft. Er tupfte sich gelegentlich mit einem Taschentuch den Schweiß von der Stirn und las dann weiter, ohne von den zwei schwatzhaften älteren Damen neben sich Notiz zu nehmen. Eine mexikanische Mutter maßregelte ihre nörgelnde Tochter, und eine dicke Blondine, die Jenny schon häufig hier gesehen hatte, hielt ihren merkwürdig geschorenen Pudel an der Leine. Etwas abseits tänzelte eine Gruppe von jugendlichen Schwarzen zu lauter Rap-Musik um einen koffergroßen CD-Player.

Das geschäftige Hin und Her auf der Straße, die monotone Geräuschkulisse, die schlechte, abgasgetränkte Luft – all das lullte Jenny ein, verschleierte ihren Blick. Sie ließ ihren Gedanken freien Lauf, und fast zwangsläufig wanderten sie zu Phil.

Das Schlimmste war, daß sie sich selbst schon seit einiger Zeit mit Trennungsabsichten befaßt hatte und nur aus Mitleid bei ihm geblieben war. *Der arme, unbeholfene Phil! Kaum fähig, einen eigenen Haushalt zu führen. Was würde nur aus ihm werden, wenn sie ihn verließe?* Wochen –, nein monatelang hatte sie sich immer wieder dazu entschlossen, bei ihm zu bleiben, ihn *nicht* zu verlassen – und nun hatte *er ihr* den Laufpaß gegeben. Wegen seiner Ex-Frau. *Zum Teufel mit dem Dreckskerl!*

Der Bus kam um die Ecke und hielt. Die wenigen freien Sitze waren längst belegt, als Jenny sich in den engen Fahrgastraum gezwängt hatte. Wie so häufig würde sie die acht Haltestellen bis zu ihrer Endstation stehen müssen.

Hätte sie doch nur schon das Geld für ein eigenes Auto zusammengespart, dachte sie. In L. A. auf öffentliche Verkehrsmittel angewiesen zu sein war eine Katastrophe. Phil hatte einen Wagen gehabt, der für sie beide gereicht hatte. Jetzt gab es keinen Phil mehr, und ohne Phil gab es kein Auto. So einfach war das. Was blieb ihr anderes übrig, als sich selbst eines anzuschaffen? Nichts Großes sollte es sein, vielleicht ein Ford, ein Fiat oder ein Nissan. Aber mit der Entscheidung, welchen Wagen sie sich zulegen würde, konnte Jenny sich noch Zeit lassen. Bis sie das nötige Kapital beisammen hatte, würden noch Monate vergehen.

An der nächsten Haltestelle zwängten sich ein paar Halbstarke in den überfüllten Bus. Das Gedränge holte Jenny wieder in die Realität zurück. Neben ihr stand nun der Asiate mit dem grünen Anzug, den sie bereits an der Haltestation beobachtet hatte. Er war nach wie vor in seine Tageszeitung vertieft, ohne etwas von dem wahrzunehmen, was um ihn herum geschah. Als Jenny sich schon von ihm abwenden wollte, hielt sie irgend etwas zurück. Ein unsichtbares Band, das ihr Augenmerk fesselte; ein Sog, der ihren Blick nicht mehr freigab. Ohne es bewußt zu wollen, stierte Jenny auf den grüngekleideten Herrn. Von einer Sekunde auf die andere schien den Mann etwas Furchteinflößendes zu umgeben, eine schwarze Aura. Und noch während sie so vor sich hinstarrte, wurde ihr bewußt, daß sie gar nicht den Mann ansah, sondern die Zeitung in seinen Händen.

Genaugenommen waren ihre Augen auf ein bestimmtes Foto fixiert – das Bild einer toten Frau. Sie hatte die Augen geschlossen und sah aus, als würde sie schlafen. Ihr Gesicht war bis zur Unkenntlichkeit aufgedunsen und entstellt, aber Jenny kam es dennoch bekannt vor. Aus einem Bericht im Fernsehen? Daran hätte sie sich erinnert. Aber dieser Mund, diese Nase – wo hatte sie diesen Mund und diese Nase schon einmal gesehen? Um das Portrait besser betrachten zu können, schob sie ihren Kopf ein wenig näher an die Zeitung. Es bedurfte ihrer ganzen Phantasie, sich vorzustellen, wie die Frau mit geöffneten Augen und ohne die abstoßenden Schwellungen aussehen mochte. Doch das Bild, das sich nach und nach vor Jennys geistigem Auge formte, ließ ihr das Blut in den Adern gefrieren. Es gab keinen Zweifel: Die Tote war ihre Kollegin, Mary Haggerty. Schon seit ein paar Tagen war sie nicht mehr bei der Arbeit erschienen, aber niemand hatte gewußt, wo sie sich aufhielt. Andererseits hatte sich auch niemand um sie Sorgen gemacht.

Und nun war sie tot!

«Geht es Ihnen gut, Miss?» Irritiert von Jennys Blick, lugte der Asiate über den Rand seiner Zeitung. Jenny hörte seine Worte nicht – zu tief saß der Schock.

«Miss? Ist alles in Ordnung?»

Ohne von dem Mann Notiz zu nehmen, griff Jenny nach der Zeitung.

«Na, hören Sie mal! Das ist *meine* Zeitung. Sie können doch nicht einfach …» Doch Jenny konnte. Daß der Mann lautstark protestierte, ließ sie unbeeindruckt. Sie war viel zu sehr mit dem Artikel beschäftigt, der zu dem Bild gehörte.

Der kurze Bericht über die unbekannte Tote warf mehr Fragen auf, als er beantwortete. Warum war Mary Haggerty gestorben? Und wie? War es ein Unfall gewesen? Selbstmord? Oder Mord? Jenny war es unmöglich, einen klaren Gedanken zu fassen. Auf einmal hatte sie das Bedürfnis, sich frei bewegen zu können, doch je größer dieses Bedürfnis wurde, desto enger schien der Bus zu werden. Die Umstehenden quetschten sie von allen Seiten ein. Ihr wurde schlecht. Wenn sie nicht sofort frische Luft bekam, würde sie sich übergeben müssen. Wo war nur die verdammte nächste Haltestation? Sie mußte aussteigen, und zwar so schnell wie möglich.

[4]

Als Abbigale Cherone mit ihrem Dodge Ramcharger das Städtchen erreichte, hatte sich ihr Ärger über den blauen Sportwagen schon wieder gelegt – mehr oder weniger. Bis sie das Auto wiedersah, konnte sie ohnehin nichts unternehmen.

Sie und King George passierten das *Welcome in Three Pine Village*-Holzschild am Ortseingang, mit dem vor allem Touristen freundlich begrüßt werden sollten. Die wenigen Fremden, die sich Jahr für Jahr hierher verirrten, um die Berge zu durchwandern und die Landschaft zu genießen, waren eine willkommene Einnahmequelle.

Gale fuhr, mit ihrem Pferd am Außenspiegel, bis zur Ortsmitte, der größten Kreuzung in Three Pine Village. Überflüssigerweise war sie als Kreisverkehr angelegt, und in ihrem Zentrum ragten drei gigantische, aus Bronze gegossene Fichten gen Himmel – das Wahrzeichen der Stadt. Früher hatten an dieser Stelle echte Bäume gestanden, aber nach einem Blitzeinschlag im Jahr '92 hatte Bürgermeister Craddock sie durch künstliche ersetzen lassen. Es sei sicherer, hatte er damals behauptet, und außerdem sei es moderne Kunst. Was das monumentale Werk die Gemeinde an Geld gekostet hatte, war bis heute sein Geheimnis geblieben.

Gale setzte den Blinker und bog mit King George nach rechts ab. Zweihundert Meter weiter brachte sie ihren Dodge am Straßenrand zum Stehen und stieg aus.

«Hey, Trevor! Wo steckst du?» rief sie, erhielt aber keine Antwort. Auch auf das Klingeln an der Haustür reagierte niemand. So beschloß sie, das kleine Häuschen zu umrunden und in den Hinterhof zu gehen, wo Trevor seinen Stall hatte. Tatsächlich fand sie ihn dort. Er trug Gummistiefel, eine alte olivfarbene Kordhose und einen dicken Rollkragenpullover. Die ledernen Hosenträger, gewissermaßen sein Erkennungszeichen, kreuzten sich auf seinem krummen Rücken und spannten sich straff auf seinen eingefallenen Schultern. Der alte Mann war ein Teil dieser Stadt, ein Teil ihrer Geschichte.

Er war derart in eine Schweißarbeit vertieft, daß er seinen Besuch gar nicht wahrnahm. Tief über einen behelfsmäßig aufgestellten Tisch gebeugt, stand er in einem zischenden Funkenregen.

Gale näherte sich ihm vorsichtig von hinten. «Morgen, Trevor!» rief sie, um das Fauchen des Schweißgeräts zu übertönen. Als der Mann nicht reagierte, tippte sie ihm auf die Schulter. Der magere

Körper zuckte zusammen, die Schweißflamme erlosch, und Trevor fuhr herum.

«Gale! Herrgott noch mal! Du hast mich fast zu Tode erschreckt!» herrschte er sie an, während er seinen Gesichtsschutz hochklappte. «Die Zeiten, in denen Indianer sich anschleichen mußten, sind vorbei. Ein für allemal!» Er spuckte auf den erdigen Boden, kramte aus seiner ausgebeulten Hose ein Taschentuch und wischte sich damit den Schweiß von der Stirn.

«Ich habe mich nicht angeschlichen», verteidigte sich Gale, und mit Blick auf Trevors Arbeitstisch fragte sie: «Was treibst du hier? Reparierst du deinen Auspuff?» Der silbrig glänzende Zylinder hätte durchaus zu einem Auto gehören können, doch Trevor belehrte Gale eines Besseren: «Einen Tank.» Mit erhobenen Augenbrauen, beinahe verschwörerisch, fügte er hinzu: «Genauer gesagt einen *Zusatz*tank.»

«Aha», meinte Gale skeptisch. «Und wofür genau soll der gut sein, wenn ich fragen darf? Willst du ins Guinness-Buch der Rekorde? Ohne Unterbrechung nach Peru fahren, oder was?»

«Dieser Tank, Mädchen, ist nicht für ein Auto, sondern für Bell.» Neben seinen fünf Pferden und seiner Cessna war Trevors Hubschrauber – eine uralte Bell Modell 47 – sein ein und alles. Das Gerät stellt das absolute Minimum eines Helikopters dar: eine Stahlrohrkonstruktion mit einem Motor, zwei Rotorblättern, einem Heckrotor und einer verglasten Kabine auf Kufen. Das war's.

Trevor Winwood's Ride and Fly Service, so nannte sich der kleine Ein-Mann-Betrieb des Schmieds. Trotz seines Alters organisierte er immer noch regelmäßig Ausritte und Rundflüge für diejenigen, die die Schönheit der kanadischen Rocky Mountains näher kennenlernen wollten und das nötige Kleingeld besaßen.

«Mit diesem Tank komme ich 700 Kilometer weit, wenn's sein muß», sagte er stolz. Sein Eifer verflog, als er Gales Gesicht sah, das eindeutig erkennen ließ, für wie überflüssig sie Trevors Meisterwerk hielt.

Trevor wollte sich für seine Hubschrauber-Leidenschaft nicht rechtfertigen. Es war *seine* Bell, und es war *sein* Geld, das er dafür ausgab. Er wollte die Diskussion über Sinn und Unsinn nicht schon wieder mit Gale führen, denn jedesmal, wenn sie unterschiedlicher Meinung waren, artete das in Streit aus. Sie waren – wie die meisten Einwohner von Three Pine Village – aus demselben rauhen Holz geschnitzt. Herzensgut, aber von eselsgleicher Sturheit, selbst bei den unwichtigsten Kleinigkeiten. Um also jeglichen Zwist von vornherein auszuschließen, hielt Trevor es für besser, das Thema zu wechseln.

«Was führt dich zu mir, Gale?» fragte er, um einen freundlichen Ton bemüht.

«Ich bringe dir King George zurück. Er steht vorne beim Wagen.»

«Jaja, King George», wiederholte Trevor den Namen des Pferdes. «Georgy ist ein guter Gaul. Der beste, den ich im Stall habe.»

«Ich weiß, Trevor. Deshalb nehme ich ihn auch am liebsten.»

«Hab ich dir schon die Geschichte erzählt, als ich in den Bergen einen Abhang herunterstürzte und Georgy mich wieder heraufzog?»

«Schon mindestens zweihundertmal!» versicherte Gale scherzhaft. «Allein in diesem Jahr.»

Doch Trevor achtete gar nicht darauf, so sehr steigerte er sich in dieses längst vergangene Abenteuer hinein. «Ich bin gestürzt und habe mir beide Beine gebrochen. *Beide Beine!* Gale, ich sage dir, das war kein Spaß. Es war Winter '87, und es war so kalt, daß mir schier der Arsch am Sattel festgefroren wäre.» Bei dieser Vorstellung lachte er kurz auf. «Gegen Abend habe ich gerastet. Ich war unachtsam und zack! ...» – Trevor klatschte theatralisch in die Hände – «... stürzte ich dreißig Fuß in die Tiefe! Eis und Schnee über mir. Ich wollte mich freischaufeln ...» – er ruderte mit den Armen, um zu demonstrieren, wie schwer diese Aufgabe gewesen war – «... und da merkte ich plötzlich, daß ich meine Beine nicht mehr bewegen kann. Ich hatte Schmerzen wie der Teufel, kann ich dir sagen. Um ein Haar wäre ich da oben erfroren!»

«Ich kenne die Geschichte bereits, Trevor!» warf Gale ein, als der Alte gerade einmal Luft holen mußte.

«Du kennst sie schon?»

«Ja, du hast sie mir schon erzählt! Früher!»

«Warum sagst du das nicht gleich?» donnerte Trevors Stimme streng. «Ich kann nicht meine ganze Zeit damit vertrödeln, dir meine Geschichten doppelt und dreifach zu erzählen.»

«Ja, Trevor», seufzte Gale. Eine Diskussion hatte keinen Sinn. «Das nächste Mal sage ich es dir gleich, okay?» Die Indianerin war froh, so glimpflich davongekommen zu sein. Normalerweise wurde Trevor richtiggehend zornig, wenn er bei seinen Geschichten unterbrochen wurde. Deswegen war es meistens besser – und zeitsparender –, ihn zu Ende erzählen zu lassen, anstatt seine Wutausbrüche über sich ergehen zu lassen.

«Georgy ist draußen vor dem Haus, Trevor!» erinnerte sie den Alten.

«Ein verdammt gutes Pferd!» brummte er zurück. Er spuckte erneut auf den Boden, wobei er versehentlich seinen Gummistiefel traf. «Pfui Deibel!» krächzte er.

«George lahmt», sagte Gale. «Ich denke, er muß neu beschlagen werden. Am besten, du siehst ihn dir selbst mal an!»

«Jajaja», brabbelte der Alte. «Mach ich, Mädchen, mach ich.»

«Schaffst du es bis morgen, Trevor? Ich will wieder mit ihm in die Berge.»

«Bis morgen? Ihr müßt wohl immer hetzen, ihr jungen Leute, hä?» bellte Trevor die Zweiundfünfzigjährige an. «Aber in Ordnung. Morgen ist er wieder auf Vordermann.» Er nickte versonnen vor sich hin. «Ein verdammt gutes Pferd, sag ich dir. Hat mir damals das Leben gerettet.»

[5]

Nachdem Jenny den Bus an der nächsten Station verlassen hatte, mußte sie erst frische Luft schnappen, bevor sie sich wieder soweit im Griff hatte, daß sie telefonieren konnte. Ihr erster Anruf galt der Polizei, denn in dem Zeitungsartikel, den Jenny im Bus überflogen hatte, war eine Nummer angegeben, über die man Kontakt aufnehmen sollte, wenn man die unbekannte Tote zu kennen glaubte. Die freundliche Dame am anderen Ende der Leitung appellierte an Jennys Bürgerpflicht und bat sie, das Leichenschauhaus aufzusuchen, in dem die Tote verwahrt wurde. Anschließend möge sie sich mit dem zuständigen Polizeirevier in Verbindung setzen. Die Frau gab Jenny beide Adressen, murmelte noch ein paar aufbauende Worte und legte dann auf. Es dauerte ein paar Minuten, bis Jenny sich in der Lage fühlte, auch noch ihren Chef Jason Grant anzurufen. Sie berichtete ihm, was geschehen war, und kündigte an, daß sie erst später ins Büro kommen würde.

«Clifford Gwinn.» Der diensthabende Arzt des Leichenschauhauses gab Jenny die Hand, während er sich vorstellte. Er war ein untersetzter Mann mittleren Alters und trug einen grünen Kittel. «Sie sind wegen der Wasserleiche hier?»

«Ich weiß nicht», erwiderte Jenny, deren Magen sich zu verkrampfen begann. «Die Frau in der Zeitung. Ich glaube, ich kenne ... *kannte* sie. Die Polizei sagte, ich soll mich hier melden.»

«Das ist korrekt!» stimmte der Doktor zu. «Wir konnten die Frau bislang nicht identifizieren. Vielleicht können Sie uns helfen.» Doktor Gwinn setzte sich in Bewegung, und Jenny folgte ihm. Vor dem Aufzug blieben sie stehen.

«Was ist passiert, Doktor?» Die Frage brannte Jenny auf der Seele.

Gwinn schien kurz abzuwägen, wie er beginnen sollte. Dann sagte er: «Die Leiche wurde am Strand etwas südlich von L. A. gefunden. Ehrlich gesagt in einem sehr mitleiderregenden Zustand.

Ein vierjähriger Junge hat sie entdeckt. Seine Eltern haben die Polizei benachrichtigt. Ich selbst war beim Abtransport der Leiche dabei. Ich glaube, der Anblick hat den Eltern einen größeren Schock versetzt als dem Kind.»

Der Aufzug kam, und sie drängten sich in die enge Kabine. Doktor Gwinn drückte auf den Knopf für das erste Untergeschoß, die Tür schloß sich, und der Lift fuhr abwärts. Jenny wußte nicht, ob ihre Übelkeit durch den Lift verursacht wurde oder durch ihre Vorahnung.

Unten angekommen, betraten sie einen langen, schmalen Flur, der scharf nach Desinfektionsmittel roch. Trotz Deckenbeleuchtung wirkte der Gang düster und unheimlich. Es gab nichts, was ihn hätte freundlich erscheinen lassen. Keine Bilder an den Wänden, keine Stühle oder Bänke, keine Blumen. Nur ein nackter, kalter, weißer Gang. Der Weg zur Totenwelt.

«Bitte folgen Sie mir», sagte Doktor Gwinn. Angesichts der absoluten Stille hier unten wirkten seine Worte nahezu geisterhaft.

Jenny schwieg und hielt sich dicht hinter dem Doktor. Das Echo ihrer Schritte hallte schaurig, fast bösartig von den Wänden wider. Der Gang endete an einer Tür, deren einzige Besonderheit eine kreisrunde, in Gesichtshöhe eingelassene Glasscheibe war. Dahinter war es stockdunkel. Ein schwarzes Loch, das ins absolute Nichts zu führen schien. Erst als Doktor Gwinn von außen den Lichtschalter betätigte, verlor die Düsternis einen Teil ihrer Bedrohlichkeit.

In der Leichenhalle war es empfindlich kalt, und es roch noch stärker nach Desinfektionsmitteln als auf dem Gang. Decke und Fußboden waren gekachelt. An den Wänden zur Linken und zur Rechten glänzten lange Reihen blankpolierter Chromtüren, die mit durchlaufenden Nummern versehen waren. Jenny fragte sich, ob hinter jeder dieser Türen ein Toter lag, wagte aber nicht zu fragen. Allein der Gedanke daran ließ sie erschaudern.

Zielstrebig steuerte Doktor Gwinn eine der Chromtüren an:

Nummer 17. Er legte einen glänzenden Hebel um und zog das Leichenfach wie eine riesige Schublade aus der Wand. Die eisige Luft, die daraus entwich, küßte Jennys Hand und fraß sich unter ihre Haut. Die junge Frau fröstelte.

«Vielleicht ...», begann Doktor Gwinn zögernd, «... vielleicht sollte ich Sie warnen. Wir haben sie natürlich ein wenig hergerichtet, aber sie sieht noch immer sehr schlimm aus.» Seine Schwierigkeiten bei der Wahl der passenden Worte zeigten Jenny, wie schwer es ihm fiel, über die Leiche zu reden. Und das, obwohl er garantiert jeden Tag einem Dutzend Menschen erklären mußte, welcher Anblick sie unter einem der Leichentücher erwartete. «Wir haben getan, was wir konnten, aber da war nicht viel zu machen.»

Jenny nickte. Obwohl ihre Kehle wie zugeschnürt war, sagte sie: «Decken Sie sie auf. Bitte.»

Jenny hatte sich innerlich auf einen Alptraum vorbereitet, und genau das erwartete sie. Das Gesicht der vor ihr liegenden Frau war entstellt; Dutzende von Rissen und kleinen Löchern lagen wie ein grausames Nähmuster über der Haut, die so blaß war, daß man das Gefühl hatte, bis auf die Knochen durchsehen zu können. Die Augenlider waren geschlossen, aber eines von beiden sah zerdrückt und eingefallen aus.

«Sie ist eine Zeit im Meer getrieben, bevor sie an Land gespült wurde», sagte Doktor Gwinn bedrückt, während Jenny lautlos eine Träne über die Wange kullerte. «Möchten Sie etwas trinken? Ein Glas Wasser vielleicht?»

«Nein. Vielen Dank.»

Es verstrichen ein paar Sekunden der Stille, die der Doktor schließlich unterbrach. «Tut mir leid, aber ich muß Ihnen die Frage stellen: Wissen Sie, wer diese Frau ist?»

Unentwegt mußte Jenny auf die Leiche starren. Auf das zerfurchte, blutleere Gesicht. Auf die aufgeplatzten Lippen. Auf das eingefallene Auge. Jenny versuchte sich einzureden, daß die Tote viel zu entstellt war, um sie eindeutig identifizieren zu können, aber sie wußte auch, daß sie sich damit nur selber belog. Es war die Leiche von Mary Haggerty.

«Ja», sagte sie. Eine weitere Träne bahnte sich ihren Weg zum Kinn, um von dort aus auf den Boden zu tropfen. «Ich bin mir sicher. Absolut. Sie war eine Arbeitskollegin. Haggerty hieß sie. Mary Haggerty. Sie hat eine Tätowierung am linken Oberarm. Eine Rosenknospe. Sie haben das sicher schon bei der Obduktion entdeckt.»

Gwinn schwieg.

«Brauchen Sie ihre Adresse?» fragte Jenny. «Ich glaube, ich habe sie in meinem Geldbeutel.»

«Nachher. Die Formalitäten erledigen wir oben.»

«Wie ist es passiert?»

«Sie meinen, wie sie gestorben ist?»

«Ja.»

«Tut mir leid», sagte der Mann. «Ich kann mir gut vorstellen, daß Sie Genaueres wissen wollen, aber ich darf darüber nicht sprechen. Die Polizei wird Ihnen sicher Auskunft geben.»

Jenny fühlte sich müde, zu gelähmt für den Versuch, Doktor Gwinn doch noch ein paar Informationen zu entlocken. Sie war sich selbst nicht einmal sicher, ob sie wirklich wissen wollte, was vorgefallen war. Noch immer starrte sie auf das zerstörte Gesicht, das einmal einer hübschen jungen Frau gehört hatte. «Sieht sie überall so aus?» fragte sie.

«Wissen Sie ...» Gwinn räusperte sich. Auf einmal machte er einen nervösen Eindruck. «Ich habe Ihnen ja bereits gesagt, daß die Leiche lange im Meer trieb. Im Wasser quillt die Haut auf, wird spröde und rissig, ganz besonders in Salzwasser.»

Jenny war nicht entgangen, daß der Mann ihre eigentliche Frage unbeantwortet gelassen hatte. Was wollte er ihr verheimlichen? Erst jetzt fiel ihr auf, daß der vom weißen Tuch bedeckte Körper viel zu klein für eine Erwachsene war.

Jenny war hin- und hergerissen, doch sie dachte an die Bärenkralle an ihrem Halsband, an die Kraft und den Mut, die sie ihr einflößen sollte. So siegte ihre Tapferkeit und ihre Neugier über ihre Angst. Sie wollte wissen, was Mary Haggerty zugestoßen war. «Tun Sie mir den Gefallen und decken Sie sie ganz auf», sagte sie nicht ohne Furcht in der Stimme.

Gwinn nickte resigniert. «Sind Sie sicher?»

«Ganz sicher!» log Jenny. Jetzt gab es kein Zurück mehr.

[6]

Nachdem sie King George zum alten Trevor gebracht hatte, fuhr Abbigale Cherone zur Bank. Sie überquerte die Kreuzung, umfuhr die drei Bronzefichten und tuckerte gemütlich bis zum Gebäude der *Canadian Fidelity* – mit vier Etagen das höchste Bauwerk der Stadt. Natürlich waren ausgerechnet an diesem Tag alle drei Besucherparkplätze belegt. Gale fragte sich, woher nur all die Autos kamen. Von den wenigen Touristen, die in diesem Jahr hierhergefunden hatten, jedenfalls nicht. Kaum zu glauben, daß in einem Kaff mit fünftausend Einwohnern Parkplatzmangel herrschte. Somit beschloß sie, ihren Wagen auf dem Parkplatz des Drugstores schräg gegenüber abzustellen – dort mußte sie anschließend sowieso noch einkaufen.

Da es inzwischen zu nieseln begonnen hatte, setzte Gale ihre Schirmmütze auf. Die Kappe mit der Aufschrift *Los Angeles Raiders* hatte sie zu Weihnachten von Jenny bekommen, und der Gedanke daran stach Gale ins Herz. Die Feiertage, die wenigen glücklichen Momente, die sie mit ihrer Tochter verbracht hatte. Dann der Streit. Böse, verletzende Worte von beiden Seiten. Angefangen hatte es damit, daß Jenny von ihrem neuen Computer erzählt hatte. Gale, der alles Moderne von vornherein suspekt war, hatte aus ihrer Meinung keinen Hehl gemacht: daß sie Jennys Anschaffung nämlich für absolut überflüssig hielt. So hatte ein Wort das andere gegeben, und das feierliche Essen war in einen heftigen Streit ausgeartet.

Sechs Monate war das schon wieder her. Seit damals hatte Gale nichts mehr von ihrer Tochter gehört, so tief saß der Zwist. In fünf Tagen, am 14. Juni, hatte Gale Geburtstag, und alles, was sie sich wünschte, war, daß Jenny sie wie jedes Jahr besuchte. Doch würde Jenny auch diesmal kommen? Obwohl sie sich beim letzten Treffen so vehement in die Haare geraten waren?

Die Hände tief in ihrer Steppjacke vergraben, ging Gale über die Straße. Ihre Laune war nicht nur wegen Jenny auf dem Tiefpunkt, sondern noch aus einem ganz anderen Grund: Beim letzten Mal hatte man sie aus der Bank hinausgeworfen. Wegen einer Lappalie! Zumindest hatte Gale es für eine Lappalie gehalten – bis zu dem Punkt, an dem man sie zur Tür geleitet hatte. Ab da hatte der Spaß aufgehört.

Um ihrem Ärger Luft zu machen, hatte sie sich damals geschworen, einen Beschwerdebrief an die Zentrale der *Canadian Fidelity* in Vancouver zu schreiben, aber dann hatte sie den Gedanken doch wieder verworfen. Nicht aus Gutmütigkeit, sondern weil sie befürchtete, daß die vermeintliche Lappalie mehr Gewicht hatte, als sie zunächst gedacht hatte.

Wie auch immer, als Gale die Glastür passierte, konnte sie sich eines flauen Gefühls im Magen nicht erwehren. Es war die sichere Ahnung, einen Fehler nachgetragen zu bekommen, obwohl sie ihn bereits eingesehen hatte.

Hinter dem Tresen stand wie immer Annie Quirrel, die mit ihrem aufgesteckten Dutt und ihrer Brille auf der Nasenspitze aussah wie eine typische alte Jungfer. «Morgen, Gale!» flötete sie mit der unterwürfigen Höflichkeit einer Bankangestellten. «Was kann ich heute für dich tun?»

«Spar dir deine Floskeln, Annie. Ich brauche Geld.»

«Immer noch sauer, Gale?»

Abbigale Cherone erwiderte nichts, aber keine Antwort war auch eine Antwort.

«Also noch sauer!» stellte Annie Quirell fest. Sie beugte sich ein wenig über den Tresen und lugte durch ihre strenge Brille auf Gales leere Hände. «Aber wie ich sehe, willst du uns heute wenigstens keine Schwierigkeiten machen.»

«Das wollte ich auch beim letzten Mal nicht, zum Teufel. Das weißt du ganz genau. Denkst du, ich komme nur zu euch, um mich vor der ganzen Stadt lächerlich machen zu lassen? Weiß wahrscheinlich sowieso schon jeder, daß ich neulich hier rausgeschmissen wurde!»

«Na, na! Jetzt übertreibe mal nicht», wehrte Miss Quirrel entschieden ab. «Kein Mensch hat dich raus*geschmissen.*»

«Ach nein? Und wie nennst du das, wenn dein Chef mich am Ärmel packt und mich zur Tür begleitet?»

«Das hat doch nicht das geringste mir *dir* zu tun. Du bist schon seit einer Ewigkeit hier Kundin. Wir wollen dich nicht verlieren.»

«Du hast gut reden! Was soll ich mit meinem Geld denn sonst machen? Im Wald vergraben? Ihr seid hier ja die einzige Bank weit und breit.»

«Komm schon, Gale. Daß du beim letzten Mal hinausgebeten wurdest» – sie sagte tatsächlich ‹hinaus*gebeten*›! –, «war wirklich nicht unsere Schuld. Du kannst nicht einfach mit deinem Gewehr hier hereinspazieren und erwarten, daß das keinen stört. Geht das nicht in deinen alten Indianerschädel? Das hier ist eine Bank, und in einer Bank haben Waffen nichts zu suchen. So einfach ist das. Mein Boß hat nur im Interesse der Kundschaft gehandelt.»

«Welcher Kundschaft denn? Hier ist weit und breit keine Kundschaft.»

«Nathaniel Kovacz ist hier, wie du siehst.»

«Nat?» Sie warf einen Blick hinüber zu dem Wandtischchen, wo der Metzger sich mit irgendeinem Formular abquälte. «Aber der hat doch nichts dagegen, wenn ich beim Geldausgeben mein Gewehr dabeihabe.» Und als Beweis dafür rief sie zu ihm herüber: «Nicht wahr, Nat, dir macht es nichts aus, wenn ich mit meiner Waffe hierherkomme?»

«Ach was! Würde meine ja am liebsten selbst mitbringen! Hast schon recht, Gale. Wie soll man sich sonst gegen diese gottverdammten Finanzfritzen zur Wehr setzen?» Er lachte. «Laß dir nur nichts gefallen!»

«Siehst du», triumphierte Gale gegenüber Annie Quirrel. «Er heißt es sogar gut!»

«Gale, du weißt genau, daß das nicht geht. Da könnte ja jeder kommen. Laß das Gewehr einfach im Auto, wenn du künftig auf die Bank gehst. Okay?»

«Ist heute bereits geschehen. Blieb mir ja nichts anderes übrig, verdammt noch mal.»

«Das war vernünftig von dir. Und jetzt sag mir, wieviel Geld brauchst du denn?»

«Hundert Dollar reichen.»

«Also gut. Hundert Dollar.» Die Bankangestellte tippte etwas in ihren Computer und zahlte Gale den Betrag aus. »Bis bald, Gale.»

«Ja, Annie. Bis bald.»

Als Abbigale Cherone die *Canadian Fidelity* verließ, war der Ärger schon wieder vergessen. Wenigstens für den Augenblick.

[7]

Jenny hatte in dem Polizeirevier, in dem sie ihre Aussage machen sollte, knapp zehn Minuten gewartet, als plötzlich ein Schwarzer vor ihr stand. «Lieutenant Alexander Johnson», stellte sich der Mann vor. Er war etwa vierzig Jahre alt, kräftig, auffallend groß und trug Zivil: einen grauen Anzug, eine Weste, eine exakt gebundene Krawatte und schwarze Lackschuhe. «Sie sind die Frau, die die Leiche aus der Zeitung identifiziert hat?»

«Ja. Jennifer Cherone.»

«Kommen Sie bitte mit, Miss Cherone. Unterhalten wir uns in meinem Büro, da sind wir ungestört.» Auf der Glastür zu Lieutenant Alexander Johnsons Büro stand in fetten weißen Lettern sein Name und sein Dienstrang. Sie traten ein, und Jenny setzte sich.

«Tut mir leid, wenn es hier schlimm aussieht», entschuldigte sich Johnson für seinen unaufgeräumten Schreibtisch, auf dem sich ganze Aktenberge türmten. «Möchten Sie einen Kaffee?»

Jenny nahm das Angebot dankend an, sie hatte seit dem Frühstück nichts mehr zu sich genommen.

Johnson lächelte und sagte: «Ich nehme meinen schwarz. Wie möchten Sie Ihren?»

«Mit Milch und Zucker bitte.»

Während sie ihren Kaffee tranken, stellte Johnson seine Fragen. Er nahm Jennys Personalien auf und wollte alles wissen, was die Tote betraf: Name, letzte Anschrift, Alter, Religion, Familienstand, wann Jenny sie zuletzt lebend gesehen hatte und so weiter. Systematisch arbeitete er sich durch das Formular, das er in seine betagte Schreibmaschine eingespannt hatte, wobei er jede von Jennys Antworten in geübter Zwei-Finger-Technik eintippte.

«Sie sagten, die Tote war unverheiratet. Wissen Sie, ob sie in letzter Zeit eine feste Beziehung hatte?» fragte Lieutenant Alexander Johnson und nahm einen Schluck Kaffee aus seiner Tasse, auf der sinnigerweise ‹Alexander der Große› eingraviert war.

«Nein, das hätte sie bestimmt erzählt.»

«Irgendwelche Verhältnisse?» fragte Johnson. «Kurzaffären? One-night-stands?»

«Mary? Grundgütiger, nie im Leben! Sie war immer anständig und korrekt. In hundert Jahren hätte sie sich nicht auf eine reine Bettgeschichte eingelassen.»

«Wissen Sie, ob sie irgendwelche lebenden Verwandten hat?»

«Sie war Einzelkind», sagte Jenny. «Ihre Eltern sind schon vor Jahren gestorben, hat sie mir einmal erzählt. Ich glaube, sie hat einmal einen Onkel in Utah erwähnt, aber ich bin mir nicht mehr ganz sicher.»

«Na schön. Nicht so wichtig, das werden wir schon noch rausbekommen», meinte Johnson. Er ließ das Feld auf dem Formular frei und fügte noch ein paar Leerzeichen ein. «Dann brauche ich jetzt noch Haggertys letzte Arbeitsstätte, dann haben Sie's geschafft.»

‹Haggerty› – das klang wie eine Nummer; wie ein Code für irgendein anonymes, totes, zerstückeltes Ding in einem dunklen, kalten Loch in der Leichenhalle. Jenny fühlte, wie ihre Augen wäßrig wurden. Um ihren Traueranfall zu überwinden, mußte sie sich auf die Unterlippe beißen. «Mary arbeitet bei der *CORICO*, der *Consumer Rights Company*. Das ist eine Verbraucherschutzorganisation hier in Los Angeles.»

«Kenne ich aus dem Fernsehen. ‹Verbraucherrechte sind Menschenrechte›, stimmt's?»

«Ja, das ist unser Motto. Mary war in derselben Abteilung wie ich. Öffentlichkeitsarbeit.»

«Und was genau ist Ihre Aufgabe?»

«Wir haben viel mit Medien zu tun. Mit Zeitungen, Magazinen und dem Fernsehen. Wenn die Leute etwas gekauft haben, das fehlerhaft ist oder einfach nicht den Angaben auf der Verpackung entspricht, kommen sie zu uns. Wir versuchen, zwischen dem Käufer und dem Hersteller zu vermitteln. Wenn das nicht hilft, üben wir ein wenig Druck auf die Firmen aus. Alles natürlich im legalen Rahmen. Wir vermitteln unseren Klienten Interviews in Zeitungen, im Radio oder im Fernsehen. Meistens reicht das, um die Betriebe zum Zahlen zu veranlassen.» Jenny nannte Johnson die Adresse der *CORICO*, und er hackte sie aufs Papier.

«So, das hätten wir», sagte der Polizist schließlich. Mit einer einzigen Handbewegung zog er das Formular aus der Walze. «Lesen Sie sich das noch mal gründlich durch. Wenn alles stimmt, unterschreiben Sie bitte. Ich bin gleich wieder da.» Er schob Jenny das Formular hin und verließ das Büro. Als er kurz danach wiederkam, hatte Jenny bereits unterschrieben.

«Könnten Sie mir weitere Personen nennen, die Ihre Angaben zu Haggerty bestätigen können? Wir müssen Ihre Aussage überprüfen. Routine, Sie verstehen?»

Jenny überlegte, aber ihr fiel niemand Bestimmtes ein. «Einen großen Bekanntenkreis hatte Mary, glaube ich, nicht. Um die Wahrheit zu sagen, ich denke, ich war sogar ihre beste Freundin, und das auch nur, weil wir zusammen arbeiteten. Sie hat sehr zurückgezogen gelebt. Aber wenn Sie wollen, können Sie sich natürlich gerne an meine Kollegen oder an meinen Chef, Jason Grant, wenden.»

«Vielleicht werde ich das tun. Vielen Dank für ihre Unterstützung, Miss Cherone», sagte Lieutenant Johnson. «Sie haben uns sehr geholfen.»

Jenny hatte jedoch noch ein Anliegen, bevor sie ging: «Darf ich Sie um etwas bitten, Lieutenant?»

«Natürlich. Um was denn?»

«Als ich vorhin in der Leichenhalle war, wollte ich von Doktor Gwinn … Sie kennen Doktor Gwinn?»

«Sicher. Was ist mit ihm?»

«Ich wollte von ihm wissen, was Mary zugestoßen ist, aber er sagte, er dürfe mir darüber keine Auskunft geben. Ich sollte mich an die Polizei wenden, hat er gemeint.» Jenny fühlte sich ähnlich beklommen wie in der Leichenhalle. Sie hatte Angst davor, was Johnson ihr sagen würde, Angst, die Sache noch schlimmer zu machen, als sie ohnehin schon war. «Ich denke, ich habe ein Recht darauf zu erfahren, wie meine Kollegin umgekommen ist», sagte sie mit übertriebenem Nachdruck.

Der Lieutenant nickte. «Also gut. Wenn Sie wollen: Die Leiche wurde vorgestern am Strand von Laguna Beach gefunden. Nach unserem Befund muß die Frau zu diesem Zeitpunkt aber schon mindestens zwei Tage tot gewesen sein. Laut Obduktionsbericht hatte sie Salzwasser in den Lungen, was darauf schließen läßt, daß sie ertrunken ist.»

«Und die Verstümmelungen?» Jennys Hals war trocken, ihre Zunge taub. «Woher stammen die?»

«So wie es aussieht, trieb sie im Wasser und wurde von einem

Boot angefahren. Die Schiffsschraube muß sie erwischt haben. Deswegen fehlte ihr ein Arm und die untere Körperhälfte.»

Jenny preßte die Lippen zusammen. «Hat sie noch gelebt, als ...» Den Rest brachte sie nicht heraus, sonst hätte sie zu weinen begonnen.

«Nein», sagte Johnson verbindlich. «Wir können mit Sicherheit sagen, daß sie bereits tot war, als sie von dem Boot angefahren wurde.»

Jenny lächelte tapfer. Wenigstens das war Mary erspart geblieben. «Was wissen Sie sonst noch?»

«Die vielen kleinen Wunden auf ihrem Körper haben die Möwen verursacht», seufzte der Polizist. «Spuren von Gewaltanwendung – ich meine solche, die auf ein Verbrechen hindeuten – fehlen. Eine Blessur an der Schläfe gibt es zwar, aber aller Wahrscheinlichkeit nach ist sie auf den Zusammenprall mit dem Boot zurückzuführen. Ich denke, Mord können wir ausschließen. Damit bleibt als Ursache für ihren Tod entweder Selbstmord oder ein Unfall. Wir werden der Sache nachgehen. Jetzt, da wir ihre Anschrift haben, werden wir ihre Wohnung durchsuchen. Selbstmörder hinterlassen ihrer Nachwelt in der Regel eine Botschaft. Wenn sie keine hinterlassen hat, müssen wir wohl von einem Unfall ausgehen. Selbstverständlich werden wir dann versuchen herauszubekommen, wie das passiert sein könnte. Morgen oder übermorgen wissen wir vielleicht schon mehr. Bis dahin sollten Sie probieren, ein wenig Abstand zu der Geschichte zu gewinnen. Ich verspreche Ihnen, daß wir allen Spuren nachgehen werden.»

Lieutenant Johnson hatte die sanfte, beruhigende Ausstrahlung eines Vaters. Trotz aller Widrigkeiten vermochte er Jenny das Gefühl zu vermitteln, daß alles in Ordnung kommen würde. Wie trügerisch dieses Gefühl war, sollte sie bald herausfinden.

Lukes Drugstore auf der gegenüberliegenden Straßenseite der *Canadian Fidelity Bank* war klein, bot aber alles, was Abbigale Cherone an Vorräten benötigte. Sie kaufte außer Lebensmitteln und Getränken auch einige Schachteln Munition für ihre Schrotflinte, ohne die sie niemals in die Berge ging.

Der Parkplatz vor dem Drugstore war so voll, daß Gale der blaue Flitzer gar nicht auffiel, obwohl er direkt neben ihrem Dodge parkte. Gerade als sie die Tür öffnen wollte, wurde das verdunkelte Beifahrerfenster des Sportwagens heruntergekurbelt.

«Pst!» zischte es aus dem Auto.

Zuerst fühlte Gale sich nicht angesprochen. Erst nach dem zweiten ‹Pst!› registrierte sie, daß das Geräusch ihr galt. Ihre Einkaufstüte auf dem Arm, drehte sie sich um – und sah Ronald Reagan in der blauen Karosse sitzen. Seine Ohren waren allerdings, ebenso wie seine Nase, viel zu groß, und sein Mund war zu einem idiotischen Grinsen verzerrt: Jemand hatte sich eine Gummimaske aufgesetzt. Gale wußte nicht, was das zu bedeuten hatte. Ein Scherz? Grotesk genug war die Situation ja. Aber der glänzende Revolver in Reagans Hand sagte ihr, daß es sich um alles andere als einen Scherz handelte.

«Sei ganz ruhig, dann passiert dir nichts. Verstanden?» raunte der amerikanische Ex-Präsident. Gale war so erstaunt, daß sie nur noch nicken konnte. Sie hätte auch genickt, wenn der Mann auf chinesisch zu ihr gesprochen hätte.

«Nur ein einziger Mucks, und …» Reagan ließ den Satz unvollendet, machte aber eine eindeutige Bewegung mit seinem Revolver. Dann forderte er: «Jetzt gib uns dein Paket.»

«Und dein Bares!» meldete sich der Fahrer zu Wort – der Papst persönlich, wie Gale feststellte. Sie fragte sich, ob sie nicht in einem äußerst skurrilen Traum die Hauptrolle spielte, und gab den beiden Verkleideten, was sie gefordert hatten.

«Ist das etwa alles?» motzte der Papst vom Fahrersitz aus.

«Willst du uns verscheißern, oder was? Rück sofort dein *ganzes* Geld raus, aber ein bißchen dalli!»

«Mehr habe ich nicht bei mir», gab Gale ruhiger zurück, als sie sich fühlte. «Ich schwöre es. Ihr könnt mich durchsuchen, aber das ist alles. Ich habe vorhin auf der Bank hundert Dollar abgehoben und davon eingekauft. Das ist der Rest.»

Trotz der Maske glaubte Gale in Ronald Reagans Gesicht eine gewisse Ratlosigkeit zu entdecken. Der Papst zischte seinem Beifahrer zu, daß es besser sei zu verschwinden. «Schieß ihr die Reifen kaputt, damit sie uns nicht verfolgen kann. Und dann nichts wie weg!» sagte er und startete den Motor. Ganz unrecht hatte er nicht, denn Gale hatte schon mit diesem Gedanken gespielt. Um so weniger gefiel ihr, daß Ronald Reagan tatsächlich auf den Vorderreifen ihres Dodge Ramcharger zielte. Dann löste sich der Schuß, und ein ohrenbetäubender Knall rollte quer über den Parkplatz. Augenblicklich hatte Gales Vorderreifen einen Platten. Noch bevor Reagan den Hinterreifen zerschießen konnte, hatte der Papst den ersten Gang eingelegt und Gas gegeben. Der blaue Flitzer schoß nach vorne aus der Parklücke, beschrieb eine weite Kurve und bog mit quietschenden Reifen in Richtung der drei Bronzefichten auf die Straße ein.

Vielleicht hätte Gale sich damit begnügt, Anzeige zu erstatten, wenn das alles gewesen wäre. Vielleicht! Aber es geschah etwas, das ihre Wut augenblicklich zum Kochen brachte. Denn in der Ausfahrt streifte der Fluchtwagen einen Fußgänger – den alten Trevor Winwood, wie Gale entsetzt feststellte. Der Mann taumelte willenlos zurück, fiel bäuchlings auf den Bürgersteig und blieb reglos dort liegen.

Die Indianerin reagierte, ohne nachzudenken. Noch bevor das Quietschen der Reifen aufhörte, hatte sie ihre Wagentür geöffnet und die Schrotflinte aus der Halterung gerissen. Ein paar Patronen waren noch in der Waffe. Den ersten Schuß feuerte sie quer über die parkenden Autos hinweg ab, doch leider traf sie nur einen Abfalleimer, der zerbarst und seinen Inhalt im Umkreis von fünf Metern verteilte. *Verdammt!* Während das Fluchtfahrzeug an Geschwindigkeit gewann, rannte Gale los. Im Laufen riß sie den Vordergriff ihres Gewehrs hin und her und lud damit nach. So gut es eben ging, zielte sie auf die Reifen des Fluchtautos und drückte ab. Diesmal hatte sie mehr Erfolg: Der Reifen zerplatzte mit einem Knall, der fast ebenso laut war wie der Schuß. Der Wagen trudelte und geriet ins Schleudern. Offenbar hatte der Papst Schwierigkeiten, das Auto wieder unter Kontrolle zu bringen. Als wäre es führerlos, hielt es auf den Bürgersteig zu. Ein am Straßenrand abgestelltes Motorrad und fünf Parkuhren wurden niedergemäht, ehe der Wagen wieder auf Kurs war.

Als Gale auf der Straße angekommen war, hatte das Auto schon fast die Kreuzung erreicht. Im Augenwinkel sah sie Trevor am Boden liegen. Die Furcht, der alte Mann könne womöglich schwer verletzt oder tot sein, beseitigte auch ihre letzten Skrupel. Sie legte erneut an und drückte ab. Der Schuß donnerte auf den Wagen zu und zerfetzte das Heck. Das Hinterfenster explodierte regelrecht, der Kofferraumdeckel wurde nach oben weggerissen, überschlug sich mehrmals und blieb klappernd am Straßenrand liegen. Gale wollte noch einen weiteren Schuß nachsetzen, doch der Wagen – oder was von ihm übriggeblieben war – schwenkte an der Kreuzung schon nach rechts. Zum Abschied donnerte er gegen eine der drei Bronzefichten und verschwand dorthin, woher er gekommen war.

Nun, da der Spuk vorüber war, wollte Gale sich um Trevor kümmern. Glücklicherweise war ein Arzt unter den Passanten. Er ließ Trevor, der zumindest noch am Leben zu sein schien, in seinen Wagen tragen, um ihn in seiner Praxis zu untersuchen. Gales Wunsch, ihn zu begleiten, lehnte er strikt ab. Später könne sie ihn gern besuchen.

Das Ganze hatte nur wenige Minuten gedauert. Nachdem der Arzt losgefahren war und die Schaulustigen sich zerstreut hatten, stand Gale allein an der Straße. Allmählich wurde ihr klar, daß sie keinen Schritt weiter war als vor einer halben Stunde. Sie hatte weder Bargeld noch Vorräte.

Bevor sie dem Sheriff Bericht erstatten würde, wollte sie erneut in die Bank gehen, um Geld abzuholen. Und zwar *mit* ihrem Gewehr. Immerhin war sie gerade überfallen worden, nur wenige Meter vor der *Canadian Fidelity.* Und diesem Argument würde weder der Filialleiter noch Annie Quirrel etwas entgegenzusetzen haben. Trotz der Ungewißheit über Trevor Winwoods Gesundheitszustand fühlte Gale eine tiefe innere Genugtuung, als sie das Foyer der Bank betrat.

[9]

Der alte Sheriff Dan Paxton war wütend. Sogar mehr als das: Er war nahe dran zu platzen. Er hatte die Schüsse auf der Straße gehört, als er gerade mit seiner Flugsportzeitung auf der Toilette saß. So schnell es eben ging, war er zu Lukes Drugstore geeilt, wo er sich hatte erzählen lassen, was geschehen war. Als Gale aus der *Canadian Fidelity Bank* gekommen war, hatte er sie kurzerhand abgefangen und mit ins Büro genommen.

Auch wenn Paxton nach außen hin versuchte, einen ausgeglichenen Eindruck zu machen, verriet sein hochrotes Gesicht seine Erregung. Viel zu ruhig, als daß es natürlich wirkte, hängte er seinen grauen Sheriffshut an die Garderobe und zog die vom Nieselregen feuchte Jacke aus. Sein Haar war glatt nach hinten gekämmt und ebenso weiß wie sein Schnauzbart. Die zorngeröteten Wangen waren eingefallen. Trotz seines Alters war er noch gut in Form. Vielleicht war er körperlich nicht mehr ganz so schnell wie früher, aber geistig war er fit wie eh und je: Er flog hin und wieder eine Runde in Trevor Winwoods Cessna, obwohl ihm jeder davon abriet. Er ließ sich beim wöchentlichen Pokerabend nicht über den Tisch ziehen, obwohl seine Mitspieler dreißig Jahre jünger waren. Er blieb Sheriff, obwohl der Bürgermeister ihm nahegelegt hatte, sich pensionieren zu lassen. Und solange er seinen Job hatte, würde er in seinem Distrikt ganz sicher kein Vergehen ungesühnt lassen.

Mit gewichtigen Schritten ging er zu seinem Schreibtisch, der auffallend sauber und aufgeräumt war. Um so mehr stach das blankpolierte Namensschild aus Messing ins Auge: ‹Sheriff Dan Paxton›. Es war mehr als ein bloßes Namensschild, dachte Gale. Es war der Inbegriff von mehr als vierzig Jahren Recht und Ordnung in Three Pine Village. Nie hatte es ein Problem gegeben, das der Sheriff nicht zu lösen im Stande gewesen war.

«Setz dich, Gale», brummte der Alte und nahm selber Platz.

«Dan, ich will mich nicht setzen», entgegnete die Frau. «Ich hab noch einen Haufen Arbeit daheim zu erledigen. Außerdem muß ich noch mal einkaufen. Also laß mich gehen, okay? Ich sollte noch ...»

«Verdammt noch mal!» unterbrach Paxton sie grob. «Ich bin dreiundsiebzig Jahre alt, und du wirst dich jetzt auf den verdammten Stuhl vor dir setzen!» ‹Verdammt› war eines seiner Lieblingswörter.

«Was passiert ist, war nicht meine Schuld, Dan!»

«Setz dich sofort hin, sonst leg ich dich übers Knie, Gale! Du weißt verdammt gut, daß ich keine leeren Drohungen mache», polterte Paxton erneut los. Mit der geballten Faust schlug er auf den Tisch, so daß das Namensschild zitterte. Seine Wangen bebten vor Wut, und er hatte die Stirn in tiefe Falten gelegt. «Ich schwöre bei allem, was mir heilig ist, Gale: Ich versohl dir den Arsch, wenn's sein muß!»

Seit Gale denken konnte, war Paxton für sie so etwas wie ein zweiter Vater gewesen. In ihrer Kindheit hatte er sie in seinem Polizeiwagen oft zur Schule gefahren. Er war ein guter Freund der Familie gewesen und hatte der Beerdigung von Gales Eltern beigewohnt, nachdem sie bei einem Autounfall ums Leben gekommen waren. Das war jetzt schon über dreißig Jahre her. Als Jenny geboren wurde, hatte Gale ihn zum Taufpaten bestimmt. Seit Gales Scheidung hatte sich das Verhältnis zu dem alten Sheriff sogar noch verstärkt. Wann immer sie Hilfe brauchte, konnte sie zu ihm kommen. Dan Paxton war ein fester Bestandteil ihres Lebens.

Gale liebte ihn wie einen Familienangehörigen, und sie war sich sicher, daß es ihm genauso ging. Was ihn allerdings nicht daran hinderte, ab und zu ein ordentliches Donnerwetter loszulassen – so wie jetzt. Noch immer glühten seine Wangen. In diesem Gemütszustand durfte man ihn nicht provozieren, das wußte Gale nur allzu gut. Zwar fürchtete sie sich nicht vor Paxtons Wutausbrüchen, aber allmählich kam er in ein Alter, in dem zuviel Aufregung gefährlich werden konnte. Aus diesem Grunde schien es Gale besser, Einsicht zu zeigen und seinem Willen zu gehorchen.

«Also gut, Dan. Einverstanden!» sagte sie und setzte sich auf einen der beiden Stühle vor dem Schreibtisch.

Paxtons Wut legte sich dadurch aber noch lange nicht. «Gale, was fällt dir eigentlich ein?» fragte er so herrisch, daß es fast schon wieder fürsorglich klang. «Du kannst nicht einfach die ganze Stadt zu Klump schießen! Wir sind hier doch nicht mehr im gottverdammten Wilden Westen!»

«Dan, sie haben Trevor angefahren und sind geflohen. Das kann man doch nicht einfach durchgehen lassen.»

«Ganz richtig. Aber das ist nicht *deine* Aufgabe. Noch bin ich der Sheriff dieser Stadt, und solange ich das bin, sorge ich hier allein für die Einhaltung des Gesetzes! Ganz egal, was passiert, ist das klar?»

«Aber ich …!»

«Und *ich* bin noch nicht fertig!» Schimpfend hob Paxton einen Zeigefinger. «Durch deine Ballerei hast du wahrscheinlich genausoviel Schaden angerichtet wie das Unwetter im letzten Jahr! Ein Motorrad, fünf Parkuhren, ein Abfalleimer … und bei einer der drei Bronzefichten fehlt ein Stück vom unteren Ast! Verdammt, hast du eine Ahnung, was das alles kostet?»

«Dafür kannst du mich nun wirklich nicht verantwortlich machen!» verteidigte sich Gale. «Ja, den Abfalleimer hab ich zerlegt. Aber die Parkuhren, das Motorrad und die Fichte – das geht auf das Konto der zwei Maskierten.»

«Nur weil *du* ihnen einen Reifen zerschossen hast, verflixt und zugenäht. Wärst du nicht so schießwütig gewesen, wäre außer deinen hundert Dollar nicht der kleinste Sachschaden entstanden!» Erneut schlug Paxton mit der geballten Faust auf den Tisch. «Und Trevor, dem alten Säufer, hast du mit deiner Aufführung auch nicht geholfen!»

Gale versuchte verzweifelt, sich zu rechtfertigen. «Was ist mit meinem kaputten Reifen?» fragte sie, obwohl sie wußte, daß das nicht gerade das beste Argument war.

«Jetzt komm mir bloß nicht mit solchem Kram! Deine Reifen sind fast genauso alt wie der ganze gottverdammte Dodge. Die haben weniger Profil als Liz Taylors Gesicht nach ihrer letzten Schönheitsoperation! Eigentlich hätte ich dich dafür schon lange einsperren sollen.»

«Dan, ich bitte dich! Ich bin da draußen überfallen worden. Und Trevor haben sie angefahren! In *deiner Stadt*!»

«Willst du damit sagen, daß ich langsam zu alt werde für diesen Job?» polterte Paxton gereizt. Was sein Alter anging, verstand er keinen Spaß. «Ist es etwa das, was du sagen willst?»

«Nein, Dan, das will ich ganz und gar nicht», sagte Gale mit versöhnlicher Stimme. «Ich kann mir niemanden vorstellen, der diesen Job besser machen würde als du. Das ist die Wahrheit!»

Das Kompliment stimmte Paxton ein wenig friedlicher. Während die Röte aus seinem Gesicht verschwand, fragte er: «Und du sagst, sie hatten Masken auf?» Das Wichtigste hatte Gale ihm bereits auf dem Weg ins Büro erzählt.

«Ja. Der Fahrer war der Papst, und der, der mich mit der Waffe bedroht hat, sah aus wie Reagan.»

«Ronald Reagan?»

«Ja.»

«Allmächtiger!» Der Sheriff schüttelte den Kopf. «Das wird Gesprächsstoff geben. Wahrscheinlich werden sie dich sogar als Heldin feiern.»

«Nicht zu unrecht!» gab Gale schnippisch zurück. «Ich habe nur meine Rechte verteidigt.»

Paxton wollte nicht mehr auf diese Diskussion einsteigen. «Überlaß das bitte beim nächsten Mal mir, okay? Tu mir den Gefallen.»

«Na klar, Dan», beruhigte sie ihn. «Es wird nicht wieder vorkommen.»

«Und du hast keine Ahnung, wer die beiden gewesen sein könnten?»

«Tut mir leid. Ich glaube, ihre Stimmen habe ich schon irgendwo gehört, aber durch die Masken waren sie verzerrt. Ich kann mich auch täuschen.»

«Verdammt und zugenäht», schloß Sheriff Paxton. «Viel haben wir nicht. Ein blauer, angeschossener Wagen und zwei lächerlich maskierte Räuber. Ich werde die Augen offenhalten und die umliegenden Bezirke benachrichtigen. Vielleicht haben wir Glück.»

«Hoffen wir's. Ich danke dir, Dan.»

«Schon gut, meine Kleine!» Und im Hinblick auf Gales zerschossenen Reifen fragte er: «Wie kommst du nach Hause?»

«Ich habe ein Ersatzrad dabei.»

«Soll ich dir helfen?»

«Ich schaffe das schon, Dan», sagte Gale. «Hast du Lust, dir morgen ein anständiges Mittagessen bei mir zu verdienen?»

«Gibt es als Nachtisch Pudding?»

«Natürlich», lachte Gale. «Ich würde es nicht wagen, dich zum Essen einzuladen, wenn es als Nachtisch nicht Pudding gäbe.»

«Dann komme ich gerne. Was muß ich dafür tun?»

«Bring mir bitte ein Pferd aus Trevors Stall mit. Am liebsten wäre mir King George, aber den habe ich erst heute morgen zum

Beschlagen zurückgebracht. Ich weiß nicht, ob Trevor so schnell wieder auf die Beine kommt, daß er das erledigen kann. Wenn nicht, dann nimm einfach ein anderes Pferd, okay?»

«Wird erledigt. Ich will den Alten» – Trevor war nur fünf Jahre älter als Paxton – «heute nachmittag ohnehin besuchen, um zu sehen, wie es ihm geht.»

«Also gut, dann bis morgen. Zwölf Uhr, okay?»

«Ich werde pünktlich sein.»

«Wenn du willst, kannst du Bobby gerne mitbringen.» Bobby war Dan Paxtons Großneffe, der nach und nach in die Fußstapfen des alten Sheriffs trat.

«Ich habe ihm zur Zeit die Nachtschicht aufgebrummt, deswegen ist er ständig ein wenig gereizt», erwiderte Dan. «Am besten, wir lassen ihn in Ruhe ausschlafen, damit er abends fit ist.»

«Wie du meinst. Aber ich rechne fest damit, daß ihr mich an meinem Geburtstag *beide* besuchen kommt.» Gale stand auf und gab ihm einen Kuß. Als sie das Sheriffbüro verlassen hatte, sah Dan Paxton ihr kopfschüttelnd durchs Fenster nach. Sie war zweiundfünfzig Jahre alt und immer noch derselbe Hitzkopf wie eh und je. Schoß sie doch tatsächlich die halbe Stadt in Stücke!

[10]

Der Bus hielt direkt vor *Tony's Pizza Corner*, einem kleinen, aber gemütlichen Lokal am Westrand von L. A. Downtown. Jenny aß hier oft zu Mittag, denn sie liebte Pizza, vor allem die von Tony. Jetzt hatte sie allerdings keinen Appetit. Allein der Gedanke an etwas Eßbares war Jenny unerträglich.

Sie beschleunigte ihren Schritt und war froh, als sie ein paar Häuserblocks weiter endlich das vertraute Bürogebäude in der Hoover Street erreichte.

Die Räume der *CORICO* befanden sich im dritten Stock, ganz am Ende des Gangs. Die Bürotür ihres Chefs stand offen. In irgendeine Lektüre vertieft, saß Jason Grant über seinem Schreibtisch und kaute an einem Cheeseburger, von dem das Ketchup auf den Pappteller tropfte. Der Mann, der aussah wie ein bärtiger Spät-Hippie, war der verständnisvollste Vorgesetzte, den man sich vorstellen konnte. Vor acht Jahren hatte er *CORICO* ins Leben gerufen. Aus dem Einmannbetrieb war ein kleines, aber durchaus respektables Unternehmen geworden, das inzwischen immerhin zweiundzwanzig Mitarbeiter beschäftigte.

Nein, jetzt nur noch einundzwanzig!

«Hallo, Jason», sagte Jenny tonlos und traurig.

Sofort blickte Grant von seinem Schreibtisch auf. Er legte seinen Cheeseburger beiseite, schleckte sich die Finger ab und stand auf. «Jenny!» Unter seinem Vollbart wirkte er ungewohnt blaß. «Komm rein! Wie geht's dir denn?»

Jenny trat in sein Zimmer, doch dann konnte sie nicht mehr. Sie begann hemmungslos zu weinen. Seit sie im Bus Mary Haggertys Zeitungsbild gesehen hatte, hatte sie permanent unter Spannung gestanden. Im Leichenschauhaus, im Polizeirevier, im Bus, auf der Straße – überall hatte sie sich beherrscht und Stärke gezeigt. Jetzt – endlich! – konnte sie sich gehenlassen.

Grant trat einen Schritt auf sie zu, schloß sie in seine Arme, während sie ihren Tränen freien Lauf ließ.

«Sssst», machte er, um sie zu beruhigen. «Ist ja schon gut! Alles ist gut!»

Aber nichts war gut! Nichts würde mehr so sein wie früher. Jenny hatte diese fürchterlich zugerichtete Leiche gesehen, die ihr nicht mehr aus dem Sinn gehen wollte. Sie grub ihr Gesicht noch tiefer in Grants Hemd. Es war ein tröstliches Gefühl, als er sie an sich drückte. «Wein dich ruhig aus. Das ist schon okay.»

Er sprach zu ihr wie zu einem kleinen Kind, aber damit gelang es ihm, Jenny genau jene Geborgenheit zu geben, die sie brauchte, um sich zu beruhigen. Als sie sich wieder einigermaßen im Griff hatte, drückte er sie sanft von sich, um ihr Gesicht zu sehen. «War es so schlimm?»

Das Mädchen preßte die Lippen zu einem blutleeren Strich zusammen und nickte, ohne ihn anzusehen.

«Setz dich erst mal. Ich hole dir einen Kaffee, dann geht es dir gleich besser. In Ordnung?»

Wieder nickte Jenny. Grant verschwand und erschien kurz darauf wieder mit einem Plastikbecher in der Hand. «Mit Milch und Zucker, wie du ihn magst. Aber Vorsicht! Er ist heiß!» Er gab ihn der jungen Frau, die dankbar einen Schluck daraus schlürfte.

«Hast du ein Taschentuch?» fragte sie Grant schniefend.

«Natürlich.» Er kramte aus einer Schublade ein ganzes Päckchen und reichte es Jenny. «Bedien dich.»

Nachdem sie sich die Nase geputzt und einen weiteren Schluck Kaffee getrunken hatte, fühlte Jenny sich tatsächlich besser.

Sie konnte sich nun ihren Kummer von der Seele reden.

«Die Polizei sagt, es gibt keine Spuren, die auf ein Gewaltverbrechen hindeuten. Das heißt, Mary muß entweder aus eigenem Willen ins Wasser geraten sein, oder es war ein Unfall. Jedenfalls ist sie ertrunken und dann in eine Schiffsschraube geraten.»

Nachdem alles erzählt war, schwiegen beide. Grant mußte die Neuigkeiten erst einmal verkraften. «Geht's dir besser?» fragte er schließlich.

«Geht schon wieder. Es mußte einfach raus. Danke fürs Zuhören, Jason.»

«Ist schon okay. Schließlich habe ich Mary auch gekannt. Länger als du sogar.» Grant strich sich über den Bart. «Wie sieht's aus, möchtest du heute nachmittag lieber nach Hause gehen? Ein bißchen abschalten?»

«Nein. Da würde mir nur die Decke auf den Kopf fallen. Ich bleibe lieber hier.»

«Arbeitstherapie, was?»

«Wenn ich beschäfigt bin, kann ich nicht soviel grübeln.»

«Na schön. Wie du willst. Wenn du es dir anders überlegst, sag mir einfach Bescheid, okay?»

Jenny nickte, doch beide wußten, daß das nicht der Fall sein würde.

Zwei Zimmer weiter war Jennys Büro, ein kleiner, komplett in Weiß gehaltener Raum, den sie für sich allein hatte. Der Schreibtisch sah noch genauso chaotisch aus, wie Jenny ihn am Vorabend verlassen hatte. Briefe, Aktennotizen und Schmierzettel überwucherten alles. Inmitten des Gewühls konnten lediglich der Bildschirm und das Telefon ihren Platz behaupten.

Im Laufe des Nachmittags gelang es ihr, sich mehr und mehr in ihre Arbeit zu vertiefen. Nach zwei Gesprächen mit Klienten arbeitete Jenny eine Stunde lang im Studio, einem kleinen, abdunkelbaren Zimmer, in dem man Filme schneiden und nachvertonen konnte. Sie bereitete dort ein Video vor, das in der kommenden Woche in einem Verbrauchermagazin von CBS gesendet werden sollte. Obwohl der Bericht nur vier Minuten lang war, dauerte die Bearbeitung geraume Zeit. An Objektivität war Jenny nicht gelegen. Wichtig war, daß das Video Zündstoff für öffentliche Diskussionen bot. Der Betrieb, um den es ging, wurde darin beschuldigt, gegen die Vorschriften des Gesundheitsamtes verstoßen zu haben, denn einer von Jennys Klienten hatte in einer Ananaskonserve eine Kakerlake entdeckt.

Gegen halb sieben Uhr abends hatte Jenny alles erledigt. Sie gönnte sich eine Pause mit einer Tasse Kaffee und einer Mikrowellensuppe. Wenn sie jetzt nach Hause ging, würde sie lediglich in ihrem Sessel sitzen und grübeln, das wußte sie. Also konnte sie genausogut noch ein wenig länger im Büro bleiben.

Sie ging hinüber zu Mary Haggertys Arbeitsplatz, der vor Post förmlich überquoll. Doch der Anblick schreckte sie nicht, sondern wirkte auf sie eher beruhigend. Die nächsten Stunden würde sie beschäftigt – und vor allem abgelenkt – sein.

Um acht Uhr verabschiedete sich Jason Grant von ihr. Nachdem er gegangen war, war sie die letzte im Betrieb.

Eine halbe Stunde später hatte Jenny die dringende Post komplett erledigt. Sie trank erneut einen Kaffee, um die aufkommende Müdigkeit zu bekämpfen, dann setzte sie sich wieder an den Schreibtisch. Auch die unwichtigeren Dinge waren zügig abgearbeitet. Alles lief wie am Schnürchen, so daß sie den Großteil des Papierbergs gegen halb zehn Uhr abgetragen hatte.

Kurz bevor Jenny zusammenpacken wollte, fiel ihr ein ungewöhnlicher Brief in die Hände. Er stammte von einem gewissen Doktor Robert Benton, Tierarzt in West Hollywood. Benton bezog sich auf ein Telefonat, das er unlängst mit Mary Haggerty geführt haben mußte. Er fragte, ob der von ihm vermittelte Termin am 3. Juni zustande gekommen sei und ob Mary in der ‹Sache mit der Ratte› schon etwas herausgefunden habe – was auch immer das bedeuten mochte. Leider erwähnte der Doktor weder den genauen Gesprächsanlaß noch den Namen der Person, für die er den Termin vereinbart hatte. Ohne den Namen konnte Jenny jedoch keine Akte ziehen, und ohne Akte konnte sie wiederum Doktor Bentons Brief nicht beantworten. Jenny blieb nur die Möglichkeit, Marys Kalender nach Eintragungen durchzusehen. Mit etwas Glück standen unter dem angegebenen Tag nur drei oder vier Namen, dann war es ein leichtes, den richtigen herauszufinden.

Doch die gesuchte Seite fehlte. Ohne besondere Sorgfalt war sie herausgerissen worden. Nachdenklich blätterte Jenny den Kalender durch – hatte Mary die Seite herausgerissen? Weswegen sollte sie das getan haben? Oder war es möglich, daß jemand ins Büro eingedrungen war, um die Seite zu entfernen? Ein kalter Schauer jagte über Jennys Rücken. Auf einmal machte ihr der Gedanke angst, ganz alleine hier zu sein. Was, wenn *jetzt* jemand ins Büro eindrang?

Mit Mühe gelang es Jenny, ihre Furcht in den Griff zu bekommen und sich wieder auf die fehlende Kalenderseite zu konzentrieren. Natürlich gab es dafür auch eine ganze Reihe plausibler Erklärungen. Vielleicht hatte Mary für eine schnelle Notiz einen Zettel benötigt. Oder sie hatte die Seite herausgerissen, weil sie versehentlich Kaffee darauf verschüttet hatte. Oder … oder … oder … Fast schon hatte Jenny sich selbst davon überzeugt, daß es einen trivialen Grund geben mußte, als sie eine weitere und ebenso verwunderliche Feststellung machte: Doktor Benton war nicht in der Adressenkartei vermerkt. Auch im Computer war er nicht gespeichert. War er von Mary gar nicht registriert worden? Gegen diese Annahme sprach Mary Haggertys geradezu penible Arbeitsauffassung. Wenn sie aber seine Adresse angelegt hatte, weswegen fehlte sie jetzt? War sie zusammen mit der Kalenderseite entfernt worden? Aber warum? Jenny startete einen letzten Versuch und gab in den PC den Suchbegriff ‹Ratte› ein. Der Fall, den der Computer anzeigte, lag jedoch schon über zwei Jahre zurück. Fehlanzeige!

Bevor Jenny an diesem Abend nach Hause ging, schrieb sie Jason Grant eine kurze Notiz. Sie würde am nächsten Tag später kommen, da sie einem Tierarzt namens Robert Benton einen Besuch abstatten wollte.

Auf dem Heimweg im Bus grübelte Jenny noch immer. Je mehr sie nachdachte, desto weniger konnte sie an einen Zufall glauben. Den ganzen Abend lang hatte sie Mary Haggertys Post erledigt, und stets hatte sie alles, was sie dazu benötigte, sofort gefunden. Bis auf diese beiden Dinge! Nein, der 3. Juni und Bentons Adresse *mußten absichtlich* entfernt worden sein. Von Mary Haggerty oder von jemand anderem. Aber wer auch immer das getan hatte, er mußte einen guten Grund dafür gehabt haben. Und den wollte Jenny herausfinden.

[11 … 10. JUNI]

Abbigale Cherones Häuschen entsprach genau dem, was man von einer Waldhüterin erwartet hätte. Auf soliden, steinernen, etwa mannshohen Grundmauern stand, gewissermaßen als Aufsatz, eine typisch kanadische Blockhütte. Etwa vier Kilometer nördlich von Three Pine Village gelegen, gab es weit und breit keine Nachbarn. Es war der ideale Ort für jemanden, der die Einsamkeit liebte.

Gale wohnte am Fuße der Rocky Mountains. Direkt hinter dem Haus begannen Wald und Berge. Und eben hier stand sie an diesem schönen, aber kühlen Morgen und hackte Holz. Das Wetter versprach, weitaus besser zu werden als am Vortag, doch noch hielten die Schatten der mächtigen Kiefern und Fichten die Wärme der frühen Sonnenstrahlen zurück.

Obwohl Gale keine Jacke trug, war ihr alles andere als kalt. Die körperliche Anstrengung hatte sie ordentlich zum Schwitzen gebracht, denn sie war bereits seit über einer Stunde mit dieser kräftezehrenden Arbeit beschäftigt. Mit ihrer langstieligen Axt hatte sie an diesem Morgen schon -zig schwere Holzblöcke zu kleinen, handlichen Scheiten verarbeitet – eine stumpfsinnige Beschäftigung, die jedoch getan werden mußte. Erstens war Gale gerne zeitig dran, wenn es darum ging, Vorräte für den Winter anzulegen, auch wenn jetzt noch nicht einmal die Jahresmitte erreicht war. Und zweitens benötigte sie Holz zum Kochen.

Nach einiger Zeit hielt sie kurz inne, um sich den Schweiß mit einem Taschentuch aus dem Gesicht zu wischen. Vielleicht lag es an der Monotonie der Arbeit, die sie zum Nachdenken gebracht hatte, jedenfalls fragte sie sich, ob sie als Mutter überhaupt etwas taugte. Sie hatte versucht, ihrer Tochter ihr Wissen weiterzugeben, ihre Erfahrungen und ihre Einstellungen. Doch mit zunehmendem Alter hatte Jenny eine eigene – und für Gale oft befremdliche – Vorstellung vom Leben entwickelt. Tradition spielte darin keine Rolle, um so mehr aber Karriere und der Wunsch, die Welt zu entdecken. Deswegen war sie vor drei Jahren nach Los Angeles gezogen. Hatte Gale versagt? War ihr Lebensstil tatsächlich eine Fessel für ihre Tochter gewesen? Oder war es der natürliche Lauf der Dinge, dem sich jede Mutter beugen mußte, wenn ihr Kind erwachsen wurde?

Noch etwas lastete auf Gales Herzen: Trevor Winwoods gestriger Unfall. Nach der Unterredung mit Sheriff Paxton hatte sie in Lukes Drugstore zum zweitenmal eingekauft, was ihr kurz zuvor geklaut worden war. Anschließend hatte Gale beim Doktor vorbeigeschaut, doch der hatte noch keinen Besucher zum alten Trevor vorgelassen. Seitdem drückte die Ungewißheit auf Gales Stimmung. Und der Mißmut darüber, daß es ihr nicht gelungen war, das Fluchtfahrzeug zu stoppen.

Gale steckte ihr Taschentuch wieder weg und versuchte, ihre aufgestaute Übellaunigkeit an dem nächsten Holzblock, einem besonders dicken Brocken, loszuwerden. Mit jedem Axthieb gelang es ihr ein Stückchen besser.

Eine halbe Stunde später hatte sie genug. Die Vorräte würden für eine Weile reichen, dachte sie. Sie klaubte die letzten Holzscheite vom Boden auf und schichtete sie auf den bereits errichteten Stapel.

Einer spontanen Eingebung folgend, schloß sie ihre Arbeit mit einem Axtwurf ab. Vor langer Zeit hatte ihre Mutter ihr diese Technik beigebracht, ebenso wie die des Bogenschießens. Und sie hatte ihr Können wiederum mit viel Erfolg an Jenny weitergegeben, damals, als ihre Tochter noch ein junges Mädchen gewesen war und bewundernd zu ihr aufgesehen hatte. Wie lange waren diese Zeiten nun schon her?

Gale packte die Axt etwa eine Handbreit vom Ende des Stils entfernt und peilte einen etwa sieben Meter entfernten Baumstamm an. Sie holte aus, machte gleichzeitig einen Schritt vorwärts und schleuderte die Axt von sich. Ein flirrender Kreis wirbelte durch die Luft, und eine Sekunde später steckte die Stahlklinge fest im Stamm.

Zufrieden lächelte die Frau in sich hinein. Sie war zuversichtlich, daß sie auch beim diesjährigen Three-Pine-Village-Sommerfest den ersten Preis im Axtwerfen gewinnen würde. Das war ihr bisher noch jedesmal gelungen, seit über dreißig Jahren.

Doktor Bentons Tierpraxis befand sich in einem weißen Bungalow oberhalb des Sunset Boulevard, dort, wo die Straßen sich in die Hollywood Hills hineinschlängeln. So modern das Haus von außen aussah, so gewöhnlich erschien es Jenny von innen. Zumindest galt das für das Wartezimmer: grauer Linoleumboden, weiße Wände mit Tierpostern, unbequeme Plastikstühle und ein Tischchen, auf dem sich diverse todlangweilige Zeitschriften häuften.

Jenny war nicht allein im Raum. Drei ältere Damen saßen mit ihren Schoßtieren in der linken hinteren Ecke am Fenster und tuschelten über die neuesten Wehwehchen ihrer lieben Kleinen. Ein Mann mit Hut, der Jennys Urgroßvater hätte sein können, hatte einen Käfig mit einem Kanarienvogel auf seinen Oberschenkeln. Der Alte wirkte kranker als sein Vogel, denn der zwitscherte nach Leibeskräften und machte damit die Katze verrückt, die ein kleiner Junge in seinen Armen hielt. Die Mutter des Jungen saß neben ihm und versuchte, das fauchende Tier zu besänftigen – vergebens.

Nach kurzem Warten öffnete sich die Tür. «Miss Cherone, bitte!» sagte die Assistentin freundlich. Jenny stand auf und folgte ihr.

Doktor Benton wusch sich gerade die Hände, als seine Assistentin Jenny vorstellte: «Miss Cherone hat kurzfristig um einen Termin gebeten. Sie kommt von der *CORICO*. Es geht um die Ratte, die sie neulich untersucht haben, Doktor Benton.»

«Ach ja, die Ratte», wiederholte Benton nachdenklich, während er sich die Hände abtrocknete. Er war mindestens einsfünfundachtzig groß, trug eine elegante Brille auf der Nase und begrüßte Jenny mit einem sympathischen Lächeln. Wie seine Assistentin trug auch er einen weißen Kittel. «Das war wirklich eine merkwürdige Sache.»

«Und was genau war daran so merkwürdig?»

Benton überlegte kurz, suchte nach dem passenden Einstieg und der richtigen Reihenfolge für das, was er zu sagen hatte. «Die

Ratte gehörte einem kleinen Jungen. Er heißt Mason.» Bevor er genauer darauf einging, verschloß er ein Reagenzglas mit einem Gummipfropfen und markierte es mit einem schwarzen Filzstift. «Hier, Nelly. Schicken Sie die Gewebeprobe bitte zur Untersuchung an das tierklinische Institut.» Mit diesen Worten reichte er seiner Assistentin das Glasröhrchen.

Nelly nahm es und verschwand in einen anderen Raum.

Kaum war die Assistentin verschwunden, fuhr Doktor Benton fort: «Als Mason mit seiner Mutter zu mir kam, hat die Ratte auf mich einen ganz normalen Eindruck gemacht. Sie war ein häßliches Ding, wenn sie mich fragen. Ein kleines, schwarzhaariges Tierchen ohne besonderen Charme. Aber sie schien wohlauf zu sein. Nur Mason sagte, sie sei ‹irgendwie komisch›. Ich glaube, so hat er sich ausgedrückt. Um die Wahrheit zu sagen, ich habe mir nicht viel dabei gedacht. Mason hatte die Ratte erst seit zwei Tagen. Tiere benötigen immer eine gewisse Zeit, um sich an eine neue Umgebung zu gewöhnen. Ich dachte, darin läge der Grund für ihr komisches Verhalten.»

«Vielleicht hat der Junge sie nicht richtig behandelt», gab Jenny zu bedenken.

«Glaube ich nicht. Mason hatte schon früher eine Ratte, und das zwei Jahre lang, wie mir seine Mutter erzählt hat. Er hat sie fast selbständig versorgt. Er hat ihr zu fressen gegeben, hat ihren Käfig geputzt und mit ihr gespielt. Glauben Sie mir: Der Junge wußte besser als mancher Erwachsener, wie man mit so einem Tier umgehen muß.»

Benton goß sich einen Schluck Mineralwasser in einen Pappbecher. «Obwohl ich skeptisch war, daß der Ratte physisch etwas fehlt, habe ich sie untersucht – schließlich kann man nie wissen. Aber ich konnte nichts feststellen. Vermutlich hätte ich die Angelegenheit schnell vergessen, wenn die Ratte nicht kurz darauf gestorben wäre. Genauer gesagt, noch am selben Tag. Miss Cherone, Sie kennen mich nicht, aber ich bin ein verdammt guter Tierarzt.

Wenn diese Ratte an einer bekannten Krankheit gelitten hätte, hätte ich sie diagnostiziert und wenn möglich geheilt. Aber es gab keinerlei Anzeichen dafür, daß die Lage derart ernst war.» Er nippte an seinem Pappbecher. «Diese Krankheit ist mir noch nie über den Weg gelaufen, ich habe noch nicht einmal von ihr gelesen. Ich vermute, das Tier wurde aus dem Ausland importiert. Zumindest scheint mir das die naheliegendste Erklärung zu sein. Wenn die Ratte irgendeine Krankheit eingeschleppt hat, ist es schon möglich, daß ich sie nicht kenne.»

«Und wie ist Mary Haggerty in die Geschichte verwickelt worden? Sie haben ihr einen Brief geschrieben, adressiert an die *CORICO*. Ich habe den Brief gestern gelesen.»

«Nun, ich kenne Mary schon eine ganze Weile. Nicht besonders gut, fürchte ich, aber ich war ein paarmal mit ihr essen. Sie hat mir von ihrer Arbeit bei der *CORICO* erzählt. Ich dachte, sie könnte Mason auf schnellem Wege zu einer neuen Ratte verhelfen.»

Jenny fragte sich, wie gut Benton Mary tatsächlich gekannt hatte. Obwohl der Tierarzt nach ihrem Geschmack durchaus gut aussah, verwarf sie den Gedanken, er und Mary könnten ein Verhältnis miteinander gehabt haben. «Bitte mißverstehen Sie mich nicht, Doktor Benton», sagte Jenny. «Aber eine Ratte hat nicht gerade einen derart hohen Streitwert, daß man deswegen eine Verbraucherschutzorganisation einschalten würde. Wäre es nicht einfacher gewesen, wenn Masons Mutter mit der toten Ratte in den Tierladen gegangen wäre und Ersatz verlangt hätte?»

«Ich habe ihr davon abgeraten. Wer hätte ihr garantiert, daß sie beim zweiten Mal ein gesundes Tier erhält? Außerdem wollte ich, daß Mary der Sache ein bißchen nachgeht, denn ich halte es für unverantwortlich, diese Tiere zum Verkauf freizugeben. Vielleicht sind sie ein bißchen billiger, wenn man sie importiert, aber was dabei herauskommen kann, haben wir ja gesehen. Wer weiß, ob die Krankheit, an der die Ratte starb, nicht auf Menschen übertragbar ist.»

Diese Idee war Jenny noch gar nicht gekommen. «Haben Sie von der Ratte auch Gewebeproben untersuchen lassen?» fragte sie deshalb.

«Als Mason und seine Mutter bei mir in der Praxis waren, hielt ich das nicht für notwendig. Ich sagte ja, daß die Ratte einen ganz normalen Eindruck auf mich gemacht hat. Als Masons Mutter mich später telefonisch über den Tod des Tieres informierte, versprach ich ihr, abends vorbeizusehen und den Kadaver mitzunehmen. Leider kam ich zu spät. Mason hatte die Ratte schon heimlich im Hinterhof beerdigt. Er weigerte sich, mir die Stelle zu zeigen, weil er nicht wollte, daß ich die Ratte wieder ausbuddle. Masons Eltern haben sich dennoch mit Mary Haggerty in Verbindung gesetzt – trotz meiner Warnung, daß ohne die Ratte nicht viel auszurichten sein wird. Ob etwas dabei herausgekommen ist, weiß ich nicht.»

«Das heißt, außer Ihrer Vermutung, die Krankheit könne eingeschleppt worden sein, haben wir nichts in den Händen», stellte Jenny enttäuscht fest.

«Ich fürchte, so ist es. Aber warum ist das so wichtig für Sie? Haben Sie diesen Fall – sagt man in Ihrem Beruf ‹Fall›? – von Mary übernommen?»

«Ja», sagte Jenny ohne weitere Erklärungen, doch ihr war anzusehen, daß etwas nicht mit ihr stimmte.

Diesmal war es an Doktor Benton, enttäuscht zu sein. «Hören Sie, Miss Cherone. Ich war offen zu Ihnen, jetzt bitte ich Sie, offen zu *mir* zu sein. Was ist los? Sagen Sie's mir.»

Jenny zögerte lange, bevor sie antwortete. «Mary ist tot», sagte sie schließlich. «Ertrunken, sagt die Polizei. Vermutlich Selbstmord oder ein Unfall.»

«Mary? Ertrunken?» Benton war entsetzt. «Nun ... das wußte ich nicht. Tut mir leid.»

«Das braucht es nicht. Sie war eine Arbeitskollegin, aber keine enge Freundin. Es ist nur ...» Jenny stockte und schluckte trocken, ehe sie fortfuhr: «... die Art, wie sie gestorben ist. So plötzlich und so brutal.» Ganz von selbst füllten sich ihre Augen mit Tränen. Sie war froh, als Benton seine Arme an ihre Schultern legte, um sie zu beruhigen.

«Sie hat ... sie hat ... so schrecklich ausgesehen», schluchzte sie. «Nur noch ihr Rumpf. Ich bekomme dieses verdammte Bild nicht mehr aus meinem Kopf!» Sie drückte ihr Gesicht gegen Bentons Brust und ließ ihren Gefühlen freien Lauf. «Sie sagen, sie ist in eine Schiffsschraube geraten, aber da war sie schon tot. Sie hatte keine Beine mehr, und ein Arm fehlte ihr auch!»

Bei Jennys Schilderung bekam Benton eine Gänsehaut. Zu gerne hätte er ihr ein paar beruhigende Worte gesagt, doch ihm fiel nichts ein. Das Entsetzen hatte ihm die Sprache verschlagen.

Jenny fühlte sich indessen so geborgen wie lange nicht mehr. Nicht einmal Phil hatte ihr das Gefühl von Nähe und Wärme so intensiv vermitteln können. Oder waren ihre Empfindungen nur Folge der bitteren Erfahrung, die sie hatte machen müssen?

«Danke», sagte sie schließlich, während sie sich eine letzte Träne aus dem Auge wischte.

«Aber wofür denn?» entgegnete Benton. «Brauchen Sie ein Taschentuch?»

«Ja, bitte.»

Der Doktor gab ihr eines, und nachdem sie sich geschneuzt hatte, sagte sie: «Marys Tod hat mich ganz schön mitgenommen. Ich weiß manchmal gar nicht mehr, wo mir der Kopf steht. Ich mache mich schon selbst verrückt.»

«Ich weiß, es fällt Ihnen nicht leicht, darüber zu reden, aber es interessiert mich sehr, was bei dem Termin, den ich für Masons Eltern bei der *CORICO* ausgemacht habe, herausgekommen ist.»

«Wenn ich das selbst nur wüßte!» seufzte Jenny. «Aber ich habe keine Ahnung. Deswegen bin ich heute zu Ihnen gekommen. Sehen Sie: Immer, wenn jemand zu uns in die *CORICO* kommt, um sich über ein Produkt oder eine Firma zu beschweren, halten wir seine Aussage fest. Auf einem Blatt Papier oder auf PC, damit man den Fall auch noch ein paar Monate später nachvollziehen kann. Auseinandersetzungen zwischen unseren Klienten und hartgesottenen Firmen können manchmal ganz schön dauern.»

«Kann ich mir vorstellen. Wer zahlt schon freiwillig?»

«Ich habe Marys Arbeitsplatz von vorn bis hinten durchgewühlt, aber abgesehen von Ihrem Brief habe ich über eine Ratte nichts gefunden. Auch Sie, Doktor, sind bei uns nirgends vermerkt. Kein Adreßkärtchen in unserer Kartei, kein PC-Eintrag, nichts. Interessanterweise fehlt auch eine Seite in Marys Kalender. Ausgerechnet der 3. Juni. Der Tag, an dem Masons Eltern zu uns ins Büro kommen sollten. Ich kann nicht glauben, daß eine derartige Verkettung von unglücklichen Umständen Zufall ist. Sie etwa?»

«Klingt unwahrscheinlich», stimmte Benton zu. «Zumal Mary eine der gewissenhaftesten Personen war, die ich jemals kennengelernt habe.»

«Das habe ich mir auch gedacht. Deswegen vermute ich, daß irgend jemand – vermutlich Mary selbst – alles vernichtet hat, was im Zusammenhang mit dieser Angelegenheit steht.»

Benton ließ sich diesen Gedanken durch den Kopf gehen und stellte dann die entscheidende Frage: «Weswegen sollte sie das getan haben?»

Jenny zuckte mit den Schultern. «Das weiß ich leider auch nicht. Aber noch unwahrscheinlicher ist es meines Erachtens, daß es jemand anderes getan hat. Nein, ich bleibe dabei: Mary selbst hat das gemacht. Sie, Doktor Benton, sind jetzt der einzige, der mir helfen kann. Ich komme nur weiter, wenn Sie mir Masons Nachnamen verraten, damit ich einmal mit ihm und seinen Eltern Kontakt aufnehmen kann. Einen anderen Weg gibt es nicht. Ich kann es nicht begründen, aber mein Gefühl sagt mir, daß an dieser Geschichte etwas faul ist. Bitte, Doktor, helfen Sie mir.»

Benton nickte nachdenklich. «Warten Sie einen Augenblick draußen», sagte er.

Als Jenny in den Wartesaal zurückkam, waren die Sitzplätze komplett belegt. Die Wartenden musterten sie mit Blicken, die zu fragen schienen, aus welchem Grund sie den Doktor solange aufgehalten hatte, wo sie doch gar kein Tier bei sich hatte.

Glücklicherweise befreite der Doktor sie nur eine Minute später aus dieser unangenehmen Situation. Er hatte mit Masons Mutter telefoniert; sie sei einverstanden, daß Jenny mit ihr spreche. Er drückte Jenny einen Zettel mit der Adresse in die Hand und kündigte an, er werde sich bei ihr melden, um zu erfahren, ob es etwas Neues gab. Sie solle ihre Telefonnummer bei der Anmeldung hinterlassen.

Als Jenny die Tierpraxis verließ, wußte sie noch nicht, wie heiß die Spur war, die sie verfolgte.

[13]

Die van Hoorns wohnten am Fuß der Hollywood Hills, auf der anderen Seite des Sunset Boulevard, der die Grenze zwischen arm und reich markierte. Hier gab es keine weißen, sauberen Bungalows mehr, sondern nur noch Betonklötze und häßliche Hinterhöfe. Heruntergekommen, schmutzig und verödet.

Nach einem halbstündigen Fußmarsch hatte Jenny die Adresse gefunden. Ein kahler Wohnblock, der auf zwanzig Etagen mindestens hundert Familien ein Obdach bot. Sicherheitshalber verglich Jenny noch einmal die verkratzte Hausnummer mit der auf ihrem Zettel. Die Nummer stimmte, jetzt mußte sie nur noch die richtige Klingel finden.

Einige Sekunden später knisterte eine Frauenstimme aus der Gegensprechanlage: «Wer ist da?»

«Mein Name ist Jenny Cherone. Sind sie Mrs. van Hoorn? Doktor Benton hat vorhin mit Ihnen telefoniert und mir Ihre Adresse geg …»

«Hallo?» fuhr die Stimme ungeduldig dazwischen. «Hallo? Ist da jemand?» Die Anlage funktionierte offenbar nicht.

Jenny startete einen zweiten Versuch, wobei sie ihren Mund ganz nahe an den Sprechschlitz heranschob und lauter sprach: «Mein Name ist Jenny Cherone!»

Es trat eine kurze Pause ein. Dann knisterte es wieder, und die Stimme am anderen Ende sagte: «Hat Doktor Benton Sie geschickt?»

«Ja.»

«Kommen Sie rauf. Siebzehnter Stock.» Das Knistern verstummte, und der Türsummer ertönte. Jenny trat ein, mußte aber feststellen, daß der Aufzug außer Betrieb war. *Siebzehnter Stock!* hallte die Lautsprecherstimme in ihrem Kopf nach. *Das überleb ich nicht.*

In der fünften Etage begann Jenny zu schwitzen, in der zehnten wußte sie, daß sie am nächsten Tag Muskelkater haben würde. Seit sie vor drei Jahren Three Pine Village verlassen hatte, hatte sie einfach keine Kondition mehr. Im vierzehnten Stock legte sie eine kurze Verschnaufpause ein. Verdammt, waren das viele Treppen!

Dann – endlich! – war es geschafft. In der Tür stand ein kleiner Junge, sechs oder sieben Jahre alt. Er hatte glattes blondes Haar und trug ein T-Shirt zu seinen hochgekrempelten Kinderjeans.

«Hallo!» begrüßte ihn Jenny. «Du bist sicher Mason, hab ich recht?»

Der Kleine nickte wortlos. Hinter ihm erschien seine Mutter, eine kleine, pummelige Frau Ende Vierzig. Ihr rot gefärbtes Haar verfehlte den Zweck, sie jünger erscheinen zu lassen. «Kommen Sie rein», sagte sie und steckte sich eine Zigarette in den Mund. «Wie war noch gleich Ihr Name?»

«Cherone. Jenny Cherone.»

Jenny trat in einen kleinen, mit abgewetzten Teppichen ausgelegten Flur, der übergangslos in das Wohnzimmer mündete. Offenbar war es gleichzeitig das Kinderzimmer, überall auf dem Boden lag Spielzeug. Abgesehen davon wirkte es aber sehr ordentlich. Auch wenn die Einrichtung darauf schließen ließ, daß die Familie alles andere als reich war, konnte man deutlich erkennen, mit welcher Sorgfalt sich Mrs. van Hoorn um die Wohnung kümmerte.

«Setzen Sie sich, mein Kind», sagte Masons Mutter. Zu ihrem Sohn gewandt, fügte sie hinzu: «Und du könntest ruhig mal wieder ein bißchen aufräumen. Was soll Miss Cherone denn von dir denken?»

Mason gehorchte und fing an, seine Spielsachen in eine Kiste zu räumen.

«Möchten Sie etwas trinken? Einen Tee vielleicht?»

«Sehr gerne. Vielen Dank.»

Eine Minute später saßen Mrs. van Hoorn und Jenny mit ihren Tassen vor sich auf der Couch und unterhielten sich.

«Sie sind wegen der Ratte bei Doktor Benton gewesen?» erkundigte sich Masons Mutter.

«Das stimmt.»

«Bearbeitet Ihre Kollegin diesen Fall nicht mehr? Wie heißt sie nochmal? Doktor Benton hat uns zu ihr geschickt. Eine sehr nette Frau.»

«Mary Haggerty.» Jennys Magen verkrampfte sich, aber sie bemühte sich, ihre Gefühle unter Kontrolle zu halten. «Sie hat die Sache an mich abgegeben», log sie.

«Miss Haggerty hat uns schon gesagt, daß wir uns keine Hoffnungen machen sollten, eine neue Ratte zu bekommen. Doktor Benton hat Ihnen sicher schon erzählt, daß Mason das Tier vergraben hat.»

«Das hat er.»

«Und ohne den Kadaver könne man nicht beweisen, daß die Ratte bereits krank war, bevor wir sie gekauft haben. Das hat uns jedenfalls Ihre Kollegin gesagt. Fragen Sie sie ruhig danach.»

Jenny fühlte sich außerstande, ihre traurige Geschichte noch einmal zu erzählen. Deswegen ging sie nicht weiter auf Mrs. van

Hoorns Bemerkung ein. «Ich will Ihnen keine Umstände machen, aber können Sie mir bitte noch einmal erzählen, wie sich alles abgespielt hat? Ich meine von Anfang an. Wo haben Sie die Ratte gekauft?»

«Bei Jimmy. Er hat seine Zoohandlung gleich hier um die Ecke, keine zehn Minuten zu Fuß. Wir haben schon früher einmal eine Ratte bei ihm gekauft, müssen Sie wissen. Und einen Hund auch. Der ist aber vergangenes Jahr unter die Räder gekommen. Jammerschade. Ist ein guter Hund gewesen.»

«Können Sie mir sagen, wo ich seinen Laden finde?»

Mrs. van Hoorn nannte Jenny die Adresse an einer Querstraße zum Sunset, und beschrieb ihr auch gleich den Weg dorthin.

«Aber wir kaufen dort nichts mehr. Nicht nach der Sache mit Tippy – so hat Mason das Tierchen genannt», sagte Mrs. van Hoorn entrüstet. «Nicht einmal Doktor Benton konnte feststellen, was mit ihr los war. Er hat uns geraten, unsere Haustiere künftig woanders zu kaufen. Nachdem Tippy gestorben war, riet er uns, in der nächsten Zeit auf mögliche Anzeichen einer Krankheit zu achten – falls wir uns angesteckt haben.» Während sie sprach, wurde ihr Gesicht auf einmal aschfahl. «Doktor Benton sagte, das sei zwar unwahrscheinlich, aber man könne nie wissen. Beim kleinsten Verdacht sollen wir zum Arzt gehen.»

«Und Ihrer Familie geht es gut?»

Aus heiterem Himmel schossen Mrs. van Hoorn Tränen in die Augen. «Mein Mann wurde gestern abend ins Krankenhaus eingeliefert. Schon seit einigen Tagen ist ihm ständig schlecht. Man weiß noch nicht, was er hat.» Sie preßte ihre Lippen zusammen, bemüht, ihre Tränen zu beherrschen. «Miss Cherone, ich möchte nicht, daß meinem Mann oder meinem Kind etwas zustößt. Sie sind alles, was ich habe. Können Sie uns helfen?»

Gerne hätte Jenny Mrs. van Hoorns Frage bejaht, doch eine feste Zusage wäre einer Lüge gleichgekommen. «Ich weiß es nicht», sagte sie. «Ich hoffe, Ihr Mann wird wieder gesund, denn die

Chancen, Schmerzensgeld zu bekommen, stehen schlecht. Ehrlich gesagt sogar sehr schlecht. Ohne die Ratte können wir nicht beweisen, daß sie Ihren Mann angesteckt hat.» Sie wußte, daß ihre Worte hart waren, aber sie entsprachen der Realität.

Jenny wandte sich an Mason, der seine Aufräumaktion inzwischen beendet hatte und mit einer futuristischen Weltraum-Plastikpuppe spielte. «Mason, es ist sehr wichtig, daß du mir verrätst, wo du die Ratte begraben hast. Du willst doch, daß dein Daddy wieder gesund wird?»

«Ja.»

«Sagst du mir dann, wo die Ratte liegt?»

Statt einer Antwort schüttelte Mason verschämt seinen blonden Schopf. Auch Jennys weitere Anläufe scheiterten. Selbst seiner Mutter verriet er nichts; er reagierte weder auf Bitten noch auf Drohungen, und nicht mal die Aussicht auf eine Belohnung vermochte ihn umzustimmen.

Schließlich kapitulierten die beiden Frauen vor der kindlichen Sturheit.

«Na schön», sagte Jenny zu Mrs. van Hoorn. «Ich melde mich bei Ihnen, wenn ich etwas herausbekomme, einverstanden?»

«Das ist nett von Ihnen. Und wenn Mason sein Geheimnis doch noch lüftet, werde ich Sie ebenfalls informieren. Ich weiß nicht, was mit ihm los ist.» Mrs. van Hoorn war völlig aufgelöst. «Ich mache mir solche Sorgen um meinen Mann.»

Jenny konnte nichts darauf erwidern. Sie konnte sich nicht vorstellen, was den Jungen zum Schweigen bewog, aber was immer es war, ohne seine Hilfe konnte sie nichts tun. Zumindest im Augenblick. Jenny blieb nichts weiter übrig, als Mrs. van Hoorn mit ihrer Verzweiflung allein zu lassen. So bedankte sie sich für den Tee und machte sich auf den Weg.

Als sie bereits die ersten Stufen hinabgestiegen war, blieb sie noch einmal stehen. «Eine Frage habe ich noch», sagte sie zu Mrs. van Hoorn, die apathisch in der Wohnungstür stehengeblieben war. «Hat meine Kollegin sich Notizen von Ihren Schilderungen gemacht, als Sie bei ihr in der *CORICO* waren?»

Mrs. van Hoorn setzte eine verdutzte Miene auf, die stumm zu fragen schien, warum Jenny ihre Kollegin nicht selbst fragte. Dennoch antwortete sie: «Ja, sie hat sich Notizen gemacht. Zwei oder drei Seiten. Ich habe mich nämlich über den Aufwand gewundert, und alles nur wegen einer Ratte.» Sie schluckte. «Tom, mein Mann, war da noch gesund.»

Jenny bedankte sich noch einmal und ging. Sobald sie im Büro war, würde sie nach einer Akte ‹van Hoorn› suchen. Doch eine innere Stimme sagte ihr, daß sie nichts finden würde.

[14]

Um kurz nach halb zwölf schaute Sheriff Dan Paxton bei Trevor Winwood vorbei, um King George abzuholen. Der Gaul stand frisch beschlagen und gestriegelt im Stall. Trevor ging es nach seinem gestrigen Zusammenstoß mit dem blauen Sportwagen schon wieder ganz gut. Er hatte Glück im Unglück gehabt und sich außer Prellungen und Schürfungen keine nennenswerten Verletzungen zugezogen. Der Doktor hatte ihn schon ein paar Stunden später wieder gehen lassen. Nach einem Abstecher in Lukes Drugstore, wo er sich eine wohlverdiente Flasche Schnaps gekauft hatte, war er schnurstracks nach Hause gegangen, um sich wieder seiner Arbeit zu widmen: seinen Pferden und dem Zusatztank seiner Bell.

Das alles erzählte Trevor dem Sheriff in epischer Breite – sehr zum Leidwesen von Dan Paxton, denn er freute sich schon auf das Essen, zu dem Gale ihn am Vortag eingeladen hatte.

Als Trevor dann auch noch zu der Geschichte ansetzte, wie er sich in den Bergen beide Beine gebrochen und King George ihn gerettet hatte, verabschiedete sich der Sheriff genervt. Kurz darauf saß er in seinem Polizeiwagen und paffte gemütlich seine Pfeife.

Er hatte das Seitenfenster heruntergekurbelt und genoß den

Anblick der Natur. Ein Blick in den Rückspiegel zeigte ihm, daß alles in Ordnung war. King George trabte, angeleint an der Anhängerkupplung, locker hinter ihm her.

Dan Paxton hatte Three Pine Village bereits hinter sich gelassen und folgte der kerzengeraden Straße in Richtung Norden. Rechts von ihm erstreckte sich, so weit das Auge reichte, eine riesige Ebene, auf der außer Gras, Moos und ein paar Büschen nichts wuchs. Links fand sie nach ein paar hundert Metern ihre natürliche Grenze in den gigantischen Ausläufern der Rocky Mountains. Der bewaldete Bergzug verlief parallel zur Straße, und bei dem majestätischen Anblick schlug Dan Paxton das Herz schneller. Dieses Fleckchen Erde ist wirklich einzigartig schön, dachte er.

Paxton bog nach links in einen schmalen Weg ein, der entlang des Waldrands direkt auf die Berge zuhielt. Wenig später parkte er seinen Wagen hinter Gales Dodge. Er stieg aus, löste King Georges Zügel von seiner Anhängerkupplung und gab ihm einen Klaps auf die Flanke. Das Pferd schnaubte einmal kräftig und trottete auf die Wiese, um zu grasen.

Gales Vordereingang war nur über sieben grobe Holzstufen zu erreichen, denn das von den fensterlosen Grundmauern umgebene ‹Erdgeschoß› fungierte als Keller. Ohne zu klopfen, trat Paxton ein.

Gale saß am Arbeitstisch vor ihrem Computer. Sie hatte Paxton den Rücken zugewandt und sein Eintreten offenbar gar nicht bemerkt. Konzentriert sprang ihr Blick zwischen einem aufgeschlagenen Buch und dem Bildschirm hin und her. Sie gab etwas in die Tastatur ein, worauf eine ganze Kolonne von Buchstaben über den Monitor huschte. Abbigale Cherones Reaktion verriet eine Mischung aus Frustration und aufkommender Aggressivität, denn sie atmete tief durch und schüttelte dabei den Kopf. Paxton hatte im Verlauf von fünf Jahrzehnten erfahren, daß Gale viele bewundernswerte Eigenschaften besaß – Geduld gehörte nicht dazu. Nicht mehr lange, und ihr würde der Kragen platzen.

Mit Blick auf die drei Töpfe, die auf dem gußeisernen Herd standen und aus denen es verlockend brodelte, sagte Paxton: «Da läuft einem ja das Wasser im Mund zusammen. Mir scheint, ich komme gerade richtig.» Da er es sich nicht verkneifen konnte, die Frau ein wenig zu foppen, fügte er hinzu: «Aber wo ist mein Pudding? Der Deal hieß: Pudding im Tausch für King George. *Ich* habe meinen Teil der Abmachung erfüllt.»

Gale drehte sich um und lächelte dem alten Mann zu. Im gleichen Tonfall entgegnete sie: «Keine Sorge, Dan. Denkst du, ich könnte es wagen, deinen Pudding zu vergessen? Ich weiß doch, daß ein alter Mann wie du nichts anderes mehr beißen kann.» Damit waren sie quitt.

Sheriff Paxton legte seinen Hut neben die Spüle und spechtete nacheinander in alle drei Töpfe. Genießerisch sog er die verschiedenen Düfte in die Nase. «Was machen deine Computerkenntnisse?» erkundigte er sich. «Irgendwelche Fortschritte?»

«Das kann man leider nicht behaupten», sagte Gale mit einem Hauch von Verzagtheit. «Hast du eine Ahnung, was *das* bedeutet?» Sie sah wieder auf den Bildschirm und las vor: «Zuwenig freier Arbeitsspeicher. Entfernen Sie nicht benötigte speicherresidente Programme. Da soll einer schlau draus werden! Und hier» – sie blickte in ihr Buch – «steht: Der Arbeitsspeicher kann durch den Einsatz von HIMEM.SYS und EMM386.EXE in andere Speicherbereiche verlagert werden.»

«Und was heißt das in *meiner* Sprache?» fragte der Sheriff belustigt.

«Das wollte ich ja von dir wissen», sagte Gale. «Eine große Hilfe bist du nicht.»

«Ich bin dreiundsiebzig Jahre alt», rechtfertigte sich Paxton. «Was erwartest du? Einen Computerfreak? Ich bin froh, wenn ich mir an meiner elektrischen Zahnbürste keinen Schlag hole.»

Gale betrachtete noch einmal die Anweisung auf dem Monitor, schüttelte abermals den Kopf und schaltete den Computer aus.

«Vielleicht sollte ich diesen Quatsch auch lieber bleibenlassen», sagte sie resigniert. «Ich glaube ernsthaft, das ist nichts für mich.»

Beinahe hätte Paxton ihr recht gegeben. Dann jedoch besann er sich eines Besseren, denn er wußte, daß Gale sich nicht um ihrer selbst willen damit abplagte, sondern wegen Jenny. Gale wollte ihre Tochter beeindrucken. Paxton kannte die Meinungsverschiedenheiten, die es in den letzten Jahren immer wieder zwischen den beiden gegeben hatte. Vor sechs Monaten, an Weihnachten, war es schließlich zum großen Krach gekommen. Dan und sein Großneffe Bobby waren zum Festessen eingeladen gewesen. Gale und Jenny hatten eine eigenhändig gefällte Tanne im Zimmer aufgestellt und geschmückt. Alles hätte so schön, so besinnlich, so harmonisch sein können. Doch irgendwie hatte sich zwischen Bobby und Jenny, die beide etwa im selben Alter waren, ein Gespräch über die neuesten Entwicklungen der modernen Computertechnologie entwickelt. Seit Jenny nach Los Angeles gezogen war, hatte sie an diesen Dingen ein starkes Interesse entwickelt. Bis dahin war der Abend friedlich verlaufen, doch als Gale eine Bemerkung darüber gemacht hatte, wie überflüssig sie Computer fände, war es schlagartig aus gewesen: Paxton hatte damals versucht, die Wogen zu glätten und den Streit noch im Keim zu ersticken, doch es war ihm nicht geglückt. Beide Seiten hatten sich immer mehr in Rage geschimpft, so waren Worte gefallen, die besser ungesagt geblieben wären. Es war klar gewesen, daß beide ihre Bösartigkeiten bereuen würden – *hinterher.* Aber genauso klar war gewesen, daß beide zu stur sein würden, den Anfang zu machen, wenn es darum ging, sich beim anderen zu entschuldigen. Zu Paxtons großem Bedauern hatte das Festessen in einem Fiasko geendet – noch vor dem Pudding.

In diesem ungelösten Zwist hatten die beiden Streithähne sich getrennt. Seitdem hatte weder Gale noch Jenny die Initiative zur Versöhnung ergriffen – der Beweis dafür, daß Sturheit vererblich war. Die einzige Hoffnung war Gales Geburtstag in vier Tagen –

und Paxton wußte, wieviel Gale daran lag, wieder mit ihrer Tochter ins reine zu kommen.

Der Sheriff lächelte in seinen schlohweißen Schnauzbart hinein. Gales Versuch, Jenny ihren guten Willen mit der Anschaffung eines Computers zu demonstrieren, war rührend. Bereits seit zwei Monaten mühte sie sich mit dem Gerät ab – mehr oder weniger erfolglos. Insgeheim bewunderte der Mann jedoch die Beharrlichkeit, mit der sie sich festgebissen hatte. Aber wahrscheinlich war auch das nur eine Art von Sturheit.

«Jenny wird diese Geste zu schätzen wissen», munterte der Alte Gale auf. «Ihr wird völlig egal sein, ob dein Arbeitsspeicher frei ist oder nicht. Oder ob dein EEM133 ...»

«EMM386.EXE!»

«Dann eben EMM386.EXE. Ob das Ding jedenfalls in deinem Computer drin ist.»

Gale lachte. «Es ist beruhigend zu wissen, daß es wenigstens *einen* Menschen auf der Welt gibt, der davon noch weniger Ahnung hat als ich.»

«Was zählt, ist allein, daß du Jenny zeigst, daß du dich für ihr Leben interessierst.»

«Wie fast immer hast du wahrscheinlich recht.»

«Genau. Und jetzt laß uns essen. Ich sterbe vor Hunger, und ich möchte nicht, daß der Pudding anbrennt.»

[15]

Jimmys Zoohandlung war ein alleinstehendes Haus. Die Gebäude links und rechts davon waren schon vor geraumer Zeit abgerissen worden, wie es schien, denn zwischen einigen vergessenen Resttrümmern sprossen bereits kleine Büsche und anderes Gestrüpp. Offenbar interessierte sich niemand für dieses Bauland, schon seit Jahren. Und wenn man die Gegend sah, wußte man auch, warum.

Es war inzwischen früher Nachmittag. Die Sonne begann, Kräfte zu entfalten, mit der sie eine ganze Stadt lähmen konnte.

Ein altes Chevy-Cabrio schleppte sich träge über den Asphalt, bevor es an der nächsten Ecke verschwand. Ein paar Kinder spielten irgendwo in der Ferne Fußball am Straßenrand.

Jenny wischte sich mit dem Handrücken den Schweiß von der Stirn und trat ein. Statt einer Türglocke ertönte der schrille Trompetenstoß eines Elefanten. Ein wenig zu technisch, als daß es echt geklungen hätte, aber durchaus beeindruckend. Als die Tür hinter Jenny ins Schloß fiel, vermischte sich der Trompetenstoß mit dem Geschrei einer ganzen Affenhorde. Dann war es wieder still.

In dem Laden stand die Luft heiß und stickig. Es war so dunkel, daß Jennys Augen eine Weile brauchten, um sich an die ungünstigen Lichtverhältnisse anzupassen. Erst nach einigen Sekunden konnte sie wieder normal sehen.

Sie befand sich in einem kleinen Vorraum, in dem eine Vielzahl von unterschiedlichen Pflanzen untergebracht war. Wie diese in der dämmrigen Umgebung gedeihen konnten, war Jenny ein Rätsel.

Nach hinten weg führte ein schmaler Gang durch zwei mit Tierkäfigen vollgestopfte Regalreihen. Zwischen kreischenden Vögeln, jaulenden Hunden und fauchenden Katzen unterhielt sich dort ein Mann mit einer Mittfünfzigerin. Der Mann war groß und schlaksig und wirkte neben der untersetzten Frau wie eine Giraffe neben einem Nilpferd. Ohne genau hinzuhören, schnappte Jenny auf, wie der Lange sagte: «... wirklich pflegeleicht, Miss Alapesci. Wenn Sie sich erst einmal an ihn gewöhnt haben, werden Sie nie mehr einen anderen wollen.»

Miss Alapesci gehörte indes nicht zu den Kunden, die sich leicht überzeugen ließen: «Hören Sie, junger Mann! Wenn ich Ihnen sage, er gefällt mir nicht, dann *gefällt er mir nicht.* Ist das so schwer zu begreifen?»

Jenny konnte Miss Alapesci gut verstehen. Der Mann wollte ihr offenbar einen Pekinesen andrehen, jene Hunderasse, deren Gesichtspartie aussah wie eine Motorhaube nach einem Auffahrunfall. Ein solcher Hund mochte manche Qualitäten haben – hübsch war er gewiß nicht. Während Miss Alapesci einen flammenden Monolog über die Schönheit des Dackels im Vergleich zu der des Pekinesen hielt, widmete Jenny sich wieder dem Vorraum. Jetzt, da sie sich an das Dämmerlicht gewöhnt hatte, erkannte sie zu ihrer Linken ein Aquarium von beachtlicher Größe. Mindestens zwanzig oder dreißig Fische der unterschiedlichsten Gattungen tummelten sich darin.

Zwischen den Ausläufern verschiedener exotischer Pflanzen erkannte die junge Frau die Theke, die von einer antiquierten Registrierkasse dominiert wurde. Dahinter saß ein Mann in irgendwelche Rechnungen vertieft und übertrug deren Beträge fein säuberlich in eine Liste.

Von seinen Unterlagen aufblickend, fragte er: «Nun, Miss, was kann ich für Sie tun?» Er war schon an die Sechzig und trug wie die Bankangestellten in alten Westernfilmen eine Sichtblende über den Augen, was bei den herrschenden Lichtverhältnissen absolut überflüssig war. Dem faltigen Gesicht sah man das Alter deutlich an. Eine Unzahl kurzer grauer Bartstoppeln auf Wangen, Kinn und Hals gaben ihm ein ungepflegtes, nahezu verwildertes Aussehen. Die dicke Hornbrille ließ seine kleinen Äuglein gigantisch erscheinen. «Ob Hund, ob Katz', ob Murmeltier – Jimmy hat sie alle hier», sagte der Alte lachend. «Ziemlich gut, was? Das sag ich zu allen neuen Kunden. Bricht das Eis, wenn man sich noch nicht kennt.»

«Ja, das ist wirklich gut», sagte Jenny der Höflichkeit halber. «Mein Name ist Jennifer Cherone. Sind Sie Jimmy?»

«In voller Größe!» antwortete der Mann. Er schob seinen Sitz zurück und rollte damit um den Kassentisch auf Jenny zu. Jimmy war Rollstuhlfahrer. «Ich hoffe, Sie haben nichts dagegen, wenn ich sitzen bleibe.» Kichernd gab er Jenny die Hand. «Jim Turansky, besser bekannt als ‹Affen-Jimmy›, Sohn russischer Einwanderer, Besitzer dieses Ladens schon seit 1963. Was führt Sie zu mir, Miss?

Suchen Sie etwas Bestimmtes, oder wollen Sie sich nur ein bißchen umschauen?»

«Ich interessiere mich für Ratten», sagte Jenny. «Sie verkaufen doch auch Ratten, oder?»

«Ratten? Aber natürlich. Jede Menge sogar. Haben Sie schon eine konkrete Vorstellung?»

«Nein, Mister Tu ...»

«... ransky», ergänzte der Alte. «Aber sagen Sie bitte Jimmy zu mir. Das klingt viel jünger, finden Sie nicht?»

Jenny lächelte. Wer hätte gedacht, daß der nach außen hin so verwahrloste Mann eitel war? «Sehen Sie, Jimmy, ich bin ehrlich zu Ihnen: Ich möchte keine Ratte kaufen.»

«Nein?» Verdutzt zog der Mann die Augenbrauen hoch, wobei auch die Sichtblende an seiner Stirn hinaufwanderte. «Aber Sie sagten doch ...»

«Ich habe nur gefragt, ob Sie welche *haben*! Ich hatte nicht die Absicht, welche zu kaufen.»

«Sind Sie von der Gewerbeaufsicht?» Jimmys Tonfall wurde skeptisch. «Bei mir gibt's keine Probleme mit der Hygiene. Alles einwandfrei. Sie können sich selber davon überzeugen.»

«Ich bin nicht von der Gewerbeaufsicht. Es interessiert mich nur, woher Sie Ihre Ratten bekommen, das ist alles.»

«Aha», machte Jimmy und kratzte sich am Bart. Mit Jennys Aussage konnte er nichts anfangen. «Und warum wollen Sie das wissen?»

«Warum sollten Sie es mir nicht sagen?»

Jennys Konter stieß bei Jimmy auf Abwehr. «Betriebsgeheimnis!» sagte er knapp.

«Ich möchte doch nur wissen, woher Sie Ihre Ratten beziehen. Das kann doch kein Betriebsgeheimnis sein.»

«Doch, ist es. Tut mir leid!» Aus irgendeinem Grund stellte der Alte sich stur. Aber warum? War er nur eingeschnappt, weil eine Fremde bei ihm auftauchte und Fragen stellte? Oder steckte mehr dahinter? Ohne seine Kooperation würde Jenny niemals herausbekommen, was die Ratte mit Mary Haggertys Tod zu tun hatte – falls es tatsächlich einen Zusammenhang gab. So unglaubwürdig die Geschichte jedoch anmutete, tief in ihrem Innern war Jenny davon überzeugt, auf der richtigen Spur zu sein. Aber wenn Jimmy nicht redete, war sie am Ende einer Sackgasse angelangt. Die junge Frau entschied sich, Jimmy wenigstens einen Teil der Wahrheit anzuvertrauen.

«Ich weiß, es wird Ihnen nicht leichtfallen zu glauben, was ich Ihnen jetzt sage», begann sie. «Aber es sieht so aus, als hätten Sie vor kurzem eine Ratte verkauft, die eine Krankheit hatte. Eine sehr seltene Krankheit.» Jimmy saß wortlos in seinem Rollstuhl. Daß er sich nicht sofort verteidigte, interpretierte Jenny als gutes Zeichen. «Allerdings weiß ich nicht, um welche Krankheit es sich handelt. Nicht einmal der Tierarzt, zu dem man das Tier gebracht hat, konnte die Krankheit diagnostizieren. Er empfahl den Besitzern daraufhin, sich an uns, an die *CORICO*, zu wenden.»

Als Jenny ihre Firma erwähnte, langte sich Jimmy genervt an die Stirn. «Ach, du liebe Güte», seufzte er. «Leute wie Sie, Kindchen, machen mir das Leben schwer! Ich ...»

«Jimmy!» bremste Jenny seinen aufkommenden Redeschwall. «Kein Mensch beschuldigt Sie, glauben Sie mir. Ich weiß, daß Sie nichts für diese Krankheit können. Das war nicht Ihr Fehler.»

«Verdammt richtig!» gab der Rollstuhlfahrer zurück. «Das war nicht mein Fehler. Kann ich was dafür, wenn die mir kranke Viecher liefern?»

«Genau darum geht es! Wer sind ‹die›? Wer liefert Ihnen die Tiere?»

Noch zögerte der Mann, aber Jenny erkannte, daß sein Widerstand fast gebrochen war. Es fehlte nur noch ein kleiner Anstoß. «Jimmy, ich versichere Ihnen, daß ich Sie völlig aus dieser Angelegenheit raushalte. Ich will nur wissen, woran die Ratte gestorben ist. Bitte! Sagen Sie mir, woher Sie die Tiere beziehen.»

Man konnte dem Alten am Gesicht ablesen, wie es in seinem Kopf arbeitete; wie er Für und Wider gegeneinander abwog. Schließlich entschied er sich dafür zu reden: «Ich kann mich daran erinnern, an wen ich die Ratte verkauft habe. Es war eine Mutter mit ihrem Kind. Ich glaube, die habe ich schon mal in meinem Laden gesehen. Mit Namen kann ich leider nicht dienen, nur wenige Kunden stellen sich vor, wenn sie reinkommen. Ich hab auch nicht so sehr darauf geachtet, muß ich zugeben, denn eine Ratte zu verkaufen ist für mich keine so große Sache.»

Jimmy mußte sich offensichtlich erst warmreden, denn er hatte Jennys Frage nach der Herkunft des Tieres nicht beantwortet. Deswegen hakte Jenny noch einmal nach: «Und woher bekommen Sie die Ratten? Kaufen Sie sie aus Tierheimen? Oder lassen Sie sie importieren?»

«Importieren? Grundgütiger, wie kommen Sie denn darauf? Meine Tierhandlung ist eine kleiner Laden, wie Sie sehen. Da lohnt es sich nicht, Tiere zu importieren.»

«Es ist nur wegen dieser Krankheit», erklärte Jenny. «Der Tierarzt hatte die Vermutung, sie könne von irgendwoher eingeschleppt worden sein. Das ist doch merkwürdig, finden Sie nicht?»

«Ja, merkwürdig.» Der Alte kratzte sich am Kopf. «Aber ich versichere Ihnen, daß ich meine Ratten nicht aus dem Ausland beziehe, sondern immer von FrazerLab. Das ist so eine Art Zuchtlabor. Das habe ich übrigens alles schon Ihrer Kollegin erzählt. Sprechen Sie sich nicht untereinander ab?» Der Alte wirkte etwas gereizt.

Da Jenny auf derselben Spur war wie Mary Haggerty, war dies zu erwarten gewesen. Sicherheitshalber fragte sie: «Blondes Haar? Etwas kleiner als ich?»

«Ja. Sie war hier, wenige Tage nachdem ich die Ratte verkauft hatte. Und sie hat die gleichen Fragen gestellt wie Sie, Lady.»

«Haben Sie ihr auch von diesem Labor erzählt? Wie heißt es?»

«FrazerLab», wiederholte Jimmy. «Natürlich hab ich ihr davon erzählt. Sie hat mir die Geschichte von der kranken Ratte erzählt, genau wie Sie, und ich habe ihr dieselben Auskünfte gegeben.»

Die Dame mit der Abscheu vor Pekinesen wurde von Jimmys Assistenten zur Kasse geführt. Auf dem Arm trug sie eine Katze, nach Jennys Empfinden eine entschieden bessere Wahl. Nachdem die Kundin bezahlt hatte, verabschiedete der Lange sich von ihr: «Auf Wiedersehen, Miss Alapesci. Beehren Sie uns bald wieder.»

«Seien Sie nicht so arschkriecherisch, junger Mann!» rügte sie ihn auf halbem Weg zur Tür. Ein Elefant trompetete und Affen kreischten, dann war Miss Alapesci verschwunden.

«Alte Schachtel!» warf der Assistent ihr nach, bevor er wieder im Gang verschwand.

«Die Frau bringt mich noch um den Verstand», seufzte Jimmy. «Alle vier Wochen schaut sie vorbei, um zu sehen, was ich neu reinbekommen habe. Jedes Tier muß sie auf den Arm genommen haben. Aber keines gefällt ihr. Letzten Endes kauft sie doch wieder nur eine Katze. Sie hat inzwischen wahrscheinlich mehr als der Zoo.»

Jenny wollte noch einmal zum Thema zurückkommen: «Dieses FrazerLab ... Wo finde ich das?»

«Direkt am Pazifik. Fahren Sie über den Highway 101 in Richtung Norden, immer an der Küste entlang, dann können Sie es nicht verfehlen. Das sind aber ein paar Meilen zu fahren.»

«Und wie läuft das, wenn Sie neue Ratten benötigen? Rufen Sie einfach dort an und sagen, was Sie brauchen?»

«Sicher. Ein Anruf genügt. Ein paar Tage später bringen sie sie dann vorbei. Sie fahren ihre Tour immer donnerstags. Bisher kam meistens Noah Washington. Ein Nigger, aber ein anständiger Kerl. Ich fürchte, sie haben ihn nach dieser Tour rausgeschmissen. Er hat anscheinend heimlich gesoffen. Beim Autofahren. Schade um ihn, denn er war sonst wirklich ein angenehmer Zeitgenosse.»

«Und was ist mit den anderen Ratten? Ist der Rest der Lieferung nicht erkrankt?»

«Weiß ich nicht. Die Ratten wurden ein paar Tage nach der Auslieferung wieder zurückgeordert. Der Kerl, der bei mir war, hat mir auch die Sache mit Noah erzählt. Außerdem hat er gemeint, die letzte Tour sei eine Fehllieferung gewesen. Er war nicht sehr glücklich, daß ich schon eine Ratte verkauft hatte.»

«Kam das schon öfter vor?»

«Daß die Ratten wieder abgeholt wurden? Noch nie. Aber bei dieser Lieferung waren es auch ganz andere Tiere als sonst. Nicht die weißen, die ich normalerweise bekomme, sondern kleine, dürre, schwarze. Ich dachte, das ist mal etwas anderes. Das Sortiment zu erweitern kann nicht schaden, verstehen Sie? Deswegen habe ich mich nicht bei FrazerLab beschwert. Als sie die Tiere wieder abgeholt haben, wollten sie unbedingt wissen, an wen ich die Ratte verkauft hatte, aber natürlich wußte ich den Namen nicht. Wenn Sie mich fragen – das hat denen gar nicht gefallen, aber sie mußten sich damit abfinden. Ich soll mich unbedingt mit ihnen in Verbindung setzen, wenn sich der Käufer noch mal meldet, haben sie gesagt. Im nachhinein glaube ich, die haben ganz genau gewußt, daß mit den Viechern etwas faul war.»

Jenny vermutete dasselbe. Sie war fest entschlossen herauszufinden, was dahintersteckte.

[16 ... 11. JUNI]

Jenny begann ihre Arbeit an diesem Tag mit der Suche nach der Akte ‹van Hoorn›. Von Mrs. van Hoorn wußte sie, daß Mary Haggerty sich Aufzeichnungen über das gemeinsame Gespräch gemacht hatte. Diese Notizen mußten schließlich irgendwo sein.

Bereits kurz vor sieben Uhr war sie in ihrem Büro eingetroffen, denn sie wollte nicht gestört werden. Sie durchstöberte Mary Haggertys Schreibtischschubladen, ihre Schränke und alle Hängeregister. Obwohl sie sehr sorgfältig vorging, fand sie nichts.

Nachdem sie alles, wirklich alles – inklusive der Ritzen zwischen Schränken und Wänden – durchsucht hatte, hatte sie keinen Zweifel mehr: Die Akte existierte nicht. Entweder hatte Mary sie vernichtet, oder sie hatte ihre Notizen gar nicht als Akte angelegt. Aber warum?

Inzwischen war es neun Uhr, und die ersten Anrufe gingen ein. Während Jenny von ihrem Büro aus telefonierte, kamen nach und nach ihre Kollegen, die zur Begrüßung kurz an den Türrahmen klopften, winkten und dann weitergingen.

Eine Stunde später ebbten die Telefonate langsam wieder ab, was Jenny Gelegenheit gab, bei der Polizei anzurufen. Was Lieutenant Johnson, ‹Alexander der Große›, ihr sagte, gefiel ihr überhaupt nicht: Mary Haggerty hatte Selbstmord begangen.

«Miss Cherone, ich kann Ihre Enttäuschung ja verstehen. Aber ich habe Ihnen von Anfang an gesagt, daß wir damit rechnen müssen.»

«Das glaube ich einfach nicht», hielt Jenny stur dagegen.

«Ich bitte Sie», startete Johnson einen erneuten Versuch, Jenny zu besänftigen. «Die Fakten sind ziemlich eindeutig. Wir haben in der Wohnung der Toten einen Abschiedsbrief gefunden. Auf dem Eßtisch, fein säuberlich in einem Umschlag versteckt.»

Jenny brauchte einen Moment, um sich mit dieser Tatsache abzufinden. «Einen Brief? Was hat sie geschrieben?»

«Das Übliche.»

«Was soll das heißen, das Übliche?»

«Miss Cherone! Sie quälen sich doch nur unnötig!»

«Sagen Sie mir, was sie geschrieben hat!» forderte Jenny. Erst danach bemerkte sie, welch rüden Ton sie angeschlagen hatte, und sie fügte noch schnell ein ‹Bitte› hinzu.

Ihre plötzliche Höflichkeit stimmte auch den Polizisten sanfter. «Na schön», lenkte er ein. «Meinetwegen. Bleiben Sie einen Augenblick dran!» Ein kurzes, dumpfes Geräusch verriet, daß er den Hörer beiseite gelegt hatte. Eine halbe Minute später war er wieder am Apparat. «Sind Sie noch dran?»

«Gewiß.»

«Viel geschrieben hat sie nicht. Ich lese es Ihnen vor: *Es gibt Punkte im Leben, an denen man nicht mehr weiterweiß. An einem solchen Punkt bin ich angekommen. Ich weiß, daß es für mein Problem keine Lösung gibt. Denn sähe ich einen Weg, so würde ich diesen letzten, endgültigen Schritt nicht tun. Möge Gott mir vergeben.*»

An beiden Enden der Leitung herrschte Schweigen.

«Miss Cherone?»

«Ja ... ja, ich bin noch da», sagte Jenny verwirrt. Sie konnte es einfach nicht glauben. War es tatsächlich möglich, daß dieser Brief von Mary stammte? Es dauerte ein paar Sekunden, bis ihr auffiel, daß dieser Brief im Grunde genommen keinerlei genaue Angaben enthielt, nur die vage Andeutung eines ‹unlösbaren Problems›. «Steht sonst noch etwas in dem Brief?» fragte Jenny. «Der Grund, weswegen sie sich das Leben genommen hat?»

«Das ist alles. Das sind ihre Abschiedsworte. Tut mir leid.»

«Sind Sie sicher, daß es ihre Handschrift ist?» hakte Jenny nach.

«Der Brief ist nicht von Hand geschrieben worden.»

«Aber dann könnte ihn doch jeder geschrieben haben», warf Jenny entrüstet ein. «Die Angaben sind so allgemein, das stinkt doch zum Himmel.» Oder bildete sie sich nur etwas ein?

Lieutenant Johnson war ein wenig ungehalten. «Der Brief wurde auf der Schreibmaschine getippt, die wir in der Wohnung der Toten gefunden haben. Das haben wir schon nachgeprüft. Auf den Tasten sind ihre Fingerabdrücke, genauso wie auf dem Papier und auf dem Umschlag. Welche Beweise wollen Sie noch?»

Es dauerte einen Moment, bis Jenny das verarbeitet hatte. Konnte es sein, daß das, was Mary Haggerty herausgefunden hatte, sie tatsächlich zum Selbstmord getrieben hatte? Daß es sie derart belastet hatte, daß sie lieber sterben wollte? Aber das war doch Unsinn! Was hätte Mary derart in Verzweiflung stürzen können?

«Ich habe noch eine Frage», sagte sie in den Hörer.

Am anderen Ende der Leitung war ein Seufzer zu vernehmen. «Fragen Sie.»

«Die Tatsachen scheinen ja zweifelsfrei zu sein. Ist es dennoch möglich, daß ein anderer den Brief getippt hat? Theoretisch, meine ich.»

«Dazu müßte der Schreiber einen Schlüssel für Haggertys Wohnung gehabt haben, denn es gab nicht die geringste Spur für ein gewaltsames Eindringen. Er hätte den Brief mit Handschuhen schreiben müssen. Überdies hätte er Haggerty dazu veranlassen müssen, das Papier und den Umschlag anzufassen. Wegen der Fingerabdrücke, meine ich. Miss Cherone, glauben Sie mir: Selten sprechen die Tatsachen so deutlich für sich wie in diesem Fall. Haggerty hat einen Abschiedsbrief geschrieben, ist – aus freiem Willen – ins Wasser gegangen und dann ertrunken. So leid es mir tut, aber das ist nun mal die Wahrheit.»

«Aber es wäre dennoch möglich, daß ein anderer den Brief geschrieben hat!» beharrte Jenny. Daß ‹Alexander der Große› am anderen Ende der Leitung beinahe der Kragen platzte, war ihr egal. Solange Mord nicht hundertprozentig ausgeschlossen werden konnte, würde Jenny keinen Millimeter von ihrer Meinung abweichen. Wenn Mary tatsächlich umgebracht worden wäre, hätte der Mörder sicher die Wohnungsschlüssel in ihrer Hosen- oder Jackentasche gefunden. Und wer einen Mord so geschickt als Selbstmord vertuschen kann, der konnte auch Marys Fingerabdrücke auf ein Stück Papier bringen. Vielleicht hatte sie das Blatt schon zu Lebzeiten angefaßt, vielleicht hatte der Mörder auch ihre tote Hand darauf gepreßt. Auch wenn das alles recht unwahrscheinlich klang, so war es immerhin eine Möglichkeit. «Könnte es sein, daß ein anderer den Brief geschrieben hat?» fragte Jenny beharrlich.

«Theoretisch.»

«Aber möglich wäre es!»

«Miss Cherone!» Lieutenant Johnsons Stimme wurde lauter. «Was zum Teufel wollen Sie? Ich kann meine Männer nicht auf einen bereits gelösten Fall ansetzen, nur weil Ihre innere Stimme besser funktioniert als der gesamte Polizeiapparat von Los Angeles. Ab einem bestimmten Zeitpunkt muß man die Dinge einfach akzeptieren!» Und etwas versöhnlicher fügte er hinzu: «Auch wenn es schwerfällt. Lassen Sie die Toten ruhen. Gönnen Sie sich etwas Ruhe, und versuchen Sie, die Sache zu vergessen.»

Jenny wolle dem Beamten noch von der fehlenden Akte erzählen. Von der Ratte der van Hoorns, von der Seite, die aus Marys Kalender herausgerissen worden war, und von Doktor Benton. Doch sie ahnte schon, was Johnson ihr entgegnen würde. Ohne die Ratte war Doktor Bentons Theorie von der eingeschleppten Krankheit nicht zu belegen. Und das Fehlen der Unterlagen hätte der Polizist vermutlich auf die schlampige Arbeitsweise der *CORICO* zurückgeführt. So kam nur noch ein knappes «Danke» über ihre Lippen, bevor sie den Hörer enttäuscht einhängte. Von der Polizei hatte sie keine Hilfe zu erwarten.

[17]

Jennys Chef, Jason Grant, willigte nur zögernd ein, als sie ihn darum bat, ein paar Tage freizubekommen. Es war schwer genug, die Lücke zu schließen, die Mary Haggerty hinterlassen hatte. Wenn nun auch noch Jenny fehlte, lag der Bereich ‹Medienarbeit› völlig brach. Nach langem Betteln und dem Versprechen, daß es nur für zwei oder drei Tage sei, hatte Jenny schließlich ihren Urlaub. Wahrscheinlich glaubte er, Jenny habe sich erst jetzt vom ersten Schock erholt und müsse nun ein wenig ausspannen. Ein durchaus berechtigter Wunsch, den er als verständnisvoller Chef nicht ablehnen wollte.

Jenny bedankte sich bei ihm, räumte ihren Tisch auf und ging. Sie hatte allerdings keineswegs vor, ein paar Tage auszuspannen. Sie wollte das tun, was ihrer Meinung nach die Aufgabe der Polizei gewesen wäre. Sie wollte herausfinden, was *wirklich* geschehen war.

«FrazerLab – Privates Institut für Biotechnologie, Sekretariat Miller. Guten Tag», meldete sich eine freundliche Frauenstimme am Telefon.

«Guten Tag, hier spricht Kate Morgan», log Jenny. Da sie davon überzeugt war, daß ihre Kollegin ermordet worden war, erschien es ihr sicherer, bei ihren Recherchen ab sofort ein Pseudonym zu benutzen.

‹Kate Morgan› war kein Produkt ihrer Phantasie, sondern ein Name, der tatsächlich existierte. Sie hatte ihn aus dem Impressum des ‹Tier und Heim›-Magazins wahllos herausgegriffen. Falls Jennys Angaben überprüft wurden, kam man ihr nicht so schnell auf die Schliche.

An der dicht befahrenen Straße, von der aus Jenny telefonierte, donnerte ein tonnenschwerer Müllwagen vorbei. «Können Sie mir bitte noch mal Ihren Namen sagen? Hier ist es sehr laut.»

Die Sekretärin an der Leitung zeigte sich geduldig: «Miller. Ganz einfach Miller.»

«Ah, danke, Miss Miller. Ich bin Mitarbeiterin des ‹Tier und Heim›-Magazins und arbeite gerade an einer Reportage über Zuchtratten. Wenn ich richtig unterrichtet bin, ist das FrazerLab auf diesem Gebiet einer der Marktführer in Kalifornien.»

«Nicht nur in Kalifornien», ergänzte Miss Miller. «Weltweit.»

«Darf ich fragen, wer das Institut leitet?»

«Sicher dürfen Sie», entgegnete die Sekretärin mit einem Schuß Ironie in der Stimme. «Wie der Name ‹FrazerLab› bereits vermuten läßt, wird unser Institut von Mr. Frazer geleitet.» Auf Reporter war sie offenbar nicht gut zu sprechen.

Unbeirrt fuhr Jenny fort: «Ist es vielleicht möglich, bei Mr. Frazer zu einem Interview vorgelassen zu werden?»

«Ich werde sehen, was sich tun läßt», sagte Miss Miller. «Kann ich Sie zurückrufen?»

«O nein!» Instinktiv hatte Jenny das ausgesprochen, was sie dachte. Wenn die Sekretärin bei der Redaktion von ‹Tier und

Heim› anrief und mit der echten Kate Morgan sprach, war Jennys Tarnung geplatzt. «Ich bin gerade unterwegs und nur schwer zu erreichen. Kann *ich* noch mal bei *Ihnen* anrufen?»

«In zehn Minuten.»

«Vielen Dank!» Jenny legte auf und sah auf ihre Armbanduhr. 10:43 Uhr. Sie verspürte Hunger.

Angesichts der knappen Zeit kaufte sie sich einen Hot dog mit Ketchup und Senf, den sie gierig verschlang. Um Punkt 10:53 Uhr rief sie erneut bei Miss Miller an und erfuhr zu ihrer großen Freude, daß sie noch am selben Nachmittag einen Termin bekommen hatte.

«Um zwei Uhr», sagte Miss Miller bestimmt. «Schaffen Sie das, Miss Morgan?»

«Ich werde dasein.»

«Zwanzig Minuten, nicht länger. Mr. Frazer hat um halb drei eine Besprechung.»

Jenny ließ sich den Weg beschreiben und hängte ein. In drei Stunden mußte sie dort sein. Als erstes brauchte sie einen Wagen.

[18]

Doktor Daniel Irving sah ein wenig aus wie ein Ferkel mit schwarzem Haar, doch das war ihm egal. Erstens gab es genügend Frauen, die sein Äußeres anziehend fanden, und zweitens war er mit außerordentlicher Intelligenz gesegnet. Bereits im Alter von 22 Jahren hatte er sein Studium in Biologie und Gentechnologie mit Auszeichnung abgeschlossen. Im direkten Anschluß daran hatte er beim FrazerLab eine Assistentenstelle bekommen, die es ihm ermöglichte, zwei Jahre später im Bereich Gentechnologie zu promovieren. Seitdem war er einer der führenden Köpfe des Unternehmens, obwohl er erst 34 Jahre alt war.

Irving stand in einer abgedunkelten Kammer – ein Arbeitsbereich der höchsten Sicherheitsstufe, zu dem außer ihm und seinem Chef kein anderer Zutritt hatte. Schon seit Stunden beschäftigte er sich mit seinen Elektrophorese-Versuchen. Er hielt eine Agarose-Gel-Platte gegen eine schwach leuchtende Mattscheibe. Die Platte, ungefähr von der Größe einer Schreibpapierseite, war durchsichtig und erinnerte auf den ersten Blick an eine Aneinanderreihung von Strichcodes. Auf über zwei Dutzend schmalen Bahnen drängten sich unzählige kurze schwarze Linien in verschiedenen Stärken. Ganz feine wechselten sich mit etwas breiteren ab, und auch die Zwischenräume waren unterschiedlich groß. Jede Reihe ähnelte zwar allen anderen, aber dennoch waren keine einander exakt gleich.

Konzentriert betrachtete Doktor Daniel Irving das fade Strichmuster. Tatsächlich handelte es sich dabei um eine Art von Code: einen Ausschnitt aus dem Erbgut einer Ratte. Irving hatte die DNA anhand einer Gewebeprobe extrahiert und sie mit Hilfe von Restriktionsenzymen in Teilstränge zerlegt. Diese Bruchstücke hatte er auf das Gel aufgetragen, daran eine elektrische Spannung angelegt und auf diese Weise die verschieden langen DNA-Sequenzen voneinander getrennt.

Die DNA-Sequenz auf der Gelplatte entstammten keiner gewöhnlichen Ratte, sondern einer ‹C8725›, einer speziellen Züchtung des FrazerLab, die sich durch angeborenes, schweres Rheuma auszeichnete. Der Wissenschaftler markierte ein paar ihm interessant erscheinende Stellen auf der Scheibe mit einem Filzschreiber und schaltete das Licht an.

Diese Bereiche wollte er genauer untersuchen. Er ging zum Computer und setzte seine Brille auf, die er dort hatte liegenlassen; ein billiges, messingfarbenes Standardmodell. Auf sehr kurze Distanzen – zum Beispiel beim Betrachten einer Agarose-Gel-Platte – benötigte er sie nicht. Doch am Bildschirm konnte er nicht ohne sie arbeiten.

Mit Hilfe eines Scanners waren die Daten schnell in den PC eingegeben. Irving interessierte, inwiefern die gekennzeichneten Stellen sich von der DNA gesunder Ratten unterschieden. Jede Abweichung konnte zumindest einer von mehreren Faktoren sein, die die Krankheit verursachten. Wenn es ihm gelänge, *alle* defekten Gene zu finden, die für das Auftreten von Rheuma verantwortlich waren, würde er garantiert in die Geschichte der Medizin eingehen. Natürlich nur, wenn sich seine Forschungsergebnisse auf den Menschen übertragen ließen. Doch in 90 % aller Fälle konnte man aus den identifizierten Ratten-Chromosomen direkte Rückschlüsse auf den Menschen ziehen. Die Chancen auf einen medizinischen Erfolg standen also gut, wenn er den Ursachen des Ratten-Rheumatismus erst einmal auf die Schliche gekommen war.

Doch bis dahin konnten noch einige Jahre ins Land gehen. Zumindest sah es auch heute wieder ganz danach aus, denn die Meldung des Computers war wenig ermutigend: KEINE ABWEICHUNGEN DER DNA-SEQUENZEN GEFUNDEN. Was im Klartext bedeutete, daß keine der eingescannten Bereiche für den Ausbruch von Rheuma verantwortlich war.

Eine Lautsprecherstimme erlöste den Mann von seinem Frust. «Doktor Irving, bitte kommen Sie nach B4. Doktor Irving, bitte kommen Sie nach B4.»

B4 war der Übergangsraum zwischen dem Verwaltungsgebäude und dem Labortrakt. Irving schaltete den Computer aus und trat in die Luftschleuse, den einzigen Zugang zu seiner Kammer. Er zog sich einen blauen, sterilen Labor-Overall an, stülpte sich Plastiküberzieher über die Schuhe und vergaß auch nicht das Haarnetz und den Mundschutz. Anschließend wusch er sich die Hände, bevor er sich Plastikhandschuhe über die Finger streifte. Kompromißlose Hygiene wurde im FrazerLab großgeschrieben.

Nachdem die Luft in der Schleuse entkeimt worden war, öffnete sich die Tür zum Labor automatisch. Um nach B4 zu gelangen, mußte Irving die große Halle von einem Ende zum anderen durchqueren. Vorbei an langen Strahlregalreihen, von denen her ein ohrenbetäubendes Fiepsen und Scharren kam. Dicht an dicht standen hier die Behälter, in denen die Versuchstiere ihr Dasein fristeten. Bis zu zwanzig in einem Plexiglaskäfig, nach Geschlechtern getrennt, um unkoordinierte Fortpflanzung zu unterbinden.

Über 100 000 Tiere waren es zur Zeit, Tendenz steigend. Neben einigen normalen und gesunden Rattenarten gab es viele mit angeborenen oder angezüchteten Krankheiten. Nicht nur Rheuma-Ratten, sondern auch immunschwache, herz-, zucker- und leberkranke, blinde, fettleibige, von Schuppenflechte befallene und so weiter. Auch einige Exoten waren hier untergebracht: innenohrgeschädigte ‹Dreher›, die zwanghaft hüpften und sich in der Luft um die eigene Achse drehten; nervenkranke ‹Zitterer›, die ständig aussahen, als würden sie vor Kälte bibbern; ‹Himmelsanbeter›, die wie heulende Wölfe immer und immer wieder den Kopf nach oben reckten. Die Bandbreite war schier endlos. Und alle hatten sie ihre eigenen Abkürzungen, die nur dem Fachmann etwas zu sagen vermochten. Über 450 verschiedene Stämme wurden im Frazer-Lab gezüchtet und erforscht. Jeden Monat kamen ein paar neue dazu.

Der große Raum mündete in einen wesentlich kleineren. Hier standen Wissenschaftler und Hilfskräfte in Grüppchen um Tische, auf denen diverse Versuchsvorrichtungen aufgebaut waren. Alle trugen sie die vorgeschriebene Kleidung. Ein älterer Mann, den Irving trotz des Mundschutzes als Professor Page erkannte, stand mit seinem Assistenten an einem Lichtmikroskop. Abwechselnd blickten die beiden durch das Okular, und Irving hörte im Vorübergehen, daß Professor Page erklärte, wie die Embryonalzellen durch eine haardünne Nadel manipuliert werden mußten, damit aus ihnen einmal eine Ratte werden konnte.

Irving verließ das Labor und stand eine Minute später in der Luftschleuse zu B4. Er streifte sich die Überzüge von den Schuhen und hängte Handschuhe, Mundschutz, Haarnetz und Overall an einen Haken. Kurz danach öffnete sich die Schleusentür, und Irving betrat B4.

«Wir sind unsere Probleme noch nicht los, Dannyboy», war das erste, was Frank Chaffy ihm entgegenschleuderte. Er war älter als Irving, knapp über Vierzig, und hatte das sandfarbene Haar glatt nach hinten gekämmt. Der dunkle Anzug und die dezente Krawatte verliehen ihm jedoch nicht das Aussehen eines Geschäftsmannes, sondern eher das eines FBI-Agenten. Seine harten Gesichtszüge wurden durch eine besondere Auffälligkeit bestimmt: eine kleine senkrechte Kerbe in seinem Kinn, die sich bei genauer Betrachtung als Narbe entpuppte. Und am liebsten hätte Doktor Irving ihm noch eine zweite direkt daneben verpaßt, denn Frank Chaffy hatte ihn ‹Dannyboy› genannt. So gut der Sicherheitsberater des Labors in seinem Beruf auch sein mochte, Irving haßte seine Respektlosigkeit. Mußte er sich das bieten lassen? Aber er blieb ruhig und sagte: «Ich vermisse Ihre militärische Präzision, Frank. Könnten Sie sich bitte etwas konkreter ausdrücken? Was soll das heißen: Wir sind unsere Probleme noch nicht los?»

Chaffy war die sanfte Ironie in der Stimme des Jüngeren nicht entgangen. Er blickte ihn kalt an: «Wir bekommen noch einmal Besuch wegen der Ratte. Eine gewisse Kate Morgan. Reporterin bei irgendeinem Tiermagazin. Sie hat um 14.00 Uhr einen Termin bei Mr. Frazer.»

«Verdammt!» entfuhr es Irving. *Noch* so eine unvorhergesehene Sache. «Diese Geschichte gerät aus den Fugen, bevor sie richtig angefangen hat.»

«Mr. Frazer war nicht sehr begeistert, wie Sie sich vorstellen können. Er wünscht künftig keine Fehler mehr.»

«Ich weiß nun wirklich nicht, welchen Fehler *ich* gemacht haben sollte!» brauste Irving auf. «*Meine* Schuld war es nicht, daß diese gottverdammte Leiche an den Strand gespült wurde. Ich dachte, sie sollte an die Fische verfüttert werden.»

Das hatte Frank Chaffy auch gedacht. Mit demjenigen, der die Leiche im Meer versenkt hatte, hatte Chaffy bereits ein ernstes Wort gesprochen. «Die Sache mit dieser Leiche ist bereits erledigt», sagte der Blonde. «Ich habe in der Wohnung der Frau einen Abschiedsbrief hinterlassen. Die Polizei hat ihn bereits gefunden. Offiziell heißt es, sie ist aus Frust ins Wasser gegangen. Ich glaube, daß wir von dieser Seite nichts zu befürchten haben.»

«Trotzdem darf so etwas nicht passieren!» ereiferte sich Irving.

«Natürlich nicht, Dannyboy! So etwas *darf* nicht passieren. Und soweit hätte es auch gar nicht kommen müssen, wenn *Sie* ihren Job gemacht hätten!»

«Daß die Kisten falsch beschriftet wurden, dafür kann ich doch nichts!»

«Genausowenig wie ich etwas dafür kann, daß die Leiche aufgetaucht ist!»

Einen Augenblick lang schwiegen sich beide Männer eisig an.

Etwas versöhnlicher sagte Frank Chaffy: «Wir können beide nichts dafür. Und dennoch sind wir beide dafür verantwortlich. Ich, weil ich Nick» – Chaffys Handlanger in blutigen Dingen – «die Beseitigung der Frau anvertraut habe, und Sie, weil Sie die Auslieferung unserer Ratten nicht kontrolliert haben. Wir hätten beide bei dieser Sache besser aufpassen sollen. Wir müssen künftig noch vorsichtiger sein.»

Irving schwieg. Er wußte, daß Chaffy recht hatte. Die Wichtigkeit der Angelegenheit erlaubte keine weiteren Patzer.

«Und wie weit sind Sie mit Ihren Forschungen vorangekommen?» fragte Chaffy. «Mr. Frazer möchte das wissen.»

«Ich arbeite an unserem Projekt wie besessen», fuhr Irving auf. «Ich weiß, daß wir einen Zeitplan haben, aber Forschung dauert eben seine Zeit. Mr. Frazer weiß das selbst. Sagen Sie ihm, ich werde mich beeilen, so gut es nur geht. Aber in der Zwischenzeit müssen Sie dafür sorgen, daß man uns nicht auf die Spur kommt.» Irving strich sich mit einer Hand über sein Ferkelgesicht. «Und was wird aus der Frau, die heute mittag kommt? Kate Morgan?»

Frank Chaffy zuckte nur mit den Schultern, aber das war Antwort genug.

[19]

Erst nach dem zehnten Klingeln öffnete sich die Wohnungstür, und ein völlig verschlafener und verdutzter Phil starrte Jenny an. Offensichtlich hatte er ganz und gar nicht mit ihrem Besuch gerechnet. Ein erstauntes «*Du*, Jennifer?» war das erste, was er herausbrachte. Und dann, nachdem er sich gefangen hatte, fügte er pflichtbewußt hinzu: «Schön, dich mal wieder zu sehen.»

Es war nichts weiter als eine hohle Phrase. Eine Höflichkeitsfloskel, die man einer lästigen Ex-Geliebten gegenüber verwendete, um sie nicht zu verletzen. Dabei empfand Jenny diese Art von distanzierter Zuvorkommenheit als mindestens genauso grausam wie offene Ablehnung. Entsprechend patzig viel Jennys Reaktion aus: «Keine Angst, Phil. Ich bin nicht hierhergekommen, um mich dir vor die Füße zu werfen.» Sie würde ihn nicht anflehen, zu ihr zurückzukommen! Dennoch hatte sie sich eine freundlichere Begrüßung erhofft.

Phil merkte, daß er sich im Ton vergriffen hatte. «So war es nicht gemeint», sagte er milder. «Aber mußt du mich denn mitten in der Nacht aus dem Bett holen?» Sein schütteres Haar stand wirr vom Kopf ab, und sein Gesicht war zerknautscht und unrasiert. Der braune Pyjama, den er trug, wirkte antiquiert.

«Es ist schon halb elf!»

«Für mich ist das identisch mit ‹mitten in der Nacht!› Du kennst mich doch.»

Nur allzu gut, dachte Jenny. *Leider!*

«Phil, ich brauche deinen Wagen», sagte sie ohne Umschweife. Sie hatte keine Lust auf eine lange, sinnlose Diskussion. «Ich muß heute nachmittag in die Nähe von Santa Barbara, und ich habe kein Auto. Und mit dem Bus würde es eine Ewigkeit dauern.»

«Hey, erst mal langsam, Kleines. Was …?»

«Nenn mich nicht ‹Kleines›!» fuhr Jenny ihm dazwischen. «Okay? Die Zeiten sind vorbei. Ich frage dich nur eines: Gibst du mir den Wagen?»

«Jennifer», sagte Phil, ebenfalls gereizt. «Du klingelst mich aus dem Schlaf und willst meinen Wagen haben, um damit nach Santa Barbara zu fahren?»

Jenny wurde sauer. «Philip Prentice! Du hast zwei Jahre lang bei mir gewohnt. Ich habe für dich gewaschen, gebügelt und gekocht, und als Dank dafür hast du mich wegen deiner Ex-Frau verlassen. Findest du nicht, daß du mir diesen kleinen Gefallen schuldig bist? Keine Sorge, ich fahre die Kiste schon nicht zu Schrott, also was ist?»

Phil kratzte sich mit einem Finger an der Nase, wie er es immer tat, wenn er unentschlossen war und nachdenken mußte. «Na schön», sagte er schließlich. «Aber heute abend um acht brauche ich ihn wieder.»

«Heute abend um acht steht er wieder bei dir vor der Tür, das verspreche ich.»

«Warte einen Moment.» Phil verschwand in die Küche und erschien kurz darauf wieder im Eingang. Er drückte Jenny einen Schlüssel in die Hand. «Die Fahrzeugpapiere liegen im Handschuhfach», erklärte er. «Und fahr vorsichtig. Der Wagen ist erst drei Jahre alt.»

«Schön, daß du dich so um *mich* sorgst!» sagte Jenny sarkastisch. Sein dämlicher Wagen war ihm wichtiger als ihre Gesundheit.

An der Schlafzimmertür erschien eine Frau in Slip und T-Shirt, aber es war *nicht* Phils Ex-Frau. «Komm wieder ins Bett, Liebling!» bettelte sie sanft wie ein Lamm.

Binnen einer Sekunde schlug Jennys Überraschung in blanke Wut um. «Wer ist denn das? Du wolltest doch zurück zu Veronica!» zischte sie Phil an. Bevor er jedoch antworten konnte, gurrte das Betthäschen wieder: «Komm doch wieder zu mir, Philli, ja?»

Philli! O Grundgütiger! dachte Jenny.

Phil fühlte sich offensichtlich alles andere als wohl in seiner Haut. «Geh schon mal vor, Schatz», warf er über die Schulter. «Ich bin gleich bei dir.» Die Frau verschwand aus Jennys Gesichtsfeld, was deren Zorn aber nicht zu zügeln vermochte.

«Wer zum Teufel ist das, Phil?» Jenny hatte Mühe, ihre Stimme unter Kontrolle zu halten. Sie wollte keine Szene machen, denn das hätte Phil zweifellos als Eifersucht interpretiert. Diese Genugtuung gönnte sie ihm nicht.

«Das ist eine lange Geschichte», begann Phil in dem Glauben, Jenny mit Standardphrasen abspeisen zu können.

«Ich will keine lange Geschichte hören!» giftete sie ihn an. «Gib mir die verdammte Kurzfassung! Wer ist sie?»

«Du kennst sie nicht», sagte Phil beschwichtigend. «Ich kannte sie vor zwei Tagen ja selbst noch nicht. Es hat sich einfach so ergeben.»

«Ach ja? Und was ist mit Veronica?»

«Wir haben gleich am ersten Tag wieder Streit bekommen und uns getrennt. Diesmal hat *sie* die Koffer gepackt.»

«Du verläßt mich also wegen deiner Ex-Frau, und jetzt finde ich dich hier mit irgendeinem Flittchen?»

Obwohl Jenny leise sprach, ließ ihre Stimme es nicht an Entschlossenheit fehlen.

«Maggy ist kein Flittchen. Sie hat mich getröstet.»

«Sie hat dich getröstet?» wiederholte Jenny zornig. Jetzt war das Maß voll! Daß er zu Veronica zurückgegangen war, hätte Jenny noch verkraftet. Aber daß er sofort ein Verhältnis mit einer anderen Frau eingehen mußte, war zuviel! Und dann hatte er auch noch die Frechheit zu behaupten, *er* hätte getröstet werden müssen!

Nein! So nicht, mein Freund! dachte Jenny.

Ohne lange nachzudenken, gab sie ihm eine schallende Ohrfeige. Noch bevor der Mann irgend etwas sagen oder tun konnte, setzte Jenny nach: «Danke für den Wagen, *Philli.* Heute abend hast du ihn wieder.» Damit drehte sie sich um und verschwand aus der Haustür.

[20]

Jenny hatte West-Los Angeles und Santa Monica hinter sich gelassen, und fuhr nun an der Küste entlang nach Norden. In Oxnard sah sie auf die Uhr und stellte fest, daß sie gut in der Zeit lag. Sie hielt an, um sich einen Kaffee und einen Doughnut zu gönnen. Von dort aus ging es weiter nach Ventura. Ab da waren es nur noch ein paar Meilen.

FrazerLab war gar nicht zu verfehlen, der Highway 101 führte direkt daran vorbei. Der zweigeschossige Betonbau stand auf einem flachen Felsplateau, einer Landzunge, die sich in den Atlantik erstreckte und dann wie eine Klippe fünf Meter tief zum Meer abfiel. Das ganze Areal war mit hohem, elektrischem Drahtzaun abgesichert, um Unbefugte fernzuhalten.

Jenny bog von der 101 in die Einfahrt ein und ließ die Steintafel mit dem eingemeißelten Namen des Instituts hinter sich. An dem rot-weißgestreiften Schlagbaum hielt sie an. Ein uniformierter Wächter erkundigte sich nach ihren Absichten und ließ sie passieren, nachdem er sich telefonisch rückversichert hatte. Die junge Frau bedankte sich und stellte den Wagen auf einem Parkplatz unter ein paar Palmen ab. Dann ging sie hinüber zum Hauptgebäude.

Die Empfangsdame an der Rezeption zeigte Jenny die Aufzüge und wies sie freundlich an, in die zweite Etage zu fahren.

Während der Eingangsbereich sachlich und nüchtern eingerichtet war, strahlte das zweite Geschoß eine gewisse Gediegenheit aus. Der beige Teppich machte einen einladenden Eindruck und gab dem Raum optische Wärme, die durch das orangefarbene Nachmittagslicht, das durch die lange Fensterreihe fiel, noch verstärkt wurde. An den Wänden hingen moderne Ölbilder, nicht schön, wie Jenny fand, dafür aber keine Kopien, sondern Originale.

«Guten Tag, sind Sie Miss Morgan?» Eine Frau mit Dutt, Ende Vierzig, stand hinter der Marmortheke aus ihrem schwarzen Ledersessel auf, um Jenny zu begrüßen. Auf der Nase trug sie eine randlose Brille mit goldenen Bügeln. Das mußte Miss Miller sein, mit der Jenny am Vormittag bereits zweimal telefoniert hatte.

«Bin ich», log Jenny. «Kate Morgan vom ‹Tier und Heim›-Magazin.»

«Nehmen Sie bitte dort drüben Platz. Mister Frazer wird gleich bei Ihnen sein.» Mit einer Hand wies sie auf eine Sitzecke neben der Anmeldung. «Möchten Sie einen Kaffee?»

«Nein, danke. Sehr freundlich.»

Jenny setzte sich und hörte, wie Miss Miller sie durch das Haustelefon ankündigte. Zwei Minuten später öffnete sich eine schwere Holztür mit goldenen Lettern, die verrieten, wem dieses Büro – wie auch alles andere hier – gehörte.

«Angus Frazer», stellte sich der Mann vor. «Willkommen, Miss Morgan.» Er war etwa vierzig Jahre alt, braungebrannt und körperlich gut in Form, soweit Jenny das erkennen konnte. Sein tiefschwarzes Haar ergraute schon leicht an den Schläfen, aber das schmälerte seine Attraktivität keineswegs. Sein italienischer Anzug hatte mindestens zweitausend Dollar gekostet, schätzte Jenny. Sie stand auf und reichte ihm die Hand.

Angus Frazers nettes, aber professionelles Lächeln verriet den Geschäftsmann. Jenny zweifelte nicht eine Sekunde daran, daß er die Macht in seinem Betrieb fest in den Händen hielt. Er war der Prototyp des Aufsteigers, des Mannes im mittleren Alter, der ‹es geschafft hatte›. Wahrscheinlich arbeitete er jeden Tag mindestens vierzehn Stunden, und die wenige Freizeit, die ihm verblieb, verbrachte er, dem bronzefarbenen Teint nach zu urteilen, auf dem Tennisplatz. Einen Ehering trug er nicht, wie Jenny auffiel, doch sie war davon überzeugt, daß er nicht an Frauenmangel litt.

«Kommen Sie bitte in mein Büro.» Frazer hielt Jenny einladend die Tür auf, während er zu seiner Sekretärin sagte: «Miss Miller? Falls Mister Foldrey anruft, stellen Sie mir das Telefonat bitte durch. Ansonsten wünsche ich für die nächsten zwanzig Minuten keine Störungen.»

«Selbstverständlich», nickte Miss Miller hinter ihrer Marmortheke, während ihr Chef die Tür hinter sich schloß.

«Setzen wir uns doch», schlug er Jenny vor und deutete auf eine elegante Wildledergarnitur. Während beide ihre Plätze einnahmen, musterte Jenny das Büro. Alles in allem war der Raum mindestens genauso groß wie ihre gesamte Wohnung. An der Fensterseite prangte ein gigantischer Mahagoni-Schreibtisch, von dem aus Angus Frazer sein Institut leitete. Außer einem PC, einem Telefon und einem teuren Füllfederhalter befand sich nichts darauf.

In der Mitte des Zimmers stand eine etwa hüfthohe Plastik. Mit etwas Phantasie konnte man zwei Schlangen erkennen. «Gefällt Ihnen die Skulptur?» fragte Frazer. «Es ist die abstrakte Vergrößerung einer DNA-Kette. Eine Doppelhelix. Das ist gewissermaßen die Bauanleitung, das Erbgut jeder organischen Zelle. Sie hat die Form zweier in sich verdrehter Spiralen.»

«Nicht gerade alltägliche Kunst», merkte Jenny an.

«Dieses Institut wurde 1980 von meinem Vater gegründet und nach seinem Tod von mir übernommen. Wir arbeiten auf dem Gebiet der Gentechnologie. Aus der Medizin sind unsere Erkenntnisse nicht mehr wegzudenken. Meine Skulptur ist zwar sicher nicht jedermanns Geschmack, aber für mich ist es ein Sinnbild der modernen Wissenschaft.»

«Ich hoffe, ich enttäusche Sie nicht, wenn ich gestehe, daß ich von diesen Dingen nicht besonders viel verstehe», sagte Jenny. «Das ‹Tier und Heim›-Magazin befaßt sich normalerweise nicht mit solchen Themen. Könnten Sie mir das etwas näher erklären?»

«Selbstverständlich, gerne», gab Frazer charmant zurück. Der Mann hätte Gouverneur werden sollen. «Mein Institut ist die größte private Einrichtung dieser Art in ganz Kalifornien. Im Grunde stellen wir nur organisches Material für Forschungszwecke her. Genauer gesagt, Ratten. Ursprünglich haben wir – wie viele andere Labors auch – mit Mäusen begonnen. Aber wir haben inzwischen ausgezeichnete Erfahrungen mit Ratten gesammelt.»

«Und *damit* läßt sich Geld verdienen?» fragte Jenny skeptisch.

«Ich gebe zu, für Außenstehende klingt das merkwürdig. Aber wir züchten nicht nur ganz normale Ratten. Insgesamt können wir mehr als 450 verschiedene Arten ausliefern. Die Tiere sind standardisiert und können beliebig oft exakt kopiert werden. Bis auf das kleinste Detail. Für Forschungszwecke ist es von enormer Bedeutung, daß alle Versuchstiere gleich sind. Nur so sind aussagefähige Statistiken möglich.» An Jennys Gesichtsausdruck war unschwer abzulesen, daß diese Aussage konkretisiert werden mußte. «Ich will versuchen, es zu verdeutlichen: Stellen Sie sich vor, ein neues Medikament wird erfunden. Natürlich wird man es zunächst an Tieren ausprobieren, bevor man es für die Anwendung am Menschen freigibt. Gehen wir also einmal davon aus, daß ein Forschungsinstitut oder ein Pharmakonzern wissen möchte, ob bei der Einnahme dieses Medikaments Nebenwirkungen auftreten oder ob bei langer Behandlung Krebsgefahr besteht. Wenn dieses Medikament an verschiedenen Rattenarten mit unterschiedlicher Genstruktur ausprobiert wird, können natürlich keine genauen Risikoprognosen erstellt werden. Denn die Genstruktur ist verantwortlich für die Empfindlichkeit gegenüber den Medikamenten. Nur bei einer Vielzahl von Versuchen mit exakt den gleichen Studienobjekten sind zuverlässige Aussagen möglich, die auch jederzeit überprüft werden können. Wir tun also nichts anderes, als Erbgut unverändert von einer Rattengeneration auf die nächste zu vererben. Zu klonen, verstehen Sie?»

«Ja, ich denke schon. Sie kopieren Ratten und verkaufen sie dann an irgendwelche Labors.»

«Richtig.»

«Und das ist alles?»

«Nun, im großen und ganzen schon», sagte Frazer. «Natürlich gibt es noch ein paar andere Abnehmer, an die wir unsere Tiere liefern, Zoos oder Tierhandlungen zum Beispiel. Die wollen meistens ganz gewöhnliche Tiere. Manchmal auch rein weiße oder welche mit besonders buschigem Fell, weil sie sich gut verkaufen lassen. Auch so etwas haben wir in unserem Programm. Aber das ist im Grunde genommen nebensächlich.»

«Manipulation des Erbguts – hört sich gefährlich an, wenn Sie mich fragen», warf Jenny ein. Ihr fiel ein, daß sie zur Tarnung einen kleinen Block und einen Stift mitgenommen hatte, die sie in ihrer Hosentasche trug, und sie zog die Utensilien schleunigst heraus. Ein Reporter, der sich keine Notizen machte, wirkte ihrer Meinung nach unglaubwürdig. «Sie haben doch nichts dagegen, wenn ich ein bißchen mitschreibe?» fragte sie der Höflichkeit halber.

«Nicht im geringsten», erwiderte Frazer. «Solange Sie mich richtig zitieren und keine wilden Märchen verbreiten.»

«O nein. Ganz bestimmt nicht», versicherte Jenny. «‹Tier und Heim› ist ein seriöses Magazin.»

«Davon bin ich überzeugt», sagte der Mann, fügte aber einen Nachsatz an, der Jenny ein wenig beunruhigte. «Ich habe ihre Zeitschrift schon gelesen, und sie gefällt mir recht gut. Auch *Ihre* Artikel, Miss Morgan. Wenn das nicht der Fall gewesen wäre, hätte ich Sie offen gestanden nicht zu diesem Interview eingeladen.»

Jenny wußte nicht, ob sie froh sein sollte oder nicht. Einerseits hatte sie rein zufällig das richtige Magazin und das richtige Pseudonym ausgewählt, um so weit vorzudringen. Andererseits kannte Frazer Kate Morgans Veröffentlichungen, was gefährlich werden konnte. «Vor allem dieser Artikel über die Hundefarm in San Diego war beeindruckend», sagte Frazer anerkennend. «Wirklich interessant. Wie kamen Sie nur darauf?»

«Oh!» Jenny winkte bescheiden ab. Sie hatte nicht die geringste Ahnung, wovon die Rede war. Um sich nicht zu verraten, mußte sie möglichst vage antworten. Und vor allem mußte sie so schnell wie möglich von diesem Thema ablenken. «Das war Intuition. Im Journalismus ist das oft so: Man hat eine Idee, eine spontane Eingebung, der man dann nachgeht.»

«Ich hätte so etwas jedenfalls nie für möglich gehalten. Die armen Viecher!»

«Jaja», sagte Jenny, die fieberhaft nachzuvollziehen versuchte, wovon Frazer sprach. «Es passieren oft Dinge, die man kaum glauben kann, nicht wahr?»

«Sie sagen es. Daß man den Tieren die Drogenpäckchen in den Magen pflanzte, um sie über die Grenze zu schmuggeln ...»

In diesem Moment klingelte das Telefon. Zum Glück! dachte Jenny. Die Erlösung.

«Entschuldigen Sie bitte, das wird Mister Foldrey sein. Ich erwarte seinen Rückruf», sagte der Mann, stand aus seinem Sessel auf und ging hinüber zum Schreibtisch. Er nahm den Hörer ab, bedankte sich bei Miss Miller und bat sie, das Telefonat durchzustellen. «Mister Foldrey!» begrüßte er den Anrufer in fast freundschaftlichem Ton. «Vielen Dank für Ihren Rückruf. Es geht um unseren Termin am kommenden Donnerstag.»

Zwischen den beiden Männern entspann sich ein ungezwungenes Gespräch über irgendwelche geschäftlichen Angelegenheiten, denen Jenny aber keinerlei Aufmerksamkeit schenkte. Statt dessen überlegte sie, wie sie reagieren konnte, falls Frazer das Gespräch wieder auf Kate Morgans Artikel bringen würde. Erst das Ende des Telefonats bekam sie wieder mit. «... sicher besser. In Ordnung?» sagte Frazer gerade. Nach einer kurzen Pause, in der offenbar sein Gesprächspartner sprach, schloß er: «Also gut, abgemacht, Mister Foldrey. Und grüßen Sie Ken Marshall und Harold Dagger von mir. Ich melde mich noch mal bei Ihnen, sobald ich von meinen Laborchefs grünes Licht habe ... Gewiß. Danke gleichfalls.» Mit diesen Worten legte er auf und setzte sich wieder zu Jenny auf die Couch. «Verzeihen Sie, Miss Morgan, wo waren wir vorhin stehengeblieben?»

Der Hundefarm-Artikel war Jenny als Gesprächsstoff zu heikel. Deswegen gab sie vor, selbst nicht mehr zu wissen, wovon vor dem Telefonat die Rede gewesen war, und lenkte das Gespräch wieder auf die Ratten, die in dem Institut gezüchtet wurden. Nachdem Frazer jedoch absolut nichts gesagt hatte, was auf eine Verbindung zu Mary Haggertys Tod hingedeutet hätte, sah Jenny sich gezwungen, trotz gebotener Vorsicht deutlicher zu werden: «Mister Frazer, können Sie mir sagen, ob Ihr Institut auch Tiere importiert? Vielleicht Zuchtratten aus anderen Labors?»

«Nein. Wir beschränken uns auf die Zucht und auf den Export.»

«Sie sagten vorhin, Ihr Unternehmen sei das größte dieser Art in ganz Kalifornien. Kooperieren Sie dann nicht mit anderen Instituten? Weltweit?»

«Natürlich tun wir das. Aber wie bereits erwähnt, beschränken wir uns auf die Belieferung unserer Partner. Wir beziehen nichts von ihnen.»

Falls Frazer die Wahrheit sagte, war Jennys Spur eine Sackgasse. Keine importierten Ratten – keine eingeschleppte Krankheit. Also versuchte sie etwas anderes: «Mister Frazer, inwiefern experimentiert Ihr Institut mit kranken Tieren?»

«Mit *kranken* Tieren? Sehr viel, denn neben der Zucht von Standardratten ist das sozusagen unser zweites Standbein. Tiere mit künstlichen Gebrechen, an denen man die Heilwirkung gewisser Medikamente ausprobieren kann. Wir haben sogar recht viele Krankheiten ‹im Angebot›, wenn ich das so sagen darf. Von Mukoviszidose über Rheuma bis zur zwanghaften Freßsucht. Das können Sie alles in unseren offiziellen Informationsbroschüren nachlesen.»

«Sind auch *seltene* Krankheiten dabei? Welche, die in den USA üblicherweise gar nicht vorkommen?»

«Miss Morgan, wir sind ein Institut, das auf Profitbasis arbeitet, und dennoch sind wir bestrebt, Kranken zu helfen. Um das zu tun, haben wir mehrere Geschäftszweige. Erstens: die Zucht von Standardratten, die in Labors auf der ganzen Welt verschickt werden. An ihnen werden Tierversuche durchgeführt, aber damit haben wir nichts mehr zu tun. Zweitens: die Zucht von Ratten mit genetisch bedingten Krankheiten. Auch sie verschicken wir in viele Forschungseinrichtungen, die sich auf bestimmte medizinische Gebiete spezialisiert haben. Und drittens versuchen wir selbst, genetische Defekte zu entschlüsseln und dadurch Erbkrankheiten zu beheben. Das heißt, wir sind nicht nur Zuchtfabrik, sondern auch gleichzeitig ein eigenständiges Forschungslabor, das in Konkurrenz zu all jenen steht, die wir beliefern. Und das halte ich sogar für gut, denn je mehr Köpfe sich mit einem bestimmten Problem befassen, desto schneller wird es eine Lösung geben.

Aber um Ihre ursprüngliche Frage zu beantworten, ob wir auch seltene Krankheiten im Programm haben: Nein, haben wir nicht. Wir kümmern uns ausschließlich um häufige Leiden, um alltägliche Gebrechen. Wir *wollen* nicht nur der breiten Masse helfen, wir *müssen* es sogar, um in unserem Wirtschaftssystem zu überleben. Je mehr Volkskrankheiten wir heilen – oder zumindest lindern – können, desto mehr Menschen werden unsere Dienste in Anspruch nehmen und natürlich dafür bezahlen. Das ist Marktwirtschaft. Deswegen züchten wir nur Ratten mit gängigen menschlichen Krankheiten. Weil *viele* Forschungseinrichtungen in aller Welt daran arbeiten, die alle unsere Versuchstiere brauchen. Natürlich können seltene Krankheiten sehr schrecklich sein, aber, so leid es mir tut, sie zu erforschen würde sich für uns nicht lohnen.»

Jenny war bemüht, sich die Enttäuschung nicht anmerken zu lassen. Was Frazer gesagt hatte, klang einleuchtend. Eine seltene Krankheit zu erforschen hatte relativ wenig Sinn, solange es andere gab, an denen Hunderttausende oder gar Millionen von Menschen litten. Doch Doktor Benton, der Tierarzt, der die Ratte der van Hoorns untersucht hatte, hatte von einer ihm völlig unbekannten Krankheit gesprochen. Dieser Krankheit war Mary Haggerty auf den Fersen gewesen. Die Spur führte von den van Hoorns über Jimmys Apehouse direkt zu FrazerLab. Aber hier schien sie auf einmal zu versanden. Verdammt noch mal! Irgend etwas paßte bei dieser Geschichte nicht zusammen. Nur – wo war der Haken?

«Sie sehen, ich spreche ganz offen mit Ihnen», sagte Frazer und setzte sein sympathischstes Lächeln auf. «Amerika wird vom Dollar beherrscht. Angebot und Nachfrage regieren auch unsere Branche, das Gesundheitswesen.»

«Ich weiß Ihre Offenheit zu schätzen», antwortete Jenny. Um etwas Journalistenhaftes zu sagen, fügte sie noch hinzu: «Sie brauchen sich keine Gedanken zu machen. Ich werde das nicht zitieren.»

«Natürlich nicht», sagte Frazer. Seine Stimme klang noch immer freundlich, das Lächeln lag nach wie vor auf seinem Gesicht. Doch seine Augen waren plötzlich kalt geworden. «Wie sollten Sie auch, Miss Morgan? *Oder wie immer Sie heißen mögen.*»

Von einem Augenblick auf den anderen gefror Jenny das Blut in den Adern. Sie war entlarvt! Sie hatte das Gefühl, ihr Magen verkrampfe sich auf die Größe einer Erbse. Gegen ihren Willen liefen ihre Wangen rot an. Wie hatte Frazer ihre Tarnung entdeckt? Wodurch hatte sie sich verraten? Und wie würde es jetzt weitergehen?

Jenny startete einen letzten Überzeugungsversuch. Wenn alle Stricke reißen – und in diesem Moment waren sie gerissen –, dann hilft nur noch eines, dachte sie: Flucht nach vorne. «Was erlauben Sie sich!» Ihr Ton klang entschlossener, als ihr zumute war. «Ich bin Kate Morgan. Das wissen Sie ganz genau. Sie haben vorhin doch selbst einen meiner Artikel erwähnt.»

«Diesen Artikel gibt es nicht», sagte Frazer ruhig. «Ich habe diese Geschichte frei erfunden. Und außerdem dürfte man doch wohl erwarten, daß Sie Ihren Chef kennen!»

«Meinen Chef?» sagte Jenny mit lauter werdender Stimme, doch sie wußte, daß sie bereits verloren hatte. «Natürlich kenne ich meinen Chef!»

«So? Wie heißt er denn?»

Jetzt war es aus! Sie war ihm auf den Leim gegangen. Wie ein dummes kleines Mäuschen war sie in Angus Frazers Falle getappt!

«Jenkins», sagte Jenny in einem letzten Verzweiflungsakt. Hatte Bluffen noch einen Sinn? «Walter Jenkins.»

Beherrscht, aber mit drohendem Unterton sagte Frazer: «Ich habe schon Hunderte von Interviews gegeben, aber noch keines, bei dem ich nicht genau wußte, mit wem ich rede. Ich habe keine Ahnung, wer Sie sind, aber zwei Dinge sind sicher: Sie sind nicht Kate Morgan, und der Chef von ‹Tier und Heim› ist nicht Walter Jenkins. Er heißt Ken Foldrey!»

Foldrey! Der Mann, mit dem Frazer telefoniert hatte.

«Mister Frazer, ich verstehe Ihre Skepsis, aber ich kann nicht alle Mitarbeiter unseres Magazins kennen. Walter Jenkins ist mein direkter Vorgesetzter. Mister Foldrey habe ich noch nie zu Gesicht bekommen.»

«Bitte unterschätzen Sie meine Intelligenz nicht!» Frazers Geduld war erschöpft. Von seinem sympathischen Lächeln war nichts übriggeblieben. «Das Telefonat mit Foldrey war nicht echt. Aber ich habe mich schon vorher informiert. Die Zeitschrift hat exakt dreiunddreißig Mitarbeiter! Und da wollen Sie mir erzählen, daß Sie Foldrey nicht kennen?»

Gegen dieses Argument war Jenny machtlos. Sie wich Frazers bohrenden Blicken aus und sah schuldbewußt zu Boden. Noch nie zuvor in ihrem Leben hatte sie sich derart gedemütigt gefühlt. Sie saß einfach nur da und wartete darauf, was passieren würde. Was hätte sie schon sagen können? Frazer die Situation erklären? Nach ihrer Show hätte er ihr nicht mehr zugehört. Er war nicht der Typ, der anderen eine zweite Chance einräumte.

Ein paar qualvolle Sekunden lang starrte der Mann Jenny an, ohne auch nur die leiseste Regung zu zeigen. Es kostete ihn Mühe, sich zu beherrschen, aber er genoß die Situation, genoß es, Herr der Lage zu sein und diese Frau auf seine kühle Art einzuschüchtern. Schließlich stand er auf, ging zu seinem Schreibtisch und sprach über das Haustelefon mit Miss Miller: «Lassen Sie bitte Mister Chaffy kommen. Miss Morgan möchte gehen.»

Als er wieder aufgelegt hatte, sagte er: «Aber eines interessiert mich doch sehr: Wer sind Sie?»

Jenny starrte nur vor sich hin.

Frazer kam näher, beugte sich über sie und wiederholte seine Frage diesmal schärfer: «*Wer sind Sie?* Warum sind Sie hierhergekommen?»

Selbst wenn Jenny keinen Kloß im Hals gehabt hätte, hätte sie nicht geantwortet. Nicht umsonst hatte sie sich einen Decknamen gesucht. Ihn jetzt preiszugeben wäre töricht gewesen. Und daß Frazer in seinem Büro handgreiflich würde, um dahinterzukommen, hielt sie für ausgeschlossen.

«Na schön, wie Sie wollen!» sagte Frazer schließlich. «Aber ich warne Sie. Wenn Sie irgend etwas gegen mich oder meine Firma unternehmen, was Sie nicht beweisen können, dann bringe ich Sie wegen Verleumdung vor Gericht.»

Nach einer endlosen Minute eisigen Schweigens erschien ein etwa 1,85 Meter großer Mann mit dunklem Anzug in der Tür. Das sandfarbene Haar hatte er glatt nach hinten gekämmt. Er war ungefähr im selben Alter wie Angus Frazer, doch seine Gesichtszüge waren härter. Wie die eines Soldaten oder eines Agenten, dachte Jenny. Die Kerbe in seinem breiten Kinn verlieh seinem tadellos rasierten Gesicht eine gewisse Markanz.

«Mister Chaffy, bitte seien Sie so freundlich und begleiten Sie die Dame hinaus», sagte Frazer. Chaffy nickte kurz und wartete, bis Jenny sich freiwillig aus dem Sessel erhob.

«Es hat mich gefreut, in Ihrer kleinen Komödie mitspielen zu dürfen», sagte Frazer kalt und ironisch, während er ihr zum Abschied die Hand drückte. «Tut mir leid, wenn ich den Schluß verpatzt habe.» Dann gab er Chaffy mit einem Blick zu verstehen, daß die Unterredung beendet war.

«Kommen Sie», forderte der Sicherheitsbeauftragte Jenny auf. Er eskortierte sie auf dem ganzen Weg über die Chefetage, den Lift und den Empfangsbereich bis zu ihrem Auto. Das Mädchen war froh, als sie die Schranke des Firmengeländes endlich hinter sich gelassen hatte und wieder auf der 101 in Richtung Süden war. Daß Chaffy sich das Kennzeichen des Wagens notiert hatte, war ihr nicht aufgefallen.

[21]

Frank Chaffy, der blonde Sicherheitsbeauftragte des FrazerLab mit der Kerbe im Kinn, fuhr auf dem Highway 101 in Richtung Los Angeles. Links lagen die sanften Hügel der kalifornischen Küste, rechts der Atlantik, über dem die Abendsonne ihre Wärme verbreitete. Doch für Idylle hatte Chaffy keinen Sinn. Er hatte einen Auftrag zu erledigen.

Außerdem wartete er dringend auf einen telefonischen Rückruf von Nick Rydell. Lange konnte es nicht mehr dauern, bis sein alter Armeekamerad die Nummer des Wagens überprüft hatte, mit dem Kate Morgan – oder wie auch immer die vermeintliche Reporterin tatsächlich hieß – gekommen war. Chaffy warf einen ungeduldigen Blick auf sein Autotelefon, aber es blieb still. Nick, dieser verfluchte Bastard! Die beiden Männer kannten sich bereits seit einer Ewigkeit, hatten beide in derselben Kompanie gedient, damals in den alten Tagen Südafrikas. Chaffy war Major gewesen und Rydell ein ihm unterstellter Lieutenant. Trotz der unterschiedlichen Dienstgrade waren sie im Laufe der Zeit zu Freunden geworden. Nach ihrer unehrenhaften Entlassung – Chaffy hatte dieses bittere Kapitel aus seinem Kopf verbannt – waren sie gemeinsam in die USA ausgewandert. Das war Ende '85 gewesen. Obwohl sie seitdem Zivilisten waren, hatte sich an ihrer ‹Rangordnung› nichts geändert. Frank Chaffy befahl, Nick Rydell führte es aus. Der einzige Unterschied war, daß Chaffy jetzt nicht mehr für das südafrikanische Militär arbeitete, sondern für Angus Frazer.

Rydell hatte Chaffy in den vielen Jahren ihrer Freundschaft nie enttäuscht. Was immer er angepackt hatte, hatte er sauber durchgeführt. Nur die Sache mit Mary Haggerty, die er im Meer hätte verschwinden lassen sollen, hatte er verpfuscht. Statt für immer von den Fluten verschluckt zu werden, war ihre Leiche an Land gespült worden. Der Gedanke an Rydells Versagen machte Chaffy wütend. Blieb zu hoffen, daß sein alter Kumpel wenigstens etwas über das Autokennzeichen herausbekam, das Chaffy ihm vor einer Stunde durchgegeben hatte.

Mit äußerst schlechter Laune traf der Mann mit der FBI-Ausstrahlung an seinem Strandhaus in Malibu ein. Er parkte den Wagen, ein schwarzes Chrysler-Cabrio, vor dem Eingang, ohne das Verdeck zu schließen. Lange wollte er nicht bleiben, denn er mußte weiter.

Drinnen war dic Temperatur wesentlich angenehmer als draußen. Chaffy holte aus dem Kühlschrank eine Tüte Milch, goß sich ein Glas voll und leerte es in einem Zug. Dann ging er ins Wohnzimmer.

Die gläserne Schiebetür zur Veranda stand offen. Draußen fand der Mann Mona Calder schlafend in einem Liegestuhl vor. Sie war Chaffys Partnerin – nicht nur privat, sondern auch wenn es darum ging, gewisse Jobs zu erledigen. Die beiden gaben rein optisch ein gutes Paar ab, aber auch in jeder anderen Beziehung waren sie wie füreinander geschaffen. Beide interessierten sich für klassische Musik. Beide liebten gutes Essen in gediegener Atmosphäre. Beide konnten auf eine militärische Laufbahn zurückblicken – er in Kapstadt, sie in Fort Bragg. Beide waren skrupellos genug, Menschen zu töten, wenn es ihre Überzeugung verlangte oder die Bezahlung stimmte. Und beide hatten beim Sex dieselben Vorlieben.

Chaffy betrachtete die Frau von oben bis unten. Ihr tiefschwarzes, nach hinten zusammengebundenes Haar, ihre geschlossenen Augen, ihre Nase, ihre sanft geschwungenen Lippen. Lippen, die er am liebsten sofort geküßt hätte.

Er konnte von dem Anblick der halbnackten Frau gar nicht genug bekommen. Bei jedem Atemzug hob und senkte sich ihr fester Busen. Der Mann sah auf seine Armbanduhr. Er hatte einen Auftrag zu erfüllen und war eigentlich nur hierhergekommen, um eine Waffe zu holen. Aber welchen Unterschied machte es schon, ob sein Opfer eine halbe Stunde früher oder später starb?

Chaffy schob sich einen Stuhl zurecht und setzte sich vor die Frau. Wie schön sie war, wie diabolisch schön. Wenn sie so dalag, sah sie geradezu friedlich aus.

Als er seine Hände auf ihre Knie legte, zuckte sie leicht zusammen, doch sie wachte nicht auf. Auch nicht, als die Hände ihre Beine auseinanderdrückten und sich an den Innenseiten ihrer Schenkel hinaufschoben. Sie schnurrte nur wie eine Katze und legte den Kopf zur Seite.

Als die Erregung ihren ganzen Körper ergriffen hatte, beugte sich Frank Chaffy über sie, begrub sie unter seinem kräftigen Körper. In den nächsten dreißig Minuten würde sie ganz allein ihm gehören.

Nachdem alles vorbei war, lag Chaffy noch eine Weile auf ihr, ausgelaugt und müde. Schließlich gingen sie ins Schlafzimmer und zogen sich an. Mona schlüpfte in ein paar körperbetonte beigefarbene Reiterhosen. Dazu trug sie Stiefel, T-Shirt und eine kleine Frauenhandtasche, in der ihre Pistole – eine Sig-Sauer mit einem vollen Magazin 9-mm-Kurzpatronen – unauffällig Platz fand. Chaffy hatte sich Bluejeans und ein kurzärmliges Hemd angezogen. Er streifte sich ein Schulterhalfter über und steckte seinen Taurus-Revolver Kaliber .44 Magnum hinein, eine Waffe, mit der er in Afrika schon Wasserbüffel erlegt hatte. Doch so mächtig der Revolver war, das legere Sakko, welches Chaffy ausgewählt hatte, ließ ihn unsichtbar werden.

Sie verließen das Haus und machten sich in dem Chrysler-Cabriolet auf den Weg nach L. A. Wer es nicht besser wußte, mußte die beiden für ein ganz gewöhnliches Liebespaar auf einer Spazierfahrt halten.

Doch sie waren kein gewöhnliches Paar.

Und es war keine gewöhnliche Spazierfahrt.

[22]

Seit Jenny Cherone das Gelände von FrazerLab verlassen hatte, überlegte sie, wie es weitergehen sollte.

Um in Ruhe nachdenken zu können, gönnte sie sich einen Kaffee in einer Strandbar in Santa Monica. Die Autofahrt hatte sie schläfrig gemacht, aber nach dem ersten Schluck fühlte sie sich gleich viel besser. Während Jenny das Treiben am Strand und auf dem nahegelegenen Santa Monica Pier beobachtete, ließ sie sich alles noch einmal durch den Kopf gehen.

Wer konnte ihr einen Weg aus der Sackgasse zeigen, in die sie sich begeben hatte?

Frazer schied aus. Ebenso die Polizei, denn die hatte den Fall bereits als Selbstmord abgeschlossen. Doktor Benton kam ohne die tote Ratte nicht weiter, die der kleine Mason van Hoorn begraben hatte. Solange der Junge sich weigerte, den Ort zu verraten, an dem er seine Ratte, Tippy, begraben hatte, waren dem Tierarzt die Hände gebunden. Ob Jenny bei Mrs. van Hoorn anrufen und sie fragen sollte, ob der Junge seine Meinung geändert hatte?

Jenny nippte an ihrer Tasse und grübelte weiter. Der einzige, der ihr eventuell weiterhelfen konnte, war Jimmy Turansky. Was hatte er über die Lieferung der Ratten und über das FrazerLab gesagt?

Eine Lieferung … eine Fehllieferung …

Völlig vertieft ging sie in Gedanken noch einmal das Gespräch mit dem alten Rollstuhlfahrer durch, und dann wußte sie plötzlich, daß sie noch eine Chance hatte, ihre Spur weiterzuverfolgen. Noah Washington – das war der Fahrer, der die Ratten geliefert hatte. Jimmy hatte den Namen erwähnt. Sie mußte diesen Noah Washington finden! Es war nur eine *kleine* Chance, aber es war besser als nichts. Sie bezahlte ihren Kaffee, verließ die Bar und steuerte die nächste öffentliche Telefonzelle an.

Daß in dem total zerfledderten Telefonbuch das W noch komplett war, grenzte an ein Wunder. Mit dem Zeigefinger fuhr Jenny über die Spalten, bis sie schließlich fand, was sie gesucht hatte. Zwar gab es keinen Eintrag mit ‹Noah Washington›, dafür aber zwei mit ‹N. Washington›.

Jenny wählte die erste Nummer.

Erst nach dem zehnten oder fünfzehnten Klingelzeichen wurde der Hörer abgenommen.

«Hallo?» meldete sich eine sonore Baritonstimme.

«Guten Abend, mit wem spreche ich denn?»

«Mit wem spreche *ich* denn?»

«Mein Name ist Jenny Cherone. Ich möchte gerne mit Mr. Washington sprechen.»

«Das bin ich», sagte der Mann. «Um was geht es?»

«Haben Sie bis vor kurzem bei einem Institut namens FrazerLab gearbeitet?»

«Ich war dort Fahrer.» Washingtons Stimme klang irgendwie skeptisch. «Sind Sie vom Finanzamt?»

«Um Himmels willen, nein!» Jenny konnte sich ein Lachen kaum verkneifen. «Ich bin nicht vom Finanzamt. Ich arbeite bei der *CORICO*. Das ist eine Verbraucherschutzorganisaton hier in L. A.»

«Kenne ich. Verbraucherrechte sind Menschenrechte oder so ähnlich, nicht wahr?»

«Exakt. Ist es möglich, daß wir uns einmal miteinander unterhalten? Nicht am Telefon, sondern persönlich? Es ist wichtig.»

«Ich habe keine Probleme, bei denen Sie mir helfen können.»

«Es ist genau andersherum: Ich bitte *Sie*, *mir* zu helfen.»

Der Mann dachte kurz nach und sagte dann: «In Ordnung, wenn ich das kann, tu ich's gerne. Wenn man arbeitslos ist, hat man zwar kein Geld, dafür aber Zeit im Überfluß. Wann kommen Sie vorbei?»

Jenny warf einen Blick auf ihre Uhr: halb sechs. Um acht mußte der Wagen wieder vor Phils Haustür stehen. «Wo wohnen Sie?»

Noah Washington gab ihr seine Adresse. Von Jennys Telefonzelle aus war der Weg dorthin in einer halben Stunde zu schaffen. Für ihr Gespräch mit dem Mann benötigte sie höchstens weitere dreißig Minuten, dann hatte sie immer noch anderthalb Stunden Zeit, um das Auto zurückzubringen. Das würde reichen. «Wie wäre es, wenn wir uns jetzt treffen würden? Ich könnte so gegen sechs bei Ihnen sein.»

«Geht klar. Kommen Sie einfach vorbei.»

Als Jenny in den Wagen stieg, war sie ganz aufgeregt. Noch vor wenigen Minuten hatte sie sich von der Fülle der ungeklärten Fragen schier erschlagen gefühlt. Viel hätte nicht mehr gefehlt, und sie hätte aufgegeben. Aber jetzt gab es einen Hoffnungsschimmer: Noah Washington.

[23]

Die Fahrt zu Noah Washington dauerte nicht so lange, wie Jenny gedacht hatte. Schon nach zwanzig Minuten traf sie dort ein.

Die Haustür des zehngeschossigen Betonbaus stand sperrangelweit offen. Mit dem Lift fuhr Jenny in den fünften Stock, wo der Mann wohnte, wenn man der Anordnung der Klingeln am Eingang Glauben schenken durfte. Tatsächlich fand Jenny dort die gesuchte Tür. Sie klopfte, wartete zehn Sekunden, und nachdem niemand öffnete, versuchte sie es mit Klingeln.

«Jaja. Augenblick noch, bin gleich da», hörte sie die Stimme des Mannes aus der Wohnung. Kurz darauf öffnete sich die Tür. «Oh, … ähm. Guten Abend. Ich habe Sie nicht so früh erwartet.»

Das verlegene Stottern konnte Jenny dem Schwarzen nicht verübeln. Immerhin stand er triefend naß und fast nackt vor ihr, nur ein Handtuch um die Hüften geschlungen. Er war groß, knapp 1,90 Meter, schätzte Jenny, etwas über dreißig Jahre alt, und er hatte die Figur eines Athleten. In seinem kurzgeschorenen Kraushaar perlte Wasser. Ein modisch gestutzter Bart zierte Kinn und Oberlippe. «Ich dachte, Sie klingeln von unten. Ich wollte nur schon mal die Tür aufmachen.»

«Unten war offen.»

«Schon in Ordnung. Kommen Sie rein.»

Bevor Jenny der Aufforderung des Schwarzen nachkommen konnte, lenkte ein Stöhnen auf der Treppe ihre Aufmerksamkeit auf sich. Eine alte, etwas bucklige Dame schleppte sich, mit zwei Plastiktüten bewaffnet, die Stufen herauf. Als sie Jenny und den spärlich bekleideten Schwarzen in der Tür sah, wand sie schnell den Blick ab und schüttelte angewidert den Kopf. «Sodom und Gomorrah!» wetterte sie los. «Mr. Washington, sie gottverdammtes Schwein! Müssen Sie es jetzt schon im Flur treiben? Sie sollten sich was schämen! Pfui Teufel, sage ich! Sie sind eine Schande für Ihr ganzes Geschlecht! Pfui Teufel!»

Jenny war froh, als die Alte weiterging.

«Tut mir leid, wenn ich Ihnen Schwierigkeiten gemacht habe», sagte Jenny zu Washington. «Ich hoffe, Sie bekommen deswegen keinen Ärger.»

«Aber nein!» lachte Washington. «Die Bucklige hat immer was zu meckern. Wenn nicht über mich, dann über das Wetter, die Japaner oder den Präsidenten. Kommen Sie rein.»

Diesmal nahm Jenny seine Einladung an und kam durch einen kleinen dunklen Flur in ein gemütliches Wohnzimmer.

«Wenn Sie etwas zu trinken möchten, bedienen Sie sich einfach im Kühlschrank. Fühlen Sie sich wie zu Hause. Ich werde mir inzwischen etwas anziehen», sagte Washington und verschwand im Badezimmer. Jenny sah ihm nach und ertappte sich dabei, wie sie seinen knackigen Po bewunderte, der sich deutlich unter dem straff gespannten Handtuch abzeichnete. Rein äußerlich war Washington das exakte Gegenteil von Phil: groß, schlank, muskulös, männlich. Und dann dieser Hintern …

Jenny schüttelte den Kopf, um jeden weiteren Gedanken in diese Richtung fallenzulassen. Das war ja absurd! Sie kannte den Mann noch keine fünf Minuten, wußte nichts von ihm, außer daß er arbeitslos war und einen Körper wie ein numidischer Gladiator hatte. Andererseits war sie mit Phil fertig und wollte – nachdem sie seinen Wagen zurückgebracht hatte – nichts mehr mit ihm zu tun haben.

Um wieder einen klaren Kopf zu bekommen, beschloß Jenny, sich tatsächlich ein Getränk aus dem Kühlschrank zu holen. Die Küche war sauber, ließ aber deutlich erkennen, daß hier keine weibliche Hand beim Aufräumen geholfen hatte.

Auch das Innere des Kühlschranks verriet den Single: zwei Flaschen Mineralwasser, eine Tüte Orangensaft, eine Dose Cola, ein unangetasteter Salatkopf und eine Flasche Joghurtdressing – das war alles. Ein Mann mochte damit vielleicht auskommen, aber selbst einer Spartanerin hätte das nicht einmal als Notration genügt.

Jenny entschied sich für den Orangensaft. Sie fand ein Glas in einem der Schränke, goß sich ein und schlenderte zurück ins Wohnzimmer, das gleichermaßen gemütlich wie einfach eingerichtet war. Beherrschendes Möbel war eindeutig die gediegene, dreisitzige Ledercouch, die fast eine gesamte Wandlänge beanspruchte. Nur ein schmaler CD-Ständer hatte noch in der Ecke Platz. Ein kleiner Fernseher stand auf einem Holzschränkchen unter einem Bücherregal, und eine mannshohe Palme – die einzige Pflanze im Raum – stand direkt neben dem breiten Fenster, von dem aus man hinunter auf die Straße sehen konnte.

Jenny trank einen Schluck Orangensaft und setzte sich auf die Couch. Während sie die CDs betrachtete, schweiften ihre Gedanken aus unerklärlichen Gründen zurück zum Kühlschrank. Irgend etwas stimmte nicht. Es war nicht nur die gähnende Leere, die Jenny merkwürdig vorkam. Da war noch etwas anderes. Sie versuchte sich zu erinnern: zwei Flaschen Mineralwasser, eine Tüte Orangensaft, eine Dose Cola, ein Salat und Dressing. Das war alles. Doch irgend etwas fehlte; etwas, das nicht im Kühlschrank war, das Jenny aber dort erwartet hätte!

Mit einem Mal wurde ihr bewußt, was: Alkohol. Jimmy Turansky hatte erzählt, Noah Washington sei wegen seiner Alkoholprobleme entlassen worden. Aber war es nicht ungewöhnlich, daß ein Alkoholiker keine Spirituosen im Kühlschrank hatte? Kein Bier, keinen Weißwein, keinen Sekt – nichts.

Es gab, überlegte Jenny, nur drei Möglichkeiten: Entweder bewahrte Washington seinen gesamten Alkoholbestand woanders auf, oder seine Kündigung hatte ihm derart zugesetzt, daß er Besserung geschworen und sich auf Entzug gesetzt hatte. Oder die dritte Möglichkeit: Washington war kein Trinker. Dann wäre der Alkohol nur ein Vorwand gewesen, dem Mann zu kündigen. Aber weshalb? Weil er die falschen Ratten an Jimmy Turansky ausgeliefert hatte?

Jenny kam nicht mehr dazu, sich weiter in diese Frage zu vertiefen, denn Washington, der sich inzwischen angezogen hatte, kam aus dem Bad. Er trug ein paar Turnschuhe, ausgewaschene Bluejeans und ein weißes T-Shirt, das einen auffallenden Kontrast zu seiner Hautfarbe bildete.

«Ich sehe, Sie haben sich bedient», sagte er lächelnd. «Einen Moment noch, ich hole mir auch schnell etwas, dann können wir reden.» Er verschwand in die Küche und kam kurz darauf mit einer der beiden Mineralwasserflaschen wieder, die Jenny im Kühlschrank gesehen hatte. «Was kann ich denn für Sie tun, Miss ... Wie war nochmal Ihr Name?» Der Schwarze setzte sich neben Jenny auf die Couch und trank einen Schluck aus der Flasche.

«Jenny Cherone», antwortete das Mädchen. «Ich ... nun, ich weiß ehrlich gesagt nicht so recht, wie ich beginnen soll.»

«Am besten, Sie sagen mir einfach direkt, um was es geht. Dann bekommen Sie von mir auch eine direkte Antwort.»

«Sehen Sie, Mr. Washington, es ist so: Ich ...»

«Bitte!» unterbrach sie der Schwarze, bevor sie richtig angefangen hatte. «Nennen Sie mich nicht ‹Mister Washington›. Das tun nur die Tanten hier im Haus und die Leute vom Arbeitsamt. Sagen Sie bitte Noah zu mir. Einverstanden?»

«Gerne. Dann bin ich Jenny.»

«Na schön, nachdem wir die Formalitäten so erfreulich rasch erledigt haben – um was geht es nun?» Jenny war die lockere, unkomplizierte Art des Schwarzen sofort angenehm. Er schien offen und direkt zu sein – der Typ von Mensch, der Jenny am besten lag. Wahrscheinlich weil die Leute in Three Pine Village genauso waren. Allen voran ihre Mutter und Sheriff Paxton.

Auf Noahs Wangen zeigten sich zwei kleine, sympathische Grübchen, wenn er lächelte. Selbst sein kurzgeschnittenes Oberlippen- und Kinnbärtchen gefiel Jenny, obwohl sie es lächerlich gefunden hatte, als Phil sich einmal einen ähnlichen Bart hatte wachsen lassen.

«Die Sache ist so», begann Jenny. «Jimmy Turansky hat mir erzählt, daß Sie Fahrer bei FrazerLab sind. Oder besser gesagt waren.»

«Richtig.»

«Und Jimmy hat weiter erzählt, daß es vor kurzem wohl eine Fehllieferung von Ratten gegeben hat, die Sie ausgefahren haben. Stimmt das auch?»

Washington zog erstaunt die Augenbrauen hoch. Seine Stirn legte sich in Falten. «Eine Fehllieferung, sagen Sie?»

«Das hat Jimmy Turansky erzählt. Sie haben angeblich Ratten ausgeliefert, die wenige Tage später wieder zurückgeordert wurden. Zu diesem Zeitpunkt hatte Jimmy aber bereits eine der Ratten verkauft. Sie ist kurz darauf gestorben. Die Todesursache ist unbekannt. Ist das nicht merkwürdig?»

«Das rückt die Sache natürlich in ein anderes Licht», murmelte Washington in Gedanken versunken.

«Welche Sache?»

«Meine Entlassung. Die im FrazerLab haben als Kündigungsgrund meine angeblichen Alkoholprobleme angegeben.»

«Das hat der Fahrer, der die Ratten wieder abholte, auch Jimmy Turansky erzählt.»

«Die haben mir Alkohol am Steuer vorgeworfen. So ein Quatsch! Ich habe beim Fahren noch nie einen Tropfen Alkohol getrunken. Ich habe also protestiert, da haben sie gesagt, sie kennen sogar mein Versteck hinter dem Fahrersitz, in dem ich meine Flaschen deponiere. Selbstverständlich war ich wütend. Ich habe ihnen vorgeschlagen, gemeinsam nachzusehen, ob da etwas ist. Das haben wir dann auch gemacht. Aber soll ich Ihnen etwas Komisches anvertrauen?»

«Lassen Sie mich raten», sagte das Mädchen nüchtern. «Sie haben dort tatsächlich eine Flasche entdeckt?»

«Ganz genau. Eine angebrochene Flasche Gin. Das hat mich meinen Job gekostet.» Erneut nahm Washington einen Schluck Mineralwasser. «Was soll's. So toll war der Job auch wieder nicht. Ratten zu verfrachten war nicht unbedingt mein Lebenstraum.»

Obwohl der Mann darauf bedacht war, einen unbekümmerten Eindruck zu machen, sah Jenny ihm an, daß ihn der Verlust seines Arbeitsplatzes schwer zu schaffen machte. Sie wollte ihn nicht unnötig quälen, brauchte aber noch ein paar Informationen: «Können Sie mir schildern, wie die Ausfuhr bei FrazerLab vonstatten geht?»

«Natürlich. Am besten, ich fange ganz von vorne an. Wir stellen die verschiedensten Rattenarten her.» Die Tatsache, daß er noch immer ‹wir› sagte, bestätigte Jennys Vermutung. Er hatte die Kündigung noch nicht verdaut. «Ratten mit bestimmten körperlichen Merkmalen. Wir nennen das ‹Klone›, weil alle Ratten bis aufs letzte Härchen identisch sind.»

«Mister Frazer hat mir bereits davon erzählt. Soweit ich seine Ausführungen verstanden habe, geht es um Genmanipulation.»

Noah nickte. «So genau weiß ich über diese Dinge auch nicht Bescheid, ich war schließlich nur Fahrer. Aber durch künstliche Eingriffe ins Erbgut kann man wohl den genetischen Code eines Lebewesens, die DNA, beliebig verändern. Vorausgesetzt, man weiß, an welchen Stellen der DNA man ansetzen muß.»

«Hört sich simpel an», bemerkte Jenny.

«Das *Prinzip* ist recht einfach. Die *Durchführung* jedoch nicht», sagte Noah. «Die DNA, das sind im Grunde genommen zwei parallel verlaufende Molekülstränge, die eine Art Kneuel in jeder Zelle bilden.» Washington gefiel sich in der Rolle des Halbfachmanns. «Raten Sie einmal, wie lang dieser Strang beim Menschen ist, wenn man ihn entknoten würde.»

Jenny zuckte mit den Schultern. «Keine Ahnung. Vielleicht einen Zentimeter?»

«Knapp daneben», freute sich der Schwarze, und seine Zähne kamen beim Lachen zum Vorschein. «Zwei Meter. Unglaublich, nicht wahr? Und bei jedem Lebewesen – egal ob Mensch, Ratte, Grippevirus oder Hefezelle – besteht dieser Doppelstrang aus denselben vier Bausteinen: Adenosin, Thymidin, Guanosin und Cytidin. Nur die Anordnung dieser Bausteine variiert. Und natürlich ihre Anzahl. Die liegt je nach Lebensform so zwischen ein paar tausend und hundert Milliarden. Nun ja, jedenfalls ist der aus diesen vier Elementen bestehende Doppelstrang aufgeteilt in unzählige kleine Abschnitte, die man dann Gene nennt. Und wenn man weiß, welche Gene man wie manipulieren muß, kann man so ziemlich alles wachsen lassen, was man will.»

Jenny war beeindruckt. «Ein gewöhnlicher Lkw-Fahrer sind Sie auf alle Fälle nicht. Ich dachte gerade, ich sitze in einem medizinischen Vortrag.»

«Ich wollte Sie nicht langweilen.»

«Das haben Sie nicht. Es war sehr aufschlußreich. Ich war nur überrascht, daß Sie so viel darüber wissen.»

Washington grinste und zauberte dadurch wieder diese sympathischen Grübchen auf seine schwarzen Wangen. In gespielter Bescheidenheit meinte er: «Nach der Highschool mußte ich mich entscheiden: entweder Biologie zu studieren und den Nobelpreis gewinnen oder den Lkw-Führerschein zu machen und den Rest meiner Tage in einer Fahrerkabine zu verbringen. Der Führerschein schien mir leichter erreichbar, deswegen habe ich mich für Plan B entschieden.» Beide lachten. Dann fuhr Noah fort: «Nein, jetzt mal im Ernst. Ich will nicht eingebildet wirken, aber ich glaube wirklich, daß ich der einzige Fahrer bei FrazerLab bin – besser gesagt war –, der wenigstens eine grobe Ahnung von dem hat, was dort vor sich geht. Als ich eingestellt wurde, dachte ich mir, es schadet nicht, wenn ich weiß, was die so machen; wenn ich weiß, für welchen Laden ich arbeite. Und so habe ich begonnen, ein paar Bücher zu dem Thema zu lesen.»

«Und wie sah nun Ihr typischer Arbeitstag aus? Welche Aufgaben hatten Sie als Fahrer?»

«Wenn ich es Ihnen erzähle, sagen Sie mir dann, weswegen Sie sich so dafür interessieren?»

Ohne zu zögern, sagte Jenny ja. Nicht nur, weil Washington der einzige war, der ihr vielleicht weiterhelfen konnte, sondern auch, weil sie ihn mochte und ihm instinktiv vertraute.

«Also gut! Hier also ein typischer Arbeitstag im Leben des Noah Washington», kündigte der Mann seine Geschichte wie ein Nachrichtensprecher an. «Unter der Woche habe ich in einer kleinen Betriebswohnung gelebt. In Ventura. Das FrazerLab hat allen, die von weiter außerhalb kamen, eine solche Wohnung für wenig Geld zur Verfügung gestellt. Ich habe dieses Angebot gerne angenommen, weil mir der Weg zwischen dem Institut und meiner Wohnung hier in L. A. zu weit gewesen wäre, um jeden Tag hin- und herzupendeln. Jeder von uns Fahrern hatte ein bestimmtes Gebiet zu beliefern. Einer von uns versorgte den Norden Richtung San Francisco, ich war für den Süden zuständig – L. A., San Diego, Mexiko. Gebiete, die weiter weg sind, werden per Luftfracht beliefert. Eine Lkw-Fahrt über mehrere Tage überstehen die Tiere nicht unbeschadet.» Der Mann machte eine kurze Pause, um einen Schluck zu trinken, bevor er fortfuhr. «Morgens kam ich also ins FrazerLab und meldete mich im Lager. Das ist ein großer Raum, der ständig mit Dutzenden, manchmal Hunderten von Kisten gefüllt ist. Dort holte ich mir meine Lieferscheine ab, auf denen vermerkt war, welche Kisten man wohin fahren soll. Dann lud ich die entsprechenden Kisten in meinen Lkw und fuhr meine Route. Meistens kam ich abends zurück, manchmal auch erst am nächsten Morgen. So ging das Tag für Tag. Und nach dem zu urteilen, was Sie mir erzählt haben, denke ich, daß mir irgendwann ein Fehler unterlaufen ist. Ich habe eine falsche Kiste eingeladen und sie an Jimmy geliefert, was offenbar so schwerwiegend war, daß die mich dafür gefeuert haben.»

Jenny nickte und strich mit einer Hand durch ihr dunkles Haar. «So sehe ich das auch. Aber warum hat man Ihnen nicht den wahren Grund gesagt? Warum haben die sich die Mühe gemacht, eine Flasche Gin in Ihrem Wagen zu verstecken und Sie unter dem Vorwand des Alkoholmißbrauchs rauszuschmeißen?»

«Keine Ahnung», gab der Schwarze zu. «Für mich ergibt das alles keinen Sinn.»

«Für mich auch nicht», sagte Jenny. «Es sei denn ...»

«Es sei denn, *was*? Machen Sie es nicht so spannend. Reden Sie schon.»

«Es sei denn, hinter den Ratten steckt irgend etwas, das Frazer geheimhalten will», sagte Jenny. «Die Ratten litten unter einer Krankheit, die selbst ein Tierarzt nicht identifizieren konnte. Noah, haben Sie Frazer schon öfter Grund zur Klage gegeben? Ich meine, waren Sie im allgemeinen streitsüchtig oder unzuverlässig oder etwas in der Art?»

«Quatsch!» gab der Schwarze entschieden zurück. «Vielleicht klingt es überheblich, aber ich bin eigentlich mit jedermann gut ausgekommen. Mit meinen Kollegen genauso wie mit meinen Chefs.»

«Dann ist die Sache klar. Frazer hat einen Grund gebraucht, Sie schnell und ohne großes Aufsehen loszuwerden. Da war Alkohol der beste Vorwand. Er wollte Sie heimlich, schnell und leise aus dem Weg haben.»

Verwirrt massierte Washington sein bärtiges Kinn. Von dieser Seite hatte er die Sache noch nicht betrachtet, aber was die Frau sagte, hatte etwas für sich. Nur eines war ihm noch nicht klar: «Sie haben mir immer noch nicht gesagt, wieso *Sie* sich für all das interessieren.»

«Ich hatte eine Kollegin, Mary Haggerty», sagte Jenny und begann automatisch, an ihrer Bärenkrallenkette herumzuspielen. Sie hatte Noah versprochen, ihm ihre Geschichte zu erzählen, wenn er ihr Auskunft gab. Er hatte seinen Teil der Abmachung erfüllt. Jetzt war sie an der Reihe.

[24]

«Was hast du herausgefunden?» Frank Chaffy hatte das Handy fest ans Ohr gepreßt, um im Verkehrslärm etwas verstehen zu können. Mona Calder saß neben ihm, kaute einen Kaugummi und betrachtete gelangweilt den Fahrer des Wagens, der neben ihnen an der Ampel wartete.

Nick Rydell, Chaffys Handlanger und alter Armeekamerad aus Südafrika, war am anderen Ende der Leitung. «Das Auto ist auf den Namen Philip Prentice zugelassen.» Nick gab Chaffy die Adresse durch, und Chaffy wiederholte sie, so daß Mona Calder mitschreiben konnte.

«Sonst noch was, Nick?» Die Ampel sprang auf Grün, und Chaffy gab Gas.

«Philip Prentice ist Freiberufler. Computerexperte, genauer gesagt Internet-Spezialist. Zumindest steht das im Telefonbuch. Mehr konnte ich noch nicht herausbekommen.»

Frank Chaffy war enttäuscht. «Das ist nicht allzuviel, Nick. Wer auch immer heute den Termin mit Mr. Frazer hatte, es war ganz sicher nicht Philip Prentice!» sagte er sarkastisch. Sollte der andere ruhig merken, wie unzufrieden er war. «Sieh zu, daß du noch etwas in Erfahrung bringst.»

Ärgerlich knallte Chaffy sein Handy in die Halterung. Kamerad hin oder her – Nick Rydell ließ langsam nach. Zuerst hatte er Mary Haggertys Leiche nicht ordentlich verschwinden lassen, und jetzt brachte er nicht einmal mehr ein paar einfache Informationen zusammen. «Uns bleibt nichts anderes übrig, als Philip Prentice einen Besuch in seiner Wohnung abzustatten», sagte Chaffy zu seiner Partnerin. «Wenn du ihn nett anlächelst, verrät er dir bestimmt, wer heute mittag sein Auto benutzen durfte.» Aber bevor es soweit war, hatten sie noch etwas anderes zu erledigen.

Es dämmerte bereits, als das schwarze Chrysler-Cabriolet das Viertel erreichte, in dem sich Jimmys Apehouse befand. Chaffy parkte in einer Tiefgarage ein paar Querstraßen weiter, denn sein Wagen war zu elegant für diese Gegend. Bei dem, was er vorhatte, war es ratsam, unauffällig zu bleiben.

Zusammen mit Mona Calder betrat Chaffy den Vorraum der Tierhandlung. Ihr Eintreten wurde begleitet von dem künstlichen Trompetenstoß eines Elefanten, vermischt mit Affengeschrei.

«Guten Abend», begrüßte sie Jimmys langer, schlaksiger Assistent hinter der Kasse. Er hatte ein Bündel Geldscheine in der Hand und zählte die Tageseinnahmen. Beeindruckt vom Aussehen Mona Calders, hatte er Schwierigkeiten, die Augen von ihr abzuwenden. So hübscher Besuch kam selten in den Laden. «Was kann ich für Sie tun?»

«Guten Abend», sagte Chaffy trocken. «Wir suchen Mr. Turansky. Sind Sie das?»

«Der ist hinten. Einfach den Gang entlang und dann nach rechts.»

Chaffy ging voraus, ohne sich für die Auskunft zu bedanken. Mona folgte ihm. Der Blick, den sie dem Langen an der Kasse zuwarf, war gleichermaßen höhnisch wie furchteinflößend. Eine wilde Katze mit scharfen Krallen, dachte der Mann. Mit ihr war sicher nicht gut Kirschen essen, aber im Bett war sie vermutlich einsame Spitze.

Chaffy und Mona gingen den schmalen, mit fahlem Neonlicht beleuchteten Gang entlang, der zwischen zwei langen, mit Tierkäfigen vollgestopften Regalreihen nach hinten führte. Ein Wiesel nagte am Gitter seines Gefängnisses, ein anderes patrouillierte stumpfsinnig hin und her. Ratten und Hamster strampelten sich auf surrenden Laufrädern ab, Hasen, Katzenjunge und Hundewelpen drängten sich in durchsichtigen, spärlich mit Streu ausgelegten Kunststoffbehausungen. Bemitleidenswerte Kreaturen, zusammengepfercht auf engstem Raum.

Hinter einem Regal voller Aquarien machte der Flur einen Knick nach rechts, wo Jimmy Turansky gerade dabei war, eine Schlange zu füttern. Er war so in seine Arbeit vertieft, daß er die Neuankömmlinge nicht bemerkte. In seinem Rollstuhl sitzend, schob er den Deckel des Terrariums vor sich auf dem Tisch zur Seite und ließ eine lebende Maus hineinfallen. Gespannt wartete er darauf, was passieren würde.

Während die Schlange, der schleichende Tod, an die vor Angst zitternde Maus herankroch, näherte auch Chaffy sich dem Alten. Und als die Schlange zupackte, zuckte nicht nur die Maus zusammen, sondern auch Jimmy, denn exakt in diesem Moment hatte sich eine Hand auf seine Schulter gelegt.

Der Alte fing sich jedoch schnell wieder. «Guten Abend, Mister», sagte er freundlich. Dann sah er die Frau hinter Chaffy und nickte ihr zu. «Was kann ich für Sie tun? Ob Hund, ob Katz', ob Murmeltier – Jimmy hat sie alle hier.» Er lachte schrill. «Also: Was darf's sein?»

Frank Chaffy antwortete nicht sofort. Er warf einen unbeteiligten Blick auf die Wandregale, die hier nicht mehr mit Tierkäfigen vollgestopft waren, sondern mit Werkzeugen und anderen Gebrauchsgegenständen: Kanister mit verschiedenen Arten von Trockenfutter, Reinigungsmittel, Plastiksäcke voller Stroh zum Auslegen der Tierkäfige und so weiter. Auch ein Verbandskasten stand dabei, flankiert von einer großen Dose Terpentin, neben der allerlei zusammengeknüllte Lappen lagen. Chaffys Augen blieben auf dem Terrarium haften. Die Schlange hatte ihr Maul weit aufgerissen und die Maus bereits bis zur Hälfte verschluckt. Nur noch der Hinterleib mit dem langen Schwanz daran war zu sehen.

«Sind Sie Mr. Turansky?» fragte Chaffy, ohne den Blick von dem gierigen Reptil abzuwenden.

«Mr. Turansky?» wiederholte der Alte. «So hat mich zuletzt der Pfarrer von Saint Martin genannt. Bei meiner Hochzeit 1968.» Er lachte. «Sagen Sie doch einfach Jimmy zu mir, okay?»

Chaffy bedachte ihn mit einem undefinierbaren Lächeln, aber gewiß nicht, weil der Alte seinen Humor getroffen hatte.

«Na, was wollen Sie denn nun?» hakte Affen-Jimmy nach. «Wie wäre es mit einer Katze? Wir haben gerade ganz frische Perserkätzchen hereinbekommen.»

Während sich die Kiefer der Schlange nun auch um den Hinterleib der Maus legten, antwortete Chaffy: «Mr. Turansky –»

Schon wieder *Mr. Turansky*! dachte Jimmy. Der Tonfall seines Gegenübers fing an, ihn ein wenig zu beunruhigen.

«– sehe ich aus wie jemand, der bei Ihnen eine Katze kaufen möchte?»

Das tat der Mann in der Tat nicht. Das harte Gesicht mit den stahlgrauen Augen und der Kerbe im Kinn sah überhaupt nicht nach einem Tierfreund aus.

Chaffy fuhr fort: «Ich will ehrlich sein. Und ich will weder Ihre noch meine Zeit mit höflicher Konversation vergeuden. Ich suche kein Tier. Ich suche eine Frau.»

«Da sind Sie bei mir aber falsch, Mister», platzte der Alte heraus. Er hatte zwar einen gewissen Respekt gegenüber dem Fremden – Angst hatte er jedoch nicht. «Versuchen Sie's mal zwei Querstraßen weiter. ‹Libido Inn› heißt der Schuppen, glaube ich. Dort finden Sie sicher 'ne Frau. Obwohl Ihre eigene doch gar nicht schlecht gewachsen ist.» Weder der Blonde mit dem markanten Kinn noch seine schwarzhaarige Begleiterin lächelte auch nur.

Mein Gott, dachte Jimmy, die haben die Trostlosigkeit ja geradezu erfunden!

«*Mister Turansky*», zischte Chaffy scharf. Der Leib der Maus war nun vollkommen im Schlund der Schlange verschwunden. «Ich arbeite für das FrazerLab. Ich bin hier, weil ich eine ganz bestimmte Person suche. Und dabei will ich mir nicht das blödsinnige Geschwätz eines alten Krüppels anhören. Ich schlage vor, daß Sie jetzt mit mir kooperieren, also hören Sie mir gut zu. Vor kurzem war eine Frau bei Ihnen im Laden, die Sie zu uns ins Labor geschickt haben. Kurzes braunes Haar. Jung, zwischen zwanzig und fünfundzwanzig. Erinnern Sie sich?»

Der beleidigende Ton machte Jimmy deutlich, daß es das beste war, ohne Umschweife zu antworten. Er wollte die beiden Besucher so schell wie möglich wieder aus seinem Laden haben. «Ja, ich erinnere mich.»

«Was wissen Sie über die Frau?»

«Sie war hier und hat nach dieser Ratte gefragt, die ihr mir neulich geliefert habt.»

«Und wer hat sie geschickt? Für wen arbeitet sie?»

«Das hat sie nicht gesagt.»

«Hat sie ihren Namen erwähnt?»

Wahrheitsgemäß antwortete Jimmy: «Weiß ich nicht mehr. Tut mir leid, Sir.» *Sir* schien dem Alten die beste Anrede.

«Eine große Hilfe waren Sie bisher nicht», sagt Chaffy. Er drehte sich zu Mona um und gab ihr mit einer Kopfbewegung zu verstehen, sie solle den Eingangsbereich im Auge behalten. Die Frau verstand und verschwand um die Ecke. Chaffy widmete sich wieder seinem Opfer: «Es ist sehr wichtig für mich, dieses Mädchen zu finden. Und Sie, Mr. Turansky, könnten meine Suche sehr verkürzen, wenn Sie sich an *irgend etwas* erinnern könnten, das mich zu ihr führt.» Er holte ein Päckchen Zigaretten aus der Innentasche seines Sakkos, wobei er sich Mühe gab, das Halfter mit dem Revolver kurz auftauchen zu lassen. Sollte dieser verdammte Krüppel ruhig sehen, daß er nicht zum Spaßen aufgelegt war. Gemütlich steckte er sich eine Zigarette an.

Jimmys Gesichtsausdruck verriet, daß er die Waffe gesehen hatte. Ängstlich sagte er: «Sir, bitte … würde es Ihnen etwas ausmachen, hier drinnen nicht zu rauchen? Das bekommt den Tieren nicht.»

«Ach ja?» entgegnete Chaffy. Er nahm einen tiefen Zug und stieß den Rauch durch die Nase wieder aus. Während er das tat, streifte sein Blick wieder durch die Regale. An der Terpentindose blieb er hängen. «Also? Ist Ihnen inzwischen etwas eingefallen, was Sie mir gerne sagen möchten?» Er nahm die Dose in die Hand und stellte fest, daß sie noch fast voll war.

Jimmy wurde unruhig. War der Fremde in der Lage, einem *Behinderten* etwas anzutun? «Ich habe Ihnen alles gesagt, was ich weiß. Das müssen Sie mir glauben. Welchen Grund hätte ich, etwas vor Ihnen zu verheimlichen?»

Statt einer Antwort drehte Chaffy den Verschluß von der Dose. Sofort stieg ihm der beißende benzinähnliche Geruch in die Nase.

«Bitte, Sir! Wenn ich doch nichts weiß!»

Chaffys Augen trafen den Rollstuhlfahrer wie eine Lanze. «Warum habe ich dann das Gefühl, daß Sie mir noch nicht alles gesagt haben?» Er schob den Deckel vom Terrarium und goß einen Schuß Terpentin hinein. «Nun?»

«Das ist eine *oxybelis argenteus.* Ein seltenes Exemplar aus Südamerika. Bitte tun Sie ihr nichts an, Sir», brachte Jimmy hervor, obwohl ihm innerlich ein Stein vom Herzen fiel, weil der Blonde es ‹nur› auf die Schlange abgesehen hatte. «Das Mädchen hat gar nicht über sich selbst gesprochen. Sie hat nur ein paar Fragen gestellt.»

«Das war die falsche Antwort», sagte Chaffy kalt, als er seine angerauchte Zigarette über die Vitrine hielt und die Asche abklopfte. Sofort stand das Terrarium in Flammen. Die Schlange zischte und wand sich, um der unsäglichen Hitze zu entkommen. Doch diesen

Kampf mußte sie verlieren. Fassungslos starrte Jimmy auf die Tragödie.

«Hat sich Ihr Erinnerungsvermögen wieder etwas aufgefrischt, Mr. Turansky?»

Die Worte drangen nur aus der Ferne in Jimmys Bewußtsein vor. Er hatte die Schlange tatsächlich bei lebendigem Leib verbrannt! Was würde er *noch* tun, um zu erfahren, was er wissen wollte?

«Ich weiß doch nichts», sagte der Alte heiser. Sein Gehirn war wie leergepumpt. Er merkte, daß Chaffy ihn mit Terpentin übergoß. Ihm wurde klar, daß der Unbekannte nicht vorhatte, ihn am Leben zu lassen. Hätte er seine Beine noch benutzen können, wäre er vielleicht aufgestanden, um sich auf seinen Peiniger zu stürzen und sich gegen ihn zu wehren. So aber blieb ihm nichts anderes als Verzweiflung. Ätzender Gestank ging von seiner terpentindurchtränkten Kleidung aus. Die Lippen fest aufeinandergepreßt, begannen seine Augen, feucht zu glänzen. Er begann zu schluchzen, zuerst leise und unterdrückt, dann offen und hemmungslos. «Bitte, Sir ... bitte nicht! Ich schwöre bei Gott ...»

Weiter kam er nicht. Frank Chaffy schnippte seine Zigarettenasche auf ihn, noch bevor Jimmy seinen Satz beendet hatte. Von einer Sekunde auf die andere verwandelte sich der Mann mitsamt Rollstuhl in einen einzigen lodernden Feuerball. In dem hoffnungslosen Versuch, die Flammen zu besiegen, schlug er wie wild um sich – umsonst. Der heiße Atem des Feuers war überall. Dann zuckte der brennende Körper noch einmal zusammen, bevor er endgültig und reglos in seinem Rollstuhl liegenblieb.

In einem der Regale fand Chaffy einen Kanister Verdünnungsmittel, den er über den gesamten Laden ausleerte. Im Vorzimmer wartete Mona Calder auf ihn. Jimmys langer Assistent lag auf dem Boden.

«Ist ohnmächtig», sagte sie knapp, und Chaffy wußte, daß sie ihr Handwerk sauber ausgeführt hatte. Ebenso wie bei Jimmy würden auch bei ihm hinterher keine Spuren auf einen Mord hindeuten. Morgen würde in der Zeitung stehen, die beiden wären durch einen unglücklichen Zufall in ihrem Laden verbrannt.

[25]

Als bei Phil Prentice, Jennys Ex-Freund, das Telefon klingelte, war er gerade damit beschäftigt, Spaghetti abzuschütten.

«Geh du bitte hin, Schätzchen», sagte er zu Maggy, seinem Betthäschen, die seiner Bitte Folge leistete. Keine fünfzehn Sekunden später war sie wieder in der Küche.

«War falsch verbunden, Philli», erklärte sie dem Mann. Sie trat hinter Phil, schlang ihre Arme um seinen Bauch und knurrte ihm ins Ohr, wie scharf sie auf ihn war.

Daß dieser unscheinbare Anruf nur den Sinn gehabt hatte zu kontrollieren, ob jemand daheim war, kam keinem von beiden in den Sinn.

Fünf Minuten später saßen Phil und Maggy am Tisch und aßen. Eigentlich war es eine Mischung aus Schmusen und Essen, denn die Frau saß auf Phils Schoß und ließ sich abwechselnd von ihm füttern und küssen. Bei dieser Art von kulinarischem Liebesspiel kam das Klingeln an der Tür alles andere als gelegen.

«Wer ist das nun schon wieder?» murrte Phil ärgerlich. Er hatte Hunger. Außerdem drängte die Zeit, denn um halb neun wollten sie ins Kino gehen. «Wenn das wieder so ein Von-Tür-zu-Tür-Verkäufer ist, dann schmeiß ich ihn hochkant raus.»

Maggy wollte Phil eine Freude machen und sagte: «Mein kleiner, kräftiger Brummbär! Ich mache auf. Iß du in Ruhe zu Ende. Wenn es ein Vertreter ist, wimmle ich ihn einfach ab.»

Sie stand auf, kniff ihren ‹Philli› einmal in die Wangen und tippelte zur Wohnungstür.

Mona Calder stand im Treppenhaus und hatte ihr sympathischstes Lächeln aufgesetzt. «Guten Tag. Bin ich hier richtig bei ‹Prentice›? An Ihrer Tür ist kein Namenschild.»

«Ja, Schätzchen», antwortete Maggy in ihrem gewohnten Jargon. «Was wollen Sie denn?»

«Ist Mr. Philip Prentice zu sprechen?»

«Phil ist da, aber wenn Sie hier was verkaufen wollen, dann können Sie's gleich vergessen. Probieren Sie's lieber woanders.» Maggy schickte sich gerade an, die Tür wieder zu schließen, als Mona einen Fuß dazwischenschob.

«Hey, jetzt hören Sie mal!» quäkte Phils Freundin. «Das geht aber wirklich zuweit!»

«Lassen Sie mich in die Wohnung!» Das war keine Bitte, das war ein Befehl.

«Sind Sie Phils Ex-Frau?» Plötzlich wich alles Blut aus Maggys Gesicht. In ihrer Einfalt konnte sie sich keine gefährlichere Person vorstellen als eine Ehefrau, die versuchte, ihren Mann zurückzugewinnen. Doch dann fiel ihr ein, wie übel Phil über Veronica gesprochen hatte, und auf einmal war Maggy siegessicher. Sollte Phil ihr doch ins Gesicht sagen, daß sie hier unerwünscht war. Deshalb rief sie über die Schulter: «Schätzchen? Deine Ex-Frau ist hier!»

Als Phil aus dem Eßzimmer kam, sah er Maggy bereits fallen. Ihr Mund war verzerrt, die Augen flehend. Sie schienen zu fragen, was vorgefallen war. Dann traf sie hart auf dem Fußboden auf und bewegte sich nicht mehr. Auf ihrem Rücken zeichnete sich ein kleiner roter Blutfleck ab.

Das zweite, was Phil wahrnahm, war die schallgedämpfte Pistole, die die Frau an der Tür in der Hand hielt. Wer auch immer sie war – seine Ex-Frau war sie nicht. Wieder sah er auf Maggy. Erstaunlich, dachte er, daß er keine Trauer empfand. Keine Trauer, weil er Maggy nicht geliebt hatte. Aber Entsetzen über den Mord!

Völlig gelähmt beobachtete Phil, wie hinter der Frau ein blonder Mann auftauchte. Erst als die Tür ins Schloß fiel, gelang es Phil wieder, einen klaren Gedanken zu fassen.

«Mr. Prentice?» fragte die Frau.

Phil nickte stumm.

«Ich schlage vor, Sie zeigen uns das Wohnzimmer.»

Als Phil die beiden dorthin führte, fühlten sich seine Füße an, als gehörten sie nicht zu seinem Körper.

Willenlos folgte er der Aufforderung, im Sessel Platz zu nehmen. Ihm fiel auf, daß die beiden Eindringlinge dünne Chirurgenhandschuhe trugen. Fingerabdrücke würden sie jedenfalls nicht hinterlassen.

Chaffy setzte sich auf den Wohnzimmertisch, während Mona Calder wie eine Katze um ihre Beute schlich und hinter Phil stehen blieb.

«Heute mittag war eine junge Frau mit *Ihrem* Wagen unterwegs, Mr. Prentice», sagte Chaffy geradeheraus. «Ich möchte von Ihnen wissen, wer diese Frau ist.»

O Gott, dachte Phil. Es ging also um Jenny. Sie hatte das Auto vorhin zurückgebracht, ohne ein Wort zu sagen. Sie hatte ihm nur die Wagenschlüssel in die Hand gedrückt und war dann wieder verschwunden. Nach der Enttäuschung wegen seiner neuen Geliebten hatte er ihre Reaktion durchaus verstanden. Aber in welche Sache war sie da nur hineingeraten?

Phil ging im Geiste seine Chancen durch. Gab er ihnen die gewünschte Auskunft, würden sie ihn umbringen – Maggy hatten sie ja schon getötet. Gab er sie ihnen nicht, würden sie ihn zuerst quälen und anschließend umbringen. Umbringen würden sie ihn so oder so.

«Mr. Prentice, wer ist die Frau?»

«Ich weiß es nicht.»

Chaffy verzog die Mundwinkel zu einem geringschätzigen Lächeln. Es war jedesmal dasselbe, und er genoß dieses psychologische Spiel. Zuerst leugnete der Gefragte, etwas zu wissen, aber wenn man ihn ein bißchen in die Zange nahm, spuckte er doch die gewünschten Antworten aus. Sofern er tatsächlich etwas wußte. «Ich bitte Sie, mich nicht zu unterschätzen», sagte Chaffy mild.

«Heute um 14.00 Uhr war eine Frau im FrazerLab; mit einem Wagen, der auf Sie, Mr. Prentice, zugelassen ist. Jetzt steht dieser Wagen wieder draußen vor dem Haus. Und Sie wollen mir erzählen, Sie wissen nicht, wer ihn den ganzen nachmittag über gefahren hat?» Die darauf folgende Pause dauerte länger als Phil benötigte, um zu begreifen, daß es keinen Ausweg gab. Die Befragung würde so lange dauern, bis er Jennys Namen preisgegeben hatte. Um Phil einen letzten Anstoß zu geben, erklärte Chaffy, wie es weitergehen würde, wenn er nicht die gewünschten Antworten zu hören bekam: «Zuerst wird meine Begleiterin Ihnen vermutlich in den Oberschenkel schießen. Das reicht normalerweise aus, um die Zunge zu lockern. Falls Sie allerdings ein besonders zäher Bursche sind, kommen die Finger dran. Erst der linke Daumen, dann der rechte. Anschließend die Zeigefinger und so weiter. Glauben Sie mir, bisher hat mir noch jeder verraten, was ich wissen wollte.»

Verkniffen, wie ein Mann, der sich selbst für seine Feigheit haßt, quetschte Phil hervor: «Ihr Name ist Jennifer Cherone.» Er verriet auch gleich, daß sie bei der *CORICO* arbeitete und wo sie wohnte.

«Jennifer Cherone», wiederholte Chaffy. Natürlich! Eine Mitarbeiterin der *CORICO*!

Warum nur hatte diese verdammte Mistgöre sich in Dinge einmischen müssen, die sie nichts angingen? Weswegen hatte sie Mary Haggertys vorgetäuschten Selbstmord nicht akzeptieren können? Mit ihrer Neugier hatte sie ihr eigenes Schicksal besiegelt.

Philip Prentice zitterte, denn er wußte, daß nun das Unvermeidliche kam. Er kannte die Gesichter, hatte den Mord an Maggy mit eigenen Augen gesehen. Auch die gewünschte Antwort hatte er geliefert. Wie eine schwarze Woge brach die Erkenntnis über ihn herein, daß es nur eine Sache auf der Welt gab, die noch schrecklicher sein konnte als der Tod selbst: die Angst davor.

[26]

Nachdem sie den Wagen wieder zu Phil gebracht hatte, war Jenny mit dem Bus nach Hause gefahren. Als sie an ihrer Haltestelle ausstieg, stellte sie fest, daß sich am Himmel einige Wolken gebildet hatten. Noch bot das Bild der Abenddämmerung einen herrlichen Anblick, doch vermutlich würde es bald zu regnen beginnen.

Am Supermarkt um die Ecke erledigte sie noch ein paar Einkäufe. Schließlich kam sie mit zwei vollbepackten Tüten unter dem Arm daheim an. Während sie ablegte und die Lebensmittel verstaute, hörte sie ihren Anrufbeantworter ab. Die erste Nachricht war von Jason Grant, ihrem Chef bei der *CORICO*, der wissen wollte, wie es ihr ging. Die zweite war von Doktor Benton. Er wollte wissen, was sich in der Angelegenheit mit der Ratte ergeben hatte. Er schlug vor, das bei einem gemeinsamen Essen zu besprechen. Falls sie dazu Lust habe, solle sie sich bei ihm melden. Weitere Nachrichten auf Band gab es nicht, auch keine von Mrs. van Hoorn, die sich melden wollte, falls Mason sein beharrliches Schweigen brach.

Jenny überlegte sich, ob sie Bentons Einladung zum Essen annehmen sollte. Sie fand ihn attraktiv und sympathisch, aber ob sich daraus mehr entwickeln konnte? Andererseits: Vielleicht war Benton ja tatsächlich nur an dem Vorfall mit der Ratte interessiert – und nicht an Jenny. Doch irgendwie glaubte sie das nicht.

Da sie keine Lust hatte, alleine zu abend zu essen, rief sie Benton kurz entschlossen an.

«Tierpraxis Doktor Benton», meldete sich der Mann.

Jenny wunderte sich, daß nicht eine seiner Helferinnen am Apparat war. «Doktor Benton? Hier spricht Jennifer Cherone. Sie gehen selbst ans Telefon?»

«Meine Angestellten sind schon gegangen. Ich bin der letzte hier. Ich freue mich, daß Sie sich melden. Ehrlich gesagt habe ich nicht damit gerechnet.»

«Ehrlich gesagt habe ich nicht damit gerechnet, daß Sie mich zum Essen einladen würden.» Jenny erklärte ihm, daß sie heute schon den ganzen Tag unterwegs gewesen sei und deswegen keine große Lust verspüre, noch einmal aus dem Haus zu gehen. «Ich mache Ihnen einen Gegenvorschlag. Sie kommen zu mir, und ich mache uns eine Tiefkühl-Pizza warm. Das nächste Mal laden *Sie mich* ein, einverstanden?»

«Einverstanden.»

Jenny gab ihm ihre Adresse und legte auf. Sie fragte sich, wie sich dieser Abend wohl entwickeln würde. Der Gedanke daran ließ ihre Haut prickeln.

Eine halbe Stunde später stand ein tropfnasser Doktor Benton vor Jennys Haustür.

«Es regnet», sagte er trocken. «Und zwar nicht zu knapp.» Hinter seinem triefenden Trenchcoat zauberte er zwei Weinflaschen hervor. «Einen roten und einen weißen. Ich wußte nicht, welchen Sie lieber mögen.»

«Und wenn ich nun Rosé bevorzuge?» Jenny sagte das nur, um ihn zu foppen.

Benton sah sie einen Augenblick lang verdutzt an. Gerade als Jenny ihm erklären wollte, daß sie nur einen Scherz gemacht habe, sagte der Mann jedoch: «Ich hatte keine Hand mehr frei. Der Rosé ist in der Manteltasche.» Er drehte sich etwas zur Seite, so daß Jenny den Flaschenhals erkennen konnte. Dann zeigte er Jenny die andere Seite und sagte: «Und in dieser Tasche sind die Blumen. Ich hoffe, Sie mögen Nelken.»

Jenny konnte sich ein Schmunzeln nicht verkneifen. Typisch Akademiker, dachte sie: In den Händen trug er zwei Weinflaschen, die Blumen jedoch in der Tasche. Doch seine Menschlichkeit machte Doktor Benton nur noch sympathischer. «Kommen Sie erst mal rein.»

Benton zog seinen nassen Mantel aus und folgte Jenny ins Wohnzimmer, wo der Tisch bereits gedeckt war. Die Blumen stellte Jenny in eine Vase. «Es dauert zehn Minuten, bis die Pizza fertig ist. Ich kümmere mich inzwischen um den Salat.»

Sie lehnte sein Angebot zu helfen ab und verschwand in die Küche.

Wenig später saßen sie bei Pizza, Salat, gedimmtem Licht und einer Flasche Rotwein im Wohnzimmer und aßen. Jenny fing an zu berichten, was sich seit ihrer letzten Begegnung alles zugetragen hatte.

Als sie den Rosé köpften, wurde die Unterhaltung vertraulicher. Jenny erzählte von Phil, ohne daß Benton danach gefragt hatte. «Ich bin so enttäuscht von diesem Mistkerl», sagte sie. Ihre Zunge war schon etwas schwer geworden. «Er verläßt mich wegen seiner Ex-Frau – angeblich! – und hüpft dann mit irgendeinem dahergelaufenen Busenwunder ins Bett. Umbringen könnte ich ihn!»

Benton erzählte ihr zum Trost, daß er mit seiner Frau, von der er in der Zwischenzeit geschieden worden war, ebenfalls schlechte Erfahrungen gemacht hatte. Weil er immer so lange arbeitete, hatte sie ihn vor zwei Jahren vor die Wahl gestellt: entweder sie oder die Tiere. Er hatte sich für die Tiere entschieden.

Nachdem nun beide ihr verkorkstes Liebesleben offenbart hatten, beschlossen sie, sich ab sofort zu duzen.

«Ich heiße Jennifer», sagte das Mädchen angenehm beschwipst. «Aber alle nennen mich Jenny. Und wie ist es bei dir?»

Benton sah sie mit ähnlich glasigem Blick an und antwortete: «Ich heiße Robert, und alle nennen mich Robert.» Es dauerte einen Moment, dann prusteten beide vor Lachen los.

«Ich habe Lust zu tanzen.» Jenny ging zum CD-Player und legte langsame Musik ein. Sie fragte sich, wieviel von ihrem Mut echt und wieviel auf den Alkohol zurückzuführen war. Außerdem überlegte sie, wie weit sie an diesem ersten Abend mit Robert Benton gehen sollte. Sie war sich nicht einmal darüber im klaren, welche Gefühle sie ihm entgegenbrachte.

Sie wollte sich darüber jetzt keine Gedanken machen. Sie wollte festgehalten werden, sich an jemanden anschmiegen. Und für ein paar Augenblicke alles andere vergessen.

Sie stand vor Benton, der noch immer am Tisch saß. «Komm», sagte sie lockend. «Ich habe schon zuviel getrunken. Ich kann nicht mehr lange alleine stehen. Du mußt mich halten.»

Benton folgte ihrer Aufforderung, und sie tanzten, eng umschlungen, einen Stehblues.

«Ich fühle mich sehr wohl bei dir, Robert», sagte Jenny.

«Mir geht es genauso.»

Nach zwei oder drei Songs fühlte Jenny sich derart müde, daß sie beschloß, einen Kaffee zu kochen. «Möchtest du auch eine Tasse?» fragte sie den Tierarzt.

Der lehnte jedoch ab. «Ich muß morgen wieder früh aus den Federn», sagte er. «Wenn ich um diese Uhrzeit noch Kaffee trinke, kann ich heute nacht nicht schlafen.»

«Du sollst jetzt auch gar nicht schlafen!» protestierte Jenny verschmitzt, obwohl sie selbst nicht so recht wußte, wohin das alles noch führen würde. Sie hauchte ihm, einem spontanen Verlangen folgend, einen Kuß auf die Lippen und ging in die Küche. Sie setzte Wasser auf, machte sich eine Tasse Kaffee, verfeinerte ihn mit Milch und Zucker. Als sie zurück ins Wohnzimmer kam, war Benton nicht mehr da.

«Hey, Robert, hast du Angst vor mir?» stichelte sie. War sie tatsächlich zu forsch an den Tierarzt herangegangen? «Du hast auch allen Grund dazu, denn wenn ich dich finde, könnte es sein, daß ich dich vernasche.»

Jenny wartete einen Moment lang, aber Benton blieb eine Antwort schuldig.

«Hat dir der Tanz nicht gefallen?» fragte sie, bemüht, sehr enttäuscht zu klingen.

Wieder blieb es absolut ruhig in der Wohnung.

Merkwürdig.

Vielleicht war ihm der Wein auf die Blase geschlagen. Jenny

klopfte an die Toilettentür und öffnete sie sogar, doch das Bad war leer. Wo konnte er sich noch versteckt haben? Im Prinzip blieb nur noch ein Ort, an dem sie noch nicht nachgesehen hatte: das Schlafzimmer. War es möglich, daß sich hinter der biederen Tierarztfassade ein Casanova verbarg, der die Verwegenheit besaß, sich hinter ihrem Rücken in ihr Bett zu schleichen? Jenny fand den Gedanken gleichermaßen aufregend wie abwegig. Und ein wenig beängstigend, denn das ging ihr dann doch ein bißchen zu schnell.

Noch beängstigender fand sie allerdings, daß er sich *nicht* in ihrem Schlafzimmer versteckte. Es war so, wie sie es heute morgen verlassen hatte. Aber wo zum Teufel war dann Robert? «Du kannst jetzt rauskommen!» rief sie so laut, daß man es auch sicher in der ganzen Wohnung hören konnte. «Ich finde dich nicht. Und ich finde es auch gar nicht mehr lustig, falls das ein Spiel sein soll.»

Ein Geräusch, das aus der Küche kommen mußte, ließ das Mädchen aufatmen. Dort steckte er also. Während sie die Wohnung abgesucht und es allmählich schon mit der Angst zu tun bekommen hatte, war ihm nichts Besseres eingefallen, als sich von Zimmer zu Zimmer zu schleichen, um nicht entdeckt zu werden. Na, der konnte was erleben!

Tatsächlich traf sie in der Küche einen Mann an – aber es war nicht Robert Benton. Es war ein kräftiger, untersetzter Bursche, den sie noch nie zuvor gesehen hatte. Ende Dreißig, Anfang Vierzig, schätzte Jenny, vielleicht 1,70 Meter groß und knappe 200 Pfund schwer. Trotz seiner Körperfülle wirkte er nicht dick, eher kompakt – wie ein Ringer mit zu großem Appetit. Unter seinem Hemd und dem Sakko verbargen sich gewaltige Muskeln. Doch was hatte er hier zu suchen? Und wo war Robert? Noch während ihr diese Fragen durch den Kopf schossen, wurde sie von einem zweiten Mann von hinten gepackt. Ein Arm schlang sich wie eine Schraubzwinge um ihren Oberkörper, gleich darauf drückte ihr eine Hand ein Tuch ins Gesicht. Stechender, lähmender Gestank stieg ihr in die Nase. Sie ahnte, daß es Äther war. Plötzlich erschien ihr das

Bild der entstellten Mary Haggerty in der Leichenhalle. So wollte sie nicht enden! Wut und Furcht schüttelten sie durch, weckten ihren Überlebensinstinkt. Von Panik ergriffen, versuchte sie, sich aus der Umklammerung zu befreien. Sie riß ihren Körper hin und her, streckte, dehnte sich mit allen ihr zur Verfügung stehenden Kräften. Ein Fußtritt ging ins Leere, ein weiterer traf einen Topf, der auf der Spüle gestanden hatte und scheppernd zu Boden fiel. Der, der hinter Jenny stand, zischte dem Ringer zu, er solle ihre Beine festhalten, doch die Worte klangen bereits verzerrt und leise, als kämen sie von weit, weit her. Schon leistete Jenny keinen Widerstand mehr. Von tiefer Müdigkeit befallen, war ihr auf einmal völlig egal, was mit ihr geschehen würde. Sie wollte sich nicht mehr bewegen, wollte nicht mehr kämpfen. Sie wollte nur noch schlafen.

[27]

Das erste, was Jenny wieder wahrnahm, war die Kälte des Betonfußbodens, auf dem sie lag. Doch die Nachwirkungen des Äthers betäubten ihre Empfindungen, so daß ihr erst nach und nach klar wurde, wie sehr sie fröstelte. Instinktiv wollte sie aufstehen, aber der erste Versuch einer Bewegung wurde mit einem spontanen Brechreiz bestraft. Nur mit Mühe konnte das Mädchen ihn unterdrücken. So hatte es keinen Sinn!

Jenny blieb noch ein paar Minuten liegen und versuchte, die Übelkeit durch kontrolliertes Ein- und Ausatmen in den Griff zu bekommen. Tatsächlich lüftete sich der schwummrige Nebel, wenn auch äußerst langsam. Die Hände flach auf den kalten Boden gepreßt, gelang es ihr, sich aufzurappeln und hinzuknien.

Mühevoll öffnete Jenny die Augenlider, die ihr schwer wie Eisenplatten vorkamen. Was sie sah, war allerdings kein konkretes Bild, zumindest im ersten Moment. Es erinnerte sie eher an einen trüben, kanadischen Gewitterhimmel, bestehend aus einer Unmenge verschwommener Grautöne. Ein trister, öder, beklemmender Anblick. Erst allmählich begannen sich die fließenden Übergänge zu ordnen, und es formte sich das Bild eines Kellerraums, wie er abweisender nicht hätte sein können. Von den fensterlosen Wänden, die mit nassen Flecken überzogen waren, bröckelte der Putz. Der Boden, auf dem Jenny kniete, war dreckig und feucht, in einer Ecke hatte sich sogar eine Pfütze gebildet. Um die Glühbirne, die nackt von der Decke hing und fahles Licht verströmte, führte ein Falter seinen wirren Tanz auf. Wie besessen schwirrte das Tier um die Lichtquelle. Seine Flügel klatschten immer wieder gegen das heiße Glas und verursachten das einzige, fast gespenstisch anmutende Geräusch in dem kahlen Raum. An einer Wand stand ein grauer, vergammelter Spind, schräg gegenüber ein ausgedientes Feldbett, über dem das vergilbte Poster eines halbnackten Pin-up-Girls prangte. Die Obszönität des Bildes war für Jenny allerdings nicht halb so entwürdigend wie ihre eigene Situation, denn sie stellte fest, daß sie nur noch ihren Slip und ihr Hemd am Leib trug. Sofort fühlte Jenny panische Angst. Was hatten die Entführer mit ihr gemacht, während sie bewußtlos war? Unterleibsschmerzen hatte sie nicht. Sie war also nicht vergewaltigt worden. Man hatte ihr die Hose offenbar nur ausgezogen, um sie zu demütigen. Aber Jenny fühlte sich kaum erleichtert. Was hatten die Entführer mit ihr vor?

Jenny schauderte. Die feuchte Kälte des Betonbodens fraß sich nun erst richtig durch Jennys nackte Beine. Zwischen den Schulterblättern beginnend, breitete sich eine Gänsehaut auf ihrem ganzen Körper aus. Schließlich schaffte sie es, aufzustehen und die zwei kleinen Schritte bis zum Feldbett zurückzulegen. Ausgelaugt und matt sank sie auf die schmuddelige Matratze. Den Oberkörper vorne übergebeugt und beide Ellbogen auf den Knien abgestützt, wartete sie, bis sie sich erholt hatte.

Wie spät es wohl sein mochte? War es noch Nacht, oder war es bereits Tag? Ohne Armbanduhr konnte Jenny nur Spekulationen darüber anstellen, wie lange sie ohnmächtig gewesen war. Zwei Stunden? Drei? Vier oder gar noch länger? Unmöglich zu sagen.

Als ihre Fußsohlen von der Kälte taub zu werden begannen, rückte Jenny weiter aufs Bett. Um sich zu wärmen und um ihre Angst zu vertreiben, zog sie ihre Beine an den Körper und umschloß sie mit den Armen. Automatisch lehnte sie sich dabei an die Wand zurück und spürte noch im selben Augenblick einen spitzen Schmerz in ihrem Rücken. Jenny fuhr herum und stellte fest, daß einer der Nägel, mit denen das Pin-up-Girl befestigt worden war, beim Einschlagen abgebrochen sein mußte. Aus der Wand ragte nur noch ein dünner Eisenstift. Jenny rückte ein Stück zur Seite, an eine Stelle, an der sie sich problemlos anlehnen konnte.

So saß sie da – Minute für Minute. Zeit spielte in diesem Betonloch keine Rolle. Während Jenny noch dem skurrilen Geflatter des Falters zusah, hörte sie plötzlich ein gedämpftes, schrilles Geräusch. Und obwohl die Stahltür neben dem Bett kaum einen Laut von außen hereinließ, war sie sich sicher: Es war ein *Schrei*! Ein entsetzlicher, durch Mark und Bein dringender Schrei.

Sofort wußte Jenny, daß kein anderer als Doktor Benton geschrien haben mußte. In ihrem anfänglichen Bewußtseinsnebel hatte Jenny gar nicht darüber nachgedacht, was mit ihm passiert sein mochte. Jetzt wurde es ihr klar. Er war mit ihr in dieses Gewölbe verfrachtet worden und hatte als erster das Bewußtsein wiedererlangt. Und er machte bereits durch, was Jenny noch vor sich hatte.

Ein neuerlicher Schrei, noch entsetzlicher, noch durchdringender, noch schriller, drang von außen durch die Tür und ließ Jenny erschaudern. Sie hatte keine Vorstellung davon, was Robert angetan wurde, aber es mußte etwas Fürchterliches sein.

Obwohl noch etwas wackelig auf den Beinen, sprang sie vom Feldbett, taumelte zum Eingang und schlug mit beiden Fäusten gegen die Stahltür. «Aufhören, ihr verfluchten Bastarde! Hört endlich auf!» Aber sie war zu schwach, um zu brüllen. Ein wispernder Klagelaut war alles, was über ihre Lippen kam. «Aufhören! Bitte ... Aufhören!»

Wie eine sarkastische Antwort darauf ertönte ein weiterer, langgezogener Schrei.

Jenny schloß die Augen. Wenn sie nur etwas dagegen hätte unternehmen können! *Irgend etwas!* Aber sie war zu absoluter Passivität verurteilt, und das zehrte an ihren Nerven. Ohne es zu wollen, verlor sie den letzten Rest Stolz. Tränen rannen ihr über die Wangen, ihre geballten Fäuste öffneten sich und versuchten vergeblich, sich in die Tür zu krallen. Alles war hoffnungslos, dachte Jenny. Sie und Robert würden in diesem Kellergewölbe sterben.

Apathisch und reglos saß Jenny auf dem Bett, zusammengekauert wie ein kleines, verängstigtes Kind. Ihre Augen verfolgten den hüpfenden Flug des Falters, ohne ihn jedoch wirklich wahrzunehmen. Die Schreie des Doktors wurden im Laufe der Zeit immer leiser, bis sie nur noch ein klägliches Wimmern waren. Dann herrschte plötzlich Ruhe, und Jenny ahnte, weswegen.

Wenig später wurde die Tür von zwei Männern aufgerissen, die Benton an den Armen hereinschleppten. Wie Jenny war auch er halb nackt. In der Mitte des Raums ließen die Männer ihn fallen wie einen Sack Kartoffeln, dann gingen sie wieder, ohne auch nur ein Wort gesagt zu haben. Jenny wagte kaum hinzusehen, überall war Blut. Roberts Gesicht war verquollen, beide Augen zugeschwollen und Arme und Beine durch häßliche rotschwarze Flekken verunstaltet. Sein ganzer Körper schien eine einzige riesige Wunde zu sein. Entsetzt preßte die junge Frau die Lippen zusammen. Sie fühlte sich so unendlich hilflos.

Es grenzte an ein Wunder, daß Doktor Benton noch nicht tot war, auch wenn nicht mehr viel dazu gefehlt hätte. Zuerst traute Jenny ihren Augen nicht, als sich die blutüberströmte, zitternde Hand des Mannes schwach auf dem Boden aufstützte. Dann jedoch überwältigte sie die Erleichterung, und sie kniete sich nieder, um ihm beim Aufrichten behilflich zu sein. Als Jenny ihn berührte, stöhnte er unter seinen Schmerzen auf. Dann aber biß er die Zähne zusammen und schleifte sich mit Jennys Unterstützung auf das Bett.

«Was haben sie mit dir gemacht?» schluchzte Jenny, während sie seine kraftlose rote Hand hielt. Sie konnte nichts anderes für ihn tun. Er atmete flach und wurde von Krämpfen geplagt, so daß Jenny es für das Beste hielt, ihm einfach ein wenig zuzureden. «O Robert, ich hatte solche Angst! Aber jetzt ist es vorbei. Jetzt werden sie dir nichts mehr tun, hörst du? Ich bin hier, bei dir. Sie werden dir nichts mehr tun!»

Natürlich wußte sie, daß das eine Lüge war, aber ihre Worte waren der einzige Trost, den sie ihm geben konnte.

Mühevoll schielte Benton durch die lila verfärbten, dicken Augenlider über seine Brille. Obwohl er fürchterlich aussah, freute sich Jenny über seine Reaktion. Er öffnete sogar die Lippen, um etwas zu sagen. «Ich ... hätte ...», hauchte er schwach, «... hätte nicht ge ... dacht, daß ein A ... bend ... essen mit ... dir so ... gef ... gefährlich ist.» Der Versuch eines Lächelns endete in einer grotesken Fratze. Jenny fragte sich, ob Robert die nächsten Stunden überleben würde. Sie hoffte es, aber sie glaubte nicht wirklich daran. Nicht ohne ärztliche Hilfe, dafür waren seine Verletzungen zu schwerwiegend. Und wahrscheinlich erging es ihr in absehbarer Zeit genauso.

Als wären ihre Gedanken ein böser Zauberspruch gewesen, öffnete sich prompt die Tür – die beiden Männer, die Benton hereingeschafft hatten, kamen zurück. Diesmal holten sie Jenny.

Einen der beiden hatte sie in ihrer Küche gesehen: Es war der untersetzte Ringer mit dem großen Hunger. Vermutlich war der andere der zweite Kidnapper, der sie von hinten geschnappt und ihr das Äthertuch ins Gesicht gedrückt hatte. Er hatte für kalifornische Verhältnisse auffallend bleiche Haut und rötlich schimmerndes Haar, war etwas größer als der Ringer und jünger, etwa Anfang Dreißig. Er war auch derjenige, der als erster versuchte, Jenny anzufassen. Er zerrte sie auf die Beine, so daß sie vor ihm stand, doch er bezahlte mit einer schallenden Ohrfeige. Seiner Mimik nach zu urteilen, machte ihm der Schmerz nichts aus – um so mehr aber die Tatsache, daß er sich von dieser Frau, einer Gefangenen, hatte überraschen lassen. Ehe Jenny sich versah, holte der Rothaarige mit seiner kräftigen Rechten aus und schleuderte sie ihr mit voller Wucht ins Gesicht. Die Frau prallte wie eine Puppe gegen den Spind, sank zu Boden und verlor das Bewußtsein.

Nach einiger Zeit kam Jenny wieder zu sich und öffnete vorsichtig die Augen.

Nur schemenhaft konnte sie ihre Umgebung erkennen: ein finsterer Raum, noch kahler und abstoßender als ihr Gefängnis. Direkt vor Jenny befand sich ein grober Holztisch, auf dem ein zusammengerolltes Lederbündel lag. Am gegenüberliegenden Tischende stand ein Strahler, der auf sie gerichtet war. Dahinter befanden sich drei oder vier Leute, aber Jenny konnte wegen des blendenden Lichts nur dunkle Umrisse erkennen. Sie war an einen Stuhl gefesselt und konnte sich nur noch millimeterweise bewegen. Beide Handgelenke waren mit dünnen Nylonschnüren an die Armstützen gebunden, die nackten Füße hatte man ihr an die Stuhlbeine geknotet, und ihr Hals wurde durch eine Schlinge an die Rückenlehne gedrückt.

«Miss Cherone, Sie fragen sich sicher, weswegen Sie hier sind.» Die Männerstimme, die das Gespräch einleitete, klang ruhig, geradezu sanft. Aber trotz aller Sanftheit schwang unterschwellig ein Hauch von Sadismus mit. Jenny war sich nicht hundertprozentig sicher, aber sie hätte geschworen, daß es Angus Frazers Stimme war. «Sie wurden hierher gebracht, weil ich Ihnen gerne zwei Fragen stellen möchte. Nur *zwei* Fragen, aber ich muß darauf bestehen, daß Sie mir alles sagen, was Sie dazu wissen. Es wird für uns alle – vor allem aber für Sie, Miss Cherone – am angenehmsten sein, wenn sie kooperieren. Ihr Gefährte hat das nicht getan. Sind Sie bereit für meine Fragen, Miss Cherone?»

Jenny gab keine Antwort, sondern versuchte, durch das grelle Licht hindurch etwas zu erkennen. Es gelang ihr nicht. Die Stimme wiederholte die Frage, diesmal noch sanfter – und noch bedrohlicher. «Miss Cherone? Sind Sie bereit?»

Jenny nickte.

«Gut», sagte der Mann. «Dann hoffe ich, daß wir schnell zu einem Ergebnis kommen. Was wissen Sie über die Ratte? Und wer weiß noch etwas von der Sache?»

Jenny zögerte, weil sie überlegte, wie sie anfangen sollte. Was wollte der Mann von ihr hören? Wollte er wissen, wie sie auf diese Spur gekommen war? Oder wieviel sie von den Machenschaften des FrazerLab wußte? Ihre Situation war gleichermaßen fatal wie absurd: Sie war entführt worden, weil sich jemand – Frazer – durch ihr Wissen bedroht fühlte, dabei hatte sie selbst keine Ahnung davon gehabt, wie nahe sie bereits am Ziel gewesen war. Wäre ihr bewußt gewesen, wie gefährlich ihr Leben bereits durch ihre Nachforschungen geworden war, wäre sie vorsichtiger gewesen. Aber für Reue war es jetzt zu spät!

«Miss Cherone!» riß der Mann sie aus ihren Gedanken. «Ich bitte Sie, meine Geduld nicht unnötig auf die Probe zu stellen. Sagen Sie mir lieber freiwillig, was Sie wissen. Ich bekomme es ohnehin heraus. Auf die eine oder andere Art und Weise werden Sie es mir verraten.»

«Sie werden mir vermutlich nicht glauben», begann Jenny verunsichert. «Aber ich weiß so gut wie nichts. Wenn ich etwas wüßte, dann würde ich es Ihnen garantiert sagen.»

«Sie haben recht», kam es wie aus der Pistole geschossen. «Ich glaube Ihnen nicht. Wer außer Ihnen und Benton hat noch eine Ahnung von der Sache?»

Jenny hatte die Wahl. Wenn sie sagte, was sie wußte, war sie in spätestens fünf Minuten tot, das stand fest. Und wenn sie nichts sagte, würde man sie langsam, sehr langsam zu Tode quälen. Wenn sie also schon sterben mußte, dann konnte sie wenigstens versuchen, das Leben der anderen zu retten. Sie dachte an die Kette mit der Bärenkralle um ihren Hals und hoffte, daß sie die Kraft haben würde zu schweigen. «Niemand», sagte sie schließlich. «Niemand weiß darüber Bescheid, außer Robert Benton und mir. Das ist die Wahrheit.»

«Miss Cherone!» Die Stimme klang ungläubig. «Ich bin enttäuscht. Ich hatte Sie für klüger gehalten als Ihren Tierarzt.»

«Aber ...» Weiter kam sie nicht.

«Hören Sie auf, mich hinzuhalten!» fiel ihr die Stimme unerwartet scharf ins Wort. «Ich frage zum letzten Mal im guten: Wem haben Sie noch von der Geschichte erzählt, abgesehen von Benton?»

«Sie müssen mir glauben. Niemandem!»

In der darauffolgenden kurzen Pause begann Jenny schon, ihren Mut zu bereuen.

«Na schön. Wie Sie wollen.» Und zu einem seiner Helfer sagte er: «Sie sind jetzt dran, Frank.»

«Danke, aber dieses Vergnügen habe ich Nick versprochen», antwortete eine andere Stimme – Frazers Sicherheitsbeauftragter, wie Jenny zu erkennen glaubte. Der Blonde mit der Kerbe im Kinn. Zu Jenny sagte er: «Sie kennen Nick ja schon. Er hat Sie hierher gebracht. Ich habe ihm versprochen, daß er Sie verhören darf. Nick, sie gehört jetzt ganz allein dir.»

Der Angesprochene trat aus dem Schutz des Scheinwerferlichts. Es war der Ringer. Mit genüßlicher Miene schlenderte er zu Jenny und rollte das Lederbündel auf, das vor ihr auf dem Tisch lag. Zum Vorschein kam eine ganze Palette von Werkzeugen: Zangen, Feilen, Schraubzwingen, Hammer, Schraubenzieher. Zu ihrem Entsetzen erkannte Jenny auch einen Lötkolben. Sie war beinahe erleichtert, als Nick nur nach einem Schraubenzieher griff, ihn in seiner Hemdtasche verschwinden ließ und sich hinter sie auf einen Stuhl setzte. Sie fühlte, wie seine Pranken sich auf ihre Schultern legten.

«Sie können natürlich jederzeit sprechen», erinnerte sie die Stimme hinter dem gleißenden Strahler, aber Jenny reagierte nicht. Äußerlich von stoischer Ruhe, war sie innerlich starr vor Angst. Es bedurfte ihrer kompletten Selbstbeherrschung, nicht die Nerven zu verlieren, loszuheulen und zu reden. Und schnell und schmerzlos zu sterben. «Nun gut, es ist Ihre Entscheidung», sagte die Stimme gleichgültig. «Nick, bitte!»

Langsam begannen die Hände des Untersetzten, Jennys Schultern zu massieren. Dann, widerlich gefühlvoll, glitten sie auf dem dünnen Hemdstoff hinab zu ihren Brüsten, um dort für einen Augenblick zur Ruhe zu kommen.

«Ich glaube, sie sagt nichts, weil sie will, daß ich ein bißchen weitermache», sagte Nick Rydell in einer Mischung aus Stumpfsinn und Perversion. «Na, mein Kätzchen, das gefällt dir, was?»

Ohne sich auch nur im geringsten dagegen wehren zu können, mußte Jenny es zulassen, daß die bleichen Wurstfinger sich an ihren Knöpfen zu schaffen machten.

Du verdammtes Schwein! dachte sie angewidert.

Die obersten Knöpfe hatte der Mann bereits geöffnet, nun arbeitete er sich weiter nach unten, bis das Hemd schließlich ganz offen war und einen schmalen Streifen nackter Haut vom Hals bis zum Bauchnabel preisgab.

«Hey!» rief Nick anerkennend aus. «Die trägt ja nicht mal 'nen BH, dieses Luder! Und was haben wir denn da? Ist ja 'ne hübsche kleine Kette! Indianisch, nicht?»

Jenny mußte zulassen, daß der Ringer ihr die Kette abnahm und sie sich selbst um den Hals legte.

«Ich stehe auf Trophäen», flüsterte er Jenny ins Ohr. «Das ist wie bei einer Jagd. Eine Trophäe erinnert später immer an die besten Momente im Leben.»

Jenny fühlte, wie Nick sich von hinten näher an ihren Stuhl heranpreßte. Gierig lugte er ihr über die Schulter, hauchte der jungen Frau seinen schlechten Atem zu.

Rede doch! Rede und es ist vorbei, dachte Jenny. Aber noch war sie nicht an ihren Grenzen angelangt. Qualvoll langsam entblätterte der Mann Jennys Brüste. Zuerst die linke, dann die rechte.

«Wow, sieh sich mal einer diese kleinen, festen Titten an!» sagte der Mann mit echter Erregung in der Stimme. Jennys Hoffnung konzentrierte sich allein darauf, daß all das möglichst schnell vorüber war. Aber ihr Hoffen half nichts. Der Ringer genoß die Angst der Frau und dachte keineswegs daran aufzuhören, bis er nicht voll auf seine Kosten gekommen war. Aus seiner Brusttasche zog er den Schraubenzieher, dessen angespitztes Ende er über Jennys Haut kratzen ließ.

Du krankes Mistschwein! Jenny fühlte, wie sie sich innerlich verkrampfte.

An dem vulgären Grunzen des Mannes merkte Jenny, wieviel Freude ihm die Situation bereitete. Gierig beobachtete er, wie Jennys Brustwarzen sich unter der Stahlspitze zusammenzogen. «Das macht dich wohl an, was? Gefesselt zu sein. Ja, ich wette, das gefällt dir.» Er verstärkte den Druck des Schraubenziehers, und Jenny durchzuckte ein stechender Schmerz. «Ja, das geilt dich auf! Ich weiß, daß dich das heißmacht. Willst du eine Weile mit mir alleine sein?»

Jennys Atem ging flach. Sie hatte Angst und Schmerzen und war froh, als der Druck der Spitze endlich nachließ.

Um beide Hände für sein sadistisches Spiel frei zu haben, steckte Nick Rydell den Schraubenzieher wieder in seine Brusttasche. «Den brauchen wir später nochmal. Damit wirst du noch viel Spaß haben», prophezeite er, während er seine schweißigen Handflächen auf Jennys nackte Brüste legte und sie grob zu kneten begann.

Das Gefühl, zu absoluter Passivität verurteilt zu sein, trieb Jenny an den Rand der Verzweiflung. Sie ballte die Fäuste, aber sofort schnitten ihr die Nylonschnüre um die Handgelenke ins Fleisch. Es war aussichtslos!

Nein! schrie sie innerlich. *Nein! Nein! Nein! Warum machst du es dir so schwer? Rede doch, verdammt, rede!*

Doch die Stimme des Blonden gebot Nick auf einmal Einhalt. Für einen kurzen Moment schien jede Bewegung wie eingefroren. Der Ringer war hin- und hergerissen zwischen seiner perversen Lust und dem Befehl aufzuhören.

«Nick!» mahnte die Stimme ihn noch einmal – ruhig, aber unwillig, einen Widerspruch zu akzeptieren. «Genug jetzt! Knöpft ihr das Hemd wieder zu!»

Nick tat es – widerwillig.

Obwohl Jenny nun nicht mehr so nackt war, fühlte sie sich kaum besser. Sie wußte, daß dies nur eine kurze Pause sein würde. Die Männer konnten nach wie vor mit ihr machen, was sie wollten.

«Miss Cherone», sagte Frazer hinter dem Licht. «Möchten Sie uns etwas mitteilen? Namen? Wen haben Sie in diese Geschichte eingeweiht?»

Jenny blickte starr geradeaus und schwieg.

«Ich kann mir nicht vorstellen, daß Ihnen unsere Methoden Spaß machen. Aber bitte, wie Sie wollen! Sie werden gleich an die Grenzen der körperlichen Erfahrung vordringen. Vielleicht löst das ihre Zunge. Nick …»

Jenny war darauf vorbereitet, daß nun eine der Zangen oder der Lötkolben zum Einsatz kam. Doch sie täuschte sich. Noch bevor sie registrierte, was das Rascheln hinter ihrem Rücken zu bedeuten hatte, hatte der Ringer ihr einen Plastiksack über den Kopf gezogen. Sofort wurde Jenny von Todesangst ergriffen. Durch das dünne, durchsichtige Material sah sie den auf sie gerichteten Strahler grausam verzerrt. Nicks unnachgiebige Finger schlossen die Tüte um ihren Hals hermetisch ab, bis keine Luft mehr hinein konnte. Jennys Lunge zog sich zusammen. Sie achtete nicht auf die Nylonschlinge um ihren Hals, sondern schüttelte wie verrückt den Kopf hin und her, aber der Griff des Mannes ließ nicht locker. Die

Tüte beschlug von innen. Jennys Atem dröhnte in ihren Ohren, ihr Puls raste durch ihre Schläfen. Sie schnappte nach Luft wie ein Fisch an Land, aber es gab nichts mehr, was sie hätte einatmen können. Ihr wurde schwarz vor Augen. Ihre Finger verkrampften sich. Jenny fühlte einen Nebel in sich aufsteigen, dumpf und kalt, aber dafür ohne Schmerzen.

Als sie den Kampf schon innerlich abgeschlossen hatte, durchfuhr sie plötzlich ein heftiger Ruck. Für einen winzigen Augenblick glaubte sie, Nick hätte ihr das Genick gebrochen. Doch dann begriff sie, daß er ihr nur die Tüte vom Kopf gerissen hatte.

Atme! schrie sie sich innerlich an, denn es dauerte unendlich lange Sekunden, bis die Lungen ihrem Willen gehorchten. *Atme! Du kannst es schaffen!* Jenny japste, verschluckte sich und hustete. Ihr Hals brannte trocken.

Noch ehe sie sich wieder einigermaßen gefaßt hatte, sah sie Nicks Faust ganz dicht vor ihrem Gesicht. Und die wurstigen Finger hielten ein Messer umklammert, das sich ihren Beinen näherte. Fast spürte sie schon die Schmerzen, die die scharfe Klinge ihr zufügen würde. Um so erstaunlicher war, daß das Messer ihr nicht ins Fleisch fuhr, sondern die Nylonschnüre durchtrennte. Sofort gab die Spannung der dünnen Fesseln nach, und mit ihr verebbte auch der Schmerz. Mit drei weiteren Schnitten hatte der Mann auch noch die Schnüre um Jennys Arme und Oberkörper gelöst.

Was hatte das zu bedeuten? War das ein gutes Zeichen? Glaubten die Männer ihr womöglich, daß sie ihre Geschichte niemandem außer Robert Benton weitererzählt hatte?

«Bring sie zu Benton», hörte Jenny Frazer sagen. Prompt wurde sie aus dem Stuhl gezerrt. Noch zu schwach, um sich selbständig auf den Beinen zu halten, wurde Jenny von Nick aus dem dunklen Zimmer geschleift. Der Mann zerrte sie durch einen spärlich beleuchteten Gang bis zu einer Tür, wo der andere Kidnapper saß und gelangweilt einen Kartentrick übte.

«Mach mal auf, Roddy», bat Nick den Rothaarigen. «Die Kleine bekommt Bedenkzeit in ihrer Zelle.» Roddy nahm einen Schlüssel von der Wand und sperrte auf. Obwohl Nick es schon angedeutet hatte, erkannte Jenny erst jetzt den Raum, in dem sie nach ihrer Entführung aufgewacht war. Und dahin wollte sie auf keinen Fall! Augenblicklich erwachten in ihr sämtliche Lebensgeister.

Sie begann zu zappeln und mit den Händen auf Nick einzuhämmern. Kraftlos trommelten ihre Fäuste auf den Körper des Ringers, was den jedoch keineswegs zu beeindrucken schien. In ihrer Verzweiflung begann Jenny zu schreien. Sie kreischte, knurrte, brüllte wie am Spieß. Es ging um ihr Leben!

Hatten Jennys verzweifelte Schläge Nick auch kaltgelassen – ihre Schreie machten ihn nervös. «Hör auf, du verfluchtes Biest!» fuhr er die Frau an. «Halt's Maul, sonst setzt's was! Kapiert?» Noch bevor Jenny seine Drohung richtig verstanden hatte, holte der Mann mit seinem kräftigen Arm aus und schlug ihr ins Gesicht. Ihre Wange explodierte, und ein helles Klingeln schoß durch ihren Kopf. Sofort verstummten Jennys Schreie.

«Hey, Roddy, hol mir mal das Band! Der kleinen Hure werden wir schon Manieren beibringen!»

Nick kramte ein Stück Schnur hervor. Kein Nylon, aber fest genug, um Jennys Hände auf den Rücken zu binden. Als er damit fertig war, kam Roddy mit einer Rolle Klebeband zurück, riß ein Stück ab und klebte es Jenny über den Mund.

«So, das Luder wird uns keinen Ärger mehr machen», sagte der Ringer. «Die bleibt still!»

Jenny wurde von Nick rüde durch den Eingang gestoßen. Die Hände hinter dem Rücken gefesselt, landete sie bäuchlings auf dem Boden. Sie hatte versucht, den Sturz irgendwie abzufangen, aber es war ihr nur leidlich gelungen. Beide Knie waren aufgeschürft und prickelten, ihre linke Schulter war hart auf den Beton aufgeschlagen. Etwas warmes floß an Jennys Mund, an ihrem Kinn und an ihrem Hals herab. Ihre Nase blutete und begann von innen zu schwellen. Bald würde sie keine Luft mehr bekommen. Jenny rappelte sich auf und lehnte sich hockend gegen die feuchtkalte Wand gegenüber der Pritsche, auf der der Tierarzt reglos lag.

Vielleicht konnte sie Robert wachbekommen, vielleicht konnte er ihr helfen.

In einem Anflug von Hoffnung schleppte sie sich zu ihm aufs Bett, aber was sie sah, raubte ihr nur noch schneller den Atem. Er war tot! Ein durchsichtiger Plastiksack war ihm über den Kopf gestülpt worden!

Der Anblick war grauenhaft, obwohl die Tüte wie ein gnädiger Schleier wirkte. Aber Details brauchte Jenny auch gar nicht zu sehen, ihre Phantasie besorgte das für sie. Das Mädchen zwang sich, die aufkommende Übelkeit zu ignorieren, zumal ihre Sauerstoffzufuhr schon fast völlig abgeschnitten war. Wenn sie jetzt auch noch erbrechen mußte, war es aus.

Wie ein Asthmatiker sog sie die Luft ein, heiser und rasselnd. Es mußte etwas geschehen. Schnell! Rote und blaue Flecken begannen vor ihren Augen zu tanzen. Jenny sackte in die Knie und fiel zu Boden. Die Kälte war angenehm und erfrischend. Sie hatte Lust, für immer hier liegenzubleiben, sich einfach zu entspannen und einzuschlafen. Es war so einfach, so verlockend. Ihre Augenlider flatterten. Jeder Atemzug wurde beschwerlicher, matter, flacher. Jenny nahm nur noch einzelne Bildfetzen wahr.

Benton auf dem Bett …

Der Falter, der die nackte Lampe umschwirrte …

Ein halbnacktes Pin-up-Girl …

Das Pin-up-Girl. Das Poster …

Das Poster …

Der stechende Schmerz im Rücken!

Die Rettung!

Mit letzter Kraft gelang es Jenny, nochmals auf die Beine zu kommen. Unbeholfen taumelte sie auf das Bett zu. Sie kniete auf die Matratze, kämpfte sich über Robert Bentons Beine. Der Nagel!

Da war er! Der Eisendorn ragte etwa einen Zentimeter aus der Wand heraus – das genügte! Ohne Rücksicht auf den heißen Schmerz drückte Jenny ihren Mund auf den abgebrochenen Nagel. Nicht nur das Klebeband riß ein Stück weit auf, auch ihre Unterlippe. Ein leichter Salzgeschmack machte sich in ihrer Mundhöhle breit. *Egal, mach weiter!*

Jenny war kurz davor, das Bewußtsein zu verlieren und zu ersticken. Ihre Hände verkrampften sich hinter ihrem Rücken. Sie hatte nur noch einen Versuch. Ein letztes Mal drückte sie ihr Gesicht gegen die Wand, um es mit einem heftigen Ruck herumzureißen. Jennys Unterlippe schien vor Schmerz zu zerbersten. Eine dunkle Blutspur blieb an der Wand zurück. Sekunden vergingen, ehe sich der dunkle Mantel lichtete. Sauerstoff durchströmte Jennys Körper, weckte in ihr neue Lebensgeister. Endlich konnte sie wieder frei atmen. Blut, noch mehr als zuvor, quoll über ihr Kinn und durchtränkte ihr Hemd. Aber das machte nichts aus. Sie lebte.

Robert aber war tot. Sein schlaffer Körper lag ausgestreckt unter Jenny, verquollen, zerschunden, gepeinigt. An den zahllosen Blessuren, die man ihm beigebracht hatte, bildeten sich bereits schwarze Krusten. Die ganze Matratze war blutbesudelt – ein schauderhaftes, rotbraunes Totenbett.

Eine Welle der Trauer schwappte über Jenny. Welche unbeschreiblichen Schmerzen mußte Robert erlitten haben, bevor ihn der Erstickungstod erlöste? In der letzten Viertelstunde wäre Jenny beinahe selbst zweimal erstickt, aber verglichen mit den Qualen, die Benton über sich hatte ergehen lassen müssen, erschien ihr der Erstickungstod geradezu barmherzig. Vielleicht wäre es besser gewesen, wenn sie den abgebrochenen Nagel in der Wand nicht gesehen hätte. Dann wäre jetzt alles vorbei gewesen! Keine Folter mehr, keine Schmerzen, keine Leiden.

Aber sie hatte sich für den Kampf entschieden, für das Leben. Um wenigstens eine kleine Chance zu haben, mußte sie sich nun auch noch von den Fesseln befreien, die ihre Hände auf dem Rükken zusammenhielten. Jenny stellte sich aufs Bett, lehnte sich mit den Schulterblättern gegen die Wand und begann, die verknotete Schnur an dem abgebrochenen Nagel zu reiben. In ihrem Eifer war sie jedoch zu ungestüm. Der Nagel brach aus der Wand und fiel zu Boden, noch ehe Jenny etwas erreicht hatte. Der einzige spitze Gegenstand in dieser gottverlassenen Kammer war damit unbrauchbar geworden. Es war zum Verzweifeln.

Benton lag nach wie vor zu Jennys Füßen auf dem Bett. Die Plastiktüte spannte sich über seinem Kopf, so daß man das Gesicht nur erahnen konnte.

Und bei diesem Anblick durchzuckte Jenny auf einmal ein rettender Gedanke, ein kurzer, nicht greifbarer Geistesblitz, der verflogen war, noch ehe er sich konkretisiert hatte. So wußte sie noch nicht so recht, *warum*, aber sie wußte, *daß* sie dem Tierarzt die Tüte vom Kopf ziehen mußte – so ekelerregend sie den Gedanken daran auch fand. Mit ihren tauben, gefesselten Händen konnte sie es nicht bewerkstelligen, das war klar. Ihr blieben nur die Zähne.

Widerstrebend beugte sie sich über das Bett, bis ihr eigener Schatten auf Bentons Gesicht lag. Blut tropfte über ihr Kinn und schlug klatschend auf die Tüte. Schon waren Jennys Lippen ganz nah an Bentons Mund. Ihr Atem kondensierte und überzog die durchsichtige Plastikhülle mit feinem Beschlag. Den letzten Rest Ekel überwindend, biß sie in das Plastik. Und tatsächlich gelang es ihr, Bentons Gesicht Stück für Stück frei zu bekommen. Das Kinn, den blutverschmierten Mund, dann die geschwollene Nase und zuletzt die Brille, unter der die weit aufgerissenen, glanzlosen Augen noch größer wirkten, als sie tatsächlich waren. Sie spiegelten das Entsetzen wider, das Benton an der Schwelle des Todes empfunden haben mußte. Sie schrien in stummer Panik.

Unweigerlich begann Jenny zu weinen. Dabei kam kein Laut über ihre Lippen. Ihr Gesicht war nicht mehr als eine steinerne Maske. Tränen kullerten über ihre Wangen und tropften auf das Bett. Ihre Trauer war ein stilles Lied der Klage.

Die Augen! Diese riesigen, toten Augen!

Ein neuer Anflug von Hoffnungslosigkeit überkam Jenny. Sie war eingesperrt in einem fensterlosen, kalten Raum und immer noch gefesselt. Wie sollte sie da entkommen?

Es *gab* einen Weg, das wußte sie, und sie fühlte, daß sie dem rettenden Gedanken ganz nahe war. Aber sie hatte nicht mehr viel Zeit, bis die Männer sie holen würden.

Sie starrte auf Bentons Gesicht, auf seine Augen. Auf seine durch die Brillengläser verzerrten, riesengroßen, toten Augen ...

Und plötzlich hatte sie eine Idee. Sie wußte zwar noch nicht, ob sie diese Nacht überleben würde, aber sie würde es ihren Entführern nicht leichtmachen.

Durch die dicke Tür hörte es sich nur wie gewöhnliches Klopfen an, aber Nick wußte sofort, daß es mehr als das war. Er schob sich eine Handvoll Erdnüsse in den Mund und betrachtete vorsichtig sein Pokerblatt. Drei Damen. Das war nicht schlecht, aber auch nicht gut genug, um sich des Sieges sicher sein zu können. «Ich erhöhe auf drei», sagte er schließlich und schob ein paar Geldstücke über den abgewetzten, kleinen Tisch. Roddy, der Rothaarige am anderen Ende, überlegte kurz und ging mit, als ein gedämpfter Knall zu hören war.

«Ich schätze, jetzt dreht sie durch», sagte Nick gleichgültig. «Plus fünfzig Cents. Gehst du mit?»

«Klar doch», antwortete Roddy und schob das Geld in die Tischmitte.

Ein weiterer Knall ertönte, scheinbar weit weg, aber doch nur wenige Meter hinter der Tür.

«Die schlägt uns noch den Spind zusammen», flachste Nick und kicherte. «Noch mal fünfzig. Glaub mir, der Tod ihres Doktors macht sie mürbe. Die kleine Wildkatze wird nachher reden wie ein Buch. Eigentlich schade, daß wir sie umlegen müssen.» Nick nahm noch mal eine Handvoll Erdnüsse.

«Du alter Hundesohn! Sie gefällt dir, hab ich recht?»

Ein Schlag wie ein Donner drang durch die Tür. Nick sah in sein Blatt. «Klar gefällt sie mir. Die ist scharf wie 'ne Rasierklinge. Du hättest beim Verhör dabei sein sollen. Ich sag's dir, die hat Titten wie zwei kleine Äpfel!»

Hinter der Tür war die Stimme der Frau leise, aber deutlich zu vernehmen: «Ihr Scheißkerle. Eine gefesselte Frau zu foltern macht euch wohl an. Anders klappt's bei euch wahrscheinlich nicht mehr, ihr verdammten Arschlöcher!»

Beide Männer sahen sich an. Wie hatte es das Mädchen nur geschafft, das Klebeband abzubekommen? Dieses Luder war raffinierter, als sie gedacht hatten. Roddy schüttelte seinen Kopf und schob weitere fünfzig Cents in die Tischmitte. Nick hingegen schien sich mehr auf die Worte der Frau zu konzentrieren als auf das Spiel.

«Hey, Nick, aufwachen», stichelte Roddy. «Wir pokern, schon vergessen?»

Nicks Gesicht lief rot an. Ein schlechtes Zeichen! Er ärgerte sich über etwas, und immer wenn er das tat, schaltete sein Verstand auf Sparflamme. Mit Vernunft hatte sein Handeln dann nichts mehr zu tun. «Immer die Ruhe bewahren», versuchte Roddy seinen Freund zu besänftigen. «Sie will dich doch bloß provozieren.»

Aber der hörte schon nicht mehr auf ihn, sondern nur noch auf die höhnische Stimme. Einzelne Worte wie ‹Impotenz›, ‹Schlappschwanz› und ‹Versager› nisteten sich in seinem Schädel ein. Was fiel diesem Miststück nur ein. *Diese Hure! Diese kleine, freche Hure!* Das mußte er sich nicht sagen lassen! Wut und Erregung vermischten sich zu einem zerstörerischen Gefühl. Das Mädchen wollte es nicht anders. Vorhin hatte er sich beherrschen müssen. Aber nun war niemand mehr da, der ihn hätte aufhalten können. Er würde es ihr besorgen. Nie wieder würde sie ihn als Schlappschwanz bezeichnen!

Nicks Gesicht glühte wie ein Heizkessel.

«Wir spielen gleich weiter», sagte er mit eiserner Entschlossenheit. «Aber zuerst *muß ich da rein*!» Er stand auf und steckte den Schlüssel ins Türschloß. «Sperr wieder hinter mir ab. Ich sag's dir, wenn ich fertig bin.»

Das erste, was Nick Rydell sah, als sich die Tür hinter ihm geschlossen hatte, war Benton. Er lag immer noch auf der Pritsche, aber irgend etwas an dem toten Mann war anders als zuvor. Nick wußte nur nicht, was, aber das war jetzt auch nicht so wichtig. Viel wichtiger war die kleine Katze, die sich in den hintersten Winkel der Zelle verkrochen hatte, als er hereingekommen war. Sie hatte offensichtlich nur noch Angst, und das gefiel Nick. Er würde mit ihr tun können, was immer ihm gefiel.

«Komm her», befahl er, aber die Katze erwies sich als widerspenstig. Wie angewurzelt blieb sie stehen, ihre Füße in der kalten Pfütze im hinteren Eck. «Komm sofort hierher, sage ich!» Sein Ton war diesmal strenger, aber ebenso erfolglos. Das Rot in Nicks Gesicht legte noch einen Tick zu, und sein Verstand schaltete sich nun völlig ab. «Komm her, verdammt noch mal, und setz dich aufs Bett, sonst breche ich dir alle Knochen im Leib!»

Diesmal gehorchte die Frau. Sie schob sich an der Wand entlang und setzte sich wie befohlen auf die blutverschmierte Pritsche. Langsam und drohend kam Nick näher. Er nahm ihr Gesicht in die Hände. Die Seite, auf die er sie geschlagen hatte, war ein wenig geschwollen. Das eingerissene, blutüberströmte Klebeband auf ihrem Mund wirkte unnatürlich. Ansatzlos riß er es ihr herunter.

Jenny schrie auf. Für einen Moment dachte sie, der Mann hätte ihr die Haut abgerissen. Er hatte sich inzwischen vor sie hingekniet und seinen Gürtel geöffnet. «Mach die Beine breit», grunzte er.

Jenny gehorchte. Sie fühlte den geilen Blick des Mannes zwischen ihren Schenkeln. Seine fleischigen Hände legte sich auf ihre Knie und drückten sie weiter auseinander. «Impotent bin ich also? Ein Versager?» Sein Körper schob sich an sie heran, drängte sie nach hinten, bis ihr Kopf die Wand berührte. Seine Hände tasteten sich währenddessen zu ihren Hüften vor. O Gott, wie sie ihn haßte. Wie sehr sie es haßte, von ihm berührt zu werden!

«Du machst mich geil, du verdammtes Biest», hauchte er. Sein Atem stank.

Sein Unterleib preßte sich gegen ihren. Durch den dünnen Stoff ihres Slips spürte sie den kalten Reißverschluß seiner Hose.

«Gefällt dir das?» raunte Nick ihr ins Ohr. Er zog Jennys Becken noch näher an sich. Doch weiter kam er auch diesmal nicht.

Blitzartig zuckte Jennys Hand hinter ihrem Rücken hervor, irgend etwas glitzerte kurz auf, und dann stieß dieses Etwas mit voller Wucht in seinen Rücken. Wie hatte die Frau die Fesseln abbekommen? Nick war so überrascht, daß er zuerst gar nicht wußte, was geschehen war. Erst Sekunden später setzte der Schmerz ein. Mit verzerrtem Gesicht bäumte er sich auf und versuchte, hinter sich zu greifen.

Jenny war nicht weniger überrascht als der Mann. Sie hatte erwartet, daß er ohnmächtig würde, doch sie hatte Nick nur verletzt. Der Splitter von Roberts Brillengläsern war stark genug gewesen, um den Strick an ihren Handgelenken zu durchtrennen, doch um einen zähen Burschen wie Nick außer Gefecht zu setzen, hatte er nicht ausgereicht. Während der Mann seine Arme wild verrenkte, erspähte Jenny ihre Rettung: den Schraubenzieher, den er in seiner Brusttasche trug. Den, mit dem er ihr noch ‹viel Spaß› versprochen hatte.

In einer einzigen schnellen Bewegung griff Jenny sich das Werkzeug, drehte es, so daß seine Spitze nach oben zeigte, und rammte es dem Mann in den Bauch. Augenblicklich zeichnete sich auf seinem Hemd ein roter Fleck ab. Warmes Blut rann an dem Schraubenzieher entlang über Jennys Hand und ihren Arm. Aber es war nicht ihr Blut. Diesmal nicht!

Nick hatte das Gefühl, als würde ihm der Magen bei lebendigem Leib herausgerissen. Er wollte schreien, aber es ging nicht. Statt dessen brachte er nur ein zischendes Geräusch zustande wie ein undichter Fahrradreifen.

Aus Angst, Nick könne vielleicht doch noch den Rothaarigen zu Hilfe rufen, zog Jenny den Schraubenzieher aus der Wunde und stieß erneut zu. Der dünne Stahl krachte gegen eine Rippe, rutscht an ihr ab und fuhr erneut ins Fleisch des Mannes. Jenny fühlte, wie der Körper auf einmal ganz locker wurde und über ihr zusammenbrach.

Sie rollte den bewußtlosen Mann zur Seite und wischte das Blut an der Matratze ab. Danach nahm sie ihm die Bärenkrallenkette wieder ab. «Die gehört mir, Arschloch!» zischte sie vor sich hin.

Der erste Teil ihres Plans war aufgegangen. Um das nächste Hindernis – den Rothaarigen – zu überwinden, hatte Jenny auch schon eine Idee. Sie riß Benton einen Hemdsärmel ab und wickelte ihn sich um die rechte Hand. Als Handschuh sollte das genügen, dachte sie zufrieden. Sie ging zu der Pfütze und tränkte den Stoff, bis er sich mit Wasser vollgesogen hatte. Dann wrang sie die Bandage wieder aus, so daß sie nur noch feucht war – genau richtig für ihr Vorhaben.

In seiner Langeweile hatte Roddy sich dazu entschlossen, Nicks Pokerblatt anzuschauen. Drei Damen. Verdammt! Er selbst hatte nur zwei Paare. Aber dieses Spiel zählte nicht. Nick hatte mittendrin aufgehört. Es war also durchaus gerechtfertigt, diese Runde zu annullieren. Sorgfältig sortierte Roddy die Einsätze auseinander. Er schob Nicks Geld auf die gegenüberliegende Tischseite, sein eigenes stapelte er auf die kleinen Türmchen vor sich. Danach übte er aus Langeweile an einem Kartentrick, den Nick ihm einmal gezeigt hatte. Aber wie immer gelang es ihm auch heute nicht. Eine Viertelstunde später gab er auf und warf die Karten ärgerlich auf den Tisch. Vielleicht sollte er die Kleine auch mal ausprobieren, was machte das schon für einen Unterschied? Sterben würde sie ohnehin in dieser Nacht.

Allmählich verlor er die Geduld. *Verdammt, Nick, mach schon!* dachte er. *Andere wollen auch mal. Verfluchter Egoist!*

Vorsichtig ging Jenny zu der Stelle, an der sie Bentons Brille zerschlagen hatte. Die größte Scherbe fehlte bereits, sie steckte in Nicks Rücken. Aber die vielen kleineren lagen als glitzerndes Häufchen mit Hunderten von scharfen Kanten neben dem Bett. Jenny kniete sich hin und wischte mit ihrer stoffbedeckten Hand über den Boden. Auf der feuchten Bandage blieben die Splitter gut haften.

«Hey, Nick!» rief Roddy. «Hatte die Kleine doch recht, was? Kriegst ihn wohl nicht mehr hoch, oder warum dauert das so lange?»

Eine Antwort blieb aus.

«Hör zu, Mann, ich bin dran. Ich komme jetzt rein. Es ist mir scheißegal, ob du schon fertig bist oder nicht! Mach meinetwegen hinterher weiter.»

Jenny reagierte sofort. Während Roddy sich draußen an der Tür zu schaffen machte, rappelte sie sich auf und warf sich aufs Bett. Sie hörte, wie der schwere Schlüssel im Schloß umgedreht wurde. Noch bevor die Klinke gedrückt und die Tür aufgestoßen wurde, hatte sie Nick wieder auf sich gewälzt. Über den Rücken des Bewußtlosen sah Jenny den Rothaarigen im Eingang stehen. Ihr fiel ein, daß zwischen Nicks Schulterblättern noch die Scherbe steckte.

Wenn der andere Verdacht schöpfte, war es aus. Kurzerhand startete sie ein Ablenkungsmanöver.

«O Gott», wimmerte sie. «Bitte nicht mehr schlagen.» Dabei strampelte sie wild, als würde sie sich gegen einen Vergewaltiger zur Wehr setzen. «Bitte ... Sie tun mir weh ...!»

Durch ihre heftigen Bewegungen wirkte der Körper über ihr quicklebendig. Die Täuschung war perfekt. Roddy fiel darauf herein. Er sah Benton auf dem Boden liegen, während es den Anschein hatte, daß Nick, dieser verdammte Hurenbock, zwischen den Schenkeln des Mädchens kniete und sich die Seele aus dem Leib stieß.

«Hey, Nick, du bist ja ein richtiger Hengst, Mann! Besorg's der Kleinen kräftig!» feuerte er seinen ohnmächtigen Kameraden an. «Aber beeil dich gefälligst ein bißchen, sonst platzt mir noch die Hose.» So wild, wie Nick die Kleine bearbeitete, konnte es nicht mehr lange dauern. Roddy wandte sich wieder zur Tür: «Sag mir Bescheid, wenn du fertig bist, okay?» Doch noch bevor er den Satz beendet hatte, klatschte irgend etwas Schweres hinter ihm auf den Boden. Er fuhr sofort herum und sah, daß Nick auf dem Rücken lag, den linken Arm schlaff über den toten Tierarzt geworfen. Der zweite Blick erfaßte Jenny, die von der Pritsche aufgestanden war.

«Was soll …?» Weiter kam er nicht. In diesem Augenblick traf ihn Jennys Hieb direkt ins Gesicht. Dutzende feiner, scharfer Spitzen bohrten sich in seine Wange und rissen ihm die Haut ab. Ihm war, als hätte ihn jemand mit Salzsäure übergossen. Er biß die Zähne zusammen und wollte gerade zum Gegenangriff übergehen, als ihn ein weiterer Schlag auf derselben Seite erwischte. Blut rann ihm am Hals entlang.

In die dritte Ohrfeige legte Jenny noch mehr Kraft, denn die war für Robert Benton. Eine besonders scharfe Glaskante zerschnitt Roddys Wange. Er taumelte, benommen vor Schmerz, nach hinten, stürzte über seine eigenen O-Beine und prallte mit dem Schädel an die Wand. Er stöhnte kurz auf, blieb aber liegen.

Geschafft! dachte Jenny. Zwei von ihnen hatte sie überwältigt. Sie streifte sich den blutroten Stoffetzen von der rechten Hand und zog Nick Stiefel und Hose aus. Beides paßte ihr überhaupt nicht, sie sah aus wie ein Zirkusclown. Aber immerhin war es besser als nichts.

Jetzt nichts wie raus! dachte Jenny.

Sie verschloß die Tür, damit man den Ringer und den Rothaarigen nicht sofort hören konnte, wenn sie wieder zu Bewußtsein kamen und um Hilfe riefen. Jedenfalls nicht, solange sie noch hier war.

Vor ihr lag der Gang, grau und von fahlem Licht beleuchtet. Von irgendwoher kamen Stimmen, aber sie waren weit weg – es gab keine unmittelbare Gefahr.

Jenny faßte sich ein Herz und setzte sich in Bewegung. Schritt für Schritt schlich sie durch den kahlen Betonflur, vorbei an Türen, die mit Vorhängeschlössern gesichert waren. Nach einigen Metern zweigte ein Gang nach links ab. Rechts führte eine alte, ausgetretene Holztreppe nach oben. Jenny lauschte und stellte fest, daß die Stimmen von links kamen – dieser Weg schied für die Flucht aus. Und der Gang vor ihr mündete in einer Sackgasse.

Jenny blieb nur die Treppe. Obwohl sie auf Zehenspitzen ging und sich äußerste Mühe gab, leise zu sein, knarrte jede Stufe bedenklich. Was würde passieren, wenn jemand sie hörte? Daran durfte sie jetzt nicht denken. Angst beschleunigte ihren Schritt – dann war es geschafft. Sie war oben angelangt. Die Tür, vor der sie nun stand, wirkte ebenso verwahrlost wie der Rest dieses Verlieses. War das die Tür zur Freiheit?

Ein Geräusch aus den Gängen unter ihr ließ Jenny erstarren. Sie hörte, wie ein Mann sich räusperte und in ihre Richtung kam. Jeden Augenblick mußte er am Treppenabsatz anlangen, und was dann? Während sie vor Angst und Erschöpfung keinen vernünftigen Gedanken mehr zu produzieren imstande war, kamen die Schritte näher und näher. Reglos blickte Jenny die Holzstufen hinab, dorthin, wo die Treppe und die Gänge aufeinandertrafen. Schon waren die Schuhe zu sehen, dann die Hose, das Hemd und dann das schwarze, bullige Gesicht.

Lieutenant Alexander Johnson – Alexander der Große!

Jennys Herzschlag setzte für einen Moment aus, als der Mann mit seiner beeindruckenden Statur am Fuß der Treppe angelangt war. Doch Johnson bemerkte sie nicht. Er bog nach rechts ab und verschwand, den Geräuschen nach zu schließen, in einem der Zimmer.

Jenny harrte noch einige Sekunden lang bewegungslos aus, nicht nur, weil sie hören wollte, ob noch mehr Leute in den Fluren herumgeisterten, sondern auch, weil sie erst noch den Schock verdauen mußte, daß sogar die Polizei in die Angelegenheit verwikkelt war. Aber wie stark? War es nur Johnson, waren es ein paar Beamte, oder war es das komplette Los Angeles Police Department? Sie mußte diese Fragen gründlich durchdenken, aber nicht hier und nicht jetzt. Jetzt mußte sie erst einmal von hier verschwinden.

Jennys zittrige Finger umschlossen die rostige Klinke der Tür und drückten sie nieder. Sie wußte: Wenn hinter der Tür eine Wache stand, war sie verloren. Aber sie hatte keine Wahl, sie mußte das Risiko eingehen.

[28]

Ein Stein der Erleichterung fiel Jenny vom Herzen, als sie auf der anderen Seite der Tür von einer kühlen, erfrischenden Nacht in Empfang genommen wurde. Leichter Nieselregen hauchte ihr entgegen, benetzte ihr geschwollenes Gesicht und linderte ihre Wunden. Trotz Dunkelheit erkannte Jenny, daß sie auf einer kleinen Lichtung stand, umgeben von wohlriechendem kalifornischem Wald. Noch nie hatte sie frische Waldluft so zu schätzen gewußt wie in dieser Nacht. Sie atmete ein paarmal genießerisch durch und fühlte, wie sie sich allmählich zu entkrampfen begann.

Von außen wirkte die Hütte, die sie hinter sich ließ, klein und unscheinbar wie die Notunterkunft eines Försters. Nichts deutete darauf hin, daß unterirdische Gänge existierten, in denen Menschen gefoltert und umgebracht wurden.

Neben der Hütte parkte ein Geländewagen. Im fahlen, durch Wolken und Nieselregen gedämpften Mondlicht nahm Jenny die Reifenspuren wahr, die sich durch den matschigen Boden schlängelten und in die Freiheit führten.

So schnell es der glitschige Untergrund erlaubte, stapfte Jenny zu dem Auto. Die Scheiben waren heruntergekurbelt, doch ein Blick ins Fahrzeuginnere brachte die Ernüchterung: Der Zündschlüssel steckte nicht, und Jenny hatte keine Ahnung, wie man ein Auto kurzschloß. Sie mußte also ihre Flucht zu Fuß antreten. Kaum hatte sie den Entschluß gefaßt, sah sie auf dem Beifahrersitz einen dunklen Gegenstand. Jenny beugte sich durchs offene Fenster und frohlockte: Einer der Männer hatte sein Gewehr liegenlassen. Ein schöneres Geschenk hätte er ihr nicht machen können. Hastig und ohne weiter nachzudenken, griff sie nach der Waffe. Jedenfalls würde sie jetzt nicht mehr ganz hilflos sein.

Hinter sich aus der Hütte vernahm sie die ersten Stimmen. Diesmal war es jedoch kein ausgelassenes Gemurmel, sondern aufgeregtes, lautes Durcheinander. Sofort wußte Jenny, was geschehen war. Man hatte ihr Verschwinden entdeckt.

Nichts wie weg! schoß es der Frau durch den Kopf. In den Wald! Wenn sie dich auf der Lichtung erwischen, ist es aus.

Jenny rannte los, direkt ins Gebüsch, in die schützende Dunkelheit des Waldes. Irgendwo hinter ihr wurde die Tür der Hütte aufgerissen, und aufgebrachte Stimmen schrien durch die Nacht.

«Haltet sie auf!» brüllte Roddy zu denen, die vor ihm die Treppe hinaufgestürmt waren. Sein aufgeschürftes Gesicht brannte noch immer wie Feuer. «Haltet sie um Himmels willen auf! Sie hat Nick beinahe umgebracht!»

Als er aus der Hütte trat, standen bereits sechs Verfolger auf der Lichtung, drei weitere – Frank Chaffy, Mona Calder und Lieutenant Alexander Johnson – kamen hinterher. Mit Roddy waren es zehn.

Das aufgebrachte und undisziplinierte Raunen widerstrebte Frank Chaffys militärischem Denken. «Haltet gefälligst das Maul!» befahl er barsch. «Wie sollen wir etwas hören, wenn ihr so viel Krach macht? Weit kann sie noch nicht sein!» Augenblicklich verstummten die anderen, und für drei, vier Sekunden herrschte absolute Stille. Dann knackte plötzlich etwas im Unterholz.

«Dort drüben!» schrie Roddy, ohne sich darum zu kümmern, daß Chaffy hier das Sagen hatte. Er hatte noch eine Rechnung mit der Kleinen offen – wegen Nick und wegen seiner schmerzenden Wange. «Terry, auf den Wagen mit dir, aber dalli! Mach den Suchscheinwerfer an! Los, los, los, Mann!»

Der Angesprochene, ein Kerl von mindestens 1,90 Metern Länge, rannte mit Riesenschritten zum Geländewagen und sprang mit einem Satz auf die hintere Laderampe. Eine Sekunde später durchstach ein heller Lichtkegel die eisige Nacht.

«Hierher!» befahl Roddy. «Leuchte hierher! Schnell!»

Terry lenkte den Strahl in die Richtung, aus der das Geräusch gekommen war, aber es war nichts zu sehen.

«Warren, du gehst runter und holst Taschenlampen», zischte Frank Chaffy zu dem, der der Hütte am nächsten stand. «Und ihr anderen macht eure Waffen scharf. Das Mädchen darf uns nicht entkommen, habt ihr verstanden? Sonst sind wir alle am Arsch! Also bringt mir die Kleine. Zielt zuerst auf die Beine, sie schuldet uns nämlich noch ein paar Antworten. Wenn es nicht anders geht, erschießt sie! Und noch etwas: Nehmt euch vor ihr in acht, sie ist gefährlich. Wir verfolgen sie in einer Linie hangabwärts, so daß jeder seinen Nachbarn noch sehen kann, verstanden? Ich will nicht, daß es weitere Überraschungen gibt.» Und mehr zu sich selbst als zu den anderen sagte er: «Na schön. Von mir aus kann die Jagd beginnen, Miststück!»

Inzwischen war Warren mit den Taschenlampen auf dem Arm zurückgekehrt. Der Reihe nach erhielt jeder eine, auch Terry, der Baumlange, der wieder vom Geländewagen gestiegen war. Nur Chaffy und Mona Calder wiesen die Lampen ab. «Wir fahren zur Straße runter und riegeln sie ab», sagte der Blonde zu Roddy. «Nur für den Fall, daß sie es so weit schafft.»

«Sie *wird* es nicht schaffen, das verspreche ich dir!» entgegnete

Roddy im Brustton der Überzeugung. «Sie wird die Straße nicht erreichen, Frank.»

Chaffy sah ihn an wie ein Pokerspieler, aus seiner Miene konnte man nicht schlau werden. Leise, so daß kein anderer es hören konnte, sagte er zu Roddy: «Nachdem du und Nick, ihr zwei Idioten, die Kleine habt ausbrechen lassen, ist das wohl das mindeste, was ich erwarten kann. Seid froh, daß Mr. Frazer nicht mehr da ist, sonst hätte es sein können, daß er euch eigenhändig liquidiert!»

Chaffy verschob weitere Maßregelungen auf später, denn die Zeit drängte. Außerdem war Lieutenant Johnson an ihn herangetreten. Während Roddy kehrtmachte und den anderen Männern noch ein paar Anweisungen zurief, sagte der Polizist: «Frank, verflucht, was läuft hier eigentlich *noch* alles schief? Zuerst die Leiche am Strand und jetzt das? Ich kann nicht alles ausbügeln, was Sie und Ihre Männer verpatzen.»

«Alex», zischte Chaffy scharf zurück. «Wir können hier niemanden mit schwachen Nerven gebrauchen! Sie sind nicht der einzige Bulle in L. A., den wir auf unserer Seite haben. Ich würde Sie zwar nicht gerne verlieren, aber um es deutlich zu sagen: Sie sind ersetzbar. Und jetzt helfen Sie mit, die kleine Ausreißerin wieder einzufangen, denn ein Problem haben wir erst dann, wenn sie es schafft, diesen Wald zu verlassen. Soweit soll es nicht kommen.»

In diesem Moment schrie Mona Calder auf. «Scheiße!» rief sie, «das kleine Biest hat mir die Waffe geklaut.»

Sie hatte sich gerade in den Geländewagen schwingen wollen und festgestellt, daß ihr Scharfschützengewehr fehlte. Chaffy schäumte vor Wut. Auch das noch! Wie konnte Mona so nachlässig sein und eine Waffe im Auto liegenlassen. Ausgerechnet Mona!

Alle Männer blickten jetzt auf Chaffy.

Keiner wagte, etwas zu sagen, obwohl alle wußten, daß er für Monas Leichtsinn ebenso verantwortlich war wie sie selbst. Um keine weiteren Fragen aufkommen zu lassen, brüllte Chaffy jetzt – eine Spur zu laut – sein Kommando zum Aufbruch: «Los, ihr Idioten. Laßt das Mädchen nicht entkommen. Wer Mist baut, kriegt meine Stiefelspitze in den Arsch, verstanden?» Stumm setzten sich die Männer in Bewegung. Vor ihnen lag der nächtliche Wald. Ihre Taschenlampen zerschnitten die Dunkelheit wie leuchtende Schwerter.

Jenny sah die Lichterkette langsam näher kommen. Sie war in Hörweite gewesen und hatte die Auseinandersetzung verfolgen können. Das erfüllte sie mit einer gewissen Genugtuung.

Der Nieselregen hatte sich inzwischen verstärkt, er wirkte lindernd auf Jennys Wunden. Ihr Gesicht pulsierte und schmerzte, doch die Frau achtete nicht darauf. Sie drehte sich um und blickte hangabwärts in den dampfenden, düsteren Wald. Es war ihre einzige Chance.

Geduckt huschte Jenny durch das Gehölz. Zum Glück war der Boden feucht, denn trockenes Unterholz brach viel leichter und verursachte dadurch mehr Lärm. Als Kind hatte sie von ihrer Mutter gelernt, sich lautlos fortzubewegen – hier im Wald war das ein Vorteil.

Flink rannte sie weiter. Äste von Sträuchern peitschten ihr beim Lauf gegen die Schenkel, Zweige streiften ihr Haar. Tiefhängende Blätter schlugen ihr naß ins Gesicht, aber es machte ihr nichts aus. Sie mußte rennen, rennen, rennen.

Fast schon glaubte sie, den Jägern entkommen zu können, als ihr Lauf urplötzlich wie durch eine magische Hand gestoppt wurde. Hart fiel sie auf den Rücken, und einen fürchterlich langen Augenblick rang sie erfolglos nach Atem. Sie hustete, ohne es unterdrücken zu können, und hörte irgendwo in der Nähe eine Stimme durch die Nacht zischen: «Dort … ich glaube, sie ist dort unten!»

Eine Welle der Panik durchflutete Jenny. Sie rappelte sich auf, verzweifelt bemüht, keinen Schmerzenslaut über ihre Lippen kommen zu lassen. Vorsichtig, mit nach vorne ausgestreckten Händen, tastete sie sich durch die Nacht. Da war er wieder, der unsichtbare Widerstand, gegen den sie angerannt war: ein Maschendrahtzaun.

Ein Blick über die Schulter sagte ihr, daß sie keine Zeit mehr zu verlieren hatte, denn die einzelne Taschenlampe kam schnell näher. Es gab keinen anderen Weg, sie mußte über den Zaun. Sie warf das Gewehr hinüber, krallte ihre Finger in das Drahtgitter, setzte eine Stiefelspitze an und zog sich mit aller Kraft in die Höhe. Es schien unendlich lange zu dauern, bis sie die kurze Distanz – vielleicht drei Meter – überbrückt hatte und ihre Hand das obere Ende des Zauns ertastete. Beim Zupacken merkte sie zu spät den spitzen Dorn, der sich ihr in den Handballen gedrückt hatte. Stacheldraht! Jenny entfuhr ein unterdrückter Schrei, der den Schritt ihres Verfolgers beschleunigte. Der Schein der heranrückenden Taschenlampe schien den Blättern und Ästen Leben einzuhauchen. Dämonische Schattenspiele tanzten um die junge Frau, umzingelten sie wie böse Waldgeister.

Jenny kam sich vor wie das Kaninchen in der Falle. So offen an den Zaun geklammert, gab sie eine hervorragende Zielscheibe ab. Sie mußte weg von hier! Hastig kletterte sie weiter, mehr oder weniger erfolglos bemüht, sich keine weiteren Stacheln in die Handflächen zu rammen. Mit einem Bein war sie schon über den Zaun, als sie von der Lampe erfaßt wurde.

«Hey, stehenbleiben!» schrie eine Stimme sie an, aber sie gehorchte nicht. Ungeschickt schob Jenny auch noch das andere Bein über den Zaun, wobei sie sich die Hose am Schenkel aufriß. Sie verlor das Gleichgewicht, fiel und schlug dumpf auf den moosbedeckten Boden auf.

Ein metallisches Klicken hinter ihr ließ ihr einen eiskalten Schauer über den Rücken laufen – der Mann hatte sein Gewehr entsichert. Jeden Augenblick mußte sich ein Schuß lösen und sie in den Rücken treffen.

Deckung! schrie Jennys innere Stimme. Was sie brauchte, war Deckung. Mit einem Satz war sie hinter einem Baum verschwunden, an dem nur ein Sekundenbruchteil später eine Kugel abprallte. Der Knall durchzuckte die Nacht wie ein Donnerschlag, aber Jenny war schon weg.

Es dauerte einige fürchterliche Augenblicke lang, bis Jenny begriff, daß sie nicht getroffen worden war. Die Angst im Nacken, war ihr auf einmal egal, ob sie Krach verursachte oder nicht, sie mußte einfach immer nur weiterrennen. Es würde nicht lange dauern, bis die Männer auf ihrer Seite des Zauns angelangt waren, und die Zeit wollte sie nutzen, um sich einen Vorsprung zu verschaffen. In flinkem Slalom schlängelte sie sich durch den Wald, so schnell es die Dunkelheit zuließ. Je mehr Tempo sie machte, desto härter wurde sie von Zweigen und Blättern gepeitscht, aber es gab nur eines, was wichtig war: weg von hier! Ihr Atem ging schwer, sie war völlig außer Puste. Das Blut rauschte in ihren Adern, ihr Herz pumpte auf Höchstleistung, und die viel zu großen Stiefel scheuerten bei jedem Schritt qualvoll an ihren Knöcheln.

Während sie den Schmerz herunterschluckte und sich selbst zur Eile trieb, war sie in Gedanken mit Lieutenant Johnson beschäftigt. Obwohl er Polizist war, hatte er Jennys Entführung toleriert, vielleicht sogar dabei geholfen. Möglicherweise hatte er zusammen mit Frazer und seinem Sicherheitsbeauftragten auf der anderen Seite der Blendlampe gesessen, als Nick sich an ihr zu schaffen gemacht hatte. Sicher hatte er auch dazu beigetragen, Mary Haggertys Tod als Selbstmord zu verschleiern. Aber reichte dazu *ein* Mann aus? Je mehr sich Jenny mit dieser Frage befaßte, desto plausibler erschien es ihr, daß eine ganze Reihe von Leuten daran beteiligt sein mußte, wenn Beweise gefälscht und Spuren vertuscht werden sollten.

Aber wer war noch alles in diese Geschichte verwickelt? Woher sollte Jenny wissen, an wen sie sich bei der Polizei wenden konnte und an wen nicht? Wie Jenny die Sache auch drehte und wendete – zur Polizei gehen konnte sie nicht. Zu groß war die Gefahr, sich praktisch selbst ans Messer zu liefern.

Ein hervorstehender Ast, hart und spitz wie ein Stahlpflock, riß Jenny aus ihren Gedanken. Sie streifte einen Baumstamm und hobelte sich an seiner rauhen Rinde die Schulter auf. Um nicht laut herauszuschreien, benötigte sie all ihre Beherrschung. Allmählich gab es an ihrem Körper keine Stelle mehr, die nicht weh tat. Außerdem waren ihre Lungen dem Zerbersten nahe und ihre Kondition erschöpft. Sie blieb stehen, beugte sich vornüber und schnappte nach Luft.

Wieder einigermaßen bei Kräften, wollte Jenny ihre Flucht fortsetzen, als sie merkte, daß der Wald hinter dem nächsten Gebüsch aufhörte. Im ersten Moment konnte sie gar nicht glauben, was sie durchs Unterholz schimmern sah – schwarz, glatt, breit und glänzend. Eine Straße! Direkt vor ihr, nur einen Katzensprung entfernt, lag der Weg in die Freiheit. Ihr Herz machte einen Freudensprung. Beinahe hätte sie laut zu jubeln begonnen. Doch dann besann sie sich. Auf die Straße hinausgehen konnte sie nicht, denn das hätte geheißen, sich wie eine Zielscheibe zu präsentieren.

Ebenso irrsinnig wäre es allerdings gewesen, zurück in den Wald zu gehen, denn dort waren die Verfolger. Mit jeder Sekunde kamen sie näher, das fühlte Jenny. Was sollte sie nur tun? Es war nur eine Frage von wenigen Minuten, bis die Männer sie aufgestöbert haben würden.

Die Lösung ihres Problems kam in Form eines dunkelblauen Ford Taunus. Als das fahrende Fossil etwa fünfhundert Meter weiter bergauf um die Kurve zuckelte, waren zuerst nur die grellen Scheinwerfer zu sehen, die sich im nassen Asphalt spiegelten. Kurz darauf konnte Jenny schon das satte Motorengeräusch vernehmen. Fieberhaft überlegte sie, wie sie den Wagen anhalten konnte, denn das war ihre einzige Chance, von hier wegzukommen. Oder gehörte der Taunus womöglich den Entführern?

Sie *mußte* das Risiko eingehen.

Kurz entschlossen schnappte sich die junge Frau einen feuchten, halb vergammelten Prügel, der neben ihr im Laub lag, und warf ihn auf die Straße. Der Holzstock krachte gegen die Kühlerhaube, geriet unter die Räder und donnerte mit ohrenbetäubendem Lärm von unten gegen die Karosserie. Bremsen quietschten, Räder blokkierten, und der Taunus rutschte noch fünf Meter weiter, ehe er zum Stehen kam.

Das Gewehr im Anschlag, beobachtete Jenny das Auto und die Straße, aber niemand zeigte sich. Dann öffnete sich zögernd die Fahrertür. Eine Frau, Anfang Siebzig, stieg aus. Nie und nimmer gehörte sie zu den Verfolgern.

«Mein Gott, Margaret», jammerte eine Männerstimme aus dem Innern des Wagens. «Du hast jemanden überfahren!»

«Red keinen Unsinn, Paul!» gab die Frau entschieden zurück. «Wie groß wird die Wahrscheinlichkeit wohl sein, daß ich jemanden *nachts im Wald* überfahre? Das war kein Mensch.»

Die alte Dame war gerade dabei, zurück in den Wagen zu steigen, als der Busch neben ihr ihren Namen flüsterte.

«Hey, Miss! Miss Margaret!»

Die Augen der schrulligen Frau weiteten sich vor Überraschung. Den Unterkiefer nach vorne geschoben, sah sie aus, als würde sie soeben Zeugin einer übersinnlichen Erscheinung.

«Pst! Hier bin ich!» Um die Alte nicht unnötig zu erschrecken, bog Jenny ein paar Zweige zur Seite, so daß ihr Kopf zu sehen war.

«Was tun Sie denn da, Kindchen?» fragte Margaret erstaunt. «Um diese Uhrzeit mitten im Wald?»

Jenny erklärte ihr knapp, in welcher Gefahr sie sich befand und daß sie dringend Hilfe benötigte. Die Alte zögerte. Aber aus irgendeinem Grund fürchtete sie sich nicht vor dem Mädchen, obwohl dessen gesamte Erscheinung – die dreckige Kleidung, die Prellungen und nicht zuletzt die Waffe – alles andere als vertrauenerweckend war. «Steigen Sie ein, Kindchen», sagte sie, und Jenny zwängte sich auf die Rückbank. Schnaufend setzte sich das alte Fahrzeug in Bewegung und verschwand am Horizont.

[29]

«Was soll das heißen, sie ist entwischt?» zischte Angus Frazer in sein Handy. Er war gerade auf dem Weg ins Labor, wo er noch ein paar Versuche durchführen wollte, als Frank Chaffy ihn anrief. «Das sind verdammt schlechte Nachrichten, Frank! Wie konnte das passieren? Wenn ich mich nicht selbst darum kümmere, geht alles schief, zum Teufel. Wer hat das zu verantworten?»

«Rydell und Elmer, Sir.» Wohlweislich verschwieg er Monas Nachlässigkeit mit der Waffe. Die anderen würden nicht plaudern, dafür würde er schon sorgen.

«Falls die Kleine tatsächlich entkommt, werde ich den beiden Idioten eine Lektion erteilen. Auch wenn Nick Ihr Freund ist. Wir können bei einer solchen Sache keine Versager gebrauchen, Frank.»

«Ich weiß, Sir.» Der Blonde wußte nur allzu gut, daß sie sich keinen weiteren Fehler erlauben durften. Wenn sie noch mehr Patzer fabrizierten, konnte das ganze Unternehmen gefährdet werden.

«Sehen Sie zu, daß Sie dieses Cherone-Mädchen wieder einfangen, Frank. Sie ist für uns ein unnötiges Risiko, das wir ausschalten müssen. Ich möchte, daß sie jeden Mann, den wir auftreiben können, mobilisieren, wenn es sein muß. Lassen Sie jeden beschatten, an den sie sich wenden könnte. Wir müssen sie kriegen. Sie weiß zuviel.»

[30]

Hundert Meter vor einer Tankstelle ließ Jenny sich absetzen. Sie wollte sich ein wenig frisch machen und später mit einem Taxi zurück in die Stadt fahren. Blut- und dreckverschmiert wie sie war, mußte sie den Tankwart erst davon überzeugen, zu einer Gruppe von Pfadfindern zu gehören, die ihr Lager in der Nähe aufgeschlagen hatten und eine nächtliche Wanderung durch den Wald unternommen hatten. Leider sei sie vom Weg abgekommen, habe sich verlaufen und sei einige Male in der Dunkelheit gestürzt. Aber es sei ihr nichts Ernsthaftes passiert. Ihre Geschichte war so herzerweichend schlecht, daß sie selbst nicht glaubte, damit durchzukommen.

Der Tankwart war jedoch ein freundlicher Mann, der selbst einmal bei den Pfadfindern gewesen war. Er gab Jenny nicht nur den Schlüssel für den Waschraum, sondern auch noch ein paar Dollar, um sich für den Rückweg ein Taxi zu nehmen, das er ihr sogar selbst bestellte. Auch den von Jenny erbetenen Tragebeutel verwehrte er ihr nicht.

«Das ist meine gute Tat für heute», sagte er.

Als sie sich frisch gemacht hatte, holte sie hinter dem Haus das Gewehr, das sie dort hatte liegenlassen, um keinen verdächtigen Eindruck zu machen. Sie wollte nicht, daß der Tankwart die Polizei rief, denn sie wußte ja, daß die Polizei in Frazers Angelegenheit verstrickt war. Sie wollte nur noch weiter weg, um vor dem Blonden, der schwarzhaarigen Frau, Lieutenant Alexander Johnson, dem Ringer, dem Rothaarigen und allen anderen sicher zu sein. Jenny packte ihre Waffe in den Beutel und wartete auf das Taxi.

Aber wohin sollte sie sich bringen lassen? Nach Hause konnte sie nicht, dort hatten ihr die Entführer in dieser Nacht schon einmal aufgelauert. Ihr fiel ihr Chef bei der *CORICO* ein, Jason Grant, aber das hätte bedeutet, daß sie einen weiteren Unbeteiligten in diese Affäre verwickelte und damit sein Leben aufs Spiel setzte. Müde am Straßenrand stehend, sinnierte Jenny noch eine Weile darüber, was nun geschehen solle.

Erst als sie bereits ins Taxi gestiegen war, wußte sie, an wen sie sich wenden konnte. Sie nannte dem Fahrer die Adresse und war unendlich dankbar dafür, nun endlich für eine Weile die Augen schließen zu können.

Doktor Daniel Irving, der ferkelgesichtige, schwarzhaarige Laborexperte, haßte Observationen, insbesondere wenn er sich dabei die Nacht um die Ohren schlagen mußte. Er war erst um kurz nach elf Uhr aus dem Institut gekommen, weil er noch ein paar Versuche für Frazer durchgeführt hatte. Am kommenden Tag hatte er schon in aller Frühe damit fortfahren wollen, doch daraus wurde jetzt nichts. Er hatte kaum ein Auge zugemacht, als sein Telefon geklingelt hatte und ihm gesagt wurde, daß die Frau entwischt war. Da wußte er, daß in den nächsten Stunden nicht nur er, sondern die ganze Organisation auf den Beinen sein würde.

Irving hatte den Auftrag erhalten, Noah Washingtons Wohnung im Auge zu behalten und zu melden, falls die Frau auftauchte. Er wußte, wie sie aussah, denn er hatte das Videoband gesehen, das Angus Frazer während des Besuchs des Mädchens insgeheim hatte mitlaufen lassen.

Und hier wartete er nun. Er saß in seinem Auto und beobachtete den auf der anderen Straßenseite gelegenen Eingang des Hauses, in dem Noah Washington lebte. Was ihn am meisten ärgerte, war, daß die Frau sehr wahrscheinlich nie hier aufkreuzen würde und er völlig umsonst seinen Schlaf opferte.

Die Zeit verging quälend langsam, zumal sich so gut wie nichts ereignete. Die Gegend war wie ausgestorben. Das einzige Vergnügen, das Irving sich gönnte, waren Zitronenbonbons, die sein chronisches Halsweh lindern sollten. Eine Packung hatte er bereits verdrückt und die zweite war angebrochen, als ein Taxi in die Straße einbog – das erste Fahrzeug, seit er sich hier postiert hatte. Mit jedem Meter, den das Auto näher kam, rutschte Irving ein wenig tiefer in seinen Sitz, bis nur noch ein schwarzes Haarbüschel und ein Paar Schweinsäuglein zu sehen waren.

Das Taxi hielt kurz vor dem Hauseingang, und die Gesuchte stieg aus. Irving hörte die Stimme des Fahrers, der sich für das großzügige Trinkgeld bedankte, das sie ihm gab. Er bot an, noch so lange zu warten, bis die Frau im Haus war. Jenny lehnte jedoch ab.

«Wie Sie wollen, Miss», sagte der Mann hinter dem Steuer und fuhr davon.

Doktor Daniel Irving wartete, bis das Mädchen im Eingang verschwunden war. Dann nahm er sein Autotelefon, tippte die Nummer von Frank Chaffy ein und gab durch, daß die Suche nach der Geflohenen soeben zu Ende gegangen sei. Außerdem forderte er Verstärkung an.

Noah Washington trug Boxershorts und ein zerknittertes weißes T-Shirt. Er war barfuß und fühlte sich wie gerädert.

«Miss Cherone?» nuschelte er müde und erstaunt zugleich. Dann fiel ihm ein, daß sie sich bei ihrem ersten Treffen bereits beim Vornamen angesprochen hatten. «Jenny? Wissen Sie, wie spät es ist?» Vorwurfsvoll blickte er auf seine digitale Armbanduhr. «Zehn nach halb vier.»

Erst jetzt registrierte er ihr Aussehen. Ihr blutverschmiertes Hemd, das ebenso wie die Hose – eine lächerlich große Hose für ein derart zierliches Geschöpf – dreckig und mitgenommen aussah. Die Kratzer in ihrem Gesicht und auf ihren Unterarmen. Die rötlich schillernde, geschwollene Nase. Ihre aufgerissene Unterlippe. Sofort veränderte sich Noahs Gesichtsausdruck. Seine mürrische, verschlafene Miene verflog, und er war hellwach. «Was um alles in der Welt ist mit Ihnen passiert? Kommen Sie rein.»

Jenny folgte dem Mann ins Wohnzimmer, wo sie sich erschöpft auf die Couch sinken ließ. Die Tüte mit der Waffe legte sie daneben auf den Boden.

Der Schwarze bot ihr eine Tasse Kaffee an, aber sie wollte nur einen Schluck Mineralwasser. Beim Trinken erzählte sie in knappen Worten, was geschehen war. Sie schilderte das Abendessen mit Dr. Benton, die Entführung, Bentons Tod und ihre eigene Flucht. Die Folterungen erwähnte sie nur knapp, Einzelheiten verschwieg sie. Ihr wäre es peinlich gewesen, darüber zu sprechen, wie Nick, der Ringertyp, sie vor den Augen der anderen gedemütigt hatte.

Washington bemerkte, daß die Frau zu frösteln begann. Vielleicht lag es an ihrer feuchten Kleidung, vielleicht daran, daß sie in dieser Nacht viel Schlimmes durchgemacht hatte.

«Ich werde Ihnen ein schönes heißes Bad einlassen, damit Sie wieder auf die Beine kommen. Einverstanden?» sagte er.

Normalerweise hätte Jenny ein angebotenes Bad in der Wohnung eines Fremden abgelehnt. Aber ihre Lage war nicht normal. Deswegen nahm Jenny den Vorschlag gerne an, dankbar für die Fürsorge, die der Mann ihr entgegenbrachte. Die Ruhe, die Kraft und die Geborgenheit, die er ausstrahlte, waren genau das, was sie jetzt am allermeisten brauchte.

‹Dannyboy› Irving schob seine Brille zurecht und sah ungeduldig auf die Uhr. Seit seinem Telefonat mit Chaffy waren erst fünf Minuten vergangen, aber ihm kam es vor wie eine halbe Ewigkeit. Er brannte darauf, in das Haus zu stürmen, Washingtons Wohnung einzunehmen und die Frau zu fassen. Er konnte es nicht erwarten, bis endlich der Nachschub eintraf.

Eigentlich war er kein Mann der Waffe, sondern ein Biologe, der sich zwischen Versuchstieren, Reagenzgläsern, Mikroskopen und so weiter am wohlsten fühlte. Er hatte noch nie auf einen Menschen schießen müssen, auch nicht, seit er in die Organisation eingetreten war. Aber er hatte gewußt, daß es früher oder später soweit sein würde. Erstaunlicherweise machte ihm die Vorstellung, in dieser Nacht seinen ersten Mord zu begehen, keine Angst. Der Gedanke daran erregte ihn sogar in gewisser Weise. Er fragte sich, ob er in dem Augenblick, in dem er den Abzug drückte, Skrupel empfinden würde. Er verneinte diese Frage – warum sollte er Gewissensbisse haben? Rational gesehen, war es eine schlichte Notwendigkeit, die Frau zu beseitigen. Würde dies nicht geschehen, war der ganze Plan gefährdet, alles, wofür er seit Jahren geschuftet hatte.

«Hey, Washington, du schwarzer Bastard! Bist du jetzt völlig übergeschnappt, mitten in der Nacht ein Bad einzulassen?» Durch die Wohnzimmerwand drang eine aufgebrachte Männerstimme, gepaart mit unwirschem Klopfen. «Es gibt Menschen, die mitten in der Nacht in diesem Haus schlafen wollen, kapiert, Mann?»

«Reg dich ab, Mo!» rief Noah so laut, daß man es auch in der anliegenden Wohnung hören konnte. «Hab ich mich schon mal beklagt, wenn dein Billy Hosenscheißer nachts schreit?»

Einen Moment lang herrschte Ruhe. Dann polterte der Nachbar weiter: «Das ist doch was ganz anderes! Babys schreien nun mal. Auch nachts. Aber warum mußt du ausgerechnet in aller Herrgottsfrühe baden? Ich hoffe, du ersäufst in deiner gottverdammten Wanne!» Wieder trommelten Fäuste gegen die Wand.

Um einem Streit aus dem Weg zu gehen, beschloß Washington, eine andere Taktik einzuschlagen. Er entschuldigte sich lauthals und versprach, nie wieder nachts zu baden. Der Nachbar schien zufrieden, brummte noch ein ‹das will ich auch hoffen› durch die Wand, dann war es wieder ruhig.

«Moses Gershing», sagte Noah zu Jenny, als er wieder im Wohnzimmer war. «Manchmal ein bißchen aufbrausend, aber im Grunde ein guter Kerl. Ich denke, die Wanne ist jetzt voll.»

Jenny stand auf und folgte Washington ins Bad.

«Hiermit können Sie sich dann abtrocknen.» Der Mann kramte aus einem Schränkchen ein Handtuch, das er auf einen Beistelltisch neben die Wanne legte. «Und jetzt genießen Sie das Bad.» Mit diesen Worten verschwand er aus der Tür.

Jenny legte ihre dreckige Kleidung ab, alles, bis auf die Bärenkrallenkette, und stieg in die Wanne. Das heiße Wasser brannte auf ihrer geschundenen Haut, aber es wärmte auch und wusch nicht nur Schmutz und Blut von ihr ab, sondern auch die Erinnerungen dieser grausamen Nacht. Zumindest einen Teil davon. Nach einer Minute hatte sie sich an das Prickeln auf ihrem Körper gewöhnt und empfand es als sehr angenehm. Das Fichtennadelöl, das Washington dem Wasser beigemischt hatte, erinnerte Jenny an ihre Heimat, an die Wälder, die Berge, an Three Pine Village und an ihre Mutter.

Nach zehn Minuten fühlte Jenny sich wieder einigermaßen sauber und erholt. Sie stieg aus der Wanne und trocknete sich ab, als Washington gerade an die Badezimmertür klopfte.

«Jenny? Baden Sie noch?»

Die Frau preßte das Handtuch schützend vor ihren nackten Körper, denn sie befürchtete, Washington könne hereinkommen. Oder wünschte sie es sich sogar? Die Vorstellung war beängstigend und angenehm zugleich.

«Nein», antwortete sie. «Ich trockne mich gerade ab.»

«Ich habe frische Kleidung für Sie.»

«Ich komme.» Jenny ging zur Tür und öffnete sie einen Spalt breit. «Geben Sie sie mir.»

Eine schwarze Hand erschien und reichte ihr ein sauber zusammengelegtes Kleiderbündel. Als die Hand sich wieder zurückgezogen hatte, schloß sie die Tür und zog sich an. Zu ihrer großen Überraschung paßte alles ziemlich gut, die Bluejeans, der dunkelblaue Pullover und auch die Turnschuhe. Es waren die Sachen einer Frau.

Als sie sich wieder zu Washington auf die Couch setzte, hatte er ihr bereits einen Eisbeutel zurechtgemacht, mit dem sie ihr Gesicht kühlen konnte. Der Schwarze erzählte ihr, daß die Kleidung Moses Gershings Frau gehörte. «Mo war ohnehin schon wach», sagte er. «Und seit sie das Baby haben, passen die Klamotten seiner Frau sowieso nicht mehr, hat er gesagt.»

Während Jenny und Noah sich unterhielten, schob Doktor Daniel Irving ein weiteres Zitronenbonbon in den Mund.

Die Uhr, deren Zeiger im matten Schein einer Straßenlaterne schwach schimmerten, zeigte bereits zwei Minuten nach vier. Gerade wollte Irving seiner Wut über die unnütze Warterei durch einen Schwall unschöner Flüche Platz machen, als ein dunkler Buick in seinem Rückspiegel auftauchte. Die Nachhut traf ein. Endlich!

Irving stieg aus und ging zu dem Buick, der auf der anderen Straßenseite angehalten hatte. Mittlerweile waren die beiden Insassen ebenfalls ausgestiegen. Den rothaarigen Rod Elmer, den alle nur ‹Roddy› nannten, kannte er gut, wenn auch nicht mit blutverkrusteter Wange. Der andere war Benny, der Sohn von Ted Lipton, der erst seit kurzem der Organisation angehörte. Irving hatte ihn erst ein paarmal gesehen.

Die beiden Neuankömmlinge nickten Irving zur Begrüßung stumm zu. Alle drei prüften ihre mit Schalldämpfern bestückten Pistolen, die sie in Halftern unter den Achseln trugen.

Doch damit nicht genug. Aus dem Kofferraum des Buick holte Roddy Elmer drei Gewehre, für jeden eins. Die Riot Shotguns, Waffen mit überragender Durchschlagskraft, lagen schwer in der Hand. Sie gehörten zu der Art von Schrotflinten, die auch von der amerikanischen Polizei benutzt wurden. Durch Hin- und Herreißen des Vorderlaufs wurde die Waffe scharf gemacht.

Kurz darauf standen sie vor dem Hauseingang, und Benny Lipton öffnete die Tür ohne große Mühe. Doktor Irving blieb draußen, um die Feuerleiter im Auge zu behalten, und verschwand um die Ecke.

«Wenn es Ihnen nichts ausmacht, würde ich gerne einmal Ihr Telefon benutzen», sagte Jenny zu dem Schwarzen. Sie hatte sich überlegt, daß Phil, ihr Ex-Freund, möglicherweise in Gefahr war, da sie mit seinem Auto zu FrazerLab gefahren war. Über das Kfz-Zeichen führte die Spur also direkt zu ihm, und sicher nahmen Frazers Männer an, Jenny habe Phil die Geschichte mit der Ratte anvertraut. Damit war er ein potentieller Mitwisser, der eliminiert werden mußte. Daß er bereits am Vorabend umgebracht worden war, wußte das Mädchen nicht. «Sie haben doch ein Telefon, oder?»

«*Haben* schon», antwortete Washington etwas verlegen. «Aber Sie werden damit nichts anfangen können. Die Telefongesellschaft hat es inzwischen stillgelegt, weil ich meine letzte Rechnung nicht bezahlt habe. Ich habe ehrlich gesagt nicht besonders viel Geld auf der hohen Kante. Aber unten, auf der Straße, ist ein öffentlicher Apparat. Eine Minute zu Fuß.»

Jenny nickte. «Also gut. Ein kleiner Nachtspaziergang kann nicht schaden.»

Nach der Hetzjagd, die sie hinter sich hatte, war sie eigentlich viel zu müde und zu ausgelaugt, selbst für die wenigen Schritte vor die Tür. Aber es mußte sein. Obwohl sie Phil dafür haßte, wie er mit ihr umgegangen war, den Tod verdiente er nicht. Sie nahm sich zusammen und stand auf. Die Tüte mit der Waffe ließ sie auf der Couch liegen.

Noah streifte sich ein paar Jeans über, steckte seinen Geldbeutel ein, schlüpfte in seine Basketballstiefel und folgte dem Mädchen auf den dunklen Gang. Als er die Treppenhausbeleuchtung einschaltete, erschrak er jedoch, denn sie waren nicht die einzigen im Flur. Zwei Männer standen da, nur zehn Meter von ihnen entfernt. Jeder mit einer Schrotflinte in der Hand.

Noah Washington hatte seine Wohnungstür zum Glück noch nicht ganz zugezogen. Er packte Jenny unsanft am Arm, riß sie herum und stieß sie in die Wohnung zurück. Halb hechtend, halb taumelnd folgte er ihr, die Tür hinter sich zutretend. Ein gewaltiger Donner riß ein faustgroßes Stück Türrahmen aus der Fassung, während er direkt neben Jenny auf dem Fußboden landete.

«In spätestens dreißig Sekunden sind die hier drin!» zischte er heiser. Der Sturz hatte ihm den Arm betäubt. «Scheiße, wir sind geliefert!»

«Noch nicht ganz!» gab Jenny zurück. Sie hatte aus der Tüte am Boden das Gewehr gefischt.

«Woher haben Sie denn dieses ... *Ding*?»

«Habe ich denen geklaut», antwortete Jenny knapp.

Auf dem Gang waren Schritte und leises Gemurmel zu vernehmen.

Jennys Griff um das Gewehr verstärkte sich, während von außen die Türklinke heruntergedrückt wurde. Diese Dreistigkeit bestrafte die Frau sofort mit einer Kugel, die nur zehn Zentimeter über dem Knauf die Holztüre durchschlug. Im Gang hörte man einen unterdrückten Fluch.

«Ich schätze, sie haben nicht gewußt, daß wir bewaffnet sind», flüsterte Washington zufrieden.

«Jetzt wissen sie's», gab Jenny kalt zur Antwort. Nach dieser Nacht war sie zu allem entschlossen.

Roddys Handrücken blutete – die Strafe für seine Leichtsinnigkeit, sich an der Tür zu schaffen zu machen. Die Kugel hatte ihn zwar nur gestreift, der rote Striemen schmerzte aber, als hätte ihm jemand eins mit der Peitsche übergezogen. Sein Gewehr hatte er an die Wand gelehnt, damit er das Taschentuch, das er gerade aus der Hose kramte, um seine verletzte Linke wickeln konnte. Umständlich verknotete er es mit der Rechten und mit seinen Zähnen.

Benny Lipton stand auf der anderen Seite der Tür, direkt an der Wand, und sah ihm dabei zu. «Was machen wir jetzt?»

«Das will ich dir sagen», sagte der Rothaarige böse. Seine Hand brannte heftig, und auch seine Wange hatte sich von der Begegnung mit den Glassplittern nicht erholt. «Denen machen wir jetzt Dampf unterm Arsch! Und zwar tüchtig!»

Jenny und Noah waren noch immer im Wohnungsflur und überlegten, wie sie sich aus ihrer vertrackten Lage befreien konnten. Wie viele Männer mochten da draußen auf dem Gang wohl sein? Zwei hatten sie gesehen, aber vielleicht waren noch mehrere nachgekommen.

«Scheint ruhig zu sein», sagte Jenny, doch prompt wurden ihre

Worte widerlegt. Als hätte sie ein geheimes Kommando gegeben, krachten plötzlich Schüsse los. Die Eingangstür schien regelrecht zu explodieren, Holzsplitter und Schrotladungen zersiebten die Luft.

«Weg da!» schrie Jenny zu Washington. Beide flüchteten ins Wohnzimmer, um dort Schutz zu suchen. Im Flur zerbarst der Spiegel in tausend kleine Teile. Die Kleidungsstücke, die an der Garderobe hingen, wurden wie von Geisterhand zerfetzt, eine ärmellose Daunenjacke fiel zu Boden und stieß dabei eine Wolke aus feinen Federn aus.

Dann war es wieder still.

Vorsichtig lugte Washington in den Flur, so daß nur sein schwarzes Kraushaar, die dunkelbraune Stirn und die Augen zu sehen waren, deren Weiß beim Anblick der Verwüstung zu leuchten begann.

«Verdammt, die haben meine Wohnung ruiniert!» sagte er, als sei das sein größtes Problem. «Ich glaube es einfach nicht. Mein Flur sieht aus wie Beirut!»

Noah hatte nicht gelogen. Durch die löchrige Türe drangen dicke Lichtstrahlen. Sie durchstachen das Vorzimmer, in dem nichts, aber auch gar nichts den Kugelhagel unbeschadet überstanden hatte. Und vor dieser skurrilen Kulisse tanzten die Daunenfedern wie Schneeflocken im Wind.

«Da draußen ist eine ganze Armee!» wisperte Washington. «Wieviel Munition haben wir noch?»

«Keine Ahnung.» Jenny zuckte mit den Schultern. «Nur was noch drin ist.»

Beiden war klar, daß sie die Stellung nicht mehr lange halten konnten. Irgendwann würden die Männer merken, daß ihnen die Patronen ausgingen, und dann war es aus. «Ich fürchte, daß wir uns einsalzen lassen können, wenn nicht sehr bald ein Wunder geschieht.»

Das Wunder geschah. Es hieß Moses Gershing und war aufgebracht wie ein angeschossenes Huhn. «Was zum Teufel ist hier los, Noah?» wetterte der Nachbar. «Ich schwöre dir, dafür krieg ich dich am Arsch!» Fäuste klopften wie Trommelfeuer gegen die Wohnzimmerwand. «Macht dein verdammter Fernseher diesen Krach? Hä? Ich verklage dich, daß dir Hören und Sehen vergeht, Mann! Das ist ein Versprechen! Hörst du? Ich rede mit dir. Ist das dein Scheiß-Fernseher? Ich schmeiß ihn dir zum Fenster raus, Junge, hast du mich verstanden? Und dich gleich hinterher!»

Noch nie war Washington so froh über die erboste Stimme seines Nachbarn gewesen. Er dankte Gott für diese unerwartete Hilfe, sagte Jenny, sie solle die Tür im Auge behalten und darauf schießen, sobald sich etwas bewegte, und ging zur Wand.

«Komm ans Fenster, Mo», sagte er, aber der Nachbar verstand ihn nicht. «Du sollst ans Fenster kommen. Mach schon! Dann erkläre ich dir alles.»

«Also schön», war die gedämpfte Stimme des anderen zu hören. «Aber verarsch mich nicht, sonst rappelt's im Karton, du schwarzer Heide.»

Die ganze Zeit über hatte Doktor Irving die Wohnung im Auge behalten. Besondere Mühe, sich zu verstecken, gab er sich nicht. Sein Job war lediglich, zu verhindern, daß das Mädchen und Washington flüchten konnten. Auf welches Fenster er achten mußte, war nicht schwer zu erkennen: Es gab nur eines im fünften Stock, in dem Licht brannte. Beim ersten Schuß war Irving noch aufmerksamer geworden. Er wandte seinen Blick jetzt gar nicht mehr vom Fenster ab. Als es sich dann auch noch gemeinsam mit dem Nachbarfenster öffnete, fühlte er, wie sein Körper Adrenalin freisetzte – ein angenehmes, prickelndes Gefühl.

Wie im Puppentheater erschienen die Köpfe zweier Schwarzer, die sich gegenseitig etwas zuflüsterten, ohne nach unten zu sehen. Irvings Fingerkuppen kribbelten. Er zog seine Pistole aus dem Halfter, zielte auf Washingtons Kopf und drückte ab.

Die Kugel schlug nur eine Handbreit neben Noahs Ohr in den Fensterrahmen ein. Er erschreckte sich fast zu Tode, denn er hatte keinen Schuß gehört. Dann begriff er: Schalldämpfer.

«Runter, Mo!» schrie er seinem Nachbarn zu und tauchte selbst ab.

«Du sitzt bis zum Hals in der Scheiße, wenn du mich fragst», drang Moses Gershings Stimme halb durch die Wand, halb durch die offenen Fenster. «Was schlägst du vor? Wie soll's jetzt weitergehen?»

Washington überlegte. Auf dem Flur warteten mindestens zwei Männer darauf, sie zu töten, und unten war noch mal mindestens einer. Seine Wohnung war eine Falle. Ihm fiel nur noch ein Ausweg ein, wenn auch ein unsicherer. «Mo»? flüsterte er. «Funktioniert dein Telefon?»

«Ja.»

«Dann tu mir den Gefallen und ruf die Bullen.» Er mußte das Risiko eingehen, daß welche kamen, die für Frazer arbeiteten. «Sag ihnen, hier ist der Dritte Weltkrieg ausgebrochen. Sie sollen sich diesmal beeilen!»

Gershing klopfte zum Zeichen, daß er verstanden hatte.

Nach einer Minute war Moses Gershing wieder am Fenster. Washington kauerte noch immer in seiner alten Position.

«Die Kavallerie ist unterwegs», zischte Gershing. «Ich hab ihnen gesagt, bei uns herrscht der Ausnahmezustand. Sie haben versprochen, sich zu beeilen.»

«Danke, Mo.»

«Schon gut. Was jetzt?»

Darüber hatte Washington sich bereits Gedanken gemacht. «Hast du eine Waffe?»

«Ich habe eine Frau und ein Kind, wir leben in Los Angeles. *Selbstverständlich* habe ich eine Waffe!»

«Würdest du sie mir rüberwerfen?»

Er klopfte dreimal gegen die Wand.

Kurz darauf war er wieder da. «Noah?» flüsterte er.

«Hier!»

«Bist du dir schon darüber im klaren, wie ich dir die Waffe geben soll? Da unten ist jemand, der auf uns schießt, falls du das vergessen hast.»

Das war in der Tat ein Problem. Es gab nur eine Möglichkeit: «Wir müssen eben flink sein. Unsere beiden Fenster liegen so dicht nebeneinander, daß wir uns die Waffe von Hand zu Hand reichen können. Ich zähle jetzt bis drei, verstanden? Dann kommen wir beide ans Fenster, du gibst mir deine Waffe, dann verkriechen wir uns sofort wieder.» Woher er den Optimismus nahm zu glauben, der Plan könne gelingen, wußte er selbst nicht. Hoffentlich machte er Moses' Frau nicht zur Witwe.

«Von mir aus kann's losgehen.»

Wie ein Taucher vor dem Gang ins Wasser atmete Noah ein paarmal tief ein. Bei dem, was er vorhatte, durfte nichts schiefgehen. Vor Aufregung wurden seine Handflächen feucht. Ihn befiel die Furcht, daß ihm in der Eile die Waffe entgleiten könnte. Bleib cool, Junge! sagte er sich. Ist doch ein Kinderspiel.

«Hey, Noah!» meldete sich Gershings tonlose Flüsterstimme. «Bist du eingepennt, oder was ist?»

«Bei mir ist alles klar, Mann!» zischte Washington mit einer Mischung aus Ärger und Nervosität. «Der Countdown läuft: … drei … zwei … eins» – die letzte Pause dauerte etwas länger – «… null!» Wie von der Tarantel gestochen, sprang er auf, beugte sich aus dem Fenster und sah den Nachbarn mit einer Schachtel in der ausgestreckten Hand. Fast schon hatten seine Finger das Päckchen erreicht, als zwei Schüsse den Putz an der Außenwand bröckeln ließen. Beide Männer verschwanden sofort wieder in ihren Wohnungen.

«Das war wohl der mieseste Plan in der Geschichte dieser Stadt», stellte Mo sarkastisch fest.

«Zugegeben, er hatte ein paar Schwächen», gestand Noah. «Aber immerhin wissen wir jetzt, daß das nicht funktionieren wird.»

«Ich bewundere deine Gabe, positiv zu denken. Was machen die Jungs draußen auf dem Gang?»

«Verhalten sich ruhig. Aber ich bin sicher, sie sind noch da und warten darauf, daß wir uns regen. Durch das Haus können wir nicht fliehen. Ausgeschlossen.»

Es trat eine kurze Pause ein.

«Ich sehe keine Alternative», zischte Moses Gershing. «Wir müssen den Kerl da unten außer Gefecht setzen. Hast du gesehen, wo er ist?»

«Nein!»

«Aber ich. Ich glaube, er versteckt sich hinter den Mülltonnen. Ich werde versuchen, ihn zu erwischen.»

«Danke, Mann. Das nenne ich Nachbarschaftshilfe!»

«Scheiß auf dein Nachbarschaftshilfe-Geschwätz! Wenn das hier gutgeht, schuldest du mir was, verstanden?»

«Wir gehen jetzt da rein und räuchern die beiden aus!» Roddys scharfe Stimme zerschnitt die Dunkelheit. Er hatte keine derartigen Schwierigkeiten erwartet. Reingehen – die Angelegenheit erledigen – rausgehen. So hatte er es sich vorgestellt. Für seinen Geschmack dauerte diese Sache bereits viel zu lange. Er wollte keine Wohnung belagern, er wollte die Frau, und zwar fix. Ob lebendig oder tot, war ihm inzwischen egal.

Er legte das Gewehr an und schoß dreimal auf den Türknauf, der daraufhin nur noch lose in der Fassung baumelte. Ein vierter Schuß schleuderte ihn nach hinten in die Wohnung. Nun stand ihm und Benny Lipton nichts mehr im Wege.

Der auf den Boden plumpsende Türgriff ließ die Daunen wie ein kurzes Schneegestöber aufwirbeln.

«Noah! Noah! Sie kommen rein!» flüsterte Jenny. Kaum hatte sie ausgesprochen, flog auch schon die Tür mit dumpfem Gepolter auf. Hektisch brachte Jenny ihre Waffe in Anschlag, aber auf dem dunklen Flur war niemand zu sehen.

Auf Moses Gershings Stirn perlten Schweißtropfen. Er hatte noch nie auf einen Menschen geschossen. Aber wann, wenn nicht jetzt, gab es dafür einen triftigeren Grund? Die größte Schwierigkeit war nun, den bewaffneten Bösewicht dort unten hinter den Mülltonnen hervorzulocken.

«Noah?»

«Ja?»

«Wenn ich ihn treffen soll, wirst du mir dabei helfen müssen», sagte Gershing.

«Wie denn? Soll ich ihn mit Kartoffelchips bewerfen?»

«Ich zähle jetzt noch einmal von drei ab rückwärts. Bei ‹null› zeigst du dich kurz im Fenster. Oder wedel meinetwegen mit einem Blumenstock. Egal. Ich will nur, daß er für einen Moment von mir abgelenkt ist. Alles klar?»

«Alles klar.»

Gershing vergewisserte sich, daß alle Kammern der Revolvertrommel gefüllt waren. Dann sagte er den Countdown an: «Drei ...»

Er dachte an seine Frau, die sich aus Angst vor Querschlägern ins Bad zurückgezogen hatte.

«Zwei ...»

Auf ihrem Arm schlief der neunmonatige Billy. Von wegen Billy-Hosenscheißer!

«Eins ...»

Wie brachte es Billy nur fertig, bei diesem Höllenlärm zu schlafen?

«Null ...»

Er zögerte noch den Bruchteil einer Sekunde, um Noah Washington am Nebenfenster Gelegenheit zu geben, die Aufmerksamkeit des Mannes auf der Straße auf sich zu ziehen. Dann sprang er in einem Satz auf und feuerte – den Waffengriff mit beiden Händen fest umklammert – alle sechs Kugeln auf die Mülltonnen ab.

Bis er wieder mit dem Rücken an der Wand kauerte, waren keine drei Sekunden vergangen. In der Dunkelheit des Hinterhofs hatte er kaum mehr als eine graue Silhouette erkennen können.

«Ich hab ihn, Noah! Ich glaube, ich hab ihn erwischt», jauchzte er unterdrückt.

«Du *glaubst*?» Washingtons Begeisterung hielt sich in Grenzen. «Mir wäre es wesentlich lieber, wenn du *wüßtest*! Dein *Glaube* kann mir ein Stück Blei in den Kopf jagen.»

Washington seufzte. Der Nachbar hatte sein Bestes gegeben, aber war das auch genug? Selbst wenn er den Mann an den Mülltonnen kampfunfähig gemacht hatte, stand noch lange nicht fest, ob nicht noch mehr Männer dort unten lauerten.

«Laß uns das Spiel wiederholen», bat Noah. «Nur um sicherzugehen.»

«Na, meinetwegen», raunte Mo, der seinen Revolver bereits nachgeladen hatte. «Drei ... zwei ... eins ... und null.»

Wieder wartete er einen Herzschlag lang, damit Noah sich im Fenster zeigen konnte. Doch als er diesmal auf die Mülltonnen zielte, rührte sich dort unten nichts.

«Sieht gut aus», sagte Mo. «Ich glaube nicht, daß du von der Straße aus noch etwas zu befürchten hast.»

«Ich hoffe, du hast recht.» Noah stand still an seinem Wohnzimmerfenster und blickte hinunter zu den Mülltonnen. Nichts rührte sich. Hatte Moses den Schützen wirklich erwischt, oder war diese Ruhe nur eine Falle? «Danke für deine Hilfe, Mo. Ab jetzt laß den Kopf unten. Du hast schon genug riskiert. Den Rest schaffen wir alleine.»

Aber Noah war ganz und gar nicht sicher, ob sie den Rest alleine schaffen würden. Sicher war nur eins: Durch die Tür konnten sie nicht. Der einzige Weg, den Verfolgern *vielleicht* zu entkommen, war der durchs Fenster – fünf Stockwerke senkrecht nach unten.

Zwei ohrenbetäubende Donnerschläge ließen Noah vor Schreck zusammenfahren. Jenny hatte auf die Männer im Flur geschossen.

«Scheiße, ich habe keinen von denen erwischt», zischte Jenny leise. «Lange kann ich sie uns nicht mehr vom Hals halten. Wir haben zuwenig Munition.»

Washington kroch zu ihr herüber. «Geben Sie mir die Waffe», flüsterte er. «Es wird Zeit, daß wir von hier verschwinden.»

«Klasse Vorschlag», sagte Jenny sarkastisch. «Und wie sollen wir das anstellen?»

«Durchs Fenster.»

Beide robbten zum Wohnzimmerfenster, und Jenny gab Noah ihr Gewehr.

«Ich gebe Ihnen Feuerschutz, während Sie hinunterklettern», sagte Washington und holte aus der Zimmerecke ein dickes Seil, das er an dem Heizkörper unter dem Fenster verknotete. «Das habe ich mir zugelegt, nachdem sie uns vor ein paar Wochen die Feuerleiter demoliert haben. In dieser Gegend hat es im vergangenen Jahr neunmal gebrannt. Mir war es zu gefährlich, ohne Notflucht im fünften Stock zu wohnen. Allerdings habe ich immer gehofft, daß ich es nie brauchen würde.» Er warf das lose zusammengerollte Seil aus dem Fenster. «Das reicht bis zur Straße runter. Ich habe etwa nach jedem Meter einen Knoten reingemacht, damit man sich besser ablassen kann. Viel Glück.»

Jenny stand auf und schob vorsichtig ein Bein durchs Fenster, bis sie auf dem Sims saß. Als sie auch noch das andere Bein hinausschwang, schaukelte das Seil bedenklich, aber Jennys Füße fanden rasch einen Knoten, der ihr den nötigen Halt bot. Nicht nach unten sehen! sagte sie sich, während ihre Hände sich am Seil herabtasteten. Sie fühlte einen Knoten, hielt sich an ihm fest, lockerte die Spannung in ihren Beinen und ließ sich einen Meter nach unten gleiten, bis ihre Füße wieder auf einen Knoten stießen, und so weiter.

Der Abstieg war kraftraubend. Auf halber Höhe pochte ihr das Herz bis zum Halse, aber plötzlich hörte sie Sirenen, die sich vom Sunset her näherten. Jenny beeilte sich, ihren Abstieg fortzusetzen.

Als sie wieder festen Boden unter den Füßen hatte, war sie schweißgebadet. Ihre Handflächen brannten. Die Sirenen des Polizeiwagens kamen näher, und Jenny wußte nicht, ob das ein gutes oder ein schlechtes Zeichen war. Sie hatte ein mulmiges Gefühl im Magen. Sie warf einen Blick nach oben, zu dem Fenster im fünften Stock, aus dem das Seil hing. Warum um alles in der Welt kam Noah nicht nach?

Noah hatte oben gewartet und die offene Wohnungstür beobachtet. Gelegentlich hatte er die Männer flüstern hören, aber sie waren offenbar unentschlossen, wie sie weiter vorgehen sollten.

Die Sirene des näher kommenden Polizeiwagens beruhigte Noah ein wenig, aber wie würden die Männer im Flur darauf reagieren? Würden sie sich dadurch in die Flucht schlagen lassen? Oder würde das Sirenengeheul sie nervös machen und sie dazu veranlassen, die Wohnung zu stürmen? Das schon eher! Jedenfalls war es gefährlich, einfach nur ruhig dazusitzen und abzuwarten, was geschehen würde. Ein Blick durch das Fenster zeigte ihm, daß Jenny inzwischen unten angekommen war. Nun war er an der Reihe. Aber wohl war ihm nicht, als er sich über das Sims schwang, denn ihm konnte niemand Feuerschutz geben. Wenn die Männer im Flur erst einmal merkten, daß sie ungehindert hereinkommen konnten, würde es nicht mehr lange dauern, bis sie das Seil bemerkten. Und dann wollte Noah nicht mehr an der Außenwand hängen.

Das leiernde Heulen der Sirenen holte Doktor Daniel Irving aus seiner Bewußtlosigkeit zurück. Zuerst wußte er nicht, wo er war, aber dann erkannte er die Mülltonnen um sich herum. Er erinnerte sich an den Schußwechsel, daran, daß irgend jemand überraschenderweise aus der fünften Etage auf ihn gefeuert hatte. Natürlich hatten die stählernen Abfallbehälter ihm genügend Schutz geboten, doch eine Kugel war so dicht neben ihm eingeschlagen, daß er erschrocken sein Versteck hatte wechseln wollen. Offenbar hatte ihm dabei eine Mülltonne im Weg gestanden, denn er wußte noch, daß er ins Straucheln geraten und mit dem Kopf gegen eine der Tonnen geprallt war. Was danach geschehen war, hatte er nicht mehr mitbekommen.

Irving befühlte eine Beule an seinem Schädel, die ihm größeren Schmerz bereitete als sein Halsweh. Aber er blutete nicht, und das beruhigte ihn.

Ein Geräusch am Haus ließ ihn aufhorchen. Er rappelte sich hoch, fand tastend seine Brille auf dem Boden und sah durch die Müllcontainer Jenny und Noah, der sich den letzten Meter am Seil herabließ. Verflucht! Die beiden hatten aus der Wohnung entkommen können. Und dem Laut der Sirene nach zu urteilen, konnten die Bullen nicht mehr weit sein.

Irving wußte, daß es nun alleine an ihm lag, die Situation zu retten. Wo war sein Gewehr? Er fand es zwischen zwei auf dem Boden liegenden Plastiksäcken. Mit einem schnellen Handgriff stellte er fest, daß noch genügend Munition in seiner Shotgun war. Dann quetschte er sich zwischen zwei Tonnen und legte an.

Hätte in diesem Moment nicht Benny Lipton, in Noah Washingtons Wohnzimmerfenster lehnend, seine Waffe scharf gemacht, hätte Irving seine Opfer vielleicht erledigen können. Doch durch das metallische Hin- und Herreißen waren Noah und Jenny gewarnt. Das Mädchen schrie dem Schwarzen etwas zu, und beide rannten los, so schnell sie konnten. Noch ehe Irving einen Schuß abfeuern konnte, waren die beiden im dunklen Schatten der Häuser verschwunden.

[31]

Bobby Paxton, Sheriff Dan Paxtons Großneffe, haßte die Nachtschicht, denn im allgemeinen war es in Three Pine Village nach Anbruch der Dunkelheit absolut ruhig. Selbst tagsüber passierte ja nicht viel. Der Überfall auf Gale vor Lukes Drugstore und die Flucht, bei der der blaue Sportwagen den alten Trevor Winwood angefahren hatte, waren seltene Ausnahmen. Für einen ehrgeizigen jungen Polizisten war Three Pine Village die Ödnis schlechthin. Und dies war für Bobby bereits die fünfte Nachtschicht in Folge, denn Dan Paxton hatte ihn dazu eingeteilt, solange der dritte Gesetzeshüter des Bezirks mit einem Gipsfuß im Krankenhaus lag. Doch die Nacht wurde ereignisreicher, als Bobby gedacht hatte. Alles fing damit an, daß das Telefon im Büro klingelte und Annie Quirrel, die Bankangestellte, sich lauthals über irgendwelchen Krach in ihrer Nachbarschaft beschwerte.

«Also, so geht das nicht!» ereiferte sie sich. «Herrgott noch mal, es ist mitten in der Nacht. Anständige Menschen wollen auch einmal schlafen.»

«Miss Quirrel, bitte beruhigen Sie sich erst einmal.»

«Ich? Mich beruhigen? Wie soll ich mich beruhigen, wenn dort draußen ein Lärm gemacht wird, als würden die Hunnen in Europa einfallen?»

«Bitte, Miss. Erzählen Sie mir, woher der Lärm kommt. Dann werde ich mich darum kümmern.»

«Der Lärm kommt direkt von gegenüber, junger Freund. Gehen Sie mal raus auf die Straße, ich bin sicher, Sie können es auch vor Ihrem Büro hören. Das Hämmern und Trommeln. Der alte Trottel hat wohl endgültig den Verstand verloren!»

Aha, dachte Bobby. Es ging also um Trevor Winwood. «Bitte legen Sie sich wieder hin», sagte er. «Ich bin gleich da, um für Ruhe zu sorgen.»

«Tun Sie das, sonst werde ich gleich morgen früh den Bürgermeister von Ihrer Unfähigkeit unterrichten.» Damit hängte sie ein.

Bobby schüttelte den Kopf. Sollte er sich nun über Annie Quirrels Drohung ärgern oder über die willkommene Abwechslung freuen? Wie auch immer, er wollte der Sache auf den Grund gehen.

Als er hinaus zu seinem Wagen ging, hörte er nichts, was Annie Quirrels Worte bestätigt hätte. Aber bis zu ihrem Haus waren es auch einige hundert Meter. Bobby Paxton stieg in seinen Streifenwagen, wendete auf der von fahlem Laternenlicht beschienenen Straße und passierte den Kreisverkehr mit den drei Bronzefichten. Kurz darauf hielt er vor Annies Haus. Als er ausstieg, hörte er auch schon den Krach aus Trevors Innenhof.

Bobby überquerte die Straße und folgte dem Lärm. Er traf den alten Mann in seiner Schmiede, wo er gerade dabei war, ein glühendes Stück Eisen auf einem Amboß zu bearbeiten. Jeder Schlag des wuchtigen Hammers trieb Funken auf den Boden – und klirrte, als würden Schwerter aufeinanderprallen.

Der Krach war wirklich zu groß für diese Uhrzeit. Das mußte sogar der Alte einsehen.

«Hey, Trevor, was hast du denn vor, mitten in der Nacht?» Bobby mußte schreien, um das Klirren zu übertönen.

Trevor stellte seine Arbeit ein und drehte sich um. «Sieh an, sieh an», sagte er mit schwerer Zunge. «Der verlängerte Arm des Gesetzes trifft ein. Seit wann ist Arbeit denn illegal?»

«Nicht die Arbeit ist illegal, sondern der Krach, den du dabei machst», antwortete Bobby ruhig. Er sah eine fast leere Flasche Whiskey an dem Amboß lehnen. «Das ist Lärmbelästigung. Kannst du damit nicht morgen weitermachen?»

«Wie heißt es doch so schön? Was du heute kannst besorgen ...»

«Jaja, ich weiß. Aber es ist bereits eine Beschwerde bei mir eingegangen.»

«Ha! Das war garantiert Annie, diese Schlange! Hab ich recht?»

«Darum geht es doch gar nicht ...»

«Annie tut das nur, um mir eins auszuwischen.» Trevor hob die Flasche vom Boden auf und trank den Rest. Bobby fiel auf, daß er schon bedenklich schwankte. «Annie ist sauer auf mich, weil sie mal was von mir wollte und ich sie abblitzen ließ. Jetzt will sie sich an mir rächen. Aber da hat sie sich geschnitten! Ich lasse mir doch nicht von dieser Schlange die Arbeit verbieten!» Als wolle er seine Worte bekräftigen, spuckte er auf den Boden. «Pfui Deibel!» krächzte er und wendete sich wieder seinem Amboß zu.

«Trevor! Wenn du keine Ruhe gibst, muß ich dich in die Ausnüchterungszelle mitnehmen!»

«Pah! Dazu müßte ich ja wohl erst einmal betrunken sein!» brabbelte er. «Ich muß jetzt arbeiten. Wie du dich vielleicht erinnern wirst, hatte ich kürzlich einen Unfall. Es hat eine Ewigkeit gedauert, bis mich der Arzt nach Hause gehen ließ. Ich habe dadurch viel Zeit verloren, die ich nachholen muß. Such lieber die Verbrecher, die mich angefahren haben, statt harmlose Bürger zu belästigen.»

«Dan und ich tun unser möglichstes.»

«Dann steh hier nicht so rum.» Die Ruppigkeit des Alten war vor allem auf den langjährigen Zwist zwischen ihm und Sheriff Dan Paxton zurückzuführen, das wußte Bobby. Er selbst hatte keinerlei Händel mit ihm, aber für Trevor war jeder Paxton ein Störenfried. «Ich will meine Bell fertig haben, bevor die Saison richtig losgeht. Ich arbeite schon seit drei Wochen an diesem Zusatztank, mein Junge. Wenn ich den erst einmal montiert habe, kann ich locker 700 Kilometer am Stück fliegen. Mein Hubschrauber wird eine Attraktion. Und dann rollt der Rubel.»

«Mit der Attraktion muß es aber noch bis morgen früh warten, Trevor», sagte Bobby, doch der Schmied ließ sich nicht beirren. Er drehte sich um und fuhr fort, das Eisen mit dem Hammer zu bearbeiten.

Jeder weitere Versuch, den Alten zum Aufhören zu bewegen, schlug fehl. Bobbys Worte schienen gar nicht mehr zu ihm vorzudringen, so besoffen war er. Dem Polizisten blieb nichts anderes übrig, als ihm den Hammer aus der Hand zu winden.

«Trevor!» Bobbys Stimme war streng. «Verdammt noch mal, mach mir keine Schwierigkeiten!» Doch die Schwierigkeiten waren schon da, denn Trevor war entschlossen, sich seinen Hammer zurückzuholen. Nach einem leichten Handgemenge entschied Bobby, daß es das beste wäre, Trevor mit aufs Revier zu nehmen und ihn dort seinen Rausch ausschlafen zu lassen. Das war schließlich nicht das erste Mal.

Eine halbe Stunde später saß der Alte frisch gewaschen und schon wieder etwas klarer im Kopf in der Ausnüchterungszelle. Er war schon oft hier gewesen, wahrscheinlich sogar öfter als alle anderen in diesem Städtchen zusammen. Nicht ohne Stolz rechnete er nach, daß er allein in diesem Jahr bereits siebenmal in dieser Zelle übernachtet hatte. Durch die Gitterstäbe beobachtete er den jungen Hilfssheriff, der sich auf einem kleinen Herd etwas zu essen zubereitete.

«Willst du auch was, Trevor?» fragte Bobby, obwohl sein Ärger noch nicht ganz verflogen war.

«Was gibt's denn?»

«Sitzt im Knast und stellt auch noch Ansprüche!» Bobby Paxton schüttelte den Kopf. «So oft wie du hier bist, solltest du froh sein, daß wir von dir kein Geld für Unterkunft und Verpflegung verlangen.»

«Jetzt übertreib mal nicht!»

«Tu ich nicht. Aber du bist fast genauso oft in diesem Büro wie ich!»

Winwood überging diese Spitze und kam noch mal auf das Essen zu sprechen. «Sag mir, was du kochst, und ich sage dir, ob ich es essen werde.»

«Gulasch mit Reis.»

«Hast du das gemacht?»

«Natürlich nicht. Tante Gale hat gekocht.» Bobby nannte sie schon seit seiner Kindheit ‹Tante› Gale, obwohl sie nicht miteinander verwandt waren. «Das hier ist noch von heute mittag übrig, aber es reicht für uns beide, wenn du dich jetzt endlich entscheiden würdest.»

«Also gut.»

Nach dem Essen legte Bobby sich in seiner Uniform aufs Bett, um ein wenig die Augen zu schließen.

Aber kaum war er eingeschlummert, klingelte auch schon das Telefon. Schlaftrunken und genervt stand er auf. Es war wie verhext, dachte er sich. Normalerweise starb er während der Nachtschicht hier an Langeweile; heute hatte er das Gefühl, nur herumgescheucht zu werden.

«Hallo, Bobby», grüßte ihn eine weit entfernt klingende Frauenstimme, nachdem er den Hörer abgenommen und sich gemeldet hatte. «Ich bin's, Jenny.»

«Jenny?» Der Junge war überrascht. Sie hatten schon in ihrer Kindheit gemeinsam im Wald gespielt, waren ungefähr gleich alt. Aber sie hatten sich selten gesehen, seit Jenny nach Kalifornien gezogen war. «Wie geht's dir?»

Nach einem kurzen Tratsch fragte Bobby nach dem Grund ihres Anrufs.

«Hör zu, Bobby, richte meiner Mutter bitte aus, daß ich am Vierzehnten nicht zu ihrem Geburtstag kommen kann.»

«Was? Das kannst du ihr nicht antun, Jenny. Du weißt, wieviel ihr das bedeutet.»

«Wir haben uns beim letzten Mal gestritten.»

Bobby erinnerte sich nur allzu gut an das Weihnachtsfest vor einem halben Jahr. «Ich weiß», sagte er. «Aber Tante Gale freut sich dennoch auf dich. Ihr tut es leid, daß ihr damals so auseinandergegangen seid.»

«Mir tut es auch leid.» Jenny hätte ihr das gerne selbst gesagt, doch Gale hatte noch nie ein Telefon besessen.

Bobby ließ nicht locker. «Deine Mutter bemüht sich wirklich,

Verständnis aufzubringen. Sie rechnet fest damit, dich an ihrem Geburtstag zu sehen. Ich finde, sie hat es verdient, daß du kommst.»

Bobby spürte, daß Jenny ein schlechtes Gewissen bekam. Um so erstaunlicher war ihre Reaktion: «Sag ihr, daß ich komme, sobald ich kann, okay?» Dann war die Leitung tot.

Geistesabwesend hängte Bobby den Hörer wieder in die Gabel. Verdammt, was war nur mit Jenny los? Er kannte sie bereits seit ihrer Geburt, war mit ihr aufgewachsen wie Bruder und Schwester. Irgend etwas war da faul! Unter normalen Umständen wäre Jenny zu Tante Gales Geburtstagsfeier gekommen. Was konnte so wichtig sein, daß sie diesmal fernblieb?

Er wählte ihre Nummer in L. A., aber es meldete sich nur der Anrufbeantworter. Bobby hatte kein gutes Gefühl. Wäre Jenny etwas Geschäftliches dazwischengekommen, hätte sie es ihm am Telefon erzählt. Er hatte eher den Eindruck, sie hatte ihm absichtlich den Grund verschwiegen. Aber was hatte sie zu verheimlichen?

Er entschied, daß es das beste war, Tante Gale von Jennys merkwürdigem Anruf zu informieren. Und seine innere Stimme drängte ihn, dies sofort zu tun. Dazu aber mußte er die Stadt verlassen. Und das Sheriffsbüro würde währenddessen leerstehen. Der Junge nahm erneut den Hörer ab und wählte die Nummer seines Großonkels, um ihn von seinem Vorhaben zu unterrichten. Nach zehnmaligem Klingeln nahm jedoch noch immer niemand ab. So ein Mist!

«Trevor!» sagte Bobby mit lauter Stimme und knallte den Hörer auf die Gabel. Doch der Alte lag reglos und vor sich hin grunzend auf seiner Pritsche. Bobby nahm den Zellenschlüssel von der Wand, öffnete das Schloß und rüttelte Winwood wach.

«Was ist los, Junge?» knurrte er träge. «Wenn ich schlafe, schätze ich keine Störungen.»

Bobby ließ von ihm ab. «Bist du schon wieder klar in deinem versoffenen Schädel?»

«Mein Schädel war schon versoffen, als du noch stinkende kleine Häufchen in die Windeln gemacht hast! Dein Großonkel hat mich in dieser Zelle schon ausgenüchtert, als deine Eltern noch nicht mal an Nachwuchs dachten. Also etwas mehr Respekt, wenn ich bitten darf!»

«Schon gut, Trevor. Hör zu ...»

«Du mußt dich zuerst entschuldigen!» Der Alte war stur wie ein kleines Kind.

«Ich muß *was*? Das ist doch nicht zu fassen!» Bobby hatte jetzt absolut keinen Nerv für die Spielchen eines Betrunkenen.

«Entschuldige dich, oder laß mich weiterschlafen», forderte Winwood.

«Ich mach mich doch nicht zum Affen!»

«Dann laß mich gefälligst schlafen.»

Als Winwood Anstalten machte, sich wieder hinzulegen, hielt Bobby ihn auf. «Das geht jetzt nicht. Paß auf ...»

«Entschuldigst du dich?»

Bobby gab auf. «Okay, okay», seufzte er augenrollend. «Ich entschuldige mich bei dir. Gut so?»

«Na schön. Um was geht es denn?»

«Paß auf: Ich bringe dir das Telefon hier rein. Bitte versuche meinen Großonkel anzurufen und ihm zu sagen, daß ich zu Gale rausgefahren bin. Er soll so schnell wie möglich nachkommen. Du mußt in der Zwischenzeit auf das Sheriffbüro aufpassen, hast du verstanden?»

«So schwer war's ja nicht.»

«Also gut, dann mache ich mich jetzt auf den Weg.» Er verließ die Zelle und holte das Telefon. «Die Nummer steht auf dem Apparat. Wenn er nicht rangeht, dann probier es immer wieder.»

«Und wenn ich mich weigere?» fragte Trevor. Der Schmied kam offenbar zu dem Schluß, daß er wichtig genug war, um eine Forderung stellen zu können. «Ich will aber Hilfssheriff sein, genau wie du.»

«Vergiß es!» Bobby platzte nun endgültig der Kragen. Genau wie bei seinem Großonkel rötete sich sein Gesicht vor Zorn, und er wurde laut: «Mach jetzt keine Zicken! Das geht nicht!»

«Dann ruf ich nicht an!» Das Spiel begann Trevor zu gefallen – Bobby regte sich schon wieder auf.

«Du wirst jetzt den Hörer in die Hand nehmen und wählen!» brüllte Bobby. «Sofort!»

«Bin ich Hilfssheriff?»

«Nein!»

«Dann nimm das Telefon am besten wieder mit raus, damit ich ungestört schlafen kann.»

Vor lauter Wut blieben Bobby die Worte im Hals stecken. Er starrte den alten Winwood an und schnaubte dabei wie ein Stier. So viel Starrköpfigkeit war ihm noch nicht untergekommen.

«Na schön, du sturer, alter Hund! Einverstanden! Aber nur für heute, kapiert? Heb deine rechte Hand, und sprich mir nach ...»

Eine Minute später war Winwood vereidigt. Von seiner Zelle aus konnte er sehen, wie Bobby in seinen Wagen stieg und losfuhr. Die Miene des Jungen war besorgt gewesen, das war ihm trotz seiner Promille nicht entgangen. Er nahm den Hörer in die Hand und wählte die Nummer, die auf der Wählscheibe stand. Nach dem achten Klingelzeichen nahm sein jahrzehntelanger Widersacher ab.

«Gottverdammt noch mal», donnerte eine verschlafene, aber um so wütendere Stimme los. «Hier Sheriff Paxton, wer ist da?»

«Hallo, Dan», sagte Winwood in süßem Ton. «Ich bin's. Trevor. Genauer gesagt: Hilfssheriff Winwood.»

«Trevor, du alter Säufer, laß deine Witze, dazu bin ich weiß Gott nicht in der richtigen Verfassung. Laß mich mit deinem Quatsch bloß in Ruhe!»

«Jetzt halt mal die Luft an, Dan! Ich weiß, wir haben keinen Grund, uns zu mögen. Und ich weiß, es klingt für dich verrückt, daß ich Hilfssheriff bin. Was ich dir zu erklären versuche, ist, daß

Bobby zu Gale rausgefahren ist. Er hat gesagt, du sollst nachkommen. Mehr weiß ich nicht, aber er hat einen ziemlich ernsten Eindruck gemacht.»

Dan Paxton schwieg einen Augenblick lang nachdenklich. «Und Bobby hat dich während seiner Abwesenheit zum Hilfssheriff ernannt?»

«Exakt.»

Wieder entstand eine kurze Pause.

«Trevor?»

«Ja?»

«Würdest du sagen, mein Großneffe ist übergeschnappt?»

«Natürlich würde ich das sagen. Er ist ein Paxton.»

[32]

Bobby verließ die Stadt in Richtung Norden. Leichter Nieselregen hatte eingesetzt und ließ die Fahrbahn im Licht der Scheinwerfer glänzen. Die gras- und moosbedeckte Ebene zu beiden Seiten der Straße war dunkel. Links, in einiger Entfernung, hob sich die Silhouette der Berge schwarz gegen den sternenlosen, bewölkten Nachthimmel ab. Nach wenigen Kilometern kam Bobby an die Stelle, an der die Straße in den Wald führte, doch er bog kurz davor nach links in einen schmalen, unbefestigten Weg ein. Die holprige Strecke zwang den jungen Polizisten, sein Tempo zu zügeln und einen Gang zurückzuschalten.

Der Weg führte am Waldrand vorbei direkt zu Gales Haus. Drinnen war es dunkel. Bobby parkte den Wagen an der Seite und ging durch den aufgeweichten Boden zu den Holzstufen, die hinauf zum Eingang führten. Als er gerade den Daumen auf die Klingel drücken wollte, wurde die Tür abrupt aufgerissen, und ein greller Lichtstrahl stach ihm ins Gesicht. Einen Moment lang hatte er das Gefühl, ihm würden die Augen verbrennen.

«Verflucht, Tante Gale, was soll das?» Er hielt schützend eine Hand vors Gesicht, wurde aber immer noch geblendet.

«Dasselbe könnte ich dich fragen!» kam die ruppige Antwort. «Denkst du, ich habe keine Angst, wenn sich mitten in der Nacht jemand an mein Haus heranschleicht? Sei froh, daß ich dir nicht deinen Hintern weggeschossen habe.»

Erst jetzt gelang es Bobby, vorsichtig beide Augen zu öffnen. Er erkannte, daß Gale ihre Schrotflinte unter den Arm geklemmt hatte. In der anderen Hand hielt sie eine Taschenlampe, mit der sie direkt in Bobbys Gesicht leuchtete.

«Jetzt nimm erst mal die Lampe runter, Tante Gale. Ich kann ja verdammt noch mal nichts sehen!»

Gale ließ die Taschenlampe sinken. «Schleich dich nachts künftig nicht mehr so an, verstanden? Ich will nicht, daß die Stadt einen großartigen Hilfssheriff verliert.»

Bobby kam sich vor wie der kleine Junge, der er einmal gewesen war. Oft genug hatten er und Jenny irgendwelche Streiche ausgeheckt, und oft genug hatte Tante Gale ihn dafür zurechtgewiesen. Wie früher gelobte er auch heute Besserung. «Ich wollte dich nicht erschrecken. Wird nicht wieder vorkommen.»

«Schon vergessen. Jetzt komm rein, du wirst ja ganz naß.»

In der Tat hatte der Regen sich verstärkt. Dicke Tropfen schlugen auf Bobbys Hutkrempe und spritzten von dort aus zu Boden. Der Polizist streifte sich die Stiefel ab, trat ein und setzte sich an den groben Holztisch zu seiner Rechten.

«Möchtest du eine Tasse Tee oder Kaffee?» fragte Gale.

«Nein danke. Ich kann nicht lange bleiben. Ich muß wieder zurück ins Büro.» Seine Gedanken schweiften für einen Moment zu Trevor Winwood. Hoffentlich machte der Alte keinen Ärger!

Die Indianerin setzte sich Bobby gegenüber an den Tisch. «Jetzt schieß los», sagte sie. «Was ist so wichtig, daß du mitten in der Nacht extra hierherfährst?»

Bobby hatte noch nicht zu einer Erklärung angesetzt, da unterbrach ihn auch schon ein dumpfes Motorengeräusch, das von außen hereindrang. Das konnte nur sein Großonkel sein.

«Ist wohl gerade Stoßzeit», meinte Gale und stand auf, um am Eingang auf den Neuankömmling zu warten. Bobby folgte ihr.

Durch den Regenschleier, der jetzt in dichten Fäden niederprasselte, sahen sie, wie sich zwei hüpfende Lichtkegel eilig näherten. Schnaubend arbeitete sich Dan Paxtons bulliger Range Rover am Waldrand entlang, bis er schließlich hinter Bobbys Polizeiwagen zum Stehen kam.

«Hallo, Dan!» rief Gale dem Sheriff zu, kaum daß er ausgestiegen war. «Für wen hast du dich denn so verkleidet? Willst du kleine Kinder erschrecken?»

Sheriff Paxton sah in der Tat schlimmer aus als jeder einzelne seiner Zelleninsassen in den vergangenen zwanzig Jahren. Unter einer hellbraunen Wildlederjacke trug er seinen rot-blau gestreiften Pyjama. «Wenn der Bürgermeister dich so sieht, läßt er dich augenblicklich vom Dienst suspendieren!» meinte Gale schmunzelnd.

Dan Paxton beeilte sich, dem Regen zu entkommen und zum Hauseingang zu gelangen. «Laß deine Späße, Gale. Ich komme direkt aus dem Bett.» Mit einem Blick zu Bobby fuhr er fort: «Der neue Hilfssheriff hat mir gesagt, ich soll mich beeilen.»

Gale war sichtlich überrascht. «Ich wußte gar nicht, daß wir einen neuen Hilfssheriff haben.»

«Ich auch nicht. Aber heutzutage ändern sich die Dinge schnell.»

«Wer ist es denn?»

«Du wirst es mir nicht glauben. Ich kann es ja selbst kaum glauben. Es ist Trevor.»

«Trevor?» wiederholte Gale beinahe im selben Moment. «Tut mir leid, wenn ich das so sage, Dan, aber Trevor ist sogar älter als du. Er versteht etwas von seiner Cessna, seinem alten Hubschrauber und von Pferden. Du weißt, ich mag ihn beinahe so gerne wie dich, aber ganz sicher versteht er nichts von Recht und Gesetz. Das ist doch ein Witz!»

Paxton wandte sich an Bobby: «Ich weiß nicht. *Ist* das ein Witz?»

Bobby spürte eine unangenehme Hitze in sich aufsteigen. «Am besten, wir setzen uns», sagte er. Dann erzählte er von dem Telefonat mit Jenny. «Sie kann nicht zu deinem Geburtstag kommen, Tante Gale», sagte er. «Sie hat vorhin im Büro angerufen und mich gebeten, dir das auszurichten.»

«Vielleicht will sie nur nicht kommen, weil wir uns Weihnachten gestritten haben», murmelte Gale enttäuscht. Sie hatte so sehr gehofft, Jenny wiederzusehen und sich mit ihr zu versöhnen. Doch auf einmal waren alle Hoffnungen dahin.

«Sie liebt dich, Tante Gale.» Bobby nahm ihre Hand. Er wußte, wie sehr Jenny sie enttäuschte. «Sie würde sicher kommen, wenn es sich einrichten ließe. Ich frage mich nur, was so wichtig sein kann, daß sie dafür deinen Geburtstag sausen läßt und mitten in der Nacht anruft, um uns das zu sagen. Findet ihr das nicht merkwürdig?»

«Du hast recht.» Dan Paxtons altes, eingefallenes Gesicht war ernst. «Jenny wohnt zwar schon seit drei Jahren in L. A., aber im Grunde ihres Herzens ist sie ein Familienmensch. Bis jetzt ist sie an jedem Geburtstag und an jedem Weihnachtsfest gekommen. Weswegen sollte es diesmal anders sein? Letztes Jahr, während dieser Verbraucherschutzmesse in San Francisco, hat sie sich extra an deinem Geburtstag für einen Tag freigenommen, um hierherzufliegen. Wäre ihr dieses Mal wieder etwas Geschäftliches dazwischengekommen, hätte sie es garantiert wieder so gemacht.»

«Ich glaube, da stimmt etwas nicht. Meiner Ansicht nach hat sie am Telefon ängstlich geklungen», sagte Bobby.

«Und weswegen sollte sie uns nichts davon erzählen wollen?»

«Um uns nicht zu beunruhigen.»

Am Tisch kehrte Schweigen ein. Alle fragten sich, was tatsächlich los war. War es nur eine von Jennys Launen, oder war sie in ernsten Schwierigkeiten? Was konnte so wichtig sein, daß sie nicht an dem Geburtstagsfest ihrer Mutter teilnehmen konnte?

Je mehr Gale darüber nachdachte, desto klarer wurde sie sich darüber, daß Jennys Anruf eine Art versteckter Hilferuf gewesen sein mußte. War sie in finanziellen Schwierigkeiten und unfähig, das Flugticket zu bezahlen? Hatte man sie womöglich entlassen? Dann war es kein Wunder, daß sie mit den Nerven am Ende war. Dann hatte sie vermutlich stundenlang nachgegrübelt, wie es nun weitergehen solle. Und stolz wie sie war, hatte sie das Bobby gegenüber nicht erwähnen wollen.

Eins stand für Gale fest: Was immer geschehen war, sie wollte ihren Geburtstag an der Seite ihrer Tochter verbringen. Wenn Jenny – weswegen auch immer – nicht zu ihr kommen konnte, dann würde Gale eben zu ihr gehen.

Ein merkwürdiges Gefühl überkam sie bei diesem Gedanken. Zum ersten Mal in ihrem Leben würde sie ihre kleine, sichere Welt verlassen. Aber wie konnte sie Jenny ihre Liebe besser beweisen, als wenn sie über ihren eigenen Schatten sprang und nach L. A. flog?

«Ich muß nach Kalifornien!» sagte sie entschlossen. «Meine Tochter braucht mich.»

[33 ... 12. JUNI]

Der morgendliche Strand von Santa Monica Beach war beinahe menschenleer. Möwen segelten in der leichten Brise über dem Meer, das Rauschen der Brandung wirkte beruhigend. Nach einer Nacht wie dieser – einer Nacht der Entführung, der Folter, der Angst und der Flucht – war allein der Anblick des anbrechenden Tages etwas, für das Jenny dankbar war. Doktor Benton war in dieser Nacht gestorben. Sie selbst war gehetzt worden wie ein Tier. Aber sie war entwischt. Sie war müde und ausgelaugt, hatte viele Schrammen und kaum noch Kraft in den Knochen. Doch sie lebte.

Jenny hatte es sich auf einer Bank bequem gemacht, und der Berufsverkehr drang von der Ocean Avenue zu ihr herüber. Ihr erschöpfter Blick schweifte hinaus aufs Meer. Irgendwo dort draußen, überlegte sie, war ihre Kollegin, Mary Haggerty, umgekommen. Von denselben Leuten getötet, die es nun auf sie abgesehen hatten. Bis gestern abend noch hatte sie keine Ahnung gehabt, auf was sie sich eingelassen hatte. Jetzt wußte sie es nur allzu gut.

Näherkommende Schritte holten sie aus ihren Tagträumereien. Sie drehte sich um und sah Noah, eine Einkaufstüte unter dem Arm. Er setzte sich neben sie und packte Brötchen, Wurst, Käse, Marmelade und Plastikmesser aus. Außerdem hatte er zwei Dosen Cola gekauft.

«Zum Glück hatte ich meinen Geldbeutel in der Jeans», sagte er. «Können Sie sich etwas Schlimmeres vorstellen, als den Tag ohne Frühstück zu beginnen?» Er zwinkerte dem Mädchen zu und machte sich daran, seine Coladose zu öffnen. Falls er schlechte Laune hatte, wußte er sie jedenfalls geschickt zu überspielen.

«Mir ist nicht nach Essen», entgegnete Jenny träge. «Ich will nur noch schlafen.»

«Das dürfen Sie auch. Aber Sie sollten vorher einen Happen zu sich nehmen. Sie haben eine lange Nacht hinter sich.»

Er hatte recht. Jenny brauchte dringend neue Kräfte, denn was sie in den letzten zwölf Stunden mitgemacht hatte, hatte sie sämtliche Energie gekostet. Obwohl sie keinen Hunger verspürte, nahm sie sich ein Brötchen und aß.

Nachdem sie sich aus Noahs Wohnung abgeseilt hatten, waren sie zunächst ziellos in den nächtlichen Straßen von L. A. herumgeirrt. Um nicht aufzufallen, hatten sie das Gewehr unterwegs in irgendeine Mülltonne geworfen. Nachdem sie eine ganze Weile zu Fuß unterwegs gewesen waren, hatten sie sich in den nächstbesten Bus gesetzt, der sie hierher zum Strand gefahren hatte.

Noah beobachtete Jenny beim Essen, wobei er sich Mühe gab, sie nicht anzustarren. Ihr dunkles, kurzgeschnittenes Haar war zerzaust. Ihre Lippen waren verkrustet, bläulich schimmernde Blutergüsse prangten auf Wangen und Nase. Aber erstaunlicherweise konnte sie das nicht verunstalten, dachte Noah. Im Gegenteil: Die Verletzungen machten sie nur noch attraktiver.

Noch mehr als ihr Äußeres bewunderte der Schwarze jedoch Jennys Ausdauer. Dieses kleine, zerbrechliche Wesen hatte ein erstaunliches Maß an Willenskraft gezeigt. Und während er sie so ansah und sich seine Gedanken machte, hatte er auf einmal das Verlangen, sie zu berühren, ihr Gesicht in seine Hände zu nehmen, sie zu küssen.

Natürlich tat er das nicht. Statt dessen fing er ein unverfängliches Gespräch mit ihr an, um mehr über die junge Frau zu erfahren, die es geschafft hatte, sein Leben innerhalb kürzester Zeit umzukrempeln.

So lernten sie sich während des Frühstücks ein wenig besser kennen. Noah erfuhr, daß Jenny in Kanada aufgewachsen war. An ihren Vater konnte sie sich nicht mehr erinnern. Alles, was sie wußte, war, daß er in Three Pine Village Waldhüter gewesen war. Nachdem er sich eines Tages auf und davon gemacht hatte, wurde sie von ihrer indianischen Mutter großgezogen.

«Solange ich zurückdenken kann, haben wir in dem Häuschen in Kanada gewohnt. Je älter ich wurde, desto mehr empfand ich es als ein Gefängnis. Ich wollte raus aus unserem Kaff, die Welt sehen. Soll ich Ihnen etwas sagen? Heute ist der erste Tag, an dem ich mich wieder dorthin zurücksehne.»

Als Jenny den Rest ihres Brötchens in den Mund schob, entstand eine Pause. Noah hätte gerne noch weitergefragt, aber er wollte nicht zu neugierig erscheinen. Deswegen wechselte er das Thema. «Haben Sie eine Idee, wie es weitergehen soll? Wir können beide nicht zurück in unsere Wohnungen. Wir werden verfolgt und sollen getötet werden», sagte er mit belustigtem Unterton. «Ich finde, das klingt gar nicht gut.»

«Wieviel Geld haben wir noch?»

Noah zückte sein Portemonnaie und warf einen Blick hinein. «Das Geld reicht noch 'ne Weile. Zur Not habe ich noch meine Kreditkarten. Ich denke nicht, daß man mir die gesperrt hat.» Er zuckte lässig mit den Schultern. «Zumindest nicht alle.»

«Finanziell haben wir also keine Probleme», sagte Jenny und trank einen Schluck Cola.

«Das nicht. Aber ich frage mich schon die ganze Zeit, ob wir es überhaupt mit diesen Kerlen aufnehmen können. Wir sollten zur Polizei gehen.»

«Auf keinen Fall!» kam es wie aus der Pistole geschossen. «Nicht zur Polizei! Die hängt irgendwie in der Sache mit drin.» Jenny erzählte Noah von Lieutenant Alexander Johnson, von ‹Alexander dem Großen›, dem schwarzen Riesen beim Los Angeles Police Department. Und davon, daß sie ihn in dieser Nacht gesehen hatte – in dem Keller, in dem man sie gefangengehalten und Doktor Benton getötet hatte. Um nichts in der Welt würde sie sich an die Polizei wenden. Die Gefahr, an den falschen Officer zu geraten und sich selbst auszuliefern, war Jenny zu groß.

«Aber zu zweit hat es keinen Sinn, gegen eine ganze Organisation anzukämpfen», warf Noah ein. «Das beste wäre, wir hören jetzt auf, lassen Gras über die Sache wachsen und tauchen irgendwo unter. Ich könnte für eine Weile zu meinem Cousin nach Phoenix. Sie gehen solange nach Kanada.»

Jenny ließ sich die Worte durch den Kopf gehen. Natürlich war der Rat vernünftig, aber sie konnte den Gedanken nicht ertragen, daß Frazers Leute auch weiterhin ungehindert agieren konnten. Wofür waren Doktor Benton und Mary Haggerty dann gestorben? Wofür hatte Jenny gelitten?

Ihr Blick wanderte wieder hinaus aufs Meer. «Ich kann nicht zurück», sagte sie schließlich. «Ich weiß nicht, ob Sie das verstehen können, aber ich *muß* weitermachen.»

Noah nickte. «Na schön», seufzte er. «Irgendwie habe ich erwartet, daß Sie das sagen würden. Aber glauben Sie ja nicht, daß Sie die Sache ohne mich durchziehen können.» Er zwinkerte ihr aufmunternd zu, blieb aber ernst. «Ich hoffe, Ihnen ist klar, daß wir damit einen Krieg anzetteln.»

«Nicht *wir* haben diesen Krieg begonnen», sagte Jenny matt. Sie fühlte sich erschöpft und wollte nur noch schlafen. «Die anderen haben damit angefangen.»

«Ich wollte damit nur sagen, daß es für uns kein Zurück mehr gibt, wenn wir uns erst einmal darauf eingelassen haben. Unsere Gegner spielen nicht fair, außerdem sind sie weit in der Überzahl. Wir dürfen uns nicht selbst belügen. Unsere Chancen stehen nicht gerade rosig.» Dennoch war es für ihn merkwürdigerweise keine Frage, daß er Jenny bei ihrem Kampf zur Seite stehen wollte. Hatte er sich so schnell in sie verliebt, fragte er sich? Lohnte es sich, sein Leben für ein Mädchen zu riskieren, das er kaum kannte – von dem er nicht einmal wußte, ob es seine Gefühle erwiderte? Ich muß völlig übergeschnappt sein, sagte er sich.

«Wir sind nur eine kleine Guerilla-Einheit», sagte Jenny lächelnd. «Große Verluste dürfen wir uns nicht leisten.»

«Wir reden hier, als wären wir beim Militär», stellte Noah fest. «Krieg. Kampf. Gegner. Guerilla-Einheit ...»

«... ‹Strategie› fehlt noch in unserer Liste», ergänzte Jenny. «Denn wenn wir es schon mit einem übermächtigen Gegner zu tun haben, sollten wir uns vorher genau überlegen, wie wir gegen ihn vorgehen. Ich denke, das erste, was wir herausbekommen sollten, ist die Frage, worum es überhaupt geht. Was hat es mit dieser Ratte auf sich, die Sie versehentlich ausgeliefert haben und derentwegen man Sie – vermutlich – entlassen hat? Doktor Benton vermutete, die Ratte habe an einer eingeschleppten Krankheit gelitten. Angus Frazer behauptet aber, in seinem Labor werden nur Ratten aus eigener Zucht erforscht. Das paßt nicht zusammen.»

«Vielleicht hat Benton sich geirrt», warf Noah ein.

«Vielleicht hat Frazer auch gelogen. Wie auch immer – ich frage mich: Weswegen will er nicht, daß bekannt wird, *woran* die Ratte gestorben ist? Was ist daran so geheimnisvoll, daß er sogar bereit ist, Menschen umbringen zu lassen?»

«Keine Ahnung.» Noah zuckte mit den Schultern. «Und Spekulationen helfen uns nicht weiter. Sicher ist, daß ich die Ratten versehentlich an Jimmys Ape House geliefert habe, denn man hat sie ein paar Tage später wieder zurückbeordert.»

«Warten Sie mal, das könnte uns weiterhelfen. Haben Sie bei meinem letzten Besuch nicht erzählt, daß die Kisten, die ausgeliefert werden sollen, in einem Lager aufbewahrt werden?»

«Stimmt.»

«Wenn Sie Ihre Kiste nun fälschlicherweise an Jimmys Ape House geliefert haben, heißt das doch, daß die Ratten zumindest zur Auslieferung bereitstanden. Nicht an Jimmy Turansky, aber an irgendeine andere Adresse.»

«Es sei denn, die Tiere wurden schon beim Verpacken im Labor verwechselt.»

«Aber dann hätte Frazer nicht *Sie* entlassen, sondern denjenigen, der die Ratten falsch verpackt hat.»

«Sie haben recht. Das heißt, an *irgend jemanden* hätten die Ratten geliefert werden sollen. Fragt sich nur, an wen.» Noah war am Gesicht abzulesen, wie sehr es in seinem Kopf arbeitete. «Mit etwas Glück können wir das sogar herausfinden. Zu jeder Lieferung gibt es einen Lieferschein, den die Empfänger nach Erhalt der Ware quittieren müssen. Auf den Scheinen steht auch immer die hausinterne Bezeichnung der Ware. Das sind meistens Abkürzungen wie UG4522/10 oder ZT-55A. Da ich die Kisten verwechselt habe, kann es eigentlich nur sein, daß sie eine sehr ähnliche Bezeichnung hatten. Andernfalls hätte ich wirklich gepennt.»

«Dann müßten wir nur noch die Bezeichnungen der Ratten vergleichen, die an diesem Tag das Lager von FrazerLab verlassen haben. Ich nehme an, die Lieferscheine werden archiviert?»

«Ja, in der Lagerverwaltung.»

«Und ist es möglich, an sie heranzukommen?»

«Ich denke, das läßt sich machen.»

«Na gut», sagte Jenny und trank einen Schluck Cola. «Gehen wir einmal davon aus, daß wir die Bezeichnung auf der Kiste herausfinden. Wie geht's dann weiter?»

Noah strich sich über das kurzgeschorene Haar. Ihm war da ein Gedanke gekommen – verrückt, aber praktisch die einzige Chance, die sie hatten.

Als er Jenny seinen Plan erläuterte, klang er zuversichtlicher, als er tatsächlich war. Am Ende seines Vortrags räumte er deswegen ein: «Ich weiß, das ist Wahnsinn, aber fällt Ihnen etwas Besseres ein? Oder wollen wir lieber doch aufhören?»

Jenny versuchte einen klaren Gedanken zu fassen, aber sie war zu müde. «Nein», sagte sie schließlich. «Ich will weder aufhören, noch fällt mir etwas Besseres ein. Wir machen es so, wie Sie es vorgeschlagen haben.» Sie wußte, daß Noahs Idee aussichtslos war. Aber dennoch glaubte sie, daß sie es *gemeinsam* irgendwie schaffen konnten.

Sie sah geistesabwesend zum Horizont, wo sich das kräftige dunkle Blau des Meeres mit dem helleren des Himmels traf. Eine Welle der Erschöpfung übermannte sie, und sie merkte, wie schwer ihre Lider wurden. Sie legte sich auf die Seite, das Meer im Rücken und die Beine angewinkelt. «Ruhen Sie sich ein wenig aus», sagte Noah, doch seine Stimme schien Jenny mit jedem Wort leiser zu werden. «Ich werde ein paar Telefonate führen, vielleicht bringt uns das weiter.»

Dann war Jenny eingeschlafen.

[34]

Als Jenny wieder erwachte, saß Noah neben ihr auf der Bank und beobachtete die Badegäste am Strand.

«Wieviel Uhr ist es?» fragte sie, während sie sich aufrichtete. Sie fühlte sich noch matter als am Morgen.

«Kurz nach zwölf, denke ich», antwortete der Schwarze. «Geht es Ihnen etwas besser?»

«Nein. Mir tut alles weh.» Sie betastete ihr geschundenes Gesicht, zuckte unter der Berührung zusammen.

«Haben Sie über die Ratten etwas herausbekommen?»

«Und ob.» Noah zog einen Zettel aus seiner Hosentasche. «Mike Doherty ist Fahrer beim FrazerLab. Ich habe ihn angerufen. Er hat mir die Bezeichnungen aller Ratten, die an jenem Tag ausgeliefert wurden, durchgegeben. Hier ist die Liste.» Er gab Jenny das Papier mit seinen handschriftlichen Notizen.

G4-33/Z34	LAX
54JR-304/72	Jimmy Turansky
ZR/444/B0+	Akademie für angewandte Gentechnologie / San Diego
MR45/MaS6	Tiermedizin. Institut / Sta. Barbara
35JO-77-21-3	LAX
UG34-UV/T59	Gerontologisches Institut / Portland
ZV(T)/51U-6Z	Institut für Krebsforschung / San Luis
54JP-304/72	Mont. AF
ZV/R/87-T12	LAX
G12-TRANS-P	Arlberg-Rheumaklinik / San Francisco
56URG-Q/7/M	LAX

Während Jenny das Papier überflog, gab Noah einige Erläuterungen. «LAX – das ist die Bezeichnung für den Los Angeles International Airport. Ich habe an diesem Tag insgesamt vier Kisten dort abgeliefert, wie Sie sehen. Von dort aus ging's weiter nach San Diego und San Luis.»

«Und was ist mit den Lieferungen nach Santa Barbara, San Francisco und Portland?» fragte Jenny.

«Für die Fahrten nach Norden ist Mike Doherty zuständig.»

«Also schön», murmelte Jenny, noch immer auf die Liste konzentriert. «Damit bleiben nur noch zwei Lieferungen übrig: 54JR-304/72 ging an Jimmy Turansky ...»

«Bei dem war ich, bevor ich zum Flughafen fuhr.»

«54JR-304/72», wiederholte Jenny. «Und die zweite Lieferung lautet auf 54JP-304/72. Bingo! Fast identisch. Das heißt, Sie, Noah, haben die beiden Kisten wirklich verwechselt. Ich schätze, das ist der Beweis, den wir gesucht haben.»

«Richtig.»

«Und was heißt ‹Mont. AF›? Dorthin hätten die Ratten eigentlich gebracht werden sollen.»

«Das heißt ‹Montecito Airfield›. Ein kleines Rollfeld nördlich von FrazerLab. Ich habe schon dort angerufen und gefragt, wohin die Lieferung geflogen werden sollte, aber die haben nichts rausgelassen. Ich vermute, Frazer hat Geheimhaltung befohlen.»

«Das hilft uns also nicht weiter. Aber immerhin wissen wir jetzt die Bezeichnung der Ratten. 54JP-304/72.»

«Ja», antwortete Noah. «Und jetzt beginnt der knifflige Teil.»

«Gleich *fünf* Gläser Essiggurken?» fragte Jenny entsetzt, als sie den Supermarkt verlassen hatten und im Bus saßen. «Was zum Teufel wollen wir damit anfangen? Ich mag keine Essiggurken.»

«Ich auch nicht.»

«Aber ...?»

Doch Noah fiel ihr ins Wort: «Kennen Sie Bonanza?»

«Die Fernsehserie? Klar.»

«Dann kennen Sie auch Hoss Cartwright?»

«Selbstverständlich, aber was hat das mit den Gurken zu tun?»

«Der Mann, zu dem wir fahren, sieht fast genauso aus, zumindest was die Körperfülle betrifft. Er heißt Gordon Morris, aber alle sagen nur Hoss zu ihm. Ich habe früher oft mit ihm gepokert. Für Essiggurken würde er seine Mutter verkaufen.»

«Und warum verwöhnen wir ihn gleich mit fünf Gläsern?»

«Ich habe heute morgen bereits mit ihm telefoniert. Er ist Nachtwächter beim FrazerLab. Er wird uns helfen, dort reinzukommen. Finden Sie nicht, daß er sich damit die fünf Gläser verdient hat?»

Jenny lächelte. «Ich lege noch mal fünf drauf, wenn wir wieder heil dort rauskommen.»

Noah setzte gerade zum achten Klingelzeichen an, als von innen eine ärgerliche Stimme ertönte: «Jaja, ich komme ja schon! Himmel, Arsch und Zwirn!»

«Hallo, Hoss», begrüßte Noah seinen ehemaligen Kollegen. «Ausgeschlafen?»

«Kann ich nicht gerade sagen», brummte Hoss. «Aber egal. Komm her!» Mit diesen Worten packte er den Schwarzen und drückte ihn an sich wie einen Bruder, den er jahrelang nicht gesehen hatte. Jenny schüttelte er überschwenglich die Hand. «Und jetzt kommt rein.»

Sie machten es sich im Wohnzimmer bequem, und Noah stellte die Tüte mit den Essiggurken neben die Couch.

«Nun erzählt mal schön der Reihe nach», sagte Hoss und ließ sich in seinen Sessel fallen.

«Wir werden verfolgt», begann Noah. «Ich weiß, es klingt unglaublich, aber es geht um Leben und Tod. Man versucht, uns umzubringen.»

Hoss legte die Stirn in Falten, während Noah und Jenny ihre Geschichte erzählten. Dabei schüttelte er immer wieder fassungslos den Kopf, wobei sein freundliches Doppelkinn regelrecht bebte.

Schließlich kam Noah zu seinem eigentlichen Anliegen: «Wir haben die Bezeichnung der Ratten, aber wir wissen noch nicht, was dahintersteckt. Wir kommen ohne die Akten nicht weiter. Wir müssen heute Nacht ins FrazerLab. Du sollst uns dabei helfen.»

Hoss seufzte. «Ja, das hast du mir schon am Telefon gesagt. Aber ich muß euch beide noch mal warnen. Das wird kein Zuckerschlecken! Es ist nicht so leicht, an die Akten ranzukommen. Alle Gebäude sind mit Videoüberwachung und Alarmanlagen ausgestattet.»

«Deswegen brauchen wir dich ja! Du kennst dich mit diesen Sachen aus. Du weißt, wie wir das Sicherheitssystem umgehen können.»

Hoss nickte. «Ich habe mir im Lauf des Tages schon ein paar Gedanken dazu gemacht. Alles hängt von unserem Timing ab. Ich habe es mir genau überlegt.» Er griff zu einem großen Papierbogen, den er auf dem Wohnzimmertisch ausbreitete. Er zeigte den Grundriß des Laborgeländes. «Ich habe versucht, die Skizze einigermaßen maßstabsgerecht zu erstellen. Wie ihr seht, habe ich alle Überwachungsgeräte, Bewegungssensoren und so weiter eingezeichnet.»

«Bist du sicher, daß du nichts vergessen hast?»

«Ich arbeite seit zwölf Jahren als Nachtwächter bei FrazerLab. Seit zwölf Jahren starre ich auf die Monitore in meinem Kabuff, laufe die Gänge ab und prüfe Fenster, Türen und Außenanlagen. Ich habe schon -zig Mal die Technik gecheckt und repariert. Ich kenne das Sicherheitssystem auswendig», sagte Hoss, während er auf die Tüte neben der Couch schielte. «Sind die Essiggurken für mich?»

[35]

Seit der Firmengründung im Jahr 1980 hatten schon viele Unternehmen versucht, FrazerLab zu übernehmen, aber bislang war es nicht gelungen. Am hartnäckigsten waren die Japaner, aber auch deutsche, amerikanische und neuerdings sogar russische Konkurrenten machten Angus Frazer das Leben schwer.

Der harte Kampf um Existenz und Marktanteile hinderte ihn jedoch nicht daran, mit seinen Wettbewerbern Geschäfte zu machen, und der beste Deal von allen stand kurz bevor.

Miss Miller, Frazers Sekretärin, meldete sich durch die Gegensprechanlage: «Die EGO-Delegation ist hier, Sir.»

«Lassen Sie die Herren noch einen Moment im Foyer Platz nehmen. Ich komme sofort», antwortete Frazer.

EGO – die European Gentec Organisation – war ein Joint Venture fünf großer europäischer Pharmakonzerne. Wenn alles nach Plan lief, würde Angus Frazer in den nächsten Tagen einen Vertrag über 150 Millionen US-Dollar mit der Organisation abschließen.

Er rückte seine Krawatte zurecht und knöpfte seine Anzugjacke zu. Er fühlte sich müde. Die Nacht war anstrengend gewesen, das Mädchen befand sich noch immer auf freiem Fuß. Aber für die nächsten Stunden mußte er diese Sorge vergessen, denn es ging um sehr viel Geld.

Eine Stunde später hatte er mit der Delegation das komplette Gelände besichtigt. Den Verwaltungstrakt, den Fuhrpark, die Auslieferungshalle, das Lager.

In der Vergangenheit hatte Frazer zwar schon einige Geschäfte mit der EGO abgeschlossen, allerdings noch nie in dieser Größenordnung. Deswegen legte die fünfköpfige Delegation großen Wert darauf, alles gezeigt zu bekommen.

Der Rundgang endete im Labor. Wie alle Angestellten hier, trugen auch Frazer und seine fünf Gäste weiße Kittel und Überschuhe. Sie kamen an einen Arbeitsplatz, an dem ein schmaler älterer Herr mit grauem Haar über einen Tisch gebeugt stand.

«Das hier, meine Herren, ist einer meiner führenden Wissenschaftler», sagte Frazer zu seiner Besuchergruppe. «Professor Gerald Page. Gerald, würden Sie uns bitte erläutern, woran Sie gerade arbeiten?»

Der Professor drehte sich um und trat zur Seite, damit die Delegation einen Blick auf den Arbeitstisch werfen konnte. In einer Glasvitrine tümmelten sich einige weiße, haarige Ratten. Daneben, in einer flachen Blechwanne, lagen mindestens zwanzig ihrer Artgenossen – tot, der Länge nach aufgeschnitten.

«Das hier ist der unangenehme Teil der Forschung», sagte Professor Page. «Wir haben den Auftrag, für ein kanadisches Pharmaunternehmen ein Medikament zum Abbau von Streßhormonen zu testen. Dazu setzen wir diese Ratten über bestimmte Zeiträume unter psychischen Druck, zum Beispiel, indem wir einen Katzenkäfig neben ihre Vitrine stellen. Dieses Experiment führen wir sowohl mit Ratten durch, die das Anti-Streß-Medikament verabreicht bekommen, als auch mit unbehandelten Vergleichsgruppen. Leider gibt es nur eine Möglichkeit, den Erfolg des Präparats zu messen: Wir müssen die Tiere aufschneiden und auszählen, wie viele Magengeschwüre sich gebildet haben. Haben die behandelten Ratten deutlich weniger Magengeschwüre bekommen als die unbehandelten, dann war der Test positiv.»

Die Europäer waren Geschäftsleute, keine Labortechniker. Ihnen war anzusehen, daß sie diese Art von Arbeit verabscheuten.

«Ich denke, Sie haben jetzt alles gesehen, was für Sie wichtig ist, meine Herren», sagte Angus Frazer. «Wenn Sie nichts dagegen haben, schlage ich vor, daß wir wieder in mein Büro gehen. Wir haben ein großes Geschäft vor uns. Vielleicht können wir uns schon auf ein paar grundsätzliche Vertragsinhalte einigen.» Zum Beispiel auf 150 Millionen US-Dollar.

[36]

Es dämmerte bereits, als der dunkelblaue Ford-Kleinbus die Schranke des FrazerLab passierte.

«Hallo, Hoss», grüßte ein junger Wachmann den Dicken.

«Guten Abend, Lyle.»

Hoss bemühte sich, genauso gelassen wie immer zu wirken, aber er fühlte sich ein wenig verkrampft. Als er den Plan ausgetüftelt hatte, war ihm alles recht simpel vorgekommen. Doch jetzt nagten an ihm Zweifel, ob ein solches Vorhaben mathematisch exakt vorausberechnet werden konnte. Es gab eine Vielzahl von Unwägbarkeiten. Und wenn die Sache aufflog, war er vielleicht morgen schon tot. Er fragte sich, ob Lyle Verdacht geschöpft hatte.

Während Hoss den Wagen auf den Parkplatz lenkte, raunte er über die Schulter: «Alles klar, wir sind drin. Zeitvergleich: 9.51 Uhr.»

«9.51 Uhr», bestätigte Noah, der – dicht zusammengekauert mit Jenny – unter ein paar alten Decken im hinteren Teil des Wagens lag.

«Ihr wißt, wie's weitergeht. Viel Glück!» Mit diesen Worten stieg Hoss aus und ging hinüber zum Hauptgebäude. Ohne sich zur Einfahrt umzudrehen, fragte er sich, ob Lyle vielleicht einer der Mörder war, die Noah und Jenny verfolgten. Aber das war absurd! Er durfte sich jetzt nicht verrückt machen, mußte einen klaren Kopf behalten.

Er betrat das Hauptgebäude und ging in den Wachraum, wo er wie jeden Abend den alten Orvill Adams vorfand. War *er* ein Entführer und Killer?

«Hallo, Orvill», begrüßte Hoss seinen Kollegen und klopfte ihm auf die Schulter. «Wie geht's deinem Schnupfen?»

Als wäre das ein Stichwort gewesen, begann Orvill zu husten, aber es klang nicht echt. Dennoch bemitleidete Hoss ihn ein wenig – vor allem damit Orvill schnell ging und den Zeitplan nicht gefährdete. «Du solltest nach Hause fahren und dich von deiner Frau verwöhnen lassen. Leg dich ins Bett, und laß dir einen Tee machen, dann geht's dir morgen schon besser.» Natürlich würde es ihm morgen nicht bessergehen. Das konnte es gar nicht, denn der Schnupfen, den er angeblich schon seit Monaten mit sich herumschleppte, war pure Einbildung.

«Ja, ich mache mich wohl besser auf den Weg», krächzte Orvill und packte seine Sachen. «Ich wünsche dir wie immer eine ruhige Nacht.»

Wenn der wüßte! dachte Hoss. Selbst wenn es eine ‹ruhige› Nacht würde und alles glatt ging, würde er literweise Schweiß vergießen. Er blickte auf die Uhr. 10.04 Uhr. In spätestens elf Minuten mußte er das Fenster zum Heizkeller öffnen.

Um Punkt 10.10 Uhr begannen sich die Decken in dem dunkelblauen Ford-Bus wie durch Geisterhand zu bewegen.

«Noch eine Minute länger, und ich wäre erstickt», keuchte Noah, während er sich vorsichtig an ein Fenster heranschob. Der Parkplatz war menschenleer, genau wie Hoss vorhergesagt hatte.

Unbemerkt glitten Noah und Jenny aus der Seitentür. An die Räder des Wagens gekauert, verharrten sie kurz, um die Lage zu prüfen, aber es geschah nichts.

«Okay», zischte Noah dem Mädchen zu. «Los geht's!» Und zwei Gestalten huschten lautlos wie Schatten hinüber zum Hauptgebäude, um in einer dunklen Nische an der Außenwand zu verschwinden.

Jenny spürte ihren Pulsschlag, während sie ihren Körper fester als nötig an die Mauer preßte. Ihre anfängliche Entschlossenheit war einem Gefühl der Unsicherheit gewichen. Plötzlich hatte sie Bedenken, ob ihr Plan überhaupt gelingen konnte. Aber nun waren sie schon hier. Mittendrin.

Sie warf einen Blick auf Noah und glaubte, trotz der Dunkelheit Schweißperlen auf seiner Stirn zu erkennen. Zum ersten Mal fragte sie sich, weswegen er ihr eigentlich half. Weil er herausfinden wollte, warum ihm gekündigt worden war? Aber das war garantiert nicht der alleinige Grund. Jenny ahnte – und hoffte –, daß er es hauptsächlich für sie tat.

Eine leise, blecherne Stimme dicht neben ihr holte sie aus ihren Gedanken: Hoss gab Noah per Funk Anweisungen. Jenny war überrascht, wie deutlich die Worte aus Noahs Knopf im Ohr zu ihr drangen, aber das Rauschen der nahen Brandung übertönte einiges, so daß sie den Zusammenhang nicht verstand.

«Wir können rein», flüsterte Noah schließlich. «Bleiben Sie hinter mir.» Mit diesen Worten flitzte er los, dicht gefolgt von Jenny. Nach einem kurzen Sprint erreichten sie die Fenster zum Heizkeller. Eines davon stand offen. «Das klappt ja wie am Schnürchen», murmelte Noah und verschwand mit den Beinen voran in dem dunklen Loch. Jenny kam nach, kaum daß er festen Boden unter den Füßen hatte. Wenige Sekunden später hatten sie das Fenster wieder geschlossen. Sie befanden sich inmitten einer Vielzahl von riesigen Tanks und gefährlich summenden Generatoren.

«Hier entlang», sagte Noah, der Hoss' Skizze in der Hand hielt und sie mit einer Taschenlampe beleuchtete. Kurz darauf hatten sie die Tür erreicht. Noah warf einen Blick auf seine Uhr. «Und jetzt müssen wir warten», sagte er leise.

Die Zeit schien unendlich langsam zu vergehen. Je länger sie im Dunkel saßen und abwarteten, desto mehr Angst stieg in Jenny auf. Das Brummen der Generatoren und das Zischen und Blubbern in den Wandrohren hörten sich für Jenny an wie die Freßgeräusche eines Monsters, das sie verschlingen wollte. Aber endlich öffnete sich doch noch die Tür, und Hoss' dicke Silhouette zeichnete sich vor dem Licht im Gang ab.

«Na endlich», maulte Noah. «Ich dachte schon, du hast uns vergessen.»

Hoss wirkte nervös. «Unser Plan kann nur dann funktionieren, wenn niemand vorzeitig Verdacht schöpft», erwiderte er gereizt. «Ich muß ganz normal meine Runden drehen, prüfen, ob die Türen verschlossen und die Fenster zu sind und so weiter. Außerdem mußte ich für euch ja auch noch die Schlüssel besorgen. Das war nicht so einfach, wie du es dir vielleicht vorstellst. Also mach mir jetzt bloß keinen Streß!» Er drückte Noah die Schlüssel in die Hand. «Die sind für die Räume im zweiten Stock. Im Verwaltungstrakt. Wenn ihr erst drinnen seid, könnt ihr euch frei bewegen, denn die Zimmer sind nicht videoüberwacht. Nach den Schlüsseln für die Aktenschränke müßt ihr selbst suchen. Die sind vermutlich in irgendwelchen Schubladen, keine Ahnung. Ihr könnt euch bis maximal 5.15 Uhr Zeit lassen. Wenn ihr wieder verschwindet, laßt ihr die Türschlüssel außen stecken. Die sind auf den Videoaufzeichnungen wohl kaum zu erkennen. Bei meinem letzten Rundgang ziehe ich die Schlüssel ab und lege sie wieder an ihren Platz. Wenn ihr die Akten sucht, paßt um Himmels willen auf, daß man das Taschenlampenlicht nicht von außen sehen kann. Sonst noch Fragen?»

Keiner antwortete.

«Dann wartet hier, bis ich wieder in meinem Wachraum bin, damit ich euch durch die Gänge lotsen kann, ohne daß ihr auf den Monitoren erscheint. Ich melde mich wieder. Viel Glück!»

Fünfzehn Minuten später saß Hoss in seinem Kabuff und starrte auf die Bildschirmwand vor sich.

«Bin wieder zurück», sprach er in das Mikrofon auf dem Schaltpult vor sich. Er mußte sich nach jeder Runde bei Fred Wilkins, seinem diensthabenden Vorgesetzten, melden, der die Nachtschicht in dem kleinen Wachhäuschen an der Einfahrt verbrachte. «Keine besonderen Vorkommnisse. Hier ist's ruhiger als in einer Leichenhalle.»

«Verstanden», meldete sich Fred Wilkins. «Hier ist auch alles in Ordnung. Ich werde jetzt meinen Playboy auspacken und ein wenig lesen.»

«*Lesen?* Den Playboy? Verstehe!» sagte Hoss zweideutig.

Beide lachten.

«Bis später!»

«Over und vorläufig Ende.»

Hoss kramte ein Taschentuch aus seiner Hose und wischte sich damit den Schweiß vom Gesicht. Es hatte ihn alle Mühe gekostet, die allabendliche Plauderei so locker wie immer zu führen.

Als er sich etwas besser fühlte, zog er sein Walkie-talkie aus der Jackentasche und drehte seinen Sitz so, daß er alle Bildschirme überblicken konnte. Nun lag es an ihm, Noah und Jenny durchs Gebäude zu führen, ohne daß sie von den Schwenkkameras erfaßt wurden. Wenn sie auf einem *seiner* Monitore auftauchten, konnte sie auch Fred Wilkins sehen. Selbst wenn Fred sich gerade mit seinen Pin-up-Girls befaßte, so würden Noah und Jenny doch auf Video aufgezeichnet. Und wenn Frazer herausbekam, daß er, Hoss, etwas mit dem Einbruch in sein Labor zu tun hatte, konnte er einpacken. Mit feuchten Handflächen drückte er die Sprechtaste seines Walkie-talkies durch. «It's Showtime!» flüsterte er.

Noah und Jenny nahmen exakt den Weg, den sie am Nachmittag mit Hoss ausgemacht hatten und der auf Noahs Skizze in einzelnen kleinen Etappen eingezeichnet war. Immer, wenn Hoss seinem alten Kumpel grünes Licht gab, rannten Noah und Jenny von einem Punkt zum nächsten. Dort verharrten sie reglos, bis Hoss sich erneut meldete.

Auf diese Weise arbeiteten sie sich vom Keller die Treppen hinauf bis in den zweiten Stock. Von dort aus ging es durch nüchterne, von Neonlicht beschienene Gänge zum Verwaltungsblock. Jenny fiel ein, daß Angus Frazers Büro sich ebenfalls in der zweiten Etage befand, aber auf ihrem Weg zu den Aktenräumen kam ihr nichts bekannt vor.

Als sie ankamen, waren beide durchgeschwitzt. Noah hielt den Schlüsselbund in seiner Hand und sortierte sofort den richtigen Schlüssel heraus. Doch als er ihn ins Schloß stecken wollte, war er zu hektisch, und das komplette Bündel fiel scheppernd zu Boden.

«Ich schätze, ihr habt noch zehn Sekunden», gab Hoss gerade per Funk durch, was Noah nur noch nervöser machte. Ein flüchtiger Blick an die Decke zeigte dem Schwarzen, daß die Kamera in ihre Richtung schwenkte. Er hatte keine Zeit mehr zu verlieren!

Schnell bückte er sich nach den Schlüsseln. Scheiße, es waren fünf oder sechs! Warum hatte Hoss ihm den ganzen Bund gegeben? Da! Endlich hatte er den richtigen. Ein zweites Mal durfte er sich keinen Patzer erlauben. Noah zitterte, als er den Schlüssel ins Schloß steckte. Lieber Gott, betete er, laß mich nicht aus Versehen den falschen erwischt haben!

Aber er paßte. Noah packte Jenny, stieß sie durch die Tür und folgte ihr eiligst. Als er die Tür wieder geschlossen hatte, fragte er sich, ob er schnell genug gewesen war. Erst als Hoss durchgab, daß alles in Ordnung war, konnte er aufatmen.

In dem spärlichen Licht, das die Taschenlampe von sich gab, machten sie sich auf die Suche nach dem Aktenschrankschlüssel. Es dauerte eine Weile, bis sie den richtigen gefunden hatten.

«Ich hab's!» entfuhr es Jenny lauter, als sie wollte. Sofort dämpfte sie ihre Stimme. «Kommen Sie, Noah. Nach welcher Akte suchen wir?»

Der Mann kramte einen Zettel aus der Hosentasche und beleuchtete ihn mit der Taschenlampe. «54JP-304/72», flüsterte er.

Die Akten waren alphabetisch abgelegt. Im letzten Schrank waren die Akten untergebracht, die mit einer Ziffer begannen – numerisch sortiert. Aber es gab keine Akte mit der Bezeichnung 54JP-304/72.

«Mist!» sagte Jenny. «Und was machen wir jetzt?»

«Nur keine Panik», beruhigte Noah sie. «Lassen Sie uns mal nachsehen, ob die andere Akte da ist.»

«Sie meinen die Akte der Ratten, die Sie eigentlich hätten ausliefern sollen?»

«Genau.»

Die Akte hing im Schrank – genau an der Stelle, wo sie hingehörte.

«Und wie sieht's aus mit ...» – er las von seinem Zettel ab – «35JO-77-21-3?»

Jenny brauchte nicht lange zu suchen. «Ist hier», sagte sie knapp.

«Vielleicht wurde 54JP-304/72 versehentlich falsch abgehängt», meinte Noah, aber er ahnte, daß sie vergeblich danach suchen würden.

Seine innere Stimme behielt Recht. Eine halbe Stunde lang gingen sie ohne den gewünschten Erfolg jedes einzelne Rückenschild durch. Danach war ihre Lust auf dem Nullpunkt.

«Der ganze Aufwand, der schöne Plan, das Risiko, das wir auf uns genommen haben ... Alles umsonst!» Jenny war den Tränen nahe.

Auch Noah fühlte sich auf einmal ausgelaugt. Sein Kollege, Mike Doherty, hatte die Lieferscheine ohne Probleme einsehen können.

Nie im Leben hätte Noah daran gedacht, daß die gesuchte Akte unter Verschluß war. Dennoch hätte er damit rechnen müssen.

«Was ist mit den PCs?» fragte Jenny plötzlich. «Denken Sie, wir könnten da unser Glück versuchen?»

Aber Noah winkte ab. «Alle Programme sind paßwortgeschützt. Bis wir das richtige gefunden haben, sind wir alt. Vergessen Sie's.»

«Und was ist mit dem Labor? Denken Sie, Hoss könnte uns dorthin führen?»

«Keine Ahnung. Aber wo wir schon mal hier sind, ist's vielleicht einen Versuch wert.»

Noah nahm mit Hoss Kontakt auf. Der Dicke hielt von dieser Idee ganz und gar nichts.

«Das ist zu gefährlich», sagte er aufgeregt. «Zwar wird das Labor nicht videoüberwacht, aber Doktor Irving arbeitet noch dort. Wenn er euch sieht, sind wir geliefert.»

«Laß Irving mal unsere Sorge sein», erwiderte Noah. «Jetzt geht's erst mal darum, ob du uns ungesehen ins Labor führen kannst.»

Hoss seufzte. «Na schön, ich gebe mich geschlagen. Paß auf...»

Er gab Noah per Funk Anweisungen, welchen Weg sie nehmen sollten. Noah trug alle Etappen in seine Gebäudeskizze ein. «Von mir aus kann es dann losgehen», sagte er.

Zwanzig Minuten später standen Jenny und Noah in B4, dem Übergangsraum zwischen dem Verwaltungstrakt und dem Labor. Von hier aus führte eine Luftschleuse in den antiseptischen Bereich, und durch eine dicke Glasfront konnte man das Labor überblicken. Nur Dr. Irving war zu sehen.

Im allgemeinen liebte Doktor Daniel Irving es, nachts zu arbeiten. Wenn seine Mitarbeiter und Kollegen längst zu Hause waren, gehörte ihm das Labor ganz allein. In diesen Stunden konnte er ungehindert an Frazers Projekt arbeiten.

Aber heute saß ihm die Müdigkeit in den Knochen. Die vergangene Nacht hatte er damit zugebracht, Noah Washingtons Haus zu beobachten. Später hatte er die beiden Flüchtigen verfolgt – umsonst. Tagsüber hatte er aus Wut über diesen Mißerfolg kein Auge zutun können. Erst jetzt spürte er, wie ihm die Lider schwer wurden. Er brauchte jetzt dringend einen Schuß Koffein. Irving rieb sich die Augen unter seiner Messingbrille, zerbiß den Rest seines Zitronenbonbons und verließ das Labor.

In der Schleuse legte er seinen weißen Kittel, seinen Mundschutz und seine Überschuhe ab. Als er aus der Tür heraustrat, bemerkte er Jenny und Noah nicht. Er hatte nur noch den Kaffeeautomaten im ersten Stock im Sinn. Für die nächsten Minuten wollte er nicht mehr an Elektrophorese und DNS-Sequenzierung denken.

«Irving sitzt in der Pausenecke an einem Tisch, trinkt eine Tasse Kaffee und macht den Eindruck, als würden ihm gleich die Augen zufallen», sagte Hoss, der den Wissenschaftler auf einem seiner Monitore beobachtete.

«Gut», erwiderte Noah. «Gib mir Bescheid, wenn er zurückkommt.»

Er und Jenny passierten die Schleuse, ohne die Hygienevorschriften zu beachten. Sie gingen geradewegs an die Stelle, woher Doktor Irving gekommen war. Wenn sie eine Chance hatten, etwas zu finden, dann dort.

Der Arbeitsplatz sah chaotisch aus. Über mehrere Computerbildschirme flimmerten Zahlen- und Buchstabenkolonnen. Laborgeräte, die Jenny noch nie zuvor gesehen hatte, standen weit verteilt auf allen möglichen Tischen. Der wenige Platz, der übrig blieb, diente als Ablage. An einer beleuchteten Mattscheibe hafteten zwei Dutzend Röntgenaufnahmen – von Ratten, wie Jenny vermutete.

«Mein Gott, wie sollen wir hier etwas herausfinden?» murmelte Noah vor sich hin. «Ich habe keinen Schimmer, was das alles soll.»

«Ich auch nicht. Aber lassen Sie uns einfach sehen, ob wir irgendwo die Bezeichnung der Ratten entdecken, die wir suchen. Ich weiß, das ist kein besonders guter Plan, aber vielleicht haben wir Glück.» Doch noch bevor die Suche richtig begonnen hatte, meldete sich Hoss zu Wort. «Ferkelgesicht begibt sich auf den Rückweg», sagte er. «Ihr solltet euch allmählich auf die Socken machen.»

Noah gab die Information an Jenny weiter, aber die wollte noch nicht aufgeben. «Nur noch eine Sekunde», sagte sie, in einem Stapel Papier wühlend. «Diese Spur ist heiß, das fühle ich.»

«Beeilen Sie sich!»

«Augenblick noch.»

«Herrgott, wenn wir entdeckt werden, nützen uns diese Unterlagen auch nichts mehr.»

«Jaja, ich weiß.»

In Noahs Knopf im Ohr meldete sich wieder Hoss. «Verflucht, seid ihr taub, oder was? Irving ist schon auf der Treppe. Wenn ihr nicht sofort verschwindet, ist es aus!»

Noahs Herzschlag begann zu rasen. Er kam sich vor wie in einer Falle, die jeden Augenblick zuschnappen würde.

Jenny wollte gerade schon resignieren, als sie es sah: 54JP-304/72. Ein Aufkleber auf einer Plastikampulle, die zusammen mit einigen anderen in einem Ständer lehnte. Sofort war der Entschluß gefaßt, eine dieser Ampullen mitzunehmen, um ihren Inhalt untersuchen zu lassen. Vielleicht konnte sie Frazer auf diese Weise zur Strecke bringen.

Als sie die Ampulle in die Hand nahm, hörte sie eine fremde Männerstimme hinter sich – Dr. Irving, wer sonst?

«Legen Sie das sofort wieder hin! Das ist gefährlich …»

Weiter kam er nicht. Er fühlte plötzlich einen heftigen Schmerz an seinem Schädel. Ohne zu ahnen, wer ihn von hinten niedergeschlagen hatte, sank er bewußtlos zu Boden.

Durch die Wucht des Schlags war Noah der Kopfhörer aus dem Ohr gefallen. Er steckte ihn wieder zurück und versuchte, mit Hoss zu sprechen – vergeblich.

«Mist! Das Ding ist im Arsch!» fluchte er. «Kommen Sie, wir sollten jetzt wirklich abhauen.»

Als sie das Labor verließen, wußten sie, daß sie ohne Hoss' Hilfe bald bemerkt werden mußten. Ab jetzt waren sie auf sich allein gestellt.

Hoss rutschte das Herz fast in die Hose, als er bemerkte, daß er den Funkkontakt verloren hatte. Dann erblickte er auch schon die beiden Gestalten auf einem der Monitore. Nur unkenntlich und verschwommen, und auch nur für einen kurzen Augenblick, aber zu lange, als daß es eine Bildstörung hätte sein können.

Der Dicke wagte kaum zu atmen. Er betete zu Gott, daß Fred Wilkins noch immer seine Playboy-Mädchen begaffte. Aber vergebens. Noch bevor er einen klaren Gedanken fassen konnte, schnarrte plötzlich ein Lautsprecher, und auf seinem Schaltpult begann ein rotes Lämpchen zu blinken.

Allmächtiger! Das war das Ende!

Er betätigte einen Kippschalter auf dem Schaltpult und sprach – bemüht locker – in sein Mikrofon. «Hey, Fred, warum machst du denn solchen Krach?»

«Monitor 7!» kreischte es aus dem Lautsprecher. «Monitor 7! Herrgott noch mal, jemand ist ins Gebäude eingedrungen!»

Hoss blieb nichts anderes übrig, als mitzuspielen: «Ich habe nichts gesehen, Fred. Bist du ganz sicher?»

«Scheiße, ja!» kam die Antwort. «Mach dich auf die Socken, und schau nach! Aber sei vorsichtig. Ich will nicht, daß du ein unnötiges Risiko eingehst. Nimm das Walkie-talkie und deinen Revolver mit ... Da war schon wieder was! Da!»

Hoss biß die Zähne zusammen. Diesmal konnte er es nicht leugnen. Monitor 7 zeigte eindeutig zwei menschliche Gestalten.

«Ich hab's gesehen, Fred», sagte er ernst. «Ich gehe zum Labor und sehe nach dem Rechten.»

Auf dem Weg dorthin hoffte Hoss, daß Noah und Jenny verschwunden waren, bis er ankam. Dummerweise liefen sie ihm direkt entgegen.

Nach den Gesichtern zu urteilen, waren sie mindestens ebenso überrascht wie er. Doch kaum war der Schrecken vergangen, erhellten sich ihre Mienen. «Gut, daß du kommst ...»

In Hoss' Kopf arbeitete es fieberhaft. Er wußte, daß er eine Videokamera im Rücken hatte. Sie nahmen zwar keinen Ton auf, aber er durfte keine verdächtige Bewegung machen. So sah er nur eine Wahl.

«Lauft!» schrie er. «Versucht, hinten rauszukommen!»

Aber ihm kam es vor, als würden Jenny und Noah unendlich langsam begreifen. Er mußte schon seinen Revolver aus dem Halfter reißen und auf sie zielen, damit ihnen ein Licht aufging. Sofort machten sie kehrt und spurteten in die Gegenrichtung davon.

Hoss zielte auf sie, täuschte jedoch eine Ladehemmung vor, um ihnen Zeit zu verschaffen. Erst als sie am Ende des Korridors angelangt waren, feuerte er zwei Kugeln ab, die in irgendeiner Wand steckenblieben.

«Ich hab sie verfehlt, Fred», rief er in simulierter Aufregung in sein Funkgerät. «Aber ich bleibe an ihnen dran!»

«Ich habe Tom und Leonard bereits losgeschickt. Sie werden gleich bei dir sein. Hast du die Eindringlinge erkannt?»

«Nein», sagte Hoss. «Es ging alles zu schnell.»

Er fragte sich, ob das glaubhaft war. Hoffentlich konnte man die Gesichter später nicht auf dem Videoband erkennen, sonst würde er als Lügner entlarvt. Aber im Augenblick blieb ihm nichts anderes übrig, als das Schauspiel weiterzuspielen. Er setzte seinen massigen Körper in Bewegung und rannte den Gang entlang.

Noah und Jenny hasteten ziellos durch Flure und Treppenhäuser. Alles sah gleich aus, fand Jenny, sie hatte schon lange die Orientierung verloren. Sie vertraute allein darauf, daß Noah sich hier besser zurechtfand. Als sie um die nächste Ecke bogen, stand urplötzlich ein uniformierter Wachmann vor ihnen. Sie rannten ihn einfach um. Während der Mann nach Luft schnappte und sich wieder aufrappelte, waren Noah und Jenny schon im nächsten Korridor.

«Stehenbleiben!» schrie eine Stimme hinter ihnen. «Stehenbleiben, oder ich schieße!»

Sie flüchteten ein paar Treppen hinauf, bis in den zweiten Stock. «Hier rein!» keuchte Noah auf einmal und stoppte abrupt vor einer Tür. «Der Pausenraum ist nie abgeschlossen.» Zum Glück war er auch nachts offen. Die Tür flog auf, und die beiden Eindringlinge glitten hinein.

«Das wird uns nichts bringen», sagte Jenny. In ihrer Stimme schwang Nervosität mit. «Die Kameras beobachten uns ständig. Das Wachpersonal weiß genau, wo wir uns aufhalten.»

«Stimmt. Ich hoffe nur, die denken, wir sind bewaffnet. Dann werden sie erst mal abwarten, wodurch wir ein bißchen Zeit gewonnen hätten. Mit etwas Glück sind wir weg, wenn sie das Zimmer stürmen. Kommen Sie!»

Noah eilte zum Fenster und stieß es mit einem kräftigen Ruck auf. Das Rauschen der Brandung schlug ihm dröhnend entgegen. Im Mondschein konnte er den Klippenrand erkennen. Direkt unter ihm parkten einige Laster, deren weiße Planen in der Dunkelheit zu leuchten schienen.

«Das ist unser Weg nach draußen!» sagte Noah.

«Ich soll aus dem Fenster springen? Sind Sie denn irre?»

«Wir springen auf die Lkw-Planen. Das sind höchstens zwei Meter!»

«Mindestens drei!»

«Wir haben keine Wahl. Außerdem müssen wir uns beeilen, sonst ist das gesamte Gebäude umstellt.»

Jenny biß die Zähne zusammen und ließ sich von Noah auf das Fenstersims helfen. «Also gut. Auf drei», sagte sie. «Eins ... zwei ... drei!»

Das Tosen der Brandung übertönte den Aufprall auf die Plane. Auf allen vieren krabbelten sie zum Fahrerhaus. Dort kletterten sie vom Dach aus über die Anhängerkupplung nach unten.

Kaum hatten sie festen Boden unter den Füßen, sah Jenny die Lichtkegel zweier Taschenlampen: Wachpersonal, das im Anmarsch war.

«Und was jetzt?» fragte sie.

«Bleiben Sie hier. Rühren Sie sich nicht vom Fleck», flüsterte Noah. «Ich bin gleich wieder da.»

Während die Taschenlampen näher kamen, verkroch Jenny sich immer weiter hinter einen der riesigen Lkw-Zwillingsreifen. Auf die kurze Distanz konnte sie die beiden Wachleute trotz der Brandung miteinander reden hören.

«Hier ist alles in Ordnung», sprach der eine gerade in sein Funkgerät. «Das heißt ... nein! Verdammt, Fred, hier steht ein Fenster offen. Die müssen hier irgendwo sein. Schick uns Verstärkung herunter!»

Jenny war so auf die beiden Wachmänner fixiert, daß sie schier zu Tode erschrak, als sich eine Hand auf ihre Schulter legte. Sie wirbelte herum und wollte schon um sich schlagen, als sie Noah erkannte. Er bedeutete ihr, still zu sein und hielt ihr einen Schlüssel vors Gesicht. «Für einen der Lieferwagen», raunte er ihr zu. «Folgen Sie mir.» Bevor sie sich jedoch an den Lkw herangepirscht hatten, wurden sie von dem Strahl einer Taschenlampe erfaßt.

«Hier sind sie!» schrie eine Stimme, und dann war das Chaos perfekt. «Schnell hierher!»

Noah und Jenny sprinteten drauflos, Schüsse krachten durch die Nacht. Aber schon hatten sie ihren Lkw erreicht. Noch bevor Jenny richtig saß, hatte Noah den Motor angelassen. Wütend heulte die Maschine auf.

«Festhalten!» schrie der Schwarze. Er legte einen Gang ein und gab Vollgas. Dicker Qualm puffte aus dem Abgasrohr neben dem Führerhaus. Träge, aber gewaltig schob sich der tonnenschwere Stahlsaurier von seinem nächtlichen Ruheplatz.

«Da!» schrie Jenny auf einmal. Sie zeigte auf eine uniformierte Gestalt, die gerade um die Ecke des Hauptgebäudes hetzte. Ein Mündungsfeuer blitzte auf, und im nächsten Moment zerriß eine Kugel die Frontscheibe des Lkws.

«Kopf runter!» befahl Noah, und Jenny verschwand im Fußraum auf der Beifahrerseite. Eine zweite Kugel blieb irgendwo im Blech stecken.

Komm schon, Baby, komm schon! drängte Noah den Wagen, der nach seinem Geschmack viel zu langsam in Schwung kam. Als er die Kurve zur Auffahrt nahm, gewann das Ungetüm etwas an Geschwindigkeit, aber schon kamen ihm zwei bewaffnete Männer entgegen, die auf ihn angelegt hatten. Noah wußte, daß er getroffen würde, wenn er geradeaus weiterfuhr.

Er riß das Steuer nach links und scherte auf den Rasen aus. Das abrupte Manöver ließ den Anhänger schleudern und die Zwillingsreifen über den Asphalt radieren. Für den Bruchteil einer Sekunde hatte Noah das Gefühl, der Wagen würde kippen, aber seine Angst war zum Glück unbegründet.

«Sie können wieder hochkommen», rief er Jenny zu.

«Ich glaube, mir wird schlecht!»

Zwei weitere Schüsse hallten durch die Nacht, und auf einmal brach der Wagen aus. Im Augenwinkel nahm Jenny wahr, wie Noah verzweifelt versuchte, das Lenkrad in den Griff zu bekommen. Doch der Laster schien plötzlich einen eigenen Willen zu besitzen.

«Die haben einen Vorderreifen zerschossen!» Noahs Hände krampften sich um das Lenkrad.

«Achtung! Da vorne!» schrie Jenny. «Der Baum!»

Es gelang Noah gerade noch, einen Frontalzusammenstoß zu

vermeiden, aber der rechte Außenspiegel wurde krachend abgehobelt.

«Ich kann den Wagen nicht mehr steuern!» keuchte der Schwarze. «Öffnen Sie die Tür, und springen Sie raus, wenn ich es sage!»

Er gab wieder Vollgas und hielt unnachgiebig auf den Zaun des Laborgeländes zu.

«Ist Ihre Tür offen?»

«Ja.»

«Dann halten Sie sich fest!»

Beim Aufprall wurden ein fünf Meter langes Stück Maschendrahtgeflecht und drei Halterungsstangen mitgerissen. Im Wageninnern merkte man davon kaum etwas.

Noah stieß nun auch die Fahrertür auf. «Raus jetzt!» kommandierte er, worauf er und Jenny links und rechts aus dem rasenden Laster sprangen.

Jenny wurde durch den Schwung noch ein paar Meter weitergerissen und blieb für einen Moment benommen auf dem Boden liegen. Sie fühlte Feuchtigkeit, die ihre Jeans durchdrang, und kramte aus ihrer Hosentasche die Ampulle, die sie hatte mitgehen lassen. Sie war kaputt, nur noch eine leere, zusammengequetschte Plastikhülle.

Verdammt! Das einzig brauchbare Indiz, das sie vielleicht weitergebracht hätte, war damit nutzlos geworden. Bevor sie sich weiter darüber ärgern konnte, war Noah bei ihr. Er griff ihr unter die Arme und half ihr auf. «Kommen Sie, wir dürfen keine Zeit verlieren.»

Nur wenige Meter von ihnen entfernt schob sich der Lkw über die Klippe. Das Fahrerhaus knickte nach unten ab, dann folgte der Rest.

Jenny und Noah hatten für diesen Anblick aber keine Zeit, denn schon hörten sie die Stimmen ihrer Verfolger. So rannten sie, Hand in Hand, davon, immer weiter in die Dunkelheit. Irgendwann wurden sie von einem freundlichen Autofahrer per Anhalter mitgenommen. Der Mann stellte keine Fragen und fühlte sich auch nicht dazu berufen, ein charmanter Plauderer zu sein. Er fuhr sie einfach nur in Richtung Los Angeles.

[37 ... 13. JUNI]

«Herrgott noch mal!» schnaubte Angus Frazer wutentbrannt. «Kann mir irgend jemand einmal erklären, was überhaupt passiert ist?» Er lehnte an seinem Schreibtisch, neben ihm stand Frank Chaffy.

Hoss, Fred Wilkins und alle anderen, die in dieser Nacht Wache geschoben hatten, saßen ihnen gegenüber auf der Couch wie auf einer Anklagebank. Keinem von ihnen war wohl in seiner Haut.

«Mister Wilkins, wenn Sie bitte so freundlich wären, mich zu informieren!»

Der Angesprochene faßte die Ereignisse der letzten Nacht zusammen. «Der Laster, der die Klippe hinabgestürzt ist, war leer», schloß er. «Die beiden Eindringlinge konnten entkommen.»

«Nach Angaben der Polizei fehlt von ihnen bislang jede Spur», ergänzte Chaffy. «Wie zum Teufel konnten die überhaupt ins Gebäude gelangen, ohne den Alarm auszulösen?» Seine Stimme wurde scharf. «Warum haben die Videokameras sie erst aufgezeichnet, als sie aus dem Labor kamen? Und weswegen konnten Sie, meine Herren, sie nicht dingfest machen?»

Er machte eine Pause und ließ die Wachmänner schmoren.

«Ich habe die Videobänder aufbereiten lassen», fuhr er fort. Er hatte Fernseher und Videorecorder bereitstellen lassen und schaltete nun beide Geräte ein. «Hier ist ein Mitschnitt der Ereignisse von heute nacht.»

Hoss spürte, wie seine Hände feucht wurden, vor allem bei der Szene mit der vorgetäuschten Ladehemmung. Ob Frazer und Chaffy ihm die Komödie abkauften? Er selbst fand jedenfalls, daß es echt aussah.

Nachdem die Vorführung zu Ende war, schaltete Chaffy die Geräte ab und nahm seine Gardinenpredigt wieder auf. «Mr. Morris», sagte er zu Hoss, «bei der Verfolgung der beiden Einbrecher haben Sie nicht gerade Glanzleistungen vollbracht. Ihre körperliche Verfassung ist jämmerlich, und als Schütze sind Sie ein Versager.»

Hoss sagte nichts.

Wieder ergriff Angus Frazer das Wort: «Obwohl die Videoaufzeichnungen sehr schlecht sind, haben wir einen konkreten Verdacht. Doktor Irving glaubt, einen der beiden Eindringlinge erkannt zu haben, bevor er niedergeschlagen wurde. Noch Fragen?» Frazer blickte die Männer an wie ein Wolf eine Herde Rehe. «Ich sehe, das ist nicht der Fall. Da Sie sich heute Nacht für die Sicherheit von FrazerLab als überflüssig erwiesen haben, sind Sie bis auf weiteres unbezahlt vom Dienst freigestellt. Sie können gehen.»

[38]

Als Noah erwachte, wußte er zuerst nicht, wo er war, doch dann besann er sich: in einem Bungalow des Sunny Palace Motel. Nach der nächtlichen Flucht waren er und Jenny hier abgestiegen. Sie hatten sich als Mr. und Mrs. Smith ausgegeben, was dem vollbärtigen Mittvierziger hinter der Rezeption nur ein schlüpfriges Lächeln entlockt hatte. Vermutlich stiegen hier Dutzende von heimlichen Pärchen unter diesem Namen ab.

Die Unterkunft war klein und einfach, aber sauber. Nur leider war die Couch alles andere als bequem, wie Noah beim Aufstehen feststellen mußte. Er reckte sich und machte ein paar Dehnübungen, um seine Knochen wieder einzurenken, dann fiel sein Blick auf Jenny. Sie hatte noch dieselben Sachen an wie in der Nacht und lag mit angewinkelten Knien auf dem Doppelbett. Wie ein kleines, verängstigtes Kind. Die Bettdecke hatte sie auf den Fußboden gestrampelt.

Noah setzte sich zu ihr an den Bettrand – vorsichtigt, um sie nicht aufzuwecken. Die Matratze wippte ein wenig, und Jenny schnurrte wie eine Katze, aber sie schlief weiter.

Sein Blick glitt über ihre Schultern und blieb auf ihrem Pullover haften, unter dem sich ihre Brüste beim Atmen hoben und senkten. Zum ersten Mal seit sie sich kennengelernt hatten, verspürte Noah den Wunsch, mit Jenny zu schlafen. Aber er hielt sich zurück, berührte nur ganz sanft mit der Fingerspitze ihre Wange.

In diesem Moment öffnete Jenny die Augen.

Und begann, schreiend um sich zu schlagen!

Noah war wie vor den Kopf gestoßen. Das Mädchen wich panisch vor ihm zurück, ans andere Ende des Bettes. Wild mit den Armen um sich fuchtelnd, schrie sie, er solle die Finger von ihr lassen.

«Okay, okay!» versuchte Noah sie zu beschwichtigen. «Ich tue ja schon, was Sie sagen. Beruhigen Sie sich um Gottes willen wieder. Bitte!» Als Zeichen seiner guten Absichten hob er beide Hände und trat ein paar Schritte vom Bett weg. «Ich wollte Ihnen nichts Böses tun, ich wollte nur ...» Ja, was wollte er eigentlich? Und wie sollte er ihr das erklären? Er verfluchte sich dafür, daß er ihr diesen Schrecken eingejagt hatte. Er hatte den ersten Schritt tun und ihr zeigen wollen, daß er sich von ihr angezogen fühlte. Doch das war ein ordentlicher Schuß in den Ofen gewesen.

Jenny saß noch eine Zeitlang auf dem Bett, bis sich ihr Pulsschlag wieder gelegt hatte. Dann verschwand sie ohne ein weiteres Wort im Badezimmer, um sich zu duschen.

Als sie zwanzig Minuten später zurückkam, hatte sie sich wieder gefaßt. «Tut mir leid», sagte sie und setzte sich neben Noah aufs Bett. «Ich weiß nicht, was in mich gefahren ist. Ich glaube, ich hatte einen Alptraum und war einfach erschrocken.»

Obwohl Noah ihre Erklärung wortlos akzeptierte, fühlte Jenny sich miserabel. Sie hatte gelogen. Sie hatte keinen Alptraum gehabt. Sie war allein durch Noahs Annäherungsversuch aufgewacht und hatte Panik bekommen, als sie merkte, daß ein *Mann* sie berührte. Es war wie ein Fluch. Sie hatte sich schon mehr als einmal gewünscht, von Noah in den Arm genommen zu werden. Aber nun, da es soweit war, konnte sie es nicht ertragen. In dem Moment, als sie erwacht war und Noahs Hand an ihrer Wange gefühlt hatte, hatte sie nur ein Bild vor Augen gehabt: sich selbst, in einem düsteren Keller an einen Stuhl gefesselt, von einem Scheinwerfer angestrahlt wie ein wehrloses Objekt. Hinter ihr war ein ehemaliger Ringer namens Nick, der seine fleischigen Wurstfinger über ihren Körper wandern ließ.

Dieser Gedanke hatte ihr einen Schock versetzt. Sie fragte sich, ob das nur ein vorübergehender Zustand war oder ob Nick sie vielleicht für immer geprägt hatte.

Jenny sah Noah an. Gerne hätte sie ihm alles erklärt, aber sie fühlte sich dazu nicht in der Lage. Sie konnte darüber nicht sprechen, sie wollte dieses erniedrigende Kapitel nur noch vergessen.

Nachdem Hoss zu Hause angekommen war, war ihm nichts anderes übriggeblieben, als darauf zu warten, daß Noah mit ihm Kontakt aufnahm. Er hatte das Telefon neben sich auf den Tisch gestellt und versucht, die Wartezeit mit einem Kreuzworträtsel totzuschlagen. Ganz nebenbei hatte er zwei Gläser Essiggurken weggeputzt. Er fragte sich, wie lange es dauern würde, bis Frazer oder Chaffy dahinterkamen, daß er die undichte Stelle im Betrieb war. Mit diesen Gedanken war er eingenickt. Sein schwerer Körper zuckte wie ein Wackelpudding zusammen, als das Telefon klingelte.

«Ich bin's», meldete sich eine wohlbekannte Stimme.

«Hey, Noah», sagte Hoss erleichtert. «Gut, von dir zu hören. Wie geht's euch?»

«Uns geht es gut. Und dir?»

«Bestens. Frazer hat die komplette Wachmannschaft zwar vom Dienst suspendiert, aber das ist immer noch besser, als tot zu sein.»

«Ich schätze, wir haben den Löwen ganz schön gekitzelt.»

«Ich würde eher sagen, wir haben ihm kräftig in die Eier getreten! Frazer ist nicht nur beleidigt, der ist stinksauer!»

Noah lachte.

«Hör zu», sagte Hoss. «Ich habe die Videoaufzeichnungen gesehen. Man kann euch kaum erkennen, aber ich weiß nicht, ob Frazer und Chaffy nicht doch ahnen, daß ihr das wart. Egal. Viel wichtiger ist, daß ich befürchte, sie könnten herausbekommen, wer euch geholfen hat. Ich finde zwar, meine vorgetäuschte Ladehemmung sah verdammt echt aus, aber man kann nie wissen.»

«Du hast recht», sagte Noah. «Es ist zu gefährlich für dich, in deiner Wohnung zu bleiben. Am besten, du kommst zu uns. Dann werden wir sehen, wie's weitergeht.» Er gab Hoss die Adresse des Sunny Palace Motel. «Bis nachher.»

Danach war Jenny an der Reihe, die sich entschlossen hatte, in Three Pine Village anzurufen. Sie wollte ihrer Mutter ausrichten lassen, morgen um 12 Uhr im Sheriffsbüro zu sein. Wenn Jenny schon nicht nach Kanada kommen konnte, wollte sie ihrer Mutter wenigstens telefonisch zum Geburtstag gratulieren.

«Three Pine Village Polizeistation. Wer spricht da bitte?»

Jenny kannte die Stimme, konnte sie jedoch nicht einordnen. «Jennifer Cherone. Kann ich ...»

«Oh, Mädchen! Gut, daß du dich meldest. Wir alle haben uns schon riesige Sorgen gemacht.»

Es dauerte einige Sekunden, bis Jenny wußte, mit wem sie sprach. «Trevor? Trevor Winwood, sind *Sie* das? Was machen Sie denn im Sheriffsbüro?»

Trevor erzählte ihr alles, und mit jedem weiteren Wort machte Jenny sich mehr Sorgen. Mutter und Bobby waren also in L. A. Das erste, was sie machen würden, war vermutlich, bei Jennys Wohnung vorbeizuschauen. Und die wurde wiederum garantiert von Frazers Leuten observiert.

«Trevor, wissen Sie, in welchem Hotel die beiden abgestiegen sind?»

«Moment mal. Das habe ich mir irgendwo notiert.» Am anderen Ende wurde der Hörer zur Seite gelegt. Kurz darauf war der Alte wieder am Apparat und gab ihr die Adresse des Hotels durch.

Die Frau bedankte sich, drückte die Hörergabel nieder und ließ sich mit dem ‹Boorman's Regency› verbinden. Der Portier war sehr freundlich und bestätigte, daß in dem Hotel Zimmer auf die Namen Cherone und Paxton gebucht waren. Er versuchte, das Telefonat auf eines der Zimmer durchzustellen, aber nach einer halben Minute nahm er das Gespräch wieder zurück.

«Ich bedaure, es nimmt niemand ab, Miss. In keinem der beiden Zimmer.»

«Könnten Sie dann bitte eine Nachricht weiterleiten?»

«Natürlich.»

«Okay, dann schreiben Sie: ‹Geht nicht in meine Wohnung! Jenny›.»

Einen Augenblick lang herrschte Stille. Dann fragte der Portier nach: «Ist das alles?»

«Ja. Wenn Sie nur darauf achten könnten, daß einer der beiden diese Nachricht so schnell wie möglich erhält.»

«Das gehört in unserem Hotel zum Service.»

Als Jenny einhängte, hatte sie das ungute Gefühl, daß Bobby und ihre Mutter die Nachricht zu spät erhalten würden.

Jennys dritter Anruf galt Mrs. van Hoorn und war äußerst vielversprechend. «Mason hat mir alles erzählt», sagte die Frau freudig. «Wo er die Ratte vergraben hat, meine ich. Außerdem – stellen Sie sich vor, Miss Cherone, mein Mann wird wieder aus dem Krankenhaus entlassen. Deswegen habe ich es auch sehr eilig. Ich will ihn abholen. Das Taxi wartet schon unten. Tut mir leid, ich muß mich beeilen. Rufen Sie doch bitte später wieder an.»

Jenny wollte noch etwas sagen, aber dazu hatte sie keine Chance mehr. Mrs. van Hoorn hatte bereits aufgelegt.

Knapp eine Stunde später wurden Jenny und Noah von Hoss abgeholt. Auf der Fahrt nach L. A. diskutierten sie ihr weiteres Vorgehen.

Jenny war hin- und hergerissen. Einerseits wollte sie ihre Mutter und Bobby wiedersehen, doch die beiden waren nicht im Hotel. Andererseits interessierte Jenny sich brennend für die Ratte des kleinen Mason van Hoorn. Sie wollte die Überreste untersuchen lassen, bevor sie völlig verwest waren. Vielleicht brachte das Klarheit in die Geschichte. Aber wann würde Mrs. van Hoorn mit ihrem Mann aus dem Krankenhaus zurück sein?

Sie einigten sich darauf, den van Hoorns einen Besuch abzustatten. Hoss hingegen wollte im ‹Boorman's Regency› auf Gale und Bobby warten. Für den Abend war dann ein gemeinsames Essen im Akanawe Inn in Little Tokio geplant.

Während sie zu den van Hoorns fuhren, wurde Jenny immer stiller, denn ihr war ein fürchterlicher Gedanke gekommen: Beim nächtlichen Sprung aus dem Lkw war die Ampulle, die sie in der Hosentasche gehabt hatte, zu Bruch gegangen. Aber was war in der Ampulle gewesen? Womöglich der Erreger, an dem die Ratte gestorben war? Hatte sie sich damit selbst angesteckt?

Jenny versuchte, Ruhe zu bewahren. Sie machte sich klar, daß die Ampulle alles mögliche beinhaltet haben konnte, aber die Ungewißheit blieb. Vielleicht hatten die Ärzte bei Mr. van Hoorn etwas herausgefunden. Mochte eine Ratte an der Krankheit sterben – möglicherweise waren die Auswirkungen beim Menschen weniger drastisch.

Der Lift funktionierte noch immer nicht. Jenny und Noah keuchten, als sie im siebzehnten Stock anlangten und Mrs. van Hoorn ihnen die Tür öffnete.

«Sie haben Glück», sagte sie. «Mein Mann und ich sind eben erst aus dem Krankenhaus zurückgekehrt. Kommen Sie rein.»

Nachdem Jenny Noah vorgestellt hatte, begaben sie sich zu dritt ins Wohnzimmer, wo Mr. van Hoorn in einem Sessel saß. Er war blaß und hatte eine Wolldecke über die Beine gelegt. Kraftlos gab er den beiden Neuankömmlingen die Hand.

«Das ist die junge Dame, die Mason und mich neulich schon einmal besucht hat», erklärte Mrs. van Hoorn ihrem Mann. «Ich habe dir doch davon erzählt.»

Mr. van Hoorn nickte schwach, sein Blick war leer.

«Er ist noch sehr müde. Aber der Arzt meint, in ein paar Tagen ist er wieder auf den Beinen», sagte die Frau.

«Hat man diagnostizieren können, woran er litt?» Sie fühlte, wie sich ihr Magen zusammenzog. Hatte Mr. van Hoorn sich an der Ratte angesteckt? Wenn ja, mit welcher Krankheit? Diese Fragen brannten ihr auf der Seele.

«Tom hatte nur eine Lebensmittelvergiftung», sagte Mrs. van Hoorn ernst, aber sie wirkte nicht mehr so niedergeschlagen wie bei Jennys letztem Besuch. «Als Tom eingeliefert wurde, war sein Zustand ziemlich kritisch. Jetzt ist er außer Gefahr.»

War Jenny damit auch außer Gefahr? «Und wo ist Mason?» fragte sie. «Ich wollte ihn bitten, mir zu zeigen, wo er die Ratte vergraben hat.»

«Er ist in der Schule. Aber er hat mir inzwischen alles gesagt.»

Mrs. van Hoorn erzählte, Mason sei vorgestern plötzlich in Tränen ausgebrochen. Als er sich wieder gefaßt hatte, sprudelte alles nur so aus ihm heraus. Er habe geschwiegen, weil er Angst hatte, an der Krankheit seines Vaters schuld zu sein. Immerhin war es seine Ratte gewesen, und an ihr hatte sein Vater sich angesteckt. Das hatte er zumindest geglaubt. Außerdem sei nicht nur sein Vater ins Krankenhaus eingeliefert worden, sondern auch einer von Masons besten Freunden. «Chan Lam. Er ist im selben Alter wie Mason. Sie gehen auch gemeinsam zur Schule. Chans Mutter stammt aus Korea, glaube ich. Eine sehr nette Frau, wohnt nur zwei Häuserblocks weiter.»

«Und ihr Sohn wurde ins Krankenhaus eingeliefert?»

Mrs. van Hoorn nickte. «Mason und Chan haben mit der Ratte gespielt. Als zuerst mein Mann und dann auch noch der kleine Lam krank wurden, bekam Mason es mit der Angst zu tun.»

«Aber warum hat er dann geschwiegen?» warf Noah ein. «Er hätte seinem Vater und seinem Freund doch am besten helfen können, wenn er verraten hätte, wo er die Ratte vergraben hat.»

«Leider nein», widersprach Mrs. van Hoorn. «Es hätte gar nichts genützt, wenn er das verraten hätte. Er hat die Ratte nämlich nicht im Hinterhof vergraben, sondern *verbrannt.*»

Das ‹Boorman's Regency› war ein unscheinbares, mehrstöckiges Eckhaus in Lennox, nur wenige Meilen vom Los Angeles International Airport entfernt. An manchen Stellen bröckelte bereits der Putz, aber alles in allem machte das Hotel von außen einen anständigen Eindruck.

Die Empfangshalle wurde dem äußeren Eindruck gerecht. Es gab keine Extravaganzen, abgesehen vielleicht von dem blutroten Teppich, der auch die Treppen hinaufführte. Hoss ging quer durch den Raum auf die Rezeption zu. Eine junge Frau lächelte ihn freundlich an. Ein Plastikschildchen am Revers ihrer Bluse verriet ihren Namen: Wendy Hall. «Willkommen im ‹Boorman's Regency›», sagte sie, ohne daß es monoton klang. Ihr Lächeln wirkte auf Hoss ehrlich. «Was kann ich für Sie tun?»

Hoss warf nochmals einen kurzen Blick auf ihr Namensschild. «Miss Hall, gestern sind zwei Bekannte von mir hier abgestiegen. Eine Dame, etwa fünfzig, und ein jüngerer Mann. Können Sie sich erinnern?» Hoss betrachtete das hübsche Gesicht mit entwaffnendem Lächeln. Wendy Hall sah ihn nicht an, als sei er irgendein fettes Monster, für das er sich selbst oft genug hielt. Sie sah ihn an wie einen ganz gewöhnlichen Menschen.

«Tut mir leid», bedauerte die Frau. «Ich hatte gestern meinen freien Tag. Wie heißen Ihre Bekannten denn?»

«Abbigale Cherone», antwortete Hoss. Aber der Name des jungen Burschen wollte ihm nicht mehr einfallen. Jenny hatte ihn im Auto erwähnt. Hieß er nicht ‹Bobby›? Aber wie weiter? «Und Bobby …» Hoss schluckte trocken. «Bobby … So was Dummes. Mir fällt sein Nachname nicht mehr ein. Wissen Sie, wir haben uns schon eine Ewigkeit nicht mehr gesehen. Für mich war er immer nur der kleine Bobby. Tja, so war das wohl.»

Falls die Frau ihm seine Geschichte nicht abkaufte, ließ sie es sich zumindest nicht anmerken. Sie tippte etwas in ihren PC und wartete, bis die gewünschte Information auf dem Monitor erschien. «Ja. Cherone, Abbigale. Ist gestern hier angekommen.»

«Ist sie auf ihrem Zimmer?»

Wendy Hall warf einen Blick auf die Schlüsselwand. «Nein», sagte sie. «Miss Cherone ist fort.»

Hoss hätte gerne noch ein wenig weitergeplaudert, aber ihm wollte auf die Schnelle kein geeignetes Thema einfallen. Er war außer Übung in solchen Sachen. So murmelte er nur ein Dankeschön und begab sich zu der Polsterbank in der Mitte des Eingangsbereichs. Er nahm sich eine Autozeitschrift aus der Ablage und tat so, als würde er darin lesen. In Wahrheit beobachtete er aus dem Augenwinkel die Tür. Dabei fiel sein Blick auch immer wieder auf Wendy Hall an der Rezeption.

Zwei Stunden später kamen Abbigale Cherone und Bobby zur Eingangstür herein. Hoss erkannte sie sofort nach der Beschreibung, die Jenny ihm gegeben hatte.

Die beiden gingen dicht an ihm vorbei, ohne von ihm Notiz zu nehmen, und steuerten auf den Lift zu. Hoss behielt noch einen Augenblick den Eingang im Auge, bis er sicher war, daß ihnen niemand folgte. Dann schlenderte er hinter ihnen zu den Aufzügen.

«Guten Abend», grüßte Hoss. Er war noch nicht sicher, wie er anfangen sollte. «Auch hier abgestiegen?»

«Ja.» Es war der Junge, der antwortete. Die Frau, die bis dahin nur mißmutig auf die Liftanzeige gestarrt hatte, warf ihm einen geringschätzigen Blick zu.

«Darf man fragen, woher Sie kommen?» fragte Hoss weiter.

«Aus Kanada. Genauer gesagt aus Three Pine Village, das liegt ...»

Bevor Bobby weitersprechen konnte, fiel ihm die Frau ins Wort: «Langweile den Herrn nicht mit unserer Lebensgeschichte.» Und in Hoss' Richtung murmelte sie: «Verzeihung, Mister.»

«Macht nichts», sagte Hoss. Er wollte gerade beginnen, von Jenny zu erzählen, als der Aufzug klingelte. Die Tür öffnete sich, und eine Familie mit vier Kindern drängte aus der Kabine.

Als Gale, Bobby und Hoss endlich im Aufzug standen, schien die richtige Gelegenheit gekommen zu sein. Doch kaum wollte der Dicke loslegen, als sich auch schon eine Hand auf seinen Mund preßte und er gegen die Liftwand gedrückt wurde: Gale Cherone hatte ihn übermannt. Obwohl er viel mehr Masse hatte, war er zu perplex, um sich zu wehren. Bis er sich einigermaßen gefangen hatte, fühlte er etwas Scharfes, Gezacktes an seiner Kehle.

«Das ist mein Zimmerschlüssel, Mister», zischte die Frau. «Ich bin sicher, daß er seinen Zweck tut, wenn Sie nicht genau das tun, was ich Ihnen sage.»

«Aber Tante Gale», schaltete sich Bobby ein. «Was tust du denn da?»

«Du solltest nicht soviel mit Fremden quatschen, sondern statt dessen deine Augen besser offenhalten», mahnte die Indianerin. «Er beobachtet uns, seit wir das Hotel betreten haben.» Und zu Hoss sagte sie, ohne den Druck des Schlüssels zu verringern: «Ich nehme jetzt meine Hand von Ihrem Mund, okay? Und dann hoffe ich, daß Sie eine gute Erklärung für Ihr Verhalten haben.»

Eine halbe Stunde später saßen sie zu dritt in Gales Zimmer. Als Hoss seine Geschichte erzählt hatte, entschuldigte Gale sich für ihr rüdes Verhalten.

«Tut mir leid», sagte sie mit ehrlichem Bedauern in der Stimme. «Aber ich habe mir schreckliche Sorgen um meine Tochter gemacht. Bobby und ich waren heute bei ihrer Wohnung, aber dort hat niemand aufgemacht. Auch die Nachbarn wußten nicht, was mit ihr los ist. Und ihr Chef sagt nur, sie hat ein paar Tage freigenommen.»

Hoss nickte. «Sie mußte untertauchen, denn sie hat es mit einem sehr mächtigen Gegner aufgenommen. Wir können gar nicht vorsichtig genug sein. Angus Frazer ist zu allem entschlossen, und für ihn arbeitet eine ganze Organisation, die wir nicht näher kennen. Vielleicht sind es nur zehn Mann, vielleicht aber auch eine ganze verdammte Armee. Außerdem hat Frazer Verbindungen zur Polizei. Und alle sind sie hinter uns her. Wir müssen sehr auf der Hut sein, wenn wir nicht unter die Räder geraten wollen.»

«Wann werde ich meine Tochter wiedersehen, Mr. Morris?» fragte Abbigale Cherone.

«Heute abend. Aber vorher sollten wir noch das Hotel wechseln. Sie haben erzählt, daß Sie bei Jennys Wohnung vorbeigeschaut haben. Ich bin mir ziemlich sicher, daß Sie beide seitdem beobachtet werden. Wenn wir heute abend nicht alle draufgehen wollen, sollten wir sehen, daß wir Ihre Verfolger bis dahin abschütteln.»

Bobby ging in sein Zimmer und kam fünf Minuten später mit gepacktem Koffer zurück. Auch Gale war schon fertig.

«Verdammt! Was haben Sie denn da drinnen?» keuchte Hoss mit hochrotem Kopf, als er Gale den Koffer zum Lift trug. So klein er war, so beachtlich war sein Gewicht.

«Nur das Nötigste», antwortete Gale.

«Na, dann hatte ich ja noch mal Glück. Noch eine Schminkdose mehr, und ich würde zusammenbrechen!» Als sie am Aufzug ankamen, stand ihm der Schweiß auf der Stirn. «Ich schwöre, ich habe noch nie einen so schweren Koffer getragen. In meinem ganzen Leben noch nicht.»

Zum ersten Mal seit sie sich begegnet waren, hatte Hoss den Eindruck, daß Abbigale Cherones Mundwinkel sich zu einem Lächeln verziehen wollten.

«Sie ist nicht immer so ernst, Mr. Morris», flüsterte Bobby dem Dicken zu. «Es ist nur ... Sie macht sich eben Sorgen um Jenny, das ist alles. Sie werden sehen: Heute abend wird sie bessere Laune haben.»

«Will ich auch hoffen», raunte Hoss Bobby zu. «Ich kenne einen Leichenbeschauer, der fröhlicher ist. Aber Schwamm drüber. Verraten Sie mir lieber, was in dem Koffer ist. Ihre gottverdammte Schrankwand?»

«Geld. Fast nichts außer Geld.»

«Wollen Sie mich verkohlen?»

«Absolut nicht.»

«Warum denn ausgerechnet Geld? Es gibt Kreditkarten. Wir leben im zwanzigsten Jahrhundert.»

«Nicht Tante Gale», sagte Bobby. «Sie gehört nicht gerade zu den modernsten Leuten. Sie zahlt *ausschließlich* mit Bargeld. Sie dachte, wenn Jenny in Schwierigkeiten ist, dann sind das bestimmt finanzielle. Deswegen hat sie den kompletten US-Dollarbestand der *Canadian Fidelity* in Three Pine Village aufgekauft. Ich glaube, es waren auch etliche Münzen dabei.»

«Das heißt, der Koffer ist nichts als ein verdammter Geldbeutel? Mein Gott, Ihre Tante ist verrückt.»

Bobby räusperte sich. «Na ja, sie ist nicht wirklich meine Tante.»

Im Aufzug erklärte Hoss den beiden anderen, wie er ihre Verfolger abzuschütteln gedachte.

«Ziemlich simpel», kommentierte Gale seinen Plan. «Aber es könnte funktionieren. Zumindest ist es einen Versuch wert.»

Während Gale und Bobby ihre Koffer in die Tiefgarage brachten, erledigte Hoss die Formalitäten. Er stellte sich dabei vor, wie es gewesen wäre, wenn Abbigale Cherone die Hotelrechnung bezahlt hätte. Wie hätte Wendy Hall wohl reagiert, wenn die Indianerin den Koffer auf den Tresen gelegt und daraus ein Bündel Geldscheine gezaubert hätte?

Hoss fragte seine neue Traumfrau nach dem Hinterausgang und verließ auf diesem Weg das ‹Boorman's Regency›. Er wechselte die Straßenseite und schien wie ein gewöhnlicher Passant auf dem belebten Gehweg dahinzuschlendern. In Wahrheit postierte er sich so, daß er die Hotelfront gut im Blick hatte. Eine Gruppe von fünf schwarzen Jugendlichen stand neben ihm an der Ecke. Hoss hörte, wie sie sich über seine Körperfülle lustig machten.

Zähneknirschend ignorierte Hoss die Sticheleien. Er sah auf die Uhr und stellte fest, daß Bobby und Gale jeden Moment aus der Tiefgarage kommen mußten. Tatsächlich! Einen Augenblick später registrierte Hoss den metallicgrünen Chevy. Gale saß hinter dem Steuer, Bobby war neben ihr. Ohne große Rücksicht auf den dichten Verkehr zu nehmen, drängte der Wagen in die Fahrbahn und reihte sich in die Linksabbiegerspur ein.

Während die Ampel auf Grün umsprang und Gale und Bobby um die Ecke verschwanden, bemerkte Hoss, wie sich fünfzig Meter weiter hinten ebenfalls ein Wagen – eine cremefarbene Corvette – in den Verkehr einordnete. Unauffälliger als Gale es getan hatte – aber nicht unauffällig genug.

Nun denn, dachte Hoss. Das mochte auch ein Zufall gewesen sein. In zwei oder drei Minuten würde man sehen.

Kurze Zeit später tauchte Gales grüner Chevy wieder auf. Sie war einmal um den Block gefahren und hielt wieder vor der Einfahrt zur Tiefgarage des Hotels. Und sie hatte die cremefarbene Corvette im Schlepptau.

Bingo! dachte Hoss. Feind erkannt! Jetzt mußte er ihn nur noch abschütteln.

Er kramte aus seiner Hosentasche eine Zwanzigdollarnote und schielte zu den fünf Schwarzen, die ihn ‹Fettklops› und ‹Elefantenarsch› genannt hatten. Obwohl er wahnsinnig gern einen Streit mit ihnen vom Zaun gebrochen hätte, riß er sich zusammen, denn er wollte mit ihnen ein Geschäft machen. Er hielt den Geldschein in die Höhe und sagte: «Okay, Jungs, ich bin nicht nachtragend. Wollt ihr euch auf die Schnelle 'nen Zwanziger verdienen?»

Hoss wartete, bis Gale und Bobby an der Ecke hielten. Dann stieg er ein. Seinen eigenen Wagen, den Ford-Kleinbus, ließ er in der Tiefgarage des ‹Boorman's Regency› zurück. Er wollte ihn irgendwann in den nächsten Tagen abholen, was ihm einen Grund gab, Wendy Hall wiederzutreffen.

«Denken Sie, wir können unseren ‹Schatten› abschütteln?» fragte Bobby, der sich auf die Rückbank verdrückt hatte.

«Da bin ich absolut sicher», antwortete Hoss. «Jeder, der es in L. A. mit einer Schwarzen-Gang aufnehmen will, ist entweder total irre oder tot.»

Als der metallicgrüne Chevy losfuhr, wollte sich auch die cremefarbene Corvette wieder in die Autoschlange einordnen. Aber fünf schwarze Jugendliche hatten sich bereits vor dem Wagen postiert.

Der Fahrer kurbelte das Fenster herunter und schrie: «Hey, ihr verdammten Idioten! Weg da!» Für Nigger hatte er nichts übrig. «Ich hab's eilig!»

«Is nich, Opa!» sagte der Anführer der Gruppe. «Leg 'ne Pause ein. In fünf Minuten kannste fahren, wohin du willst. Aber so lange wirst du hier bleiben müssen.»

Der Fahrer hätte am liebsten die Pistole aus dem Schulterholster unter seinem Sakko gezogen und allen fünf eine Kugel in den Kopf gejagt. Statt dessen zwang er sich zur Freundlichkeit: «Kommt schon, Jungs! Was soll's kosten? Ist ein Fünfziger okay?» Er hielt dem Anführer einen Schein unter die Nase.

Der Schwarze beugte sich zu ihm herunter, nahm die Banknote in Empfang und besah sie prüfend. «Danke, Mann», sagt er. «Ich behalte dein Geld. In fünf Minuten darfst du fahren.»

Der Mann war hin- und hergerissen. Er wollte den grünen Chevy nicht aus den Augen verlieren. Andererseits konnte er nicht einfach auf offener Straße fünf Jugendliche erschießen. Vielleicht ließen sich die Jungs ja bluffen? Zumindest war es einen Versuch wert. Er zog seine Waffe und zielte damit auf denjenigen, der sein Geld genommen hatte. «Hör mir mal gut zu!» zischte er. «Ihr macht jetzt alle ein paar Schritte zur Seite und laßt mich losfahren, sonst kann ich für nichts garantieren!»

Doch er hatte die Rechnung ohne die vier anderen gemacht: Innerhalb einer Sekunde hatten sie – woher auch immer – ein ganzes Waffenarsenal hervorgezaubert, das auf seinen Kopf gerichtet war. Er wußte, wenn er auch nur einen Schuß abgeben würde, war er selbst ein toter Mann.

Trotz seiner inneren Anspannung versuchte er ein möglichst entspanntes Lächeln aufzusetzen. «Nichts für ungut, Jungs», sagte er betont lässig, während er seine Waffe wegsteckte. «Dann warte ich eben noch ein paar Minuten.»

Es war Nick Rydell, und er hatte das Gefühl, daß wieder einmal etwas gründlich schiefgelaufen war.

[39]

«Bitte erklären Sie uns, was heute nacht passiert ist», sagte Pierre Dupont. Er war der Sprecher der EGO-Delegation. «Heute lesen wir in der Zeitung, daß es Schwierigkeiten gegeben hat.»

Er und seine vier Kollegen – zwei Deutsche, ein Spanier und ein Italiener – saßen auf der einen Seite des Konferenztisches. Angus Frazer saß ihnen gegenüber und wirkte gelassen. Innerlich war er jedoch angespannt, denn die Europäer verlangten eine gute Erklärung. Allein davon hing jetzt alles ab.

«Dieser Zwischenfall hat keinerlei Bedeutung», versicherte Angus Frazer. «Er ist ärgerlich für mich, und er wird mich ein paar tausend Dollar kosten, aber für unser Geschäft ist er absolut irrelevant, Monsieur Dupon.»

«Probleme fangen immer klein an», erwiderte der Franzose ernst. «Vielleicht ist es nur ein unbedeutender Einbruch gewesen. Vielleicht handelt es sich aber auch um Industriespionage oder Sabotage. Wir können es uns nicht leisten, 150 Millionen Dollar an eine Firma zu zahlen, die Konkurrenzprobleme hat und womöglich nicht liefern kann.» Die anderen vier nickten heftig.

Angus Frazer hatte genau das befürchtet. Mit dem nächtlichen Einbruch hatte dieses Cherone-Mädchen unwissentlich seinen wunden Punkt getroffen. Würde ihretwegen tatsächlich der Deal seines Lebens platzen? Er hatte Mühe, seinen Zorn im Zaum zu halten.

«Monsieur Dupont, meine Herren – ich habe einen konkreten Verdacht», sagte er. «Aller Wahrscheinlichkeit nach hat einer unserer Fahrer, den wir vor kurzem entlassen haben, diesen Einbruch verübt. Ich nehme an, er wollte mich aus Rache schädigen. Oder er hat versucht, Unterlagen zu entwenden, um mich damit zu erpressen.» Frazer vereinfachte die Geschichte absichtlich, um keine weiteren Fragen zu provozieren. «Aber er hatte keinen Erfolg. Ein Lkw ist kaputtgegangen. Sonst ist kein weiterer Schaden entstanden.»

Es dauerte noch eine halbe Stunde, bis Frazer die Delegation endlich wieder soweit hatte, daß der Abschluß des Geschäfts nicht mehr gefährdet war. Nur mit dem Preis waren die Europäer nun nicht mehr einverstanden. Statt der ursprünglich vereinbarten 150 Millionen US-Dollar boten sie nur noch 120.

Eine weitere Stunde später hatten sie sich auf 130 Millionen Dollar geeinigt. Mit einem Glas französischem Champagner, den Frazer extra für diesen Anlaß besorgt hatte, wurde das Geschäft besiegelt.

Obwohl Angus Frazer sich zunächst über den Mindererlös aufgeregt hatte, war er jetzt ganz zufrieden. 130 Millionen war kein schlechter Preis. Und er benötigte dieses Geld äußerst dringend.

[40]

Jenny und Noah fuhren mit dem Bus zum *California Medical Center.* An der Anmeldung fragten sie nach Mrs. Lam und ihrem Sohn. Sie seien beide in der Virologie, wurde ihnen gesagt.

Während Jenny durch ein Labyrinth nach Desinfektionsmittel riechender Flure ging, stieg in ihr automatisch die Erinnerung an das Leichenschauhaus auf. Dort hatte es genauso gerochen.

Als Jenny und Noah die Glastür zur virologischen Abteilung passierten, wurde der Geruch noch beißender. In ihrer Sauberkeit wirkten Boden, Wände und Decken geradezu bedrohlich, als hätte der Geist der Todkranken sich hinter ihnen versteckt, ständig auf neue Opfer lauernd.

Der Gedanke ließ Jenny nicht los. Was, wenn sie sich tatsächlich an dem Ampulleninhalt angesteckt hatte? Vielleicht würde sie schon bald wieder hier sein, nicht als Besucherin, sondern als Patientin. Allein die Vorstellung war grauenhaft.

«Ist Ihnen nicht gut?» fragte Noah. «Sie sehen blaß aus.»

«Es ist nichts weiter. Nur diese Atmosphäre – sie hat so etwas Beklemmendes.»

«Ja, wir sollten froh sein, daß wir gesund sind.»

Sie fragten eine Krankenschwester nach Chan Lam und wurden in den Quarantänebereich geschickt. Hier war alles noch bedrükkender. Auf den ersten Blick hatte der Junge zwar ein ganz gewöhnliches Zimmer, in einem unterschied es sich aber von allen anderen: Eine Glasscheibe trennte den Patienten von den Besuchern. Man konnte nur über eine Gegensprechanlage miteinander kommunizieren.

Als Jenny an die Scheibe klopfte, kam Chan Lam näher. Er lächelte sie an, aber seine Augen waren leer.

«Hallo, Chan», sagte Jenny. «Kannst du mich verstehen?»

Der Junge nickte.

«Gut. Ich bin Jenny. Der Mann neben mir ist Noah. Wir sind hier, um dich zu besuchen.»

Chan lächelte.

«Ich habe gehört, du bist mit Mason van Hoorn befreundet. Ihr habt vor kurzem mit seiner Ratte gespielt, stimmt's?»

Chan sagte etwas auf koreanisch. Jenny hatte nicht den Eindruck, daß er sie verstanden hatte. Sie wiederholte ihre Frage, wieder mit demselben Ergebnis. Als er schließlich seine kleine Hand hob und sie gegen die Scheibe preßte, ahnte Jenny, was er ihr sagen wollte. Er fühlte sich alleine. Von einem Moment auf den anderen hätte Jenny am liebsten losgeheult. Dieses kleine, eingesperrte Geschöpf tat ihr leid. Um ihm zu zeigen, daß sie begriffen hatte, legte sie ebenfalls eine Hand an die Glasplatte. Als Noah dann auch noch seine Hand gegen die Scheibe preßte, strahlte der Kleine.

Etwas später unterhielten Noah und Jenny sich mit seiner Mutter. Sie war nur ein Zimmer weiter untergebracht, dennoch durfte sie ihren Sohn nicht sehen, geschweige denn zu ihm.

«Das sein sehr traurig», jammerte sie in die Gegensprechanlage. «Arzt nicht sagt, wann ich darf zu ihm. Chan so allein. Ich auch so allein. Bitte, Sie sprechen mit Arzt. Bitte.»

«Ich bin sicher, Mrs. Lam, daß der Arzt gute Gründe dafür hat, daß er sie getrennt untergebracht hat.»

Jenny ahnte, wie hart ihre Worte klingen mußten. «Er wird Sie bestimmt zu Ihrem Sohn lassen, sobald Ihr Gesundheitszustand es erlaubt.»

Mrs. Chan brach in Tränen aus.

«Bitte weinen Sie nicht», sagte Jenny. «Ich bin zu Ihnen gekommen, weil ich Ihnen sagen wollte, daß ich weiß, wer für diese Krankheit verantwortlich ist.» An der ich mich vielleicht ebenfalls angesteckt habe, dachte sie. «Ich verspreche Ihnen, daß ich alles tun werde, damit Sie möglichst bald wieder hier herauskommen.»

«Sie sein gute Frau», sagte Mrs. Lam. «Hoffentlich Sie uns können helfen.»

«Den Lams ist nicht mehr zu helfen», sagte Doktor Zamora, der behandelnde Arzt, später in seinem Büro, nachdem er Jenny ein Kühlkissen für ihr noch immer geschwollenes Gesicht und eine Salbe für ihre Lippen gegeben hatte. «Weder dem Jungen noch seiner Mutter. Ich habe es Mrs. Lam nur noch nicht gesagt. Und Ihnen, Miss Cherone und Mr. Washington, erzähle ich es nur, weil Mrs. Lam mich ausdrücklich darum gebeten hat. Sie hofft, daß Sie etwas zu ihrer Genesung beitragen können. Und natürlich zu der ihres Sohnes. Aber ganz offen gesprochen: Ihre Hilfe wird zu spät kommen. In spätestens zwei, drei Tagen sind die beiden tot. Ich weiß, das klingt hart, aber es ist die traurige Realität.

Jenny verschlug es schier den Atem.

«In aller Regel haben wir es in der Virologie mit Krankheiten zu tun, gegen die man wenigstens begrenzt etwas ausrichten kann. Diese hier gehört nicht dazu», fuhr Doktor Zamora fort. Ich habe dieses Virus noch nie gesehen. Bisher konnte ich noch nicht einmal lokalisieren, wo der Virenstamm sitzt. Ich weiß nur, wie er sich auswirkt, und das ist erschreckend.»

Jenny war hin- und hergerissen. Wenn sie nun ebenfalls dieses Virus in sich trug? Wollte sie überhaupt mehr darüber wissen?

Aber schon erzählte Dr. Zamora weiter: «Es befällt die inneren Organe. Eins nach dem anderen. Es schleust sich in die menschliche DNA ein und veranlaßt sie, einen Stoff zu produzieren, der die Zellwände zerstört. Die befallenen Organe lösen sich praktisch auf. Bei dem Jungen wurde vermutlich zuerst die Lunge angegriffen. Aber auch Leber und Nieren sind inzwischen in Mitleidenschaft gezogen worden. Wie es aussieht, hat Mrs. Lam sich erst etwas später angesteckt, vermutlich durch ihren Sohn. Bei ihr wurde zunächst die Galle befallen, aber nun hat das Virus ebenfalls die Lunge angegriffen. Ich bin dagegen machtlos, so leid es mir tut. Alles, was ich tun kann, ist, die beiden unter Quarantäne zu halten, damit das Virus sich nicht ausbreitet. Denn es ist hochgradig ansteckend. Es überträgt sich durch Inhalation, ähnlich wie Grippe.»

Jennys Lippen schienen schlagartig auszutrocknen. Wenn sie diesen Erreger in sich trug – wen hatte sie dann schon alles angesteckt? Noah? Hoss? Dr. Zamora? War sie eine Gefahr für jeden, der in ihre Nähe kam?

«Ab wann kann man andere damit anstecken?» fragte sie, bemüht, nur interessiert, aber nicht betroffen zu klingen.

«Es dauerte etwa drei Tage, bis das Virus sich im Körper entfaltet. Erst danach kann man circa vier Tage lang andere anstecken», sagte der Arzt. «Deswegen ist Mrs. Lams Krankheit auch noch nicht so weit fortgeschritten wie bei ihrem Sohn.»

Jenny atmete innerlich auf. Gestern nacht war sie mit dem Ampulleninhalt in Berührung gekommen. Folglich hatte sie noch gute zwei Tage, in der sie niemanden anstecken konnte. Aber wie sollte es danach weitergehen?

[41]

Das Akanawe Inn an der 1st Street war randvoll, als Hoss, Bobby und Gale es pünktlich um acht Uhr abends betraten. Nur ein großer, runder Holztisch mit einer exotischen Schnitzerei in der Mitte war noch nicht komplett belegt. An ihm saßen Jenny und Noah.

Nie in ihrem Leben würde Abbigale Cherone diesen Moment vergessen. Das Gesicht ihrer Tochter, als sie sich zu ihr umdrehte und sie erkannte. Das Gesicht mit den blauen Flecken und den rissigen Lippen, das Gesicht eines kleinen, erleichterten, verletzten Mädchens. *Ihres* Mädchens. Was hatte sie sich für Sorgen um sie gemacht, welche Ängste hatte sie ihretwegen ausgestanden! Aller Streit war plötzlich wie weggewischt.

Mutter und Tochter fielen sich in die Arme. «Ich bin froh, dich wiederzusehen!» flüsterte Gale und drückte Jenny fest an sich. «Ich wünschte nur, daß die Umstände andere wären.» An ihrer Wange lief eine Träne der Erleichterung herab. Die Frau, die Hoss noch wenige Stunden zuvor als ruppigen Granitbrocken kennengelernt hatte, ließ ihren Gefühlen nun freien Lauf.

Dann war Bobby an der Reihe, Jenny zu umarmen. «Du hast mir mit deinem Telefonat vorgestern nacht einen ganz schönen Schrecken eingejagt», sagte er.

Beim Essen erzählte Jenny ausführlich, was sie in den letzten Tagen alles durchlebt hatte. Das entwürdigende Verhör im Keller übersprang sie allerdings. Dieses Kapitel würde für immer ihr Geheimnis bleiben, schwor sie sich. Auch von ihrer Befürchtung, sich mit einem tödlichen Virus infiziert zu haben, sagte sie vorerst nichts. Sie wollte ihrer Mutter das Wiedersehen nicht verderben. Und sie wollte selbst möglichst wenig daran denken. «Die letzten Tage waren furchtbar», schloß sie. «Ich bin da in eine Sache hineingerutscht, die ich nicht kontrollieren kann. Alles geht schief.»

Auch Gale hatte einiges zu erzählen. Von dem Überfall vor Lukes Drugstore, bei dem die beiden Gangster sich als Papst und Ronald Reagan verkleidet hatten. Von der überstürzten Flucht, bei der sie den alten Trevor angefahren hatten. Und davon, daß Trevor vorübergehend Bobbys Posten als Hilfssheriff eingenommen hatte.

«Ja, ich weiß», sagte Jenny. «Ich habe heute morgen in Three Pine Village angerufen, und da hat Trevor mir seine Geschichte erzählt. Ich frage mich nur, wie er und Onkel Dan miteinander auskommen.»

Gale lachte und sagte: «*Das* frage ich mich auch.»

[42]

Roddy Elmer, Nick Rydells rothaariger Kumpel, behielt von seinem Wagen aus den Eingang des Akanawe Inn im Auge. Wenn er daran dachte, wie ihm dieses Cherone-Mädchen bei der nächtlichen Flucht durch den Wald vor zwei Tagen durch die Lappen gegangen war, war ihm noch immer zum Kotzen zumute. Er hatte dieses gottverdammte Mädchen unterschätzt. Nicht nur er – alle! Keiner in der Organisation hatte sich träumen lassen, daß diese Göre zu einem ernsthaften Problem werden würde. Neben Roddy saß Benny Lipton auf dem Beifahrersitz. Auch er hatte noch eine Rechnung mit Jenny Cherone offen, denn sie war ihm bei der nächtlichen Schießerei in Noahs Wohnung entwischt.

«Herrgott, wie lange wollen die denn noch da drinnen hokken?» maulte der junge Mann vor sich hin. «Geduld ist die erste Tugend des Jägers», hielt Roddy Elmer ihm entgegen. Beim Sprechen spürte er noch seine wunde Wange. «Warten zu können, das ist die halbe Kunst.»

«Wir sitzen hier jetzt schon seit drei Stunden herum. Ich hab keine Lust mehr. Ich will sie endlich kaltmachen, diese Frau und die anderen Idioten. Wenn sie rauskommen, dann pusten wir sie um, okay?»

«Ich sagte, warten zu können ist die *halbe* Kunst», schnauzte Roddy seinen Beifahrer an. «Die andere Hälfte besteht darin, gelegentlich sein Gehirn einzuschalten. Wenn wir hier herumballern wie irgendwelche Straßengangster, werden uns vermutlich eine Million Bürger von Los Angeles dabei beobachten, du dämlicher Hund. Wenn wir erwischt werden, dann sitzen wir für den Rest unseres Lebens hinter Gittern. Ist es das, was du willst?»

«Ich denke, wir haben Kontakte bei den Bullen», erwiderte Benny Lipton gelangweilt. «Also was soll's?»

«Nur weil wir ein paar Polizisten gekauft haben, können wir uns noch lange nicht *alles* erlauben!»

Benny wollte etwas entgegnen, aber in diesem Moment kamen die fünf, die sie verfolgten, aus dem Akanawe Inn heraus.

«Ein gutes Gefühl, endlich unbeobachtet zu sein», sagte Hoss, als er in den metallicgrünen Chevy einstieg, den Gale und Bobby für die Dauer ihres Aufenthalts gemietet hatten. Noah, Jenny und Bobby drängten sich in die hintere Sitzreihe.

Gale klemmte sich hinters Steuer. «Ja», sagte sie zu dem Dicken neben sich. «Es ist wirklich beruhigend zu wissen, daß man sich frei bewegen kann.»

Das ‹Hernando› war ein Motel der unteren Mittelklasse, aber die Hauptsache war ein Dach über dem Kopf und ein Bett für die Nacht. Vor allem Jenny wünschte sich nichts mehr, als wieder einmal so richtig ausschlafen zu können.

Jenny und ihre Mutter gingen in ein Doppelzimmer. Bei den Männern entschied das Los, daß Hoss ein Zimmer für sich allein bekam. Noah und Bobby teilten sich eine Unterkunft.

Als Jenny unter die Decke auf ihrer Seite des Bettes kroch, schien ihre Mutter schon zu schlafen. Der Wecker auf dem Nachttisch zeigte 00:14 Uhr an.

«Schläfst du schon, Mom?» fragte Jenny leise.

«Nein», sagte Gale und öffnete ihre Augen. «Ich war nur in Gedanken.»

«Über was denkst du nach?»

Gale lächelte. «Nun, wie soll ich sagen? Ist das mit Noah und dir etwas Ernstes? Mir ist aufgefallen, wie er dich heute abend angesehen hat. Nicht oft, ich glaube, er wollte nicht, daß es jemand bemerkt. Aber es ist mir nicht entgangen.»

«Und wenn es so wäre?» fragte Jenny. «Ich meine, wenn Noah und ich zusammen wären? Was würdest du sagen?»

Gale überlegte. «‹Gute Wahl, mein Kind!› – Das würde ich sagen.»

Jenny lächelte, und die beiden Frauen sahen sich eine Weile einfach nur an. Dann fiel Jenny auf einmal ein, daß bereits der 14. Juni war. «Alles Gute zum Geburtstag, Mom», sagte sie.

«Komm her und laß dich von mir umarmen.»

«Ich liebe dich, Mom.»

«Ich liebe dich auch. Es tut mir leid, daß wir uns an Weihnachten so gestritten haben.»

Plötzlich liefen Jenny Tränen die Wangen herab.

«Aber, aber!» Gale drückte Jenny fest an sich und streichelte ihr über den Rücken, wie sie es früher immer getan hatte, als Jenny noch ein kleines Mädchen gewesen war. «Ich bin ja hier, mein

Kind. Alles wird wieder gut. Wir haben doch bisher auch alles in den Griff bekommen.»

Aber Jenny konnte nicht mehr mit Weinen aufhören. Sie machte sich Selbstvorwürfe, weil sie ihre Mutter mit in diese Sache hineingezogen hatte. Sie war auf einmal von der schrecklichen Vorstellung erfüllt, Gale könne hierbei etwas zustoßen. Und sie, Jenny, wäre Schuld daran.

Roddy Elmer und Benny Lipton waren dem grünen Chevy in sicherem Abstand gefolgt. Nun beobachteten sie das alleinstehende, zweigeschossige Motel schon eine ganze Weile.

Daß die fünf Observierten allesamt im oberen Stockwerk untergebracht waren – denn nur in diesen Zimmern brannte um diese Zeit noch Licht –, empfand Roddy als ein wohlwollendes Zeichen des Schicksals. Diese Nacht würde keiner der fünf überleben.

Nachdem alle Lichter erloschen waren, fuhren er und Benny ein paar Meilen weiter, um in einem Schnellimbiß etwas zu essen und anschließend an einer Tankstelle zu halten. Eine Stunde später kehrten sie zum ‹Hernando› zurück – mit vollen Benzinkanistern auf dem Rücksitz.

«Guten Abend, mein Name ist Rico», begrüßte der junge Mann an der Rezeption die beiden Neuankömmlinge. Als er die Benzinkanister in ihren Händen sah, änderte sich sein freundlicher Tonfall. «Hey, was machen Sie denn da? Sie können doch nicht einfach …» Er brach mitten im Satz ab, ging eilig um die Theke und stellte sich demonstrativ vor den älteren der beiden Männer, der durch sein rotes Haar auffiel.

«Guten Abend, Mister», sagte Roddy und stellte seinen Ballast ab. Er fragte sich, ob Rico Puertoricaner war. Oder schwul. Oder beides. «Ich wollte sie nicht erschrecken.»

«Was ist in diesen Kanistern?» Ricos Augen hüpften zwischen Roddy Elmer und Benny Lipton hin und her. «Benzin?»

«Ja, Benzin.»

«Das dürfen Sie hier nicht reinbringen, Mann», lamentierte Rico. «Das ist gefährlich. Das Zeug könnte anfangen zu brennen.»

«Das ist ja der Sinn», sagte Roddy und schlug seinem Gegenüber seine Faust hart in die Magengrube. Rico ging zusammengekrümmt zu Boden und blieb bewußtlos dort liegen.

Roddy Elmer und Benny Lipton schraubten die Deckel von den Kanistern und verteilten das Benzin gleichmäßig im ganzen Erdgeschoß. Es war wichtig, daß das Erdgeschoß gut in Flammen aufging, damit Flucht unmöglich war. Der Nigger und seine Freunde sollten in ihren Zimmern gut durchgeröstet werden, erklärte Roddy dem Jüngeren. Wenn das Motel erst bis auf das Grundgerüst herabgebrannt war, würde niemand mehr ihre Leichen von einem Haufen Dreck unterscheiden können.

«Und jetzt geh raus, und bespritze die Fassade mit Benzin», befahl Roddy, während er selbst die Rezeption und den Raum dahinter anpeilte.

Kurz darauf war Benny wieder da. «Alles erledigt», zischte er. «Hier kommt keiner lebend raus.»

«Dann fehlt nur noch das Obergeschoß», sagte Roddy. Gemeinsam machten sie sich auf den Weg nach oben. Unter ihren Sohlen knarrten leise die Holzdielen. Es war das Geräusch des nahenden Todes.

Trotz – oder gerade wegen – des Alkohols, den Hoss im Akanawe Inn getrunken hatte, hatte er einen unruhigen Schlaf. Wirres Zeug träumend, wälzte er seinen schweren Körper immer wieder auf dem Doppelbett hin und her. Obwohl er das Fenster einen Spalt breit offengelassen hatte, war es heiß in dem kleinen Zimmer. Sein Unterhemd war durchgeschwitzt.

In seinem Traum durchstreifte er die Wüste. Sengende Hitze dörrte ihn langsam aber sicher aus. Er versuchte, sich mit einer Hand Luft zuzufächeln, aber es war vergeblich. Gegen die Unnachgiebigkeit der Sonne hatte er keine Chance. Die Helligkeit des Lichts blendete ihn. Der Himmel war nicht mehr blau, sondern genauso grellgelb wie der heiße Wüstensand. Schweiß rann ihm in kleinen Rinnsälen am Gesicht herab.

Und dann lag da plötzlich eine Wasserflasche vor ihm im Sand.

Er ergriff sie – sie war eisgekühlt! – und trank daraus. Ja, das tat gut. Er trank so hastig, daß ihm das Wasser aus den Mundwinkeln quoll und über sein Kinn und seinen Hals rann. Aber das war ihm egal. Jeder Schluck gluckste so verlockend, daß er gar nicht mehr mit Trinken aufhören konnte. Erst als die Flasche leer war, setzte er sie wieder ab und warf sie zurück in den Sand.

Doch das Glucksen ging weiter! So, als wäre noch etwas Wasser in der Flasche, das sich nutzlos in den heißen, staubigen Wüstensand ergoß.

Da wußte Hoss auf einmal, daß das Geräusch aus einer anderen Welt zu ihm drang. Aus einer Welt jenseits seines Traums.

Sofort war Hoss hellwach. Er setzte sich in seinem Bett auf und lauschte. Einen Augenblick lang war es ruhig, doch dann hörte er wieder das Glucksen, das ihm bereits aus seinem Traum vertraut war. Obwohl es dasselbe Geräusch war, hatte sich sein Charakter verändert. Es war nicht mehr das Gluckern, das einen Verdurstenden vor dem sicheren Tod rettete. Das Geräusch *war* der sichere Tod.

Als er dann noch das Benzin roch, hatte er keinen Zweifel mehr: Der Traum war eine Vorahnung gewesen. In Kürze würde es hier drinnen sehr, sehr heiß werden. Heißer als in der Wüste. Er stand auf, schnappte sich einen Stuhl und riß die Tür zum Flur auf.

Der junge Mann, der mit einem Kanister in der Hand vor ihm stand, war mindestens ebenso verdutzt wie Hoss. Der Dicke witterte darin seine Chance und holte mit dem Stuhl weit aus, doch plötzlich tauchte aus dem Dunkel eine zweite Gestalt auf. Ehe Hoss auch nur die Chance zu reagieren hatte, sah er eine Handkante auf seinen Hals zurasen. Sein Kehlkopf knackte entsetzlich laut, und das Geräusch ließ ihm einen eiskalten Schauer über den Rücken laufen. Verzweifelt – und ebenso vergeblich – schnappte er nach Luft. Seine Atemwege waren verstopft. Er wußte, daß die letzten Sekunden seines Lebens angebrochen waren. Kraftlos glitt ihm der Stuhl aus den Händen. Dann sackte er in die Knie, fiel um und blieb wie eine gefällte Eiche auf dem mit Benzin getränkten Holzboden liegen. Ein Teil seines Bewußtseins nahm die Schritte der beiden Männer über ihm wahr, zehnfach widerhallend, wie ihm schien. Ein anderer Teil produzierte rote und blaue Lichtblitze, die einen magischen Tanz vollführten und ihn in eine andere, bessere Welt lockten. Auf einmal sah er das Meer unter ihm hinwegrauschen, als sei er ein fliegender Vogel. Dann wieder befand er sich am Ende eines langen, dunklen Tunnels und raste mit atemberaubender Geschwindigkeit dem winzigen Lichtfleck am Ende zu. Und dort erwartete ihn Wendy Hall, die Rezeptionistin des ‹Boorman's Regency›, die er nun endlich näher kennenlernen würde.

Noah war durch den Lärm im Gang aufgewacht, aber es dauerte einen Moment, bis er ahnte, daß sich vor seinem Zimmer ein Kampf abspielte. Er sprang aus dem Bett, stürzte zur Tür und riß sie auf.

Eine Sekunde lang war er wie gelähmt. Vielleicht vergaß er deshalb auch zu schreien und damit die anderen zu warnen. Doch das blanke Entsetzen ergriff ihn, als er den toten Freund vor sich in der Mitte des dunklen Flures liegen sah – beleuchtet vom fahlen Licht des Mondes, das durch ein Außenfenster fiel.

Noah sollte aber keine Gelegenheit bekommen, sich seiner Trauer zu überlassen. Denn irgendwo neben ihm huschte ein Schatten auf ihn zu, griff ihn an und riß ihn zu Boden. Ein unnachgiebiger Griff schnürte ihm die Kehle zu.

Obwohl sein Gegner kräftig gebaut war, war Noah ihm körperlich überlegen. Ein Befreiungsschlag, ein Ellenbogenstoß gegen die Stirn, und der Fremde ließ von ihm ab. Noah wollte nachfassen, bekam aber einen Tritt ins Gesicht und konnte den Flüchtenden nicht mehr aufhalten. Bis er sich aufgerappelt hatte, war der andere schon die Treppen hinuntergerannt.

In der Zwischenzeit waren auch alle anderen wach geworden. Nacheinander erschienen sie im Gang.

«O mein Gott!» entfuhr es Bobby, als er im Halbdunkel den dicken Leichnam erkannte, über den Noah gebeugt war. Jenny und Gale waren ebenfalls schockiert. Angus Frazer hatte ein weiteres Opfer gefordert.

Auf der Brust des Toten ballte sich Noahs Faust. Am liebsten hätte er sich gehenlassen und einfach drauflosgeheult, aber er konnte nicht. Statt dessen spürte er in sich Haß von nie dagewesener Intensität aufsteigen. In diesem Moment schwor Noah sich, nicht eher zu ruhen, als bis er Frazer zur Strecke gebracht hatte. Selbst wenn es ihn selbst das Leben kosten sollte.

«Laß uns verschwinden.» Jenny war von hinten an ihn herangetreten und legte ihm eine Hand auf die Schulter. «Ich fühle mich hier nicht sicher.» Überall roch es nach Benzin, und die Gangster konnten nicht weit sein. Ein Wunder, daß das ganze Gebäude nicht schon lange lichterloh brannte.

«Du hast recht», sagte Noah und stand auf. «Holt eure Sachen. Wir treffen uns draußen.»

Viel Zeit zu packen blieb jedoch nicht. Als Jenny wieder in den Flur trat, stand das Erdgeschoß bereits in Flammen. Plötzlich war Bobby neben ihr.

«Wir kommen hier nicht lebend raus!» sagte Jenny resigniert.

«Doch, das werden wir! Beeilung.»

«Was, wenn diese Mistkerle draußen warten, um uns abzuknallen?»

«Dieses Risiko müssen wir eingehen. Jedenfalls ist es besser, als hier drinnen zu verbrennen.» Und beide rannten, so schnell es ihre Beine zuließen.

Entgegen Jennys Befürchtungen wurden sie im Freien nicht erschossen. Vermutlich hatten die Gangster nicht gewartet, weil sie nicht damit gerechnet hatten, daß jemand aus dem brennenden Gebäude entfliehen konnte. Oder sie wollten nicht gesehen und später womöglich als Brandstifter identifiziert werden.

«Verdammt, wo bleiben die beiden anderen?» Vor Aufregung konnte Bobby kaum ruhig stehen. Er versuchte, durch das lodernde Flammenmeer etwas im Gebäudeinnern zu erkennen. Vergeblich.

Noah und Gale standen an der obersten Treppe und waren gerade dabei hinunterzustürmen, als Gale etwas einfiel. «Wakan Tanka! Großer Geist! Beinahe hätte ich es vergessen!»

Bevor Noah nachfragen konnte, was los war, war Gale bereits wieder in ihrem Zimmer verschwunden. Blitzschnell kam sie zurück – mit ihrem Geldkoffer unter dem Arm. Noah wollte ihr in diesem Moment gehörig die Meinung sagen. Aber die Zeit drängte, weswegen er auf eine Gardinenpredigt verzichtete.

«Können wir jetzt endlich?» war alles, was er hervorbrachte, bevor er wegen des dichten Rauchs einen Hustenanfall bekam.

«Ich bin soweit! Aber ich glaube nicht, daß wir es durch den Vordereingang schaffen werden.» Gale sah die Treppe hinab. Der Weg von der untersten Stufe bis zur Tür war die reinste Flammenhölle. Nichts zu machen.

Noah wußte, daß Jennys Mutter recht hatte. «Ich sehe nur eine Möglichkeit», sagte er. «Die Treppen runter und dann leicht nach links. Wir müssen durchs Fenster.»

In der Tat schien dies die einzige Möglichkeit, ins Freie zu gelangen. «Unsere Klamotten werden zu brennen anfangen», sagte Gale. «Das schaffen wir so nicht. Kommen Sie!»

Sie packte ihn an seinem T-Shirt und zerrte ihn in die Dusche ihres Apartments. Sie selbst stieg ebenfalls in die enge Kabine. Ein paar Sekunden später standen Gale und Noah wieder auf der obersten Treppe – tropfnaß.

«Okay!» sagte Gale. «Dann los!»

Bobby und Jenny standen noch immer vor dem Eingang des brennenden Motels. Mit jeder Sekunde steigerte sich ihre Angst um Gale und Noah. Würden sie sich noch rechtzeitig in Sicherheit bringen können?

In diesem Moment zerbarst ein Fenster im Erdgeschoß, und zwei aneinandergeklammerte Gestalten prallten auf den Kieselsteinboden vor dem ‹Hernando›. Aus dem zersplitterten Fenster quoll dicker Rauch. Jenny und Bobby rannten auf die beiden zu und halfen ihnen, sich aus der Gefahrenzone zu bringen. Erst als sie mit einigem Abstand auf das niederbrennende Motel blickten, fiel Jenny auf, daß Noah und ihre Mutter triefend naß waren.

«Herrje, was habt ihr da drinnen denn so lange getrieben?» fragte sie.

«Kein Grund zur Eifersucht!» sagte Gale und erzählte Jenny alles. Auch daß sie noch einmal wegen des Koffers umgekehrt war, den sie noch immer fest umschlungen hielt.

«Bist du denn verrückt, Mom?» In Jennys Stimme lag Ärger und Besorgnis. «Du riskierst für dieses Geld dein Leben? Das darf doch einfach nicht wahr sein!

Gale sah ihre Tochter einen langen Augenblick schweigend an. Das Tosen des Feuers war plötzlich weit, weit weg. Irgendwie schien es Gale, als würde ihr erst jetzt so richtig bewußt werden, weswegen sie so viel Wert darauf gelegt hatte, den Koffer zu retten. «Du hast recht», sagte sie schließlich. «Wir haben heute nacht einen schrecklichen Verlust erlitten. Vor allem Sie, mein Junge.» Dabei sah sie Noah an, denn er hatte Hoss schon seit Jahren gekannt. «Und wir alle sollten kein unnötiges Risiko eingehen. Aber dieses Geld wird uns helfen, Angus Frazer und alle, die für ihn arbeiten, zur Strecke zu bringen.»

Der Rest der Nacht war ruhig verlaufen. Sie hatten sich aus dem Staub gemacht, bevor Feuerwehr oder Polizei eingetroffen waren, denn vor allem der Polizei wollte Jenny aus dem Weg gehen.

So hatten sie sich ein neues Motel gesucht und probiert, noch ein paar Stunden zu schlafen. Aber keinem war es so recht gelungen. Zu tief saß der Schock, zu groß war die Trauer.

Selbst Gale und Bobby, die Hoss nur wenige Stunden gekannt hatten, waren bis ins Mark erschüttert. Sie waren nach L. A. gekommen, weil sie glaubten, Jenny sei in Schwierigkeiten. Daß die Lage derart ernst war, hätten sie sich in ihren schlimmsten Träumen nicht ausgemalt.

Für Jenny war Hoss' Tod noch tragischer. Zwar hatte sie den Dicken ebenfalls noch nicht lange gekannt, aber in dieser kurzen Zeit hatte er sich als guter Freund erwiesen. Er hatte sie und Noah ins Labor eingeschleust, hatte sein Leben für sie riskiert. Und er hatte damit bezahlt. Sein Tod zeigte Jenny einmal mehr, mit welch grausamem Gegner sie es zu tun hatte. Sie haßte Angus Frazer und jeden, der seinem Befehl gehorchte.

Wer jedoch am meisten litt, war Noah. Er konnte kein Auge zutun. Sobald er es versuchte, sah er Hoss tot vor sich auf dem Boden liegen. So lag er nur reglos da, starrte an die Decke und grübelte darüber nach, ob sich dieses Schicksal irgendwie hätte abwenden lassen. Natürlich war das sinnlos, weil sich nichts mehr ändern ließ, und ein Teil seines Bewußtseins war sich darüber sogar im klaren. Aber er *mußte* einfach die ganze Zeit darüber nachdenken. Er konnte nicht anders. Schlaf war ihm in dieser Nacht nicht vergönnt.

Als Jenny sich am nächsten Morgen zum Frühstück in das Speisezimmer begab, saßen die drei anderen schon am Tisch. Sie murmelte ein ‹Guten Morgen›, setzte sich und goß sich eine Tasse Kaffee ein. Während sie den ersten Schluck trank, warf sie den anderen ein paar Blicke zu, aber keiner reagierte darauf. Alle waren in ihre eigenen Gedanken vertieft.

Nach ein paar Minuten hielt Jenny das Schweigen nicht länger aus. «Ich habe eine Frage», sagte sie. «Habt ihr euch schon einmal überlegt, wie uns diese Kerle aufspüren konnten? Ich meine, Hoss, Bobby und du, Mom – ihr habt sie doch abgehängt, als ihr euer Hotel verlassen habt.»

«Das haben wir», sagte Gale. «Hoss hat sehr schnell herausgefunden, welches Fahrzeug uns verfolgt hat. Wir haben es abgehängt, das steht fest.»

Nun schaltete sich Bobby ein: «Wenn diese Kerle, wie Jenny sagt, tatsächlich Verbindungen zur Polizei haben, dann hat vielleicht das halbe Police Department nach uns gesucht. Sie kannten die Automarke und – wenn sie nicht blind oder dämlich waren – das Kfz-Zeichen. Wir haben uns nicht allzu große Mühe gegeben, unser Auto zu verstecken.» Es trat eine kurze Pause ein, bevor Bobby weitersprach. «Übrigens tun wir das jetzt immer noch nicht.»

«Verflucht, du hast recht», murmelte Gale vor sich hin. «Wir sollten schleunigst unsere Wagen wechseln. Wenn heute nicht in der Zeitung steht, daß *fünf* Menschen im ‹Hernando› ums Leben gekommen sind, werden die Kerle wieder die Suche aufnehmen.»

Jenny war anzusehen, wie aufgeregt sie war. «Mir ist da eine Idee gekommen», sagte sie. «Ich habe es allmählich satt, ständig vor Frazer davonzulaufen. Klar, wir sind in sein Labor eingebrochen, aber wir haben nichts damit erreicht. Im Gegenteil, wir haben uns dadurch in Gefahr gebracht. Auch letzte Nacht haben wir nichts anderes tun können, als auf das zu reagieren, was Frazer uns aufzwingt. Immer ist er es, der uns treibt. Ich denke, es ist an der Zeit, den Spieß umzudrehen.»

«Ich weiß nicht, ob das überhaupt funktionieren kann.» Noah sprach leise. Er starrte immer noch scheinbar teilnahmslos aus dem Fenster. «Sie sagen es ja selbst: Wir haben schon einmal versucht, den Spieß umzudrehen, indem wir ins FrazerLab eingebrochen sind. Aber hat uns das nicht deutlich gezeigt, daß wir diesem Mistkerl nicht gewachsen sind? Hoss ist tot. Und er ist nicht der einzige, der bei dieser Geschichte sterben mußte. Jeder, der sich zu weit vorwagt, bezahlt mit seinem Leben.»

Jenny legte ihre Hand auf seine. «Ich war schon in der Höhle des Löwen», sagte sie sanft, ohne daß Noah seinen Blick vom Fenster abwandte. «Ich wurde von denen gekidnappt. Und ich bin ihnen – wenn auch nur mit knapper Not – entkommen. Deswegen glaube ich, daß wir zumindest eine Chance haben, gegen Frazer anzutreten. Wir müssen es nur richtig anpacken. Außerdem werden uns diese Mistschweine auch weiter verfolgen, wenn wir jetzt die Flinte ins Korn werfen. Die denken, wir wissen zuviel. Allein deswegen sind sie uns auf den Fersen. Als ich von Frazers Leuten verhört wurde, wollten die von mir weitere Namen wissen. Leute, mit denen ich über die Sache mit der Ratte gesprochen habe. Frazer glaubt, wir sind für ihn eine Gefahr. Wir müssen ihm jetzt zeigen, daß wir das auch tatsächlich sind.»

Noah sah sie an und lächelte matt. Er konnte sich nicht vorstellen, wie sie Frazer Paroli bieten sollten. Trotzdem interessierte ihn Jennys Plan. «Also lassen Sie hören!» sagte er, um Optimismus in seiner Stimme bemüht. «Ich fühle mich zwar wie ausgekotzt, und ich würde am liebsten sofort mit dieser ganzen Scheiße aufhören. Aber Frazer hat meinen Freund umgebracht. Wenn es einen Weg gibt, ihn dafür fertigzumachen, dann bin ich dabei. Wie soll's weitergehen?»

Auch Gale und Bobby wollten das wissen.

Jenny nippte noch einmal an ihrem Kaffee, bevor sie zu erzählen begann.

[44]

«Schichtwechsel, Dan», sagte Trevor Winwood, als er das Sheriffbüro betrat. «Was für ein verfluchtes Dreckwetter! Als ich heute morgen ins Bett gestiegen bin, hat es geregnet, und jetzt regnet es immer noch. Den ganzen Tag nichts als Regen – in meinem Alter wird man davon depressiv.» Er streifte seinen Mantel ab und hängte ihn an die Garderobe. Als er Dan Paxtons Gesicht sah, wußte er, daß etwas geschehen war. «Offenbar hattest du keinen besonders guten Tag. Was ist passiert?»

«Diese Dreckskerle haben wieder zugeschlagen», murmelte Paxton grimmig.

«Reagan und der Papst?»

«Ja, verdammt! Drüben in Fort Perouse. Haben zwei Spaziergänger im Delmoore-Park um ihr Bares erleichtert. 365 Dollar und 23 Cents.»

«Vollidioten!» sagte Trevor abfällig. «Wie kann man für so wenig Geld dieses Risiko eingehen? Wenn ich einen Überfall durchziehen würde, dann nur, wenn dabei so viel rausspringt, daß ich mich für den Rest meiner Tage auf den Bahamas niederlassen kann.»

«In unserem Alter dürften dafür 365 Dollar und 23 Cents reichen», entgegnete Paxton. «Wer weiß schon, wie lange der ‹Rest meiner Tage› noch dauert?»

«Ich habe in letzter Zeit ein wenig die Augen und Ohren offengehalten», sagte Trevor und setzte sich an Paxtons Schreibtisch. «Du weißt, daß diese Bastarde mich angefahren haben und ich mir nichts sehnlicher wünsche, als die beiden hinter Gitter zu sehen.»

«Und?»

«Ich habe in Luke's Drugstore erfahren, daß die Laguerre-Brüder an Fasching eine Papst- und eine Reagan-Maske gekauft haben.»

Paxton verzog das Gesicht. «Hat Luke dir auch erzählt, daß er im Februar mindestens zehn dieser Masken verkauft hat? Ich habe das nämlich schon geprüft, Mister Neunmalklug. Und wenn Luke schon ein knappes Dutzend davon losgeworden ist, dann will ich gar nicht wissen, wie viele dieser Dinger im gesamten Bezirk verkauft worden sind. Scheint so was wie ein Verkaufsschlager gewesen zu sein.»

«Ich finde, es ist eine Überprüfung wert», sagte Trevor beleidigt. «Ist das nicht unser Job, Verdächtige zu überprüfen?»

«Nur weil die beiden vor vier Monaten die Masken gekauft haben, sind sie noch keine Verdächtigen.»

«Was müssen sie noch tun, um verdächtig zu werden, verdammt noch mal? Ein Geständnis ablegen?»

«*Ich* bin der Sheriff in dieser Stadt», entgegnete Paxton. «Würdest du also bitte *mir* die Entscheidung überlassen, wer in welchen Fällen verdächtig ist?»

Auf dem Weg nach Hause dachte Paxton an Gale. Sie hatte heute Geburtstag, und er hatte in ihrem Hotel angerufen, um ihr zu gratulieren. Doch sie und Bobby waren kurzfristig abgereist, ohne eine neue Adresse oder eine Nachricht hinterlassen zu haben. Dan Paxton fragte sich, was das zu bedeuten hatte. Er spürte, daß irgend etwas gewaltig schiefgelaufen war.

[45 ... 15. JUNI]

In der frühen, nebligen Morgendämmerung gab es keine Farben. Noch waren wenige Autos auf den Straßen unterwegs; Passanten waren nur vereinzelt auszumachen. Bel Air, eines der Wohlstandsviertel von Los Angeles, war nichts weiter als ein fader, grauer Ort der Ruhe.

Noah Washington saß hinter dem Steuer eines heruntergekommenen Toyota. Am Vortag hatten sie den Chevi, den Gale und Bobby gemietet hatten, zurückgegeben und zwei alte Gebrauchtwagen für wenig Geld erstanden. Hoss' Ford-Kleinbus stand noch immer in der Tiefgarage des ‹Boorman's Regency›. Seine Wagenschlüssel waren mit ihm verbrannt.

«Ich habe kein gutes Gefühl bei der Sache», sagte der Schwarze zu Jenny, als er an einer Ampel anhielt. «Was wir vorhaben, ist illegal.»

«Menschen zu töten ist auch illegal», antwortete Jenny, ohne ihn anzusehen. «Frazer hält sich an keine Spielregeln. Wenn wir ihn zur Strecke bringen wollen, dürfen wir uns ebenfalls keine Skrupel erlauben. Außerdem kommt bei unserem Plan kein Mensch zu Schaden. Ich bin sicher, das ist der einzige Weg, irgend etwas über diese Ratte herauszufinden», sagte Jenny.

Die Ampel sprang auf grün, und Noah fuhr los. Er bog nach links ab und folgte einem anthrazitfarbenen Chrysler.

«Nicht so dicht auffahren», mahnte Jenny. Sie fühlte, wie ihr Herz klopfte. «Ich möchte nicht, daß er Verdacht schöpft.» In der Theorie war ihr der Plan simpel erschienen. Jetzt, wo es an die praktische Umsetzung ging, kribbelte ihr der Magen. Sie sah auf die Uhr am Armaturenbrett. Sie verfolgten Professor Pages Chrysler nun schon fünf Minuten lang – seit er seine Garage verlassen hatte. Die Wahl war aus verschiedenen Gründen auf den grauhaarigen älteren Wissenschaftler gefallen. Erstens war er seit vielen Jahren einer der führenden Köpfe des Unternehmens, kannte sich dort folglich fast ebenso gut aus wie Frazer selbst. Zweitens wußte Noah, wo er wohnte, denn er hatte ihn schon ein paarmal vom FrazerLab aus nach Hause gefahren. Und drittens war er glücklich verheiratet. Noah erinnerte sich gut daran, wie Page ihm während der Heimfahrten von seiner Frau erzählt hatte. Von nichts anderem. So sehr ihn diese Erzählungen damals gelangweilt hatten – heute profitierte er davon. Denn die Liebe zu seiner Frau würde Professor Page erpreßbar machen.

Gale und Bobby saßen in einem dunkelgrünen VW-Passat gegenüber von Professor Pages Haus. Vor einigen Minuten hatten sie den Chrysler aus der Garage fahren sehen, seitdem hatte sich in dieser Straße nichts mehr geregt.

«Was bist du denn so nervös?» fragte Gale ihren Nebenmann, der permanent mit den Fingern gegen die Scheibe trommelte.

«Ich bin nicht nervös», antwortete Bobby beleidigt. «Ich finde nur, wir begehen einen Fehler, Tante Gale. Was wir tun, ist gesetzeswidrig.»

«Momentan tun wir nichts anderes, als in einem alten Auto mit einer scheußlichen Lackierung zu sitzen», sagte Gale. «Ich denke, auch in Kalifornien ist das noch kein Verbrechen.»

«Du weißt genau, worum es geht!» schnauzte Bobby zurück. «Wir sitzen hier, weil wir ...»

«Scheiße!» fiel Gale ihm mitten ins Wort. «Die Bullen!» Im Außenspiegel hatte sie den herannahenden Wagen entdeckt.

«Wenn die uns in diesem Wagen sitzen sehen, können wir's vergessen. Zwei Leute, die in dieser Nobelgegend in einem alten VW sitzen und ein Haus beobachten – das stinkt zum Himmel.»

«Sie können nichts tun», zischte Gale. «Wir haben uns noch nichts zu Schulden kommen lassen.» Sie beunruhigte ein ganz anderer Gedanke: Gehörten diese Polizisten vielleicht zu Angus Frazers Leuten? «Was schlägst du jetzt vor?» fragte sie Bobby, während der Polizeiwagen immer näher rollte.

«Köpfe runter!»

Und beide tauchten ab.

Professor Gerald Page war für gewöhnlich ein echter Geduldsmensch, den nichts so leicht aus der Ruhe bringen konnte. Aber als ein Toyota ihn direkt vor der nächsten Ampel überholte und nur knapp vor ihm einscherte, ärgerte er sich doch. Diese unnötige Raserei war schuld an den meisten Unfällen in der Stadt.

Als er aus dem Toyota vor sich eine junge Frau aussteigen sah, dachte er sich noch nichts dabei. Erst als sie um den Wagen herumkam und an seine Scheibe klopfte, fragte er sich, was das sollte.

Obwohl er in Eile war, veranlaßte ihn das mitleiderregende Gesicht der Frau, das Fenster herunterzukurbeln.

«Ich bin schon spät dran, Miss, und ...»

«Bitte hören Sie mir zu!» Jennys Stimme klang so eindringlich, daß der Mann verstummte. «Es ist sehr wichtig! Es geht um Menschenleben.»

Mit einem Mal war alle Farbe aus Pages Gesicht gewichen. «Was wollen Sie von mir?» fragte er. Seine Hände am Steuer begannen zu zittern.

«Ein paar Antworten.»

Page schluckte trocken. «Antworten? Was für Antworten? Und weswegen sollte ausgerechnet *ich* Ihnen diese Antworten geben?»

Jenny sah in das wehleidige Gesicht des alten Mannes. Sie haßte sich, als sie sagte: «Weil wir Ihre Frau in unserer Gewalt haben, Mr. Page.»

Gale und Bobby wagten erst nach drei oder vier Minuten, sich wieder zu regen. Erleichtert stellten sie fest, daß der Polizeiwagen nicht mehr in Sichtweite war.

«Okay, kann's losgehen?» fragte Gale.

«Ich halte es zwar für die schlechteste Idee, die ich jemals gehört habe, aber ich habe gestern versprochen, daß ich mitmache», sagte Bobby. «Und ich stehe zu meinem Wort.»

Sie stiegen aus und überquerten die neblige Straße. Der mit Steinplatten ausgelegte Zugang zu Professor Pages Haus war von Rosenbüschen eingesäumt.

Bereits nach dem ersten Klingelzeichen öffnete sich die Tür. Im Eingang erschien eine Frau im Morgenmantel, den Kopf voller Lockenwickler.

«Mrs. Page?» fragte Bobby.

«Das bin ich. Was kann ich für Sie tun, junger Mann?»

«Mein Name ist Robert Paxton. Das hier ist meine Tante Abbigale. Mrs. Page, ich fürchte, wir haben schlechte Nachrichten für Sie. Ihr Mann hatte vor wenigen Minuten einen Unfall. Wir waren zufällig Zeugen.»

«O mein Gott!» murmelte die Frau und schlug beide Hände vors Gesicht. «Was ist passiert? Was ist mit Gerald? Sagen Sie schon, ist er schwer verletzt?»

«Ich denke nicht, Ma'am», erwiderte Bobby. «Aber ich bin kein Experte. Als die Ambulanz kam, bat mich Ihr Mann, Ihnen auszurichten, daß er im *Cedars Sinai Medical Center* sei. Die Ärzte sagten, es könne ein paar Tage dauern, bis er entlassen wird. Deswegen wäre es gut, wenn Sie ihm einen Pyjama, eine Zahnbürste, einen Rasierer – eben das Nötigste – bringen könnten. Wenn Sie möchten, fahren meine Tante und ich Sie gerne dorthin. Und machen Sie sich bitte keine Sorgen. Ich bin sicher, daß alles wieder gut wird.»

Jenny hatte sich zu Professor Page ins Auto gesetzt und ihn angewiesen, dem Toyota zu folgen, in dem Noah saß. Während sie Bel Air verließen und in Richtung Küste fuhren, erklärte sie dem alten Mann, was sie von ihm erwartete. Er hörte ihr die meiste Zeit stumm zu, ab und zu stellte er eine Frage. Doch Jenny wiederholte nur immer wieder stur, daß er besser tun solle, was sie von ihm verlangte, dann würde weder ihm noch seiner Frau etwas geschehen.

Kurz bevor sie den Highway 101 erreichten, ließ Jenny ihn am Straßenrand anhalten und stieg aus.

«Denken Sie immer daran: keine Polizei, kein Wort zu irgend jemandem und keine Tricks.» Dies waren Jennys letzte Worte, bevor sie die Tür zuschlug.

Als der Chrysler hinter der nächsten Biegung verschwand, fragte Jenny sich, ob dieser unscheinbare, ängstlich wirkende Mann ebenfalls mit Frazer unter einer Decke steckte. Falls nein – würde er dann überhaupt an die Informationen herankommen, die ihnen weiterhalfen? Und falls ja – würde er dann seiner Frau zuliebe Angus Frazer verraten?

Professor Gerald Page hatte sich in seinem Büro neben dem Großraumlabor eingeschlossen. Er hatte alle Jalousien heruntergelassen, damit ihn niemand von außen beobachten konnte, denn er saß einfach nur an seinem Schreibtisch und grübelte stumm vor sich hin.

Nachdem er auf den Highway 101 eingebogen war, hatte er eine Weile darauf geachtet, ob ihm der weiße Toyota folgte, aber das war nicht der Fall gewesen. Natürlich hatte er bei nächster Gelegenheit an einem öffentlichen Telefon angehalten, um zu Hause anzurufen, doch seine Frau hatte nicht abgenommen. Seit er im Büro war, hatte er es noch dreimal versucht – ebenso erfolglos. Seine Hoffnung, dieses Mädchen habe vielleicht nur geblufft, hatte sich damit endgültig zerschlagen. Ihm würde nichts anderes übrigbleiben, als die geforderten Unterlagen zu beschaffen.

Professor Page fühlte, wie seine Hände zu zittern begannen. Er hatte Angst um Claire. Er wußte nicht, was werden sollte, falls die Entführer ihr etwas antaten. Ihr *durfte* nichts geschehen! Es lag allein in seiner Macht, das zu verhindern. Aber leicht würde es nicht werden. Er entfaltete ein Stück Papier in seinen schweißnassen Händen. Das Mädchen hatte ihm den Zettel im Wagen gegeben. 54JP-304/72 stand darauf, mehr nicht. Nur 54JP-304/72.

Würde er es schaffen, die Unterlagen zu beschaffen? fragte er sich. Was würde mit Claire passieren, wenn er versagte? Würden sie sie töten? Der alte Mann spürte, wie sein Magen sich krampfartig zusammenzog. Er fragte sich weiter, was geschehen würde, wenn er tatsächlich an die Unterlagen herankam. Was, wenn Frazer ihn dabei ertappte? Und selbst, wenn nicht – würden die Entführer Claire dann tatsächlich freilassen? Mit Sicherheit war dies der dunkelste Tag in seinem Leben.

Er sah auf die Uhr und bemerkte, daß es schon Mittagszeit war. Langsam und immer noch mit Angst im Magen, faltete er den Zettel zusammen und steckte ihn in seine Hosentasche. Dann stand er auf und verließ sein Büro.

[47]

Sheriff Paxton fuhr in seinem Polizeiwagen auf der kerzengeraden, regennassen Straße in Richtung Norden.

Ursprünglich hatte er gar nicht vorgehabt, das Büro zu verlassen. Bei diesem Wetter hätte er nicht einmal seinen Hund vor die Tür gejagt, wenn er einen besessen hätte. Aber ihm war immer wieder Trevors Verdacht im Kopf herumgeschwirrt, daß die beiden Laguerre-Brüder die maskierten Gangster sein sollten, die die Gegend unsicher machten. So hatte er sich letzten Endes dazu entschlossen, wenigstens bei ihnen vorbeizuschauen. Das würde zumindest nicht schaden.

Paxton konnte am Fuß der Berge Gales Haus erkennen, dann führte die Straße in den Wald. Ab hier wurde der Weg kurvig. Nach ein paar Kilometern erreichte er eine schmale Schneise – die Auffahrt zum Haus der Laguerres.

Paxton bog links ab und folgte dem lehmigen Pfad. Kurz darauf erreichte er das Haus, eine flache, heruntergekommene Bude, von der bereits der Putz bröckelte. Daneben befand sich eine Art Scheune, deren Holzplanken irgendwann einmal kupferbraun gestrichen gewesen waren. Nun schienen sie nur noch verwahrlost.

Paxton hielt den Wagen am Rand der Lichtung an und stieg aus. Zuerst wollte er an der Haustür klopfen, doch dann kam ihm die Idee, daß der Schuppen möglicherweise als Garage dienen konnte. Groß genug war er jedenfalls.

Der dichte Regen klatschte auf den Sheriffhut, als Paxton mit schmatzenden Schritten zur Scheune hinüberging. Das Tor war nicht verschlossen. Falls die Laguerre-Brüder hier tatsächlich den blauen Sportflitzer geparkt hatten, waren sie garantiert die dümmsten Gangster, die British Columbia jemals hervorgebracht hatte.

Doch so viel Glück war Paxton nicht vergönnt. Der Schuppen stand, abgesehen von einigen Holzfällergerätschaften an den Wänden, leer. Auch die Reifenspuren, die Paxton entdeckte, stellten sich als unbrauchbar heraus. Der Regen, der durch jede Ritze des undichten Dachs tropfte, hatte sie absolut unkenntlich gemacht.

Das Geräusch eines Gewehrs, das durchgeladen wurde, ließ Paxton herumfahren. Hinter ihm stand ein großer, grobschlächtiger Mann, unrasiert und mit dem tumben Ausdruck eines Menschen, der sein Leben lang in Abgeschiedenheit verbracht hatte. Henry Laguerre. Er trug Gummistiefel und ein Baumwollhemd. An seinen Arbeitshosen baumelten Hosenträger herab. Für Paxton sah es aus, als sei er überstürzt aus seinem Haus gekommen, um ihn, den ungebetenen Besuch, abzufangen. Auch die großkalibrige Schrotflinte in seinen Händen deutete entschieden darauf hin.

«Guten Tag, Henry», sagte Paxton, bemüht, seinen ersten Schrecken wegzustecken. «Nimm das Ding da weg» – er deutete auf die Flinte – «und laß uns reden. Ich will dir nur ein paar Fragen stellen, ist das okay?»

Henry Laguerre ließ die Waffe langsam sinken. «Was wollen Sie?» fragte er barsch.

«Das sagte ich doch: ein paar Fragen stellen.» Paxton zog sich den Hut etwas tiefer ins Gesicht. Dieser verdammte Regen! «Wollen wir drinnen weiterplaudern?»

Doch der andere blieb wie angewurzelt stehen.

«Na, dann eben nicht», seufzte Paxton. «Fangen wir einmal damit an: Wo ist dein Bruder?»

«Greg? In den Bergen.»

«Und was tut er dort?»

«Weiß nicht. Bin nicht sein Kindermädchen.»

«Wollte er Bäume fällen?»

«Ja.»

«Was nun?» Paxton hatte Mühe, sich zu beherrschen. Beide Laguerres waren nicht gerade für ihren Scharfsinn berühmt, aber war Henry tatsächlich so einfältig, wie es schien? «Weißt du nicht, was dein Bruder macht, oder wollte er Bäume fällen?»

«Bäume fällen.»

«Und wann wollte er zurück sein?»

«Keine Ahnung.» Henry zuckte mit den Schultern. «Vielleicht heute abend. Soll ich ihm was ausrichten?»

«Ist nicht nötig. Was für ein Auto fahrt ihr?»

«'nen Jeep. Denselben wie schon seit zwölf Jahren. Die Dinger halten ewig, wissen Sie, Sheriff?»

«Und du weißt nichts von einem blauen Sportwagen?»

«Unser Wagen ist rot.»

«Verarsch mich nicht, Henry!» blaffte Paxton. «Wenn dein Bruder in den Bergen Bäume fällt und du hier bist – wo ist dann eure gottverdammte Mistkarre? Alleine ausgeflogen?»

Es verstrichen ein paar Sekunden, ehe Henry antwortete. «Greg ist mit dem Jeep weiter nach Norden gefahren. Glaube ich. Dort gibt's 'nen Weg in die Berge.»

«Und wo soll das sein?»

«Weiß nicht genau. Greg hat's mir nur mal erzählt.»

Paxton fragte sich, ob Henry ihn belog oder ob er tatsächlich die Wahrheit sagte. Diesem verfluchten Hinterwäldler war das beim besten Willen nicht anzusehen. «Stimmt es, daß ihr Masken vom Papst und von Ronald Reagan habt? Faschingsmasken meine ich.»

«Wie kommen Sie denn darauf, Sheriff?»

«Habt ihr welche? Ja oder nein?»

«Nein.»

«Lüg mich nicht an, Henry!» Diesmal wurde Paxton wirklich laut. «Ich mag vielleicht alt sein – verblödet bin ich deswegen noch lange nicht. Ihr habt im Februar diese Masken gekauft. In Luke's Drugstore. Dafür gibt es Zeugen.»

«Das war im Februar», sagte Henry gleichgültig. «Jetzt haben wir Juni. Wir haben die Dinger weggeschmissen.»

Paxton musterte ihn scharf. «Kann ich mich einmal im Haus umsehen?»

«Wenn's sein muß.»

«Es muß sein.»

Doch Sheriff Paxton fand nichts. Nach einer halben Stunde saß er wieder in seinem Polizeiwagen und befand sich auf dem Rückweg nach Three Pine Village. Er hatte weder den Sportflitzer noch die Masken gefunden. Auch nichts von dem Beutegut, das in den letzten Tagen gestohlen worden war. Und je mehr er darüber nachdachte, desto weniger konnte er sich vorstellen, daß Henry und sein Bruder genügend Grips für diese Überfälle besaßen. Aber wer kam dann dafür in Frage?

[48]

Die kleine verschwörerische Gemeinschaft hatte Unterschlupf in einem Häuschen in Pasadena gefunden. Es hatte früher Mary Haggerty gehört. Jenny hatte hier einmal ein Wochenende mit ihrer Geschäftskollegin verbracht. Seitdem wußte sie, daß der Schlüssel immer unter einer Steinplatte im Garten versteckt war.

Während die anderen der entführten Mrs. Page Gesellschaft leisteten, hatte Jenny sich nochmals auf den Weg ins *California Medical Center* gemacht.

Noah, Bobby und ihrer Mutter erzählte Jenny, daß sie den Lams einen Besuch abstatten wolle, was zumindest teilweise stimmte. Noahs Angebot, sie zu begleiten, lehnte sie ab. Das Geld, das Gale ihr aus dem Koffer gab, um Chan Lam ein Geschenk zu kaufen, nahm sie jedoch gerne an.

Im Krankenhaus kam dann die große Enttäuschung. Das Zimmer, in dem Chan Lam gestern untergebracht gewesen war, war nun leer. Was hatte das zu bedeuten? War der Kleine in ein anderes Zimmer verlegt worden? Vielleicht zu seiner Mutter?

«Er ist tot», sagte eine Stimme hinter Jenny … Dr. Zamora, wie sie feststellte. «Ich habe Ihnen ja gesagt, daß sich bei ihm Lunge, Leber und Nieren langsam aufgelöst haben. Das arme Geschöpf. Er hat die ganze Nacht vor Schmerzen geschrien, so daß wir ihm ein Schlafmittel verabreicht haben. Heute morgen ist er dann einfach nicht mehr aufgewacht.»

Obwohl Jenny das schon beim ersten Anblick des leeren Zimmers befürchtet hatte, traf sie diese Nachricht wie ein Keulenschlag. Gestern noch hatte der Junge vor ihr gestanden, hatte seine kleine Kinderhand gegen die Glasplatte gepreßt. Jetzt war er tot. Unweigerlich traten Jenny Tränen in die Augen. «Meine Güte, so schnell», murmelte sie. Ihre Hand begann automatisch, an der Bärenkrallenkette zu spielen.

«Ich denke, für den Kleinen war es so am besten», sagte Dr. Zamora. «Es gab für ihn keine Rettung. Leider! Je länger er durchgehalten hätte, desto schmerzhafter wäre es für ihn geworden.»

Würde ihr all das in den nächsten Tagen auch bevorstehen? fragte sich Jenny. Würde sie ebenfalls leiden müssen? «Was ist mit seiner Mutter?» fragte sie schwach.

«Ihr geht es nicht gut. Sie ist gestern abend in eine Art Koma gefallen und seitdem nicht mehr aufgewacht. Ich denke, bei ihr ist es nur noch eine Frage von Stunden, bis ...»

Den Rest des Satzes hörte Jenny nicht mehr. Sie hatte auf einmal schreckliche Angst. Sie wollte nicht hier sterben, in einem dieser sterilen, unpersönlichen Quarantänezimmer. Andererseits konnte sie es auch nicht verantworten, womöglich andere mit ihrer Krankheit zu infizieren. Doktor Zamora hatte bei ihrem letzten Besuch gesagt, daß das Virus erst drei Tage nach der eigenen Ansteckung übertragbar war. Vorgestern nacht hatte sie die Ampulle zerbrochen. Das hieß, daß sie ab spätestens morgen abend eine potentielle Gefahr für jeden darstellte, der in ihre Nähe kam.

Wie sie die Sache auch betrachtete, es gab nur eine Möglichkeit. Sie mußte auf Nummer sicher gehen. «Kann ich bei Ihnen einen Bluttest machen lassen?» fragte sie.

[49]

Als Professor Page an diesem Abend nach Hause fuhr, hatte er mehr Angstschweiß vergossen als jemals zuvor in seinem Leben. Es war bereits dunkel, als er den Highway 101 verließ und in den Sunset Boulevard in Richtung Bel Air einbog. Neben ihm auf dem Beifahrersitz lag ein Bündel Kopien, mit dem er – hoffentlich – seine Frau auslösen konnte.

Eine Stunde später saß er in seinem Wohnzimmer und starrte wie hypnotisiert auf die Wanduhr, deren Pendel eintönig hin- und herschwang. Auf etwas anderes konnte er sich nicht konzentrieren. Wenn nur endlich das Telefon klingeln würde! Gerald Page hatte das Gefühl, allmählich wahnsinnig zu werden.

Erst kurz vor Mitternacht war es soweit.

«Haben Sie die Unterlagen?» fragte eine Frauenstimme.

«Ja ... ja, ich habe sie», stammelte Page. «Aber ich möchte zuerst mit meiner Frau sprechen, bevor ...»

«Einverstanden.»

Es dauerte nicht lange, und Claire war am Apparat. Sie versicherte ihrem Mann, daß es ihr gutging, aber Page war sicher, daß die Entführer sie zu dieser Aussage zwangen.

«Claire, Liebes, du mußt stark sein», sagte er. «Du ...»

Da war schon wieder die andere Frau am Apparat. «Das genügt, Professor. Haben Sie sich an meine Anweisungen gehalten?»

«Ja.»

«Dann passen Sie jetzt auf ...»

Zwei Stunden später hatte Professor Page eine Odyssee quer durch Los Angeles hinter sich. Über sein Handy hatte er von den Kidnappern immer wieder Anweisungen bekommen, wie er sich zu verhalten hatte. Er war mit seinem Chrysler bis zum Exposition Park gefahren und hatte von dort aus ein Taxi genommen, das ihn über Vernon und Maywood in den Osten der Stadt gebracht hatte. Von dort aus hatte er Busse bis nach Pasadena hinauf nehmen müssen.

An der letzten Station hatte ihn der weiße Toyota aufgelesen, der ihm bereits am Morgen den Weg abgeschnitten hatte. Der Fahrer, Bobby Paxton, hatte ihn hierher gebracht, zu einem kleinen Vorstadtgrundstück mit Garten und Haus, dessen Fensterläden geschlossen waren. Gerald Page wurde von Bobby ins Haus und dann in das matt beleuchtete Wohnzimmer geführt, wo sich nicht nur die Kidnapper aufhielten, sondern auch Claire. Page mußte sich zusammenreißen, um nicht Hals über Kopf auf seine Frau zuzustürzen und sie an sich zu drücken.

«Professor Page», sagte das Mädchen, das ihm schon heute morgen Anweisungen gegeben hatte. «Mein Name ist Jennifer Cherone. Bobby haben Sie bereits im Auto kennengelernt, und Noah Washington kennen Sie sicher noch. Dort drüben auf der Couch, das ist meine Mutter. Verzeihen Sie die Umstände, die wir Ihnen bereitet haben, um hierherzukommen. Wir mußten einige Vorkehrungen treffen, um sicherzugehen, daß Sie nicht verfolgt werden. Bitte glauben Sie mir, daß wir Ihre Frau nicht entführt hätten, wenn wir einen anderen Ausweg gewußt hätten. Sind das die Unterlagen?» Das Mädchen zeigte auf den Papierstapel, den Page unter den Arm geklemmt hatte.

«Ja, das sind sie. Aber bevor ich sie Ihnen gebe, möchte ich von meiner Frau wissen, ob ihr auch wirklich nichts fehlt.»

«Aber nein, Schatz», sagte Mrs. Page und stand auf, um auf ihren Mann zuzugehen. Bevor er sich richtig wundern konnte, daß sie nicht einmal gefesselt war, stand sie schon bei ihm und umarmte ihn. «Mir geht es wunderbar. Wir saßen den Tag über zusammen und haben uns ein wenig unterhalten. Was sie mir erzählt haben, ist beängstigend, Gerald. Ich muß sagen, sie haben mich davon überzeugt, daß Angus in irgend etwas verstrickt ist.»

«Diese Leute sind Kidnapper, Claire», sagte Page. «Du wirst ihnen doch nicht etwa glauben? Sie haben dich entführt und mich damit erpreßt und ...»

«... sie haben mich sehr gut behandelt», unterbrach ihn die

Frau. «Bitte höre dir an, was in den letzten Tagen alles geschehen ist, dann wirst du mir beipflichten. Nicht diese Leute hier sind die Bösen, sondern dein Chef und seine Helfer. Was immer er ausgeheckt hat, es hat etwas mit diesen Ratten zu tun, Gerald. Und in den Unterlagen, die du besorgt hast, könnte die Lösung des Rätsels stecken.»

Aber Professor Page war nicht so leicht zu überzeugen. Immerhin hatte er sich den ganzen Tag lang um seine Frau gesorgt – nicht wegen Frazer, sondern wegen dieser vier Kidnapper. «Was auch immer Frazer vorhat – ich bin davon überzeugt, daß es nichts Illegales ist», sagte er entschlossen. «Er ist Geschäftsmann, kein Killer. Vielleicht hat er Feinde, die versuchen, ihm mit allen Mitteln zu schaden. Und ich habe den Eindruck, ich helfe seinen Feinden auch noch, indem ich ihnen absolut vertrauliche Unterlagen aushändige.»

«Höre dir doch bitte wenigstens einmal *ihre* Version der Geschichte an», bat Claire ihren Mann. «Wenn du erst gehört hast, was dieses Mädchen» – sie zeigte auf Jenny – «in den letzten Tagen alles durchgemacht hat, dann wirst du die Sache anders sehen.»

Page seufzte und gab seiner Frau zuliebe nach: «Also schön, schießen Sie los!»

Jenny nickte lustlos. Sie war es leid, all das noch einmal zu erzählen, alles noch einmal zu durchleben. Aber sie wußte, daß sie ohne die Hilfe eines Fachmanns kaum eine Chance haben würde, diese Unterlagen jemals zu enträtseln. Sie mußte Page auf ihre Seite ziehen, nur so konnte sie Angus Frazer zu Fall bringen.

«Dieses Haus gehörte einer Bekannten von mir», begann Jenny. «Einer Geschäftskollegin. Sie hieß Mary Haggerty. Aber nun ist sie tot. Angus Frazer hat sie umbringen lassen.»

Jenny erzählte bereits fünfzehn oder zwanzig Minuten lang, als sie jäh unterbrochen wurde. Irgendein Geräusch hinter ihr – eine Mischung aus Brechen und Knacken – ließ sie herumfahren: Jemand hatte den Fensterladen aufgebrochen. Kaum hatte sie das begriffen, da zersplitterte auch schon die Scheibe, und ein schallgedämpfter Kugelhagel erfüllte den Raum.

«Köpfe runter!» schrie Noah. Er warf sich auf Jenny und Gale, riß sie regelrecht zu Boden, während eine Salve über ihn hinwegpfiff und die gegenüberliegende Wand zerfräste. Auch die Stehlampe in der Ecke wurde getroffen. Das einzige, was den Raum jetzt noch erhellte, war das Mündungsfeuer der Automatik am Fenster.

Jenny hielt die Hände schützend über dem Kopf zusammen. Was war geschehen? fragte sie sich. Hatte sie sich in Professor Page geirrt? Steckte er mit Frazer unter einer Decke, und hatte er ein paar Killer hierhergeführt? Oder war Page beim Organisieren der Unterlagen erwischt worden, ohne es zu merken? Aber sie hatten ihn auf dem Weg hierher doch so oft das Verkehrsmittel wechseln lassen! War das nicht genug gewesen?

Der Aufschrei einer Frau riß sie aus ihren Gedanken. Kurz darauf hörte sie die klägliche Stimme des Professors das Schreien übertönen: «Claire? Um Himmels willen! Claire?» Und lauter: «Sie blutet. O mein Gott! Claire ist getroffen worden.»

Jenny sah, wie ihre Mutter über den Boden robbte und Page dabei half, seine wie am Spieß brüllende Frau zu versorgen.

«Wir müssen raus», meinte Noah. «Wenn wir hier drinnen bleiben, werden wir sterben.»

«Und wenn wir rausgehen auch», entgegnete Jenny. «Ich gehe jede Wette ein, daß wir eingekreist sind. Die warten doch nur darauf, daß wir ihnen vor die Gewehre laufen. Im Haus sind wir sicherer.»

Bobby, der zu ihnen herübergekrochen kam, meinte: «Noah hat recht, Jenny. Wir müssen raus. Wenn wir hierbleiben, sitzen wir in der Falle.»

«Und wie sollen wir das Haus verlassen?» zischte Jenny wütend. Der Gedanke, schon wieder bedroht zu werden und davonlaufen zu müssen, zerrte an ihren Nerven. «Durch eines der Seitenfenster? Oder vielleicht zur Vordertür? Wir haben ja nicht einmal eine Ahnung davon, wie viele sie sind und wo sie uns auflauern werden. Und daß das Wohnzimmerfenster ausscheidet, liegt wohl auf der Hand. Wer dort hinaussteigt, ist innerhalb von Sekunden ein Sieb.»

«Im Gegenteil!» Es war Gale, die sich ins Gespräch einmischte. «Ich denke, das Wohnzimmerfenster ist unsere beste Chance. Wir wissen immerhin, wo der Kerl mit der Automatik steht. Das ist immer noch besser als ein unsichtbarer Gegner.»

«Du weißt, zu was Frazers Leute fähig sind», sagte Jenny. «Der dort hinter dem Haus wird keine Sekunde zögern, uns abzuknallen. Der schießt ja jetzt schon ununterbrochen. Ich glaube nicht, daß er ausgerechnet dann damit aufhört, wenn wir durchs Fenster steigen.»

«Natürlich müssen wir unserem Glück ein wenig nachhelfen. Gibt es hier irgendwo einen Werkzeugkasten?»

Nick Rydell stand hinter dem Haus und genoß es, einfach nur wild draufloszuballern. Dabei konnte er nicht viel falsch machen – dachte er. Vier Magazine waren bereits leer, acht weitere warteten nur darauf, verschossen zu werden. Der ehemalige Südafrika-Soldat und Ringer hatte schon lange nicht mehr einen solchen Spaß gehabt. Die Wunden an Bauch und Rücken, die Jenny ihm beigebracht hatte, schmerzten ihn kaum noch. Er war einiges gewohnt.

Nicks Aufgabe war simpel. Er sollte den Leuten im Haus ein wenig die Kugeln um die Ohren fliegen lassen, ihnen tüchtig einheizen, damit sie in Panik gerieten und davonrannten. Doch sie konnten nicht entkommen, denn das Haus war umstellt. An einer Seite warteten Roddy Elmer und Lieutenant Alexander Johnson auf ihren Einsatz, auf der anderen Seite Frank Chaffy und Mona Calder. Und vorne lauerten Ted Lipton und sein Sohn Benny. Nur Nick war alleine, aber er fühlte sich deswegen nicht schlechter. Er hatte noch genügend Munition.

Er bemerkte eine Bewegung im Hausinnern und gab einen weiteren schallgedämpften Feuerstoß ab, bis das Magazin leer war. Doch er kam nicht mehr dazu, es auszuwechseln. Er hörte ein Geräusch am Fenster, blickte auf und sah irgendein flirrendes Etwas durch die Dunkelheit auf sich zufliegen. Ohne darauf reagieren zu können, erkannte er, daß es ein Hammer war, der ihn im selben Moment hart am Kopf traf und ihm das Bewußtsein raubte.

«Ich habe ihn erwischt», raunte Gale triumphierend. «Jetzt nichts wie raus! Aber vorsichtig, hier sind überall Glassplitter.» Sie stieg selbst als erste durchs Fenster, landete auf dem weichen Grasboden und bleib eine Sekunde lang reglos liegen, um zu beobachten, was sich tat. Ein paar Meter vor ihr lag der ohnmächtige Schütze. Aber sonst war niemand zu sehen.

Sie stand auf und gab den anderen ein Zeichen, ihr zu folgen. «Hier hinten scheint die Luft rein zu sein, aber seid trotzdem vorsichtig», flüsterte sie. Dann huschte sie geduckt zu dem Bewußtlosen hinüber und nahm seine Waffe an sich. Sie hatte noch nie eine Automatik in den Händen gehalten, aber irgendwie, das wußte sie, würde sie damit klarkommen. Nach ein paar Augenblicken hatte sie herausgefunden, wie man das Magazin überprüfen konnte. Als sie feststellte, daß es leer war, tauschte sie es schnell gegen eines der vollen aus, die im Gras neben dem Mann lagen. Derart gerüstet, konnte sie den anderen Feuerschutz geben, falls es nötig sein sollte.

Inzwischen hatten Jenny und Noah ebenfalls das Haus verlassen. Sie standen unter dem Sims und nahmen soeben die verletzte Mrs. Page in Empfang, die Bobby und der Professor durchs Fenster reichten. Die Frau unterdrückte ihr Wimmern, so gut es ging, aber Gale ahnte, daß es dennoch zu laut war, um unbemerkt zu bleiben.

Während Professor Page und Bobby in den Garten sprangen, begann links und rechts neben dem Haus das Gebüsch zu rascheln. «Hey, Nick?» zischte eine Stimme. «Alles klar?»

Gale antwortete mit einem Feuerstoß nach beiden Seiten. Gleichzeitig rief sie der Gruppe am Fenster zu: «Beeilt euch! Sie haben uns entdeckt!«

Noah reagierte am schnellsten. Er packte Claire Page, nahm sie auf den Arm und spurtete los. Der Professor und die anderen blieben ihm dicht auf den Fersen. Auch Gale rappelte sich auf und folgte ihnen, wobei sie sich immer wieder im Lauf umdrehte und ein paar Schuß in Richtung ihrer Verfolger abgab.

Irgend jemand schrie: «Sie sind hinten raus!»

Ein anderer: «Sie haben Nick erwischt!»

Dann pfiffen ein paar Kugeln durch die Nacht, aber sie verfehlten allesamt ihr Ziel.

«Du Idiot!» schimpfte jemand. «Schieß erst, wenn du etwas erkennen kannst!»

Was sonst noch gesprochen wurde, hörte Gale nicht mehr, denn ihr Pulsschlag rauschte wie ein Wasserfall in ihren Ohren. Sie rannte den anderen hinterher – über niedrige Hecken hinweg und quer durch fremde Gärten. Würde ihnen der Vorsprung genügen, um sich in der Dunkelheit in Sicherheit bringen zu können?

Vielleicht wäre alles glattgegangen, wenn sich ihnen kein Hindernis in den Weg gestellt hätte. Aber der übermannshohe Holzzaun, der den Garten, in dem sie sich befanden, von der nächsten Straße trennte, hielt sie zu lange auf. Sie mußten alle helfen, um Mrs. Page auf die andere Seite zu bringen. Und das kostete Zeit.

Als alle anderen schon auf der Straße standen, fehlten nur noch Gale und Bobby.

«Wo bleibt ihr denn?» flüsterte Jenny nervös.

Doch statt einer Antwort hörte sie nur ploppende Schüsse, die den Lattenzaun durchschlugen, als sei er aus Papier. Sofort ergriff Jenny Panik. «Mom? Bobby?»

Wieder Schüsse.

Um Jenny herum begann sich alles zu drehen. Was in aller Welt war passiert? Obwohl der Zaun keinen Schutz vor den Kugeln bot, konnte sie einfach nicht weglaufen. Sie konnte ihre Mutter und Bobby nicht im Stich lassen.

«Lauft schon weiter!» sagte sie zu Page und zu Noah, der die flach atmende Claire auf dem Arm trug. «Sie muß zu einem Arzt. Wir treffen uns morgen um zwölf am Haupteingang des World Trade Center, okay?» Sie stellte sich auf die Zehenspitzen und hauchte Noah einen Kuß auf die Lippen. «Viel Glück.» Noah blieb noch eine Sekunde lang wie angewurzelt stehen. Auf einmal gab es unendlich viel, was er Jenny gerne gesagt hätte. Es widerstrebte ihm, sie hier allein zurückzulassen. Aber er fühlte sich auch verantwortlich für Claire Page, die ohne ärztliche Hilfe womöglich sterben würde.

«Um zwölf am World Trade Center», wiederholte er mit einem schwachen Versuch zu lächeln. Als er sich umdrehte und davonrannte, fragte er sich, ob er Jenny jemals wiedersehen würde.

[50]

Dicht gefolgt von Professor Page, rannte Noah mit der Frau auf dem Arm immer weiter. Er wußte, daß sie ohne ärztliche Hilfe verbluten würde.

«So hat es keinen Sinn», sagte er schließlich. Er bog in eine dunkle Gasse ein und legte die Verletzte vorsichtig auf den Boden. «Bleiben Sie bei ihr. Ich bin gleich wieder da.»

«Was haben Sie vor?» fragte Page, ohne den Blick von seiner Frau abzuwenden. Seine Stimme klang unsicher.

«Vertrauen Sie mir. Wenn wir Ihre Frau retten wollen, brauchen wir einen fahrbaren Untersatz.» Mit diesen Worten verschwand er in der Nacht.

Als er ein paar Minuten später zurückkehrte, kauerte der Professor am Boden, tief über seine Frau gebeugt. Obwohl er keinen Laut von sich gab, erkannte Noah an seinen bebenden Schultern, daß er weinte.

Der Schwarze kniete sich zu ihm nieder und legte ihm eine

Hand auf die Schulter. «Was ist passiert?» fragte er. «Ist sie ...» Er vermochte nicht, seinen Satz zu beenden.

Page drehte sich zu ihm um. Tränen glänzten in seinem faltigen Gesicht. «Nein». Er schüttelte den Kopf. «Sie lebt noch. Aber ich befürchte, daß sie nicht durchkommen wird. Sie hat das Bewußtsein verloren. Ihr Puls ist kaum noch zu fühlen.»

«Dann wird es höchste Zeit!» Noah bemühte sich, seiner Stimme einen möglichst entschlossenen Ton zu verleihen. «Nehmen Sie die Beine, Professor. Ich nehme die Arme. Sie werden sehen: Sie wird es schaffen.»

Mit vereinten Kräften trugen sie die ohnmächtige Claire Page zu dem Auto, das am Straßenrand parkte. «Wo haben Sie denn den Wagen her?» fragte Page, während sie die Frau auf die hintere Polsterbank legten.

«Geliehen», antwortete Noah. «Nur weiß der Besitzer noch nichts davon.»

Doktor Rebecca Hentropp war eine alte Bekannte der Pages. Als sie die Haustür ihrer noblen Villa öffnete, trug sie einen langen Morgenrock und Hausschuhe. Graue Haarsträhnen hingen ihr ins verschlafene Gesicht. Ihre Müdigkeit verflog jedoch sofort, als sie den Professor völlig aufgelöst vor sich sah – und dahinter die bewußtlose Claire auf den Armen eines Schwarzen, den sie noch nie gesehen hatte.

«Um Gottes willen, was ist denn passiert?» fragte sie entsetzt.

Während der Professor zu einer Erklärung ansetzte, winkte sie die beiden Männer zu sich ins Haus. Sie selbst ging voran und führte sie eilig in ihre Praxis.

«Legen Sie sie dorthin», sagte sie zu Washington und zeigte auf ein Bettgestell an der Wand. Sie setzte ihre Brille auf, verschwand kurz aus dem Raum und kam wenige Sekunden später mit einem Arztkoffer zurück.

«Jetzt lassen Sie mich mal ran!» sagte sie zu Noah und schob ihn beiseite. Sie schnitt den durchgebluteten Stoff um die verwundete Stelle weg und tupfte sie mit einem Stück Binde sauber. «Am besten, du wartest draußen, Gerald», murmelte sie, ohne ihre Arbeit zu unterbrechen. «Dasselbe gilt für Sie, Mister.»

Noah nickte. Er legte seine Hand auf Professor Pages Rücken, wie einem alten Freund, dem er Trost spenden wollte. «Wir würden Doktor Hentropp nur stören», sagte er. An der Zimmertür angelangt, hielt Page jedoch inne. «Wird sie es schaffen, Becky?» fragte er die Ärztin.

Die schüttelte jedoch den Kopf. «Ich weiß es nicht.»

Eine halbe Stunde später kam Rebecca Hentropp aus ihrer Praxis ins Wartezimmer, wo Page und Noah unruhig auf ihren Stühlen saßen. Die Ärztin sah erschöpft aus.

«Und? Wie sieht es aus?» Professor Pages Nerven lagen bloß. Tränen näßten seine Wangen.

Rebecca Hentropp holte tief Luft, bevor sie zu sprechen begann. «Ich kann immer noch nichts sagen. Die Schußverletzung, die Claire abbekommen hat, ist an und für sich nicht so schlimm. Soweit ich das feststellen konnte, sind keine lebenswichtigen Organe getroffen. Aber Claire hat einen Schock erlitten. Außerdem hat sie verdammt viel Blut verloren. Ich habe die Kugel entfernt, die Wunde gesäubert, sie verbunden und ihr ein Antibiotikum verabreicht. Was sie jetzt braucht, ist Ruhe, Gerald.»

«Ich kann sie nicht nach Hause bringen», murmelte Page. Seine Augen sprangen nervös hin und her. «Sie verfolgen uns. Auch in einem Krankenhaus wäre sie nicht sicher, Becky. Die würden sie finden und umbringen.» Er erzählte ihr, was passiert war.

«Dann bleibt Claire so lange bei mir», sagte die Frau. «Es wird das beste sein, wenn sie unter ärztlicher Beobachtung bleibt. Zumindest noch ein paar Tage lang, bis sich ihr Zustand stabilisiert hat. Aber ich habe noch ein anderes Problem. Schußverletzungen müssen gemeldet werden.»

«Bitty, Becky», flehte Page, «das darfst du nicht. Wenn du das meldest, bekommen es diese Mistkerle heraus. Die haben Kontakte zur Polizei, die finden *alles* heraus.»

«Gerald, du weißt nicht, was du von mir verlangst. Ich könnte meine ärztliche Zulassung verlieren. Ich *muß* Schutzverletzungen melden.»

«Du mußt aber auch alles tun, um das Leben deiner Patienten zu retten!» Pages Stimme war auf einmal scharf geworden. «Aber wenn du diese Sache meldest, wird Claire sterben. Willst du das?»

Doktor Hentropps Wangen röteten sich. «Natürlich will ich das nicht! Sie ist eine meiner ältesten Freundinnen. Das ist nicht fair, Gerald.»

Alle drei schwiegen ein paar Augenblicke lang.

«Na schön», seufzte die Ärztin schließlich. «Ich hoffe, daß ich die richtige Entscheidung treffe. Ich will euch helfen. Ich werde die Schußwunde nicht melden. Claire bleibt bei mir, bis die Sache ausgestanden ist. Aber was mache ich mit euch beiden?» Sie legte nachdenklich einen Finger an den Mund.

«Selbstverständlich will ich hier bei Claire bleiben», sagte Page schnell.

Doch Rebecca Hentropp lehnte entschieden ab. «Kommt nicht in Frage, Gerald. Genau das verträgt sie jetzt am allerwenigsten – ständige Gesellschaft. Sie benötigt Ruhe. Du kannst sie meinetwegen täglich für eine halbe Stunde besuchen kommen, aber nicht länger, zumindest am Anfang. Du willst sie doch nicht unnötig gefährden, oder? Außerdem täte es dir nicht gut, wenn du den ganzen Tag neben ihr am Bett sitzt und dich grämst.»

«Und was sollen wir deiner Meinung nach tun?» fragte der Professor. «Ich kann nicht zu mir nach Hause. Die warten dort auf mich. Dasselbe gilt für Mr. Washington. Sollen wir unter einer Brücke schlafen?»

«Nein», antwortete Doktor Hentropp. «Ich glaube, ich habe eine bessere Idee: Elvira.»

«Elvira?» wiederholte Noah. «Wer soll das sein? Eine Tante von Ihnen?»

«Meine Yacht», sagte die Ärztin. «Eine Center Craft Corvette 37 Flybridge. Sie liegt hier in L. A., in Marina del Rey, am Hafen. 280 PS. Über elf Meter lang. Ich bin sicher, die wird Ihnen gefallen, Mister.» Und zu Professor Page meinte sie: «Das wird dir guttun, Gerald. Seit du deine eigene Yacht verkauft hast, warst du nicht mehr auf dem Meer. Fahr ein bißchen hinaus, genieße die Sonne und versuche, dich zu entspannen. Dann wird alles in Ordnung kommen.»

Noah hätte sich gewünscht, den Optimismus der Ärztin teilen zu können, aber es war ihm nicht möglich. Alles um ihn herum war überschattet von einer bösen, dunklen Wolke. Zuerst war Hoss, einer seiner besten Freunde, ermordet worden, und jetzt die Sache mit Claire Page. Sie war noch lange nicht über den Berg. Was Noah jedoch am meisten zu schaffen machte, war die Ungewißheit, was mit den drei anderen passiert war. Mit Gale. Mit Bobby. Vor allem aber mit Jenny.

[51 ... 16. JUNI]

Als Noah erwachte, glaubte er für einen kurzen Moment an ein Erdbeben, doch dann erinnerte er sich, daß er auf der ‹Elvira› war. Die Sonne durchflutete bereits die Kajüte, und die Wellen klatschten in beruhigender Monotonie gegen den Rumpf der Yacht.

Noah brauchte eine Weile, bis er die Müdigkeit komplett abgeschüttelt hatte. Als er sich schließlich aufrappelte, um den Professor zu wecken, war der nirgends zu finden.

Dafür entdeckte er etwas anderes: die Unterlagen, die Page organisiert hatte. Noah hatte in der Nacht gar nicht gemerkt, daß der Wissenschaftler sie die ganze Zeit über bei sich gehabt hatte. Nun lagen sie auf dessen Bett. Noah beschloß, einen Blick hineinzuwerfen. Er nahm den Stapel Kopien, setzte sich an den kleinen Tisch auf dem Achterdeck und begann zu blättern.

Zwanzig Minuten später hatte er alles überflogen – viel schlauer war er nicht. Mindestens einhundert Seiten enthielten ausschließlich Zahlen- und Buchstabenkolonnen.

Manche Stellen waren unterstrichen oder farbig markiert, teilweise waren sie mit handschriftlichen Randbemerkungen versehen. Noah verstand, daß es sich hierbei um Gensequenzen handelte, aber was hatten sie zu bedeuten?

Ebenso schleierhaft erschienen ihm die Fotografien, die weiter hinten folgten und großenteils schwarze Ratten zeigten. Noah ahnte, daß dies die Tiere waren, derentwegen er überhaupt in diese Geschichte hineingeschliddert war. Auf einigen Fotos waren lebende Exemplare in Glasvitrinen abgebildet, auf anderen tote, sezierte Körper mit offengelegten Innereien. Auch mikroskopische Aufnahmen von Haut, Muskelgewebe und Knochen waren darunter.

Die erklärenden Textpassagen neben den Bildern waren reines Fachchinesisch. Keine Chance für Noah, etwas davon zu verstehen. Sein Blick blieb auf zwei nebeneinanderstehenden Abbildungen haften. Beide zeigten Nahaufnahmen von Fell – links schwarzes, rechts weißes. Darunter stand:

772/53-5 A-T-T-G-C-G-C-G-G-C-A-T-G- … (52Btz) … -A-T-T- … (5399/U) … -G-A-T-A- … (234E)-(OHj45) … -T-T- … (MA3) … -T-A- in Zusammenwirken mit UER63/5T, TEN(A-T-T)8W, C24A/POM und XEvt-A-T-T-T-C verantwortlich für schwarze Farbelemente im Fell von 54JP-304/72 (links). Erkennungswahrscheinlichkeit für diese DNS-Sequenzen: 12,44872%. AH42t, UR-T33 sowie 9844+2 verursachen Gelbpigmentierung der Haut (ebenfalls links). Erkennungswahrscheinlichkeit: 28,83224%.

«Wir wär's mit frischen Brötchen, Butter, Marmelade und einem Schluck Milch?»

Noah fuhr von seinen Unterlagen auf und sah Professor Page vor sich stehen.

«Ich war einkaufen, solange Sie noch geschlafen haben», erklärte der Wissenschaftler und hielt die Tüte hoch. «Ich dachte, ein kräftiges Frühstück könnte uns nicht schaden.»

Seine Laune hatte sich über Nacht erheblich gebessert. Während sich die beiden Männer daranmachten, den Tisch zu decken, nannte er Noah den Grund dafür. «Ich war heute morgen schon bei Doktor Hentropp, um Claire zu besuchen. Es sieht gut aus. Becky meint, meine Frau kommt durch, aber sie soll noch ein paar Tage ruhig liegenbleiben. Ich kann Ihnen gar nicht sagen, um wieviel wohler ich mich jetzt fühle.»

Noah lächelte. Er freute sich für Page, aber er konnte dessen Glück nicht teilen. Er fragte sich, was mit Jenny geschehen war. Sie hatten sich für zwölf Uhr am World Trade Center verabredet. Würde sie dort sein? Bei dem Gedanken daran, daß ihr in der Nacht etwas zugestoßen sein könnte, zitterte Noah. Wie hatte er sie nur zurücklassen können?

Aber es war zu spät für Selbstvorwürfe. Außerdem: Was hätte er tun sollen? Wäre er bei ihr geblieben, wäre Claire Page vielleicht gestorben. Noah merkte, wie sein Mund trocken wurde. Hatte er Claire Page gerettet, aber damit Jennys Todesurteil gesprochen?

«Wie ich sehe, haben Sie sich die Unterlagen angesehen», meinte Page, ohne von Noahs Zwiespalt etwas zu ahnen. Er setzte sich an den Tisch, goß sich Milch in eine Tasse und begann, sich ein Brötchen zu schmieren. «Gibt es schon irgendwelche neuen Erkenntnisse?»

Noah winkte ab, während er selbst zu frühstücken begann. «Erwarten Sie von *mir* eine Antwort? *Sie* sind doch der Experte. Ich werde aus diesen Aufzeichnungen absolut nicht schlau. Keine Ahnung, was Frazer vorhat. Was immer es ist – wir werden vermutlich Jahre brauchen, um dahinterzukommen.»

«Ich fürchte, soviel Zeit haben wir nicht», entgegnete Page. «Da ich heute nacht nicht einschlafen konnte, habe ich mir die Unterlagen schon angeschaut.» Er nahm den Papierstapel an sich und blätterte darin herum. Ziemlich weit hinten zog er drei Seiten heraus. «Hier. Sehen Sie sich das an.»

Er schob Noah die Blätter über den Tisch.

Testbezeichnung	Plandatum / Durchführung	Versuchsobjekt	Vektor	Erkennungswahrscheinlichkeit in %	Ergebnis / Seitenverweis
772/23	12.09.92/ 12.09.92	54JP-304/01	T22-Plasmid	0,21776	2 ff.
773/12	22.02.93/	54JP-304/04	T22-Plasmid	0,24872	8 ff.
	25.–28.02.93		(Version 6)		
:	:	:	:	:	:
779/07	08.12.93/ 08./09.12.93	54JP-304/12	T22-Plasmid (Version 19)	0,62212	34 ff.

Noah schlug auf Seite 2 um. Dort stand:

Zwischenergebnis – Plasmid T22 ungeeignet, da Erkennungswahrscheinlichkeiten bei Kombination von DNA-Sequenzen durchgehend < 1%. Neue Versuchsreihe mit viralem Vektor REV6 / Version 1 gemäß folgendem Plan.

Es folgte wieder eine Tabelle, ähnlich der ersten.

Testbezeichnung	Plandatum/ Durchführung	Versuchsobjekt	Vektor	Erkennungswahrscheinlichkeit in %	Ergebnis/ Seitenverweis
800/01	03.01.94/ 03.– 12.01.94	54JP-304/13	REV6-Virus (Version 1)	12,85421	42 ff.
803/07	02.02.94/ 02./ 03.02.94	54JP-304/16	REV6-Virus (Version 3)	18,91672	44 ff.
:	:	:	:	:	:

Die dritte Seite ging im selben Stil weiter.

«Was soll das sein?» fragte Noah schließlich. «Falls Sie mir damit irgend etwas sagen wollen, Professor, dann müssen Sie das schon deutlicher tun.»

«Soweit ich das beurteilen kann, ist diese Tabelle eine Art Zeittafel», sagte Page. «Frazer hat hier eingetragen, wann er welche Testreihe geplant und durchgeführt hat.»

«Und die Tests haben etwas mit diesen Ratten zu tun», ergänzte Noah. «Mir fällt auf, daß die Bezeichnung 54JP-304 immer gleich bleibt. Nur die Zahlen dahinter ändern sich.»

«Richtig. Frazer hat seine Versuchstiere weiterentwickelt, würde ich sagen. Die erste Version im Jahr '92 hieß 54JP-304/01. Und heute ist er bei -72 angelangt.»

«Und was hat es mit diesem T22-Plasmid und dem REV6-Virus auf sich?»

«Keine Ahnung. Auch ich weiß nicht, was Frazer unter ‹Erkennungswahrscheinlichkeit› versteht», gab Professor Page zu. «Ich sehe nur, daß sich dieser Wert über die Jahre hinweg kontinuierlich verbessert. In der letzten eingetragenen Testreihe ist immerhin eine Erkennungswahrscheinlichkeit von etwa 83% eingetragen, wenn mich mein Gedächtnis nicht im Stich läßt.»

Noah sah nach. «Stimmt. 83,49582%. Aber *wer* erkennt hier *was*, verdammt noch mal?»

«Wir können nur hoffen, daß die Antworten auf all unsere Fragen in diesen Unterlagen stehen. Immerhin haben wir noch etwa drei Monate Zeit, um das Rätsel zu knacken.»

«Drei Monate? Wie kommen Sie darauf?»

«Betrachten Sie einmal die letzte Zeile auf der dritten Seite», sagte der Professor, während er von seinem Brötchen abbiß. «Test 1072/irgendwas. Fällt Ihnen nichts auf?»

«Das Plandatum meinen Sie?»

«Genau! Heute ist der 16. Juni. Frazer hat seinen letzten Test in der Tabelle auf den 13. September datiert. Das heißt für uns: Der Countdown läuft.»

[52]

Um 11.45 Uhr traf Noah Washington vor dem Haupteingang des World Trade Center ein. Viel zu nervös, um ruhig stehen zu können, wanderte er auf dem überfüllten Gehweg hin und her wie ein Tiger im Käfig. Er war groß genug, um trotz der Menschenmenge den Überblick zu behalten, aber er konnte Jenny nirgends entdekken.

Je näher der Zeiger seiner Armbanduhr an die Zwölf heranrückte, desto schlimmer wurden seine Befürchtungen. Schließlich pendelte sein Blick nur noch zwischen seiner Uhr und der Masse von auf und ab wogenden Köpfen hin und her.

Doch Jenny kam nicht.

Nicht um 12.00 Uhr, nicht um 12.05 Uhr und auch nicht später. Wie ein Ertrinkender, der sich an einen Strohhalm klammert, klammerte Noah sich an die Hoffnung, daß Jenny doch noch auftauchen würde, wenn er nur lange genug auf sie wartete. Es war bereits nach halb vier, als er schließlich aufgab und sich dazu zwang, die Realität zu akzeptieren. Der Schmerz, den er bei dem Gedanken empfand, dieses Mädchen nie wiederzusehen, stürzte ihn in ein tiefes Loch. Innerhalb der wenigen Tage ihrer Bekanntschaft war sie für ihn zu einem wichtigen Teil seines Lebens geworden. Mehr noch, er hatte sich in sie verliebt.

Aber dieses Gefühl war ihm viel zu kurz vergönnt gewesen.

Es dämmerte bereits, als er am Hafen von Marina del Rey eintraf – ohne einen Dollar Bargeld in der Tasche, dafür aber sturzbesoffen. Zum erstenmal seit Monaten hatte er Alkohol getrunken, und das nicht zu knapp. Entsprechend vernichtend war die Wirkung.

Noah wankte über die komplette Breite des Holzstegs. Er hatte mehrmals Glück, nicht zwischen zwei vertäuten Booten ins Wasser zu fallen. Alles um ihn herum schien sich schlierenartig zu bewegen, es grenzte an ein Wunder, daß er sich noch auf den Beinen halten konnte.

Der minimale Teil seines Verstandes, der noch nicht komplett benebelt war, schaffte es tatsächlich, ihn zur Anlegestelle der ‹Elvira› zu führen. Der Versuch, über die Reling zu klettern, scheiterte jedoch, und er fand sich plötzlich auf dem Boden des Achterdecks wieder. Die Schürfwunden, die er sich dabei zuzog, bemerkte er erst am nächsten Tag. Für den Moment reagierten seine Nervenbahnen zu träge, als daß sie körperlichen Schmerz hätten registrieren können. Den seelischen Schmerz wegen Jenny, den er eigentlich hatte ertränken wollen, fühlte er indes stärker als zuvor.

«Mein Gott, Sie sind ja voll bis obenhin», sagte eine Stimme über ihm. Er hob mühevoll den Kopf und erkannte das Gesicht des Professors, das sich im selben Augenblick auf wundersame Weise vervierfachte, bis ein ganzes Gesichterensemble vor ihm tanzte.

«Sie ist tot!» war alles, was Noah lallen konnte. «Hören Sie? Tot!»

«Sie meinen das Mädchen, nicht?» sagten die vier tanzenden Gesichter, während mindestens acht Arme unter Noahs Achseln griffen, um ihn wieder auf die Beine zu bringen. «Setzen Sie sich erst mal in den Stuhl, und dann erzählen Sie der Reihe nach.»

«Sie ist tot, sage ich. Jenny.» Er stellte erst jetzt fest, daß ihn die untergehende Sonne blendete, und kniff die Augen zusammen. «Die anderen auch. Alle sind sie tot. Wir hätten sie nicht zurücklassen dürfen.»

«Vielleicht ist ihnen nur irgend etwas dazwischengekommen», versuchte Page, den Schwarzen zu beruhigen, aber Noah war nicht in der Stimmung, sich beruhigen zu lassen.

«Was hätte es wohl Wichtigeres gegeben, als zum World Trade Center zu kommen? Sie wußte, daß ich mir sonst Sorgen mache!» Er ballte die Faust und schlug energisch auf den Tisch. «Sie wußte das, verdammt noch mal. Sie wäre gekommen, wenn sie gekonnt hätte. Sie *ist* tot.»

Page erkannte, daß es keinen Sinn hatte, mit Noah zu diskutieren. «Kommen Sie», sagte er und legte sich einen Arm des Schwarzen um die Schultern, während er ihn mit seinem Körper hochstemmte. «Ich bringe Sie in Ihre Kajüte.»

[53 ...17. JUNI]

Es war die Nacht der Flucht. Jenny stand vor dem Holzzaun und blickte Professor Page und Noah hinterher, der die verletzte Frau des Wissenschaftlers auf den Armen trug. Dann durchschlug plötzlich ein Kugelhagel die Holzlatten, und auf der anderen Seite des Zauns schrie eine Frau auf – Gale!

Jenny fühlte einen Adrenalinstoß in ihren Adern. «Mom!» schrie sie in heller Panik. «Mom!» Ohne Rücksicht auf die Kugeln preßte sie ihr Gesicht gegen den Zaun, in der Hoffnung, durch irgendeine Ritze etwas erkennen zu können – vergebens.

Halb besessen vor Angst, zerrte sie einen am Straßenrand stehenden Abfalleimer an den Zaun. Kaum eine Sekunde später stand sie auf dem wackeligen Sockel, aber was sie sah, trieb ihr die Tränen in die Augen: Bobby lag unter ihr am Zaun und krümmte sich vor Schmerzen. Selbst in der Dunkelheit konnte Jenny erkennen, daß er einen Bauchschuß abbekommen hatte. Aber wo war ihre Mutter?

Ein Geräusch ließ Jenny den Atem stocken. Frank Chaffy und eine schwarzhaarige Frau, die Jenny noch nie gesehen hatte, kamen mit schnellen Schritten näher. Stimmen im Hintergrund verrieten, daß weitere Verfolger nahten.

Chaffy und die Frau waren jetzt nur noch zwei Meter von Bobby entfernt.

«Wo sind die anderen?» fragte Chaffy.

Bobby preßte die Hände auf den Bauch. Vermutlich wußte er, daß es für ihn keine Rettung gab, daß seine einzige Hoffnung ein schneller Tod war. Denn er sagte: «Mister, ich weiß nicht, wer Sie sind oder worum es hier überhaupt geht. Aber ...» – er rang nach Luft – «... aber Sie sind hiermit verhaftet. Sie und alle, die auf uns geschossen haben. Sie haben das Recht zu schweigen oder die Aussage zu verweigern. Alles, was Sie sagen, kann und wird vor Gericht ...»

Das waren Bobby Paxtons letzte Worte, bevor Frank Chaffy und die Frau ihre schallgedämpften Pistolen auf ihn richteten und abdrückten.

Vor Entsetzen gelähmt, fiel Jenny gar nicht auf, wie der Abfalleimer unter ihren Füßen wegkippte. Sie versuchte, das Gleichgewicht wiederzuerlangen, aber es war bereits zu spät. Der Eimer krachte mit ohrenbetäubendem Lärm auf die nächtliche Straße, und Jenny fiel hinterher. Sie hörte, wie jemand hinter dem Zaun «Hierher! Sie ist hier drüben!» rief. Gleich danach sah sie, wie ein Kugelhagel die Holzlatten zerlöcherte. Verzweifelt rappelte sie sich auf, um wegzurennen, als auch schon das Gesicht des ersten Verfolgers über dem Zaun erschien. Jenny rannte die schmale Straße entlang, bog in irgendeine Seitengasse ein, dann in die nächste und so weiter. Hauptsache fort von hier! hämmerte es in ihrem Kopf. Hauptsache weit, weit weg von diesen bewaffneten Bestien!

Doch als sie um die nächste Ecke flitzte, war sie zu schnell. Ohne ihn auch nur wahrzunehmen, überrannte sie einen Stapel Müllsäcke. Sie stürzte der Länge nach auf den Asphalt, die Säcke vermochten die Wucht des Aufpralls nur wenig zu bremsen. Ihr Kopf schlug hart auf den Boden, dann verlor sie die Besinnung …

… um nur eine Sekunde später in ihrem Bett in Three Pine Village aufzuwachsen. Ihr Herz pochte, ihr Pyjama war schweißdurchtränkt, und sie zitterte. In ihrem Alptraum hatte sich das nächtliche Drama noch einmal abgespielt – beinahe ebenso intensiv wie in der Realität. Der Schock, der sie durchfahren hatte, als Bobby getötet wurde, steckte ihr jetzt noch in allen Gliedern.

Jennys Kopf pulsierte und schmerzte. Sie faßte sich an die Schläfe und spürte eine frische Blutkruste – die Folge ihres Sturzes.

«Der Arzt sagt, du hast nur ein paar Schürfwunden abbekommen.» Gale hatte gemerkt, daß ihre Tochter aufgewacht war. Sie setzte sich zu ihr ans Bett und hielt ihr ein Glas Wasser hin, das Jenny dankbar annahm und in einem Zug leerte.

«Wie kommen wir hierher?» Jenny konnte noch immer nicht glauben, daß sie tatsächlich in ihrem eigenen Bett lag. «Ich weiß nur noch, daß ich gestürzt bin. Was danach kam – davon habe ich keine Ahnung.»

«Ich hatte dich gefunden», sagte Gale. «Ich sah dich davonlaufen und bin dir gefolgt. Frazers Leute waren uns ziemlich dicht auf den Fersen, als du hingefallen bist. Ich habe dich geschnappt und uns beide in einem Müllcontainer versteckt, bis die Gefahr vorüber war. Meine Güte, was hat unser Wagen gestunken! Aber Hauptsache, wir haben es geschafft. Ich wollte uns beide nur hierher bringen.» Gale erzählte weiter, sie habe keinen Flug nehmen wollen, weil Jenny bewußtlos war und sie keine Aufmerksamkeit erregen wollte. Auf der Fahrt zur kanadischen Grenze habe sie in Three Pine Village angerufen. Trevor Winwood habe sie dann beide mit seiner Bell in der Nähe von Vancouver abgeholt. «Er war ganz stolz darauf, daß sich sein Zusatztank am Hubschrauber schon gelohnt hat.» Gale lächelte ihre Tochter an. Sie war froh, daß ihr nichts passiert war, aber ihre Freude war nicht ungetrübt. «Wir hatten Glück», sagte sie. «Mehr Glück als Bobby. Als sie auf uns schossen, hatte ich Angst. Ich bin einfach durchs Gebüsch davongerannt. Ich dachte, Bobby ist hinter mir, doch als ich mich umdrehte, war er nicht mehr da. Bis ich mich dazu entschlossen hatte umzukehren, waren die Killer schon bei ihm.»

Jennys Augen wurden ebenso feucht wie Gales. «Weiß Onkel Dan es schon?»

«Ich war heute nachmittag bei ihm.»

«Wie hat er es aufgenommen?»

Eine Träne rann an Gales Gesicht herab, als sie sagte: «Er hat mich gefragt, warum ich Bobby im Stich gelassen habe. Er denkt, ich bin schuld an seinem Tod.»

[54]

Noah Washington hatte von diesem Tag nicht besonders viel mitbekommen. Am Morgen war er mit einem schrecklichen Kater aufgewacht. Seine schmerzenden Handflächen, Ellenbogen und Knie erinnerten ihn dumpf an seinen Sturz über die Reling auf das Deck der ‹Elvira›. Aber im Vergleich zu seinem Kopfweh und seiner Übelkeit waren die Schürfwunden harmlos.

Kaum war er aufgestanden, hatte er sich gerade noch auf die Bootstoilette retten können, um sich zu übergeben. Wohler war ihm dadurch nicht geworden. Im Lauf des Tages war er noch ein paarmal aufgestanden – immer mit demselben Ergebnis. Erst am Abend besserte sich sein Zustand, und er hatte auch nicht mehr das Gefühl, Gummi statt Knochen in seinem Körper zu haben.

«Wie geht's Ihnen denn?» fragte Professor Page, den Noah an Deck antraf. «Sie sehen schon etwas munterer aus.»

«Ich hatte schon angenehmere Tage», entgegnete der Schwarze.

«Aber immerhin kann ich mich bewegen, ohne gleich kotzen zu müssen.

«Ich werde Ihnen eine Suppe kochen, damit kommen Sie wieder zu Kräften. Setzen Sie sich hierher.»

Noah gehorchte, während Page unter Deck verschwand. Wenig später kam er mit einem dampfenden Teller und einem Löffel in den Händen zurück.

Beim Essen erkundigte Noah sich nach den Unterlagen. «Haben Sie schon irgend etwas über diese Ratten herausbekommen?» fragte er, Suppe schlürfend.

«Nicht viel. Frazers Aufzeichnungen sind nicht nur umfangreich, sondern auch äußerst komplex. Er verwendet -zig verschiedene Abkürzungen und Codes. Es ist verdammt schwierig, alles zu entschlüsseln.» Page blätterte in den Seiten, die vor ihm auf dem Tisch lagen. «Aber ich will gerne versuchen zusammenzufassen, was ich bisher herausgefunden habe. Was mich zunächst erstaunt, ist, daß Frazer seine 54JP-304-Ratten immer weiterentwickelt hat. Sie erinnern sich, daß er bei 54JP304/01 anfing und inzwischen bei -/72 angelangt ist.»

Noah nickte.

«An und für sich ist das nicht ungewöhnlich», fuhr Page fort. «Immer, wenn wir eine Rattengattung mit einer neuen Erbkrankheit produzieren müssen, gibt es verschiedene Versionen, bis wir sozusagen das Musterexemplar gezüchtet haben, das wir klonen können. Aber wenn wir dann die Medikamente in Tierversuchen testen, verändern wir unsere Klone nicht mehr. Denn das würde die statistische Aussagekraft verringern. Nur bei absolut identischen Ratten kann man nach den Tests Erfolgsprognosen erstellen und die Häufigkeit von Nebenwirkungen feststellen. Verstehen Sie? Würde man einen Langzeittest mit unterschiedlichen Rattenversionen durchführen, hätte das Endergebnis keine Aussagekraft.»

«Vielleicht will Frazer gar keine Medikamente testen» meinte

Noah und nahm einen weiteren Löffel Suppe. «Vielleicht will er nur eine ganz bestimmte Ratte züchten.»

«Nein. Aus diesen Aufzeichnungen geht eindeutig hervor, daß Frazer an den Ratten auch ein Präparat anwendet. Zuerst ein Plasmid namens T22. Ab 1994 – und auch das ist ungewöhnlich – einen Virus, den er REV6 nennt und den er ebenfalls weiterentwickelt.»

«Also arbeitet er sowohl an den Ratten als auch an dem Präparat», faßte Noah zusammen.

«So ist es. Aber es ergibt keinen Sinn.»

«Zumindest wissen wir mehr als gestern.» Noah nahm den letzten Löffel Suppe zu sich und schob den Teller zur Seite. «Ich würde sagen, das ist doch schon mal ein Zwischenerfolg.»

Doch Page war skeptischer. «Ein Zwischenerfolg ist es meines Erachtens erst, wenn wir wissen, *warum* Frazer das macht.»

[55]

Drei schwarze Limousinen bahnten sich ihren Weg durch das nächtliche Städtchen. Sie passierten die drei Bronzefichten und verließen Three Pine Village wieder auf der Straße nach Norden. Die eleganten Autos mit den leisen, kraftvollen Motoren glichen hungrigen Jaguaren; die Scheinwerfer, die sich im nassen Asphalt spiegelten, ähnelten glühenden Augen auf der Suche nach Beute.

Zumindest Frank Chaffy, dem ehemaligen Soldaten und Großwildjäger, hatte sich dieser Vergleich aufgedrängt. Er saß zusammen mit Mona Calder, Nick Rydell und Roddy Elmer im ersten Wagen und betrachtete im Schein einer Taschenlampe eine Karte der Umgebung.

«Wir müssen gleich da sein», sagte er zu Nick, der hinter dem Lenkrad saß. «Irgendwo dort vorne muß es links abgehen.»

Daß Gale und Jenny nach Kanada geflohen waren, hatte er schnell herausgefunden. Sie waren dumm genug gewesen, den Toyota zu benutzen, den sie in L. A. gekauft hatten. Chaffy hatte nicht nur ihn, sondern auch den VW-Passat und sogar Professor

Pages Chrysler mit einem Peilsender präpariert, bevor er und die anderen das Häuschen in Pasadena gestürmt hatten. Als die nächtliche Jagd dann schon längst vorbei gewesen war, hatte sich auf seiner Anzeige plötzlich etwas geregt: ein grüner Leuchtpunkt, der sich langsam in Richtung San Francisco schob. Damit lag auf der Hand, welches Ziel der Toyota hatte, denn seit seine Leute Jennys Wohnung durchsucht hatten, kannten sie auch die Adresse ihrer Mutter.

«Dort vorne brennt Licht», meldete Nick Rydell sich plötzlich zu Wort. «Das muß es sein.»

Chaffy gab per Funk ein paar Anweisungen, worauf die Scheinwerfer der drei Limousinen fast gleichzeitig erloschen. Zurück blieben nur dunkle, bedrohliche Schatten, die Raubkatzen gleich nahezu lautlos in den schmalen Schotterweg einbogen, der entlang des Waldrands zu Gales Haus führte.

[56]

Dan Paxton saß in seinem Schaukelstuhl und blickte in den Nachthimmel. Nachdem er eine halbe Scotch-Flasche geleert hatte, hatte er feststellen müssen, daß kein Alkohol mehr im Haus war. Diese Erkenntnis war niederschmetternd gewesen. Er hätte sich natürlich in der Stadtkneipe eine neue Flasche besorgen können, aber er wollte keine Leute sehen, mit niemandem reden. Erst recht wollte er nicht wegen Bobbys Tod bemitleidet werden. Alles, was er wollte, war allein sein.

So blieb ihm nichts anderes übrig, als von Alkohol auf Tabak umzusteigen. Er kramte aus einer Tasche seine Pfeife und stopfte sie, so gut es seine alkoholbetäubten Finger zuließen. Von dem aromatischen Rauch, den er sonst so liebte, schmeckte er nichts.

Während er so dasaß und paffte, fühlte er, wie sein Rausch allmählich nachließ und sein Verstand wieder zurückkehrte. Nicht nur sein Verstand – auch sein Gewissen. Je mehr er darüber nachdachte, desto mehr wurde ihm klar, wie sehr er Gale mit seiner Anschuldigung, Bobby im Stich gelassen zu haben, verletzt haben mußte. Er hatte Gale immer behandelt wie eine Tochter. Ebenso war Bobby für sie wie ein Sohn gewesen. Es war nicht nur töricht, sondern auch gemein von ihm gewesen, ihr die Schuld an Bobbys Tod aufzubürden. Schlimm genug, daß sie ihn hatte sterben sehen müssen, ohne ihm helfen zu können.

Dan Paxton wußte, daß er sich bei Gale entschuldigen mußte. Aber selbst wenn sie ein Telefon gehabt hätte, hätte er sie nicht angerufen. So etwas mußte von Angesicht zu Angesicht geregelt werden. Er wollte ihr in die Augen sehen, wenn er sie um Verzeihung bat.

Als Dan Paxton sich in seinen Wagen setzte, wußte er, daß er eigentlich in eine Ausnüchterungszelle gehörte. Wenn er Trevor in einem solchen Zustand beim Autofahren ertappt hätte, hätte er kein Pardon gekannt. Aber immerhin war er hier der Sheriff. Und es war ihm wichtiger als alles andere, wieder mit Gale ins reine zu kommen.

Wenig später befand er sich schon auf der Straße nach Norden, ohne einen Unfall gebaut zu haben. Er gab etwas Gas und hätte beinahe die Einfahrt zu Gales Haus verpaßt. Erst im letzten Moment riß er das Steuer herum, um mit quietschenden Reifen in den Schotterweg einzubiegen. Holpernd rumpelte der Polizeiwagen über die schlechte Piste.

Er war schon dabei, sich ein paar Worte für seine Entschuldigung zurechtzulegen, als ihm ein unerwartetes Hindernis den Weg versperrte. Erschrocken trat Paxton auf die Bremse.

«Gott verdammt», murmelte der Alte ärgerlich. «Was zum Teufel ist das denn?»

Erst jetzt, bei genauerer Betrachtung, erkannte er die drei Limousinen, die hintereinander am Waldrand parkten.

Sofort wurde ihm klar, daß er Gale und Jenny warnen mußte. Doch noch bevor er irgend etwas unternehmen konnte, zersplitterte seine Frontscheibe, und eine Kugel pfiff nur einen Fingerbreit neben Dan Paxtons Ohr in seine Kopfstütze.

[57]

Gale saß am Bettrand und betrachtete ihre Tochter, die wieder eingeschlafen war. So wie sie dalag, eingehüllt in eine warme, mit indianischen Ornamenten bestickte Decke, erinnerte sie Gale an die Tage ihrer Kindheit. Wie oft hatte Jenny ihre Mutter gebeten, ihr eine Gutenachtgeschichte zu erzählen! Wie harmonisch war es zwischen Mutter und Tochter gewesen!

Dann war da noch Bobby. Oft hatten er und Jenny im Wald hinter dem Haus gespielt, manchmal hatte Gale die beiden mit in ihre Berghütte genommen. Aber nun war Bobby tot.

Der Gedanke an den Jungen schnürte Gale die Kehle zu. Hätte sie ihm tatsächlich das Leben retten können? fragte sie sich. Hatte Dan Paxton mit seinem Vorwurf womöglich recht? Obwohl sie sich immer wieder sagte, daß es unmöglich gewesen war, Bobby zu helfen, blieb ein gewisser Zweifel zurück. Hätte sie ihr Leben geopfert, um Bobby, der für sie wie ein Sohn gewesen war, zu retten?

Allein die Tatsache, daß sie diese Frage nicht eindeutig bejahen konnte, stürzte sie in tiefe Beschämung. Wie sollte sie Dan Paxton jemals wieder in die Augen sehen können, wenn sie sich nicht einmal sicher war, ob sie wirklich *alles* für Bobby getan hätte, selbst wenn die Chance dazu dagewesen wäre.

Ein Wiehern vor dem Haus weckte Jenny. «War das King George?» fragte sie und richtete sich matt im Bett auf.

Gale nickte und versuchte, die belastenden Gedanken abzuschütteln. «Ja, das ist Georgy», sagte sie. «Ich dachte, du hast vielleicht Lust, wieder einmal auszureiten. Unsere frische Bergluft zu atmen und die Aussicht zu genießen.» Am liebsten hätte sie Jenny einen gemeinsamen Ausritt vorgeschlagen. Aber sie wußte, daß Jenny in den letzten paar Jahren kein Interesse daran gehabt hatte. Vielleicht aus Langeweile, vielleicht weil sie sich schon zu sehr von ihrer Mutter entfremdet hatte. Jedenfalls wollte Gale sich an diesem Abend keine Abfuhr holen. Schon gar nicht wollte sie sich ihrer Tochter aufdrängen. Deswegen ließ sie ihren Wunsch unausgesprochen.

«Ich weiß, was du denkst», sagte Jenny und drückte die Hand ihrer Mutter. «Bitte glaube mir, daß ich gerade jetzt sehr gerne in die Berge reiten würde. Gemeinsam mit dir.»

«Aber so leid es mir tut», fuhr Jenny fort, «ich kann nicht, Mutter. Es wäre zu gefährlich für dich. Ich war vorgestern im Krankenhaus.»

«Um den kleinen Lam-Jungen zu besuchen. Ich weiß.»

«Nicht nur deswegen, Mutter. Auch um selbst einen Bluttest machen zu lassen. Als Noah und ich bei Frazer ins Labor eingebrochen sind, habe ich eine Ampulle mit dem Erreger zerbrochen.»

«Und?» Auf Gales Gesicht zeichnete sich deutlich die Angst um ihre Tochter ab. «Was ist dabei herausgekommen?»

Es dauerte ein paar quälend lange Sekunden, bis Jenny sagte: «Ich bin infiziert.» Eine Träne kullerte ihr über die Wange. «Es gibt keinen Zweifel. Der Arzt wollte mich eigentlich gleich in der Quarantänestation behalten. Er hat mich nur unter der Bedingung gehen lassen, daß ich ein paar Sachen hole und anschließend gleich wiederkomme. Denn drei Tage nach der Ansteckung kann man andere mit dem Virus infizieren. Das heißt, ich bin eine Gefahr, Mutter. Für dich und für jeden, der in meine Nähe kommt.»

Gales Mund war trocken. «Gibt es kein Mittel dagegen?»

«Absolut nichts. In wenigen Tagen werde ich sterben. Ich habe solche Angst.» Jenny zitterte, sie konnte nichts dagegen tun. Sie wußte nur, daß es keine Hoffnung gab.

Gale beugte sich zu ihr, gab ihr einen Kuß auf die Stirn und nahm sie in die Arme.

«Nicht, Mutter!» wehrte Jenny ab. «Das ist zu gefährlich.»

Aber Gale lächelte nur. «Ich werde es mir nicht nehmen lassen, meine Tochter zu umarmen, wenn ich es will. Ich wüßte keinen besseren Grund zu sterben als für dich. Wenn es Manitu gefällt, soll es so sein. Ich habe keine Angst vor dem Tod.»

[58]

«Keiner rührt sich vom Fleck!» zischte Frank Chaffy in sein Kopfmikrophon. Gary Keller, dem Mann neben ihm, raunte er zu: «Haben Sie ihn erwischt?»

Keller hielt sein Gewehr ruhig im Anschlag und spähte mit einem Auge durch das Infrarot-Zielfernrohr. Das Fadenkreuz hatte den Polizeiwagen, der hinter den drei Limousinen am Waldrand parkte, sicher im Visier. «Weiß nicht», murmelte Keller, ohne sein Gewehr abzusetzen. «Aus diesem Blickwinkel kann ich das nicht sagen. Zumindest rührt sich nichts.»

«Okay, Gary. Behalten Sie das Auto im Auge und erschießen Sie den Fahrer, falls er noch lebt. Wir können hier keine Zeugen brauchen. Und treffen Sie ja nicht den Tank.»

«Ja, Sir.»

In diesem Moment sah Gary Keller ein Flimmern in seinem Zielfernrohr, einen Schatten, der sich in dem fremden Wagen bewegte. Er schoß dreimal in kurzer Folge. Der Schalldämpfer ploppte, und in einiger Entfernung splitterte leise Glas.

Es verstrichen ein paar Augenblicke, ehe Gary Keller sagte: «Ich denke, das war's, Sir.»

[59]

Sheriff Paxton kauerte hinter seinem Wagen und hielt sich die linke Schulter. Er wußte, daß er nur einen Streifschuß abbekommen hatte, aber sein Alkoholspiegel vermochte den Schmerz kaum zu lindern. Das einzige Positive war, daß er sich durch das teuflische Brennen wieder nüchtern fühlte. Er brauchte jetzt einen klaren Kopf.

Kein Zweifel – diese Leute waren die Killer, die Bobby getötet hatten. Nun waren sie hierhergekommen, um Gale und Jenny aus dem Weg zu räumen. Es lag jetzt ganz allein an ihm, die beiden Frauen noch rechtzeitig zu warnen. Aber wie? Als er vorsichtig in sein Auto zurückkroch, stellte er erleichtert fest, daß keiner mehr auf ihn schoß. Aber seine Freude war von kurzer Dauer. Die Hupe gab keinen Laut von sich. Mist! Auch sein Martinshorn funktionierte nicht. Nicht einmal die Zündung sprang an. Die Kugeln, die auf ihn abgefeuert worden waren, hatten die komplette elektrische Anlage außer Gefecht gesetzt. Verdammt! Nicht mal per Funk konnte er Hilfe anfordern.

Und was jetzt?

Auf allen vieren kroch der alte Mann zu den drei Limousinen. Diese Hupen würden garantiert funktionieren! Doch zu Paxtons Leidwesen waren alle Türen verschlossen.

Resigniert kroch er wieder zu seinem Polizeiwagen zurück. Viel Zeit hatte er nicht mehr, sonst würde seine Warnung für Gale und Jenny zu spät kommen.

Er fröstelte. Zwar nieselte es nur noch, aber der feuchte Boden verströmte eine unangenehme Kälte. Darüber nachgrübelnd, wie es nun weitergehen sollte, vergrub er seine Hände tief in seinen Jackentaschen ... und fühlte plötzlich seine Pfeife. Und sein Feuerzeug.

Auf einmal war ihm klar, was er tun konnte.

[60]

King Georges Wiehern hatte Gale stutzig gemacht. Sie stand an ihrer Spüle und blickte zum Fenster hinaus, aber sie konnte nichts Ungewöhnliches feststellen. Alles schien ruhig zu sein.

Doch als sie schon wieder den Vorhang zuziehen wollte, sah sie auf einmal einen hellen Schimmer am Waldrand, etwa auf halber Strecke zur Straße. Was war das?

Schon eine Sekunde später wußte sie es: ein Feuer. Aber noch bevor sie sich weitere Gedanken machen konnte, verwandelte sich der Lichtschein urplötzlich zu einer gewaltigen Explosion. Ein glühender Feuerball zerriß die Dunkelheit, gefolgt von einem ohrenbetäubenden Donnerschlag. Das Geschirr klapperte in den Regalen.

Obwohl Gale vor Schreck wie gelähmt war und obwohl der Nachthimmel nur für einen kurzen Moment aufleuchtete, erkannte sie die Silhouetten der Angreifer auf der Wiese. Mindestens ein halbes Dutzend konnte sie auf den ersten Blick erkennen – vermutlich waren es noch mehr. Sie waren nur noch fünfzig Meter vom Haus entfernt.

Geistesgegenwärtig stürzte Gale zum Hauseingang, um in einer einzigen schnellen Bewegung die Tür zu verriegeln und das Licht zu löschen. Kaum hatte sie das getan, zerbarsten auch schon die ersten Scheiben, und Kugeln zischten kreuz und quer durchs Zimmer.

«Was ist los, Mutter?» Jennys Stimme klang heiser und ängstlich.

«Sie sind da!» zischte Gale. «Leg dich auf den Boden, und zieh dir was über. Ich bin gleich wieder da!»

Mit diesen Worten verschwand sie in den Keller. Kurz darauf kam sie zu Jenny gekrochen, in jeder Hand ein Gewehr und die Taschen voll Munition.

«Wir müssen hier raus», flüsterte sie aufgeregt, während die Vorderfenster von Schüssen durchlöchert wurden. «Wenn wir hierbleiben, stürmen sie das Haus. Oder sie räuchern uns einfach aus. Unsere einzige Chance ist der Wald.» Sie gab Jenny eines der Gewehre. «Wenn ich es dir sage, dann springst du aus dem Fenster und läufst davon. Egal, was passiert, du mußt mir versprechen, immer weiterzulaufen. Zur Hütte. Dort werden sie dich nicht finden.»

Irgend etwas in Gales Worten beunruhigte Jenny. «Was ist mit *dir*, Mutter?» fragte sie. «Kommst du nicht mit?»

«Du bist das Liebste, was ich auf der Welt habe», sagte Gale. Sie drückte ihrer Tochter einen Kuß auf die Stirn – eine Geste, die Jenny in ihrer Endgültigkeit angst machte. «Jetzt tu, was ich sage! Los!»

Jenny hatte plötzlich das Bedürfnis, ihre Mutter in die Arme zu schließen, ihr noch tausend Dinge zu sagen. Doch es war zu spät. Gale zerrte Jenny schon ans hintere Fenster und stieß es auf. «Raus mit dir!» befahl sie ihrer Tochter. «Und denk dran: Lauf immer weiter! Dreh dich nicht um. Versprich es mir!»

«Ich verspreche es.»

[61]

Jenny hatte Angst um ihre Mutter. Dennoch tat sie genau das, was Gale ihr gesagt hatte. Sie rannte in den Wald hinein, immer tiefer, immer weiter den Berg hinauf. Sie hatte keine Ahnung, ob jemand hinter ihr her war oder ob ihre Flucht unbemerkt geblieben war. Aber sie wußte, daß es lebensgefährlich sein konnte, jetzt stehenzubleiben und sich umzudrehen.

Sie hörte Schüsse hinter sich, laute, krachende Schläge, die durch den Wald rasten. Das war Gales Gewehr, wußte Jenny. Sie hatte diesen Klang schon als Kind oft gehört, als sie beide in den Bergen Kaninchen gejagt hatten.

Erst jetzt wurde Jenny bewußt, daß sie selbst ebenfalls ein Gewehr in der Hand hatte – die Flinte, die Gale ihr im Haus gegeben hatte. Ein paar Patronen hatte sie auch. Der Wunsch, umzudrehen und ihrer Mutter zu Hilfe zu eilen, war plötzlich gewaltig.

War es nicht besser, zurückzukehren und das Haus zu verteidigen? Was hatten sie schon zu verlieren? Eine Kugel abzubekommen war vermutlich ein gnädigerer Tod als der, der ihr ohnehin in wenigen Tagen bevorstand.

Jenny war hin- und hergerissen. Ihr Schritt verlangsamte sich, aber sie blieb nicht stehen. Schritt für Schritt stolperte sie weiter bergauf in den nächtlichen Wald.

Irgendwann hörte sie ein leises Plätschern, dem sie folgte, bis sie an dem Bach angelangt war, an dem sie als Kind oft mit Bobby gespielt hatte. Das Wasser war kalt, und obwohl es stellenweise nur knöcheltief war, wurden ihre Füße schnell taub. Aber das war Jenny egal. Solange sie im Wasser stromaufwärts wanderte, konnte niemand ihre Spur verfolgen. Das war jetzt das Wichtigste.

Als Jenny an einer Biegung ankam, beschloß sie, den Bach zu verlassen und den direkten Weg zur Hütte zu nehmen. Sorgsam darauf bedacht, ihre Spuren zu verwischen, verließ sie das Bachbett, um weiterzurennen. Erst als sie sicher war, ihre Verfolger abgehängt zu haben, verfiel sie in langsameren Trab.

Sie mochte drei oder vier Stunden unterwegs gewesen sein, als sie durch die Bäume hindurch die Hütte erkannte. Endlich geschafft! dachte sie. Erleichtert fühlte sie sich allerdings nicht. Eine innere Stimme sagte ihr, daß ihre Mutter sich in dieser Nacht geopfert hatte, damit Jenny wenigstens noch ein paar Tage weiterleben konnte.

[62 ... 18. JUNI]

Es war noch dunkel, als Noah Washington unsanft geweckt wurde.

«Das müssen Sie sich anhören!» sagte Professor Page aufgeregt. «Wachen Sie auf!» Dabei rüttelte er Noah unsanft an den Schultern.

«Schluß damit», brummte Noah verschlafen. «Ich höre Ihnen ja zu.» Er fuhr sich mit einer Hand übers Gesicht, rieb sich die Augen. «Verdammt, wieviel Uhr ist es eigentlich?»

«Kurz nach vier.»

«Scheiße, Mann, was ist los mit Ihnen? Müssen Sie nie schlafen?» Noah richtete sich in seinem Bett auf. «Ich hoffe, Sie haben einen guten Grund, mich zu wecken.»

«Ich versichere Ihnen, den habe ich. Achtung, ich schalte jetzt das Licht an.»

Die plötzliche Helligkeit stach Noah in die Augen. «Muß das sein?»

«Ja, muß es. Hier!» Page gab ihm ein paar Computerausdrucke.

«Gehören die zu den Unterlagen?»

«Natürlich, was denken Sie?»

Noah überflog die Seiten ohne besondere Lust. «Was ist damit?» fragte er. «Ich habe das schon gesehen.» Die Seiten waren fast ausschließlich mit Gensequenzen bedruckt. A-T-T-C-C-T- … usw.

«Das haben wir doch schon geklärt. Das sind Ausschnitte aus der DNA dieser schwarzen Ratten. Na und? Mußten Sie mich mitten in der Nacht wecken, nur um mir das noch mal zu zeigen?»

Die Stimme des Professors klang heiser vor Aufregung. «Auf den ersten Blick sieht es tatsächlich so aus, nicht wahr? Auch ich habe mich davon täuschen lassen. Aber weiter hinten kommt die Erklärung.»

«Bitte ersparen Sie mir Ihr Fachchinesisch. Wenn das hier *keine* Ratten-DNA ist – was zum Teufel ist es dann?»

«Das, Mr. Washington, sind Blutgruppenuntersuchungen von *Menschen.*»

[63]

Jenny hatte in der Berghütte das Funkgerät gefunden, das ihre Mutter hier oben zurückgelassen hatte. Zu ihrem Leidwesen hatte sie jedoch feststellen müssen, daß die Batterien nicht funktionierten. Mehr als Rauschen war dem Gerät nicht mehr zu entlocken.

Frustriert hatte Jenny sich in eine Decke gehüllt, vor die Hütte gesetzt und auf den nächtlichen See gestarrt. Ab und zu hatte sie geweint.

Erst ein leises Knacken im nahen Unterholz riß sie aus ihrer Lethargie. Sie schreckte zusammen und horchte auf. Wie war es möglich, daß die Verfolger sie so schnell gefunden hatten?

Jenny zwang sich, nicht in Panik auszubrechen. Sie schob ihre Decke beiseite, schnappte ihr Gewehr und schlich sich zum Ufer, wo sie lautlos unter den Steg schlüpfte. Nur ihr Kopf lugte hervor. Aber durch den dichten Nebelschleier konnte sie nichts erkennen.

Da war es wieder, das Knacken. Und noch einmal, jetzt ganz nahe. Dann durchbrach plötzlich ein großer Schädel die Nebelwand, und Jenny stellte erleichtert fest, daß es King George war.

Dicht gefolgt von Gale.

[64]

Beide Frauen wußten, daß Frazers Leute sie bald finden würden. Am frühen Morgen war es soweit. Zuerst wurde King George unruhig. Gale hatte ihn an einem der aufgeschichteten Holzstämme neben der Hütte festgebunden, aber er tänzelte ängstlich hin und her und zerrte unentwegt an dem Riemen um seinen Hals. Wenig später war leises, unauffälliges Knattern zu hören, das jedoch schnell zu einem dumpfen Dröhnen anschwoll.

Gale stand an einem der Fenster ihrer Hütte und blickte in den Himmel. Das ratternde Motorengeräusch war nun so laut, daß sie schreien mußte: «Zwei Hubschrauber! Komm her und sieh dir das an!»

Jenny eilte an die Seite ihrer Mutter, und gemeinsam beobachteten sie das bedrohliche Szenario. Die beiden stählernen Libellen schwebten mit ohrenbetäubendem Lärm über den See, ließen das Wasser erzittern und landeten schließlich auf den glatten Felsenplatten des gegenüberliegenden Ufers – zu weit entfernt für ihre Gewehre, wie Gale wußte.

Erst jetzt fiel ihr auf, wie ungleich die beiden Hubschrauber waren. Einer war groß, bauchig und vollständig stahlverkleidet. Der andere war wesentlich kleiner. Er bestand hauptsächlich aus der Pilotenkabine, der Rest war unverkleidetes Stahlrohrgerippe. An seiner linken Seite haftete wie ein Auswuchs eine silberne Tonne.

Ein Zusatztank! schoß es Gale durch den Kopf.

«Das ist Trevors ‹Bell›», sagte sie. «Eindeutig! Sie haben Trevors ‹Bell› geklaut.»

«Und die andere Maschine?»

«Keine Ahnung, woher sie die haben. Aber sie sieht mir verdammt gefährlich aus.» Gale hatte ihr Fernglas zur Hand genommen und beobachtete nun, was am anderen Ende des Sees geschah. «Der Blonde ist dabei», sagte sie. «Der mit der Kerbe im Kinn.»

«Chaffy?»

«Ja.»

«Insgesamt kann ich sechs Leute erkennen. Plus zwei Piloten, das macht acht. Vielleicht sind es auch mehr.» Sie setzte das Fernglas ab und sah Jenny an. «Wir dürfen uns auf keinen Fall auf einen offenen Kampf einlassen. Wir können heute nur gewinnen, wenn wir klüger sind als die da drüben. Denn stärker sind wir nicht! Wir haben zwei Gewehre und Munition. Außerdem eine Kettensäge mit einem Kanister Benzin, eine Holzfälleraxt und meinen alten Bogen dort drüben an der Wand – das ist alles. Frazers Leute haben zwei Hubschrauber und sind vermutlich bis an die Zähne mit modernen Waffen ausgestattet. Ich schätze, es wird ein ungleicher Kampf.»

Jenny versuchte, die Angst, die sie auf einmal verspürte, zu unterdrücken. Dennoch lag ihr eine Frage auf dem Herzen: «Denkst du, wir haben eine Chance?»

Gale atmete tief durch. «Ich weiß es nicht», gestand sie. «Die dort drüben sind in der Übermacht, aber ich denke, wir haben zwei Vorteile auf unserer Seite. Erstens: Wir kennen uns hier oben aus. Und zweitens: Inzwischen haben wir uns wohl beide mit dieser Krankheit angesteckt. Das heißt, wir haben nichts zu verlieren.»

[65]

«Langsam wird es ernst, Kleines!» sagte Gale, die mit dem Fernglas jede der gegnerischen Aktionen verfolgte. «Zwei kommen rechts um den See herum, einer von links. Die wollen uns in die Zange nehmen.»

Sie beobachtete, wie die bewaffneten Männer im Unterholz verschwanden. Der Rest verharrte nach wie vor auf der gegenüberliegenden Seeseite. Der Blonde gab allem Anschein nach noch ein paar Anweisungen. Dann holte er aus dem größeren der beiden Hubschrauber ein Fernglas, das er auf die Hütte richtete. Gales Magen schrumpfte zusammen, als sich ihre Blicke trafen.

«Sie stand da drinnen!» sagte Frank Chaffy zu Gary Keller, dem Mann neben sich. «Ich habe sie in der Hütte gesehen.» Er wies den jungen Mann an, sich einen Piloten zu schnappen, zur Hütte zu fliegen und sie unter Beschuß zu nehmen. «Ich will, daß die beiden Frauen sich da drinnen nicht von der Stelle bewegen können. So lange, bis die anderen um den See herum sind und sie in der Falle sitzen. Haben Sie das verstanden, Gary?»

«Ja, Sir», antwortete der junge Mann.

«Bauen Sie diesmal nicht wieder Mist, hören Sie?»

Keller verstand die Anspielung auf die vergangene Nacht, in der er es nicht geschafft hatte, den Mann im Polizeiwagen zu erledigen. Hätte er den Polizisten rechtzeitig liquidieren können, hätte es keine Explosion gegeben – und ohne sie wären Gale und Jennifer Cherone nicht gewarnt worden. Hätte Keller in der vergangenen Nacht saubere Arbeit geleistet, wäre die ganze Operation bereits beendet gewesen.

Ohne ein weiteres Wort drehte Keller sich um, fest entschlossen, seinen Job diesmal fehlerfrei durchzuziehen.

[66]

In Gales Kopf arbeitete es fieberhaft. Sie hatte beobachtet, wie zwei Männer in Trevors ‹Bell› gestiegen waren. Sie ahnte, was ihre Gegner nun vorhatten.

«Wir müssen hier raus!» sagte sie verbittert. Gerne verließ sie den Schutz der Hütte nicht. «Sonst sind wir bald umstellt.»

Sie schnappte ihr Gewehr und ihre Holzfälleraxt und kletterte durchs Hinterfenster, während das Dröhnen des Hubschraubers lauter wurde. Jenny nahm ebenfalls ihr Gewehr, außerdem Pfeil und Bogen und das Fernglas. Als sie ihrer Mutter folgte, zitterten bereits die Balken der Hütte durch den Luftdruck der Rotorblätter.

Sie trafen sich hinter dem Wall der aufgeschichteten Holzstämme am Ufer. King George tänzelte angesichts des Hubschraubers aufgeregt hin und her.

«Wieviel Muniton hast du noch?» fragte Gale, die beinahe schreien mußte, um Trevors ‹Bell› zu übertönen.

«Was in der Waffe ist und vielleicht noch fünfzehn Patronen in meinen Taschen.»

«Mir geht's nicht viel anders! Also sollten wir Munition sparen.» Gale lugte vorsichtig über die Holzpyramide, tauchte aber sofort wieder ab. «Sie sind direkt über dem Steg!» rief sie. «Zwei Mann. Der Pilot und ein Schütze.»

In diesem Moment wurde das Feuer auf die leerstehende Hütte eröffnet.

«Das ist ein gutes Zeichen!» meinte Gale nach dem ersten Kugelhagel. «Sie glauben, daß wir noch drinnen sind. Das könnte unser Vorteil sein.» Sie schlich um den Holzstapel und peilte mit ihrem Gewehr den Hubschrauber an – genauer gesagt den Zusatztank. So lächerlich sie Trevors Idee gefunden hatte, so froh war sie nun, daß der alte Mann sein Vorhaben in die Tat umgesetzt hatte. Ein letztes Mal atmete sie tief durch, doch als sie abdrückte, gab die Waffe nur ein metallisches Klicken von sich. Augenblicklich fuhr ihr der Schrecken wie eine eisige Hand über den Rücken. Eine Ladehemmung!

Sie kroch zurück zu ihrer Tochter. «Mein Gewehr funktioniert nicht. Irgendwas klemmt.» Sie nahm Jennys Waffe und brachte sich erneut in Position, während der Schütze in dem Hubschrauber eine weitere Salve auf die Hütte abließ.

Diesmal traf Gale – ein sauberer Schuß mitten in den Zusatztank. Gale hatte gehofft, dadurch eine Explosion oder wenigstens ein Feuer zu verursachen. Aber es geschah nichts dergleichen.

Allerdings hatte sie mit ihrem Schuß die Aufmerksamkeit ihrer Gegner auf sich gelenkt. Noch bevor sie verkraftet hatte, daß die ‹Bell› noch immer über dem Wasser schwebte, schlug plötzlich eine Kugelzeile direkt vor ihrem Gesicht ein. Gras, Moos und Erde spritzten auf, und Gale mußte sich zurückziehen.

«Was ist passiert?» fragte Jenny.

«Keine Ahnung», antwortete Gale ärgerlich. «Mein Schuß hat getroffen, aber die Maschine ist nicht explodiert. Mist!»

In diesem Moment übertönte ein entsetzlicher, gellender Laut den Hubschraubermotor: King George schien eher zu schreien als zu wiehern. Jenny erkannte, daß er an der Flanke verwundet worden war. Bei dem Versuch, sich von dem Holzstapel loszureißen, traf eine ganze Reihe von Kugeln seinen mächtigen braunen Hals. Sofort knickten King George die Hinterhände weg. Der schwere Körper sackte zu Boden, die Vorderhufe nutzlos ausgestreckt. Als letztes schlug der Schädel des Pferdes auf wie irgendein Ding, das jemand weggeworfen hatte. Die offenen Augen waren leer und starr wie der Rest des Tieres. Allein die Mähne flatterte in den Windwirbeln des Hubschraubers.

Jenny und Gale waren gleichermaßen entsetzt.

«Diese verfluchten Dreckschweine!» brüllte Jenny. «Haben die nicht schon genug angerichtet? Müssen sie jetzt auch noch einen armen, alten Gaul erschießen?»

Auch Gale war zornig. Aber sie wußte, daß sie ihre Wut im Zaum halten mußte. Jedes überstürzte Handeln konnte den Tod bedeuten.

«Hör zu», sagte sie zu Jenny. «So schrecklich das ist – wir müssen einen klaren Kopf behalten. Ich habe auch schon eine Idee. Bleib hier, ich bin gleich wieder da.» Mit diesen Worten verschwand sie im Gestrüpp, das ihr auf dem Rückweg zur Hütte Sichtschutz bieten sollte. Als sie wenig später wieder bei ihrer Tochter war, hatte sie ein paar Leinenstreifen in der Hand, die nach Lampenöl rochen.

«Vom Kopfkissenbezug ist nicht mehr viel übrig, fürchte ich», sagte sie und begann, die Spitze eines Pfeils straff mit den Stoffstreifen zu umwickeln. «Und jetzt paß auf, mein Kind. Ich habe einen Plan. Dabei kommt es vor allem auf unser Timing an!»

Gary Keller behielt sowohl die Hütte als auch den Holzstapel daneben im Auge. Das Pferd abzuknallen war ihm als günstige Möglichkeit erschienen, die Frauen zu provozieren. Vielleicht konnte er sie so aus ihrem Versteck locken.

Der Mann hatte ein Bein auf die Außenkufe des Hubschraubers gestellt. Sein Scharfschützengewehr hielt er im Anschlag. «Versuche die Maschine ruhig zu halten», sagte er zu seinem Piloten.

Ein oder zwei Minuten lang passierte nichts. Dann, als er gerade die Hütte im Visier hatte, sah er etwas im rechten Augenwinkel, und er riß sein Gewehr herum. Noch während er damit beschäftigt war, die Waffe auszurichten, erkannte er, daß die Frau – die Mutter – etwas in der Hand hatte: eine Axt, die sie soeben auf ihn losschleuderte. Gary Keller gab zwei überhastete Schüsse ab und verfehlte die Frau, die genauso schnell hinter dem Holzstapel verschwand, wie sie aufgetaucht war.

Zu Kellers Verwunderung erschien im selben Moment die Tochter nur zwei Meter daneben. Ein brennender Pfeil lag auf ihrem Bogen.

Jetzt begriff Gary Keller, was vor sich ging. Er wußte, daß er in dem schwankenden Hubschrauber zu lange brauchen würde, bis er einen Treffer landen konnte. «Weg von hier!» schrie er seinem Piloten zu. «Schnell!»

Aber es war zu spät. Im unruhigen Zielfernrohr sah er, wie das Mädchen die Sehne des Bogens losließ und der brennende Pfeil durch die Luft sirrte.

Gary Keller war fassungslos. Die ganze Szene spielte sich wie in Zeitlupe ab. Zuerst schlug die Axt ein. Mit blechernem Donner riß sie ein tiefes Loch in den Tank, aus dem augenblicklich Treibstoff sickerte. Nur den Bruchteil einer Sekunde später traf der brennende Pfeil auf dieselbe Stelle. Das war das letzte, was Gary Keller in seinem Leben sah.

Für zwei oder drei Sekunden wußten Gale und Jenny nicht, ob ihr Plan aufgehen würde, denn das stählerne Monster lag still in der Luft wie ein schwebender Raubvogel. Doch dann, mit einem einzigen lauten Knall, zerbarsten der Tank, das Cockpit und schließlich der ganze verdammte Hubschrauber. Die Rotorblätter wurden nach oben weggeschleudert, das Heck mit dem Seitenruder schoß nach hinten davon. Noch einen Moment lang verharrte der qualmende, nutzlose Rumpf in seiner Position, dann fiel er plötzlich herab, als hätte eine unsichtbare Hand ihn losgelassen. Nur einen Meter neben dem kleinen Boot am Steg traf der klumpige Blechhaufen aufs knietiefe Wasser.

«Zwei haben wir erledigt», triumphierte Jenny.

«Und sechs haben wir noch vor uns», sagte Gale nachdenklich. «Außerdem wird Trevor uns hassen, wenn er sieht, was mit seiner Bell geschehen ist. Und mit King George.»

[67]

Noah stand am Bug der auf und ab schaukelnden ‹Elvira› und beobachtete mit einem Fernglas das FrazerLab. Nachdem Professor Page ihn am frühen Morgen geweckt hatte, hatten die beiden ausschließlich über den Unterlagen gebrütet. Weswegen hatte Frazer menschliche Blutproben untersuchen lassen? Und was hatten sie mit den schwarzen Ratten zu tun, die Noah falsch ausgeliefert hatte? Außerdem war da noch das Virus – was hatte es damit auf sich? Mit diesen Fragen hatten sie sich beschäftigt, allerdings ohne allzu großen Erfolg.

Deswegen hatten sie sich dazu entschlossen, mit der ‹Elvira› auszulaufen und vor der Küste zu kreuzen. Ein wenig Ablenkung konnte nicht schaden. Nachdem Professor Page Noah gezeigt hatte, wie man die Motoryacht steuerte, hatten sie Kurs nach Norden eingeschlagen.

Nun waren sie schon seit einer halben Stunde hier, ließen sich einfach von den Wellen treiben. Das Wetter war mild, die Sicht klar, und Möwen segelten im Wind.

Noah beschloß, dem Professor Gesellschaft zu leisten, und schlenderte zum Heck.

Kurz darauf saßen sie bei einem Glas Eistee zusammen. «Ich habe mit meinem Assistenten telefoniert», berichtete Page. «Harry Lomax, ein vertrauenswürdiger Bursche. Er dürfte der einzige Verbündete im Labor sein, den wir haben. Und ich denke, wir werden ihn noch brauchen. Denn Angus wird alles daransetzen, seinen Plan früher als ursprünglich vorgesehen umzusetzen. Ich habe darüber nachgedacht, warum sein Zeitplan ausgerechnet am 13. September endet. Das ist der Todestag seines Vaters. Ich weiß zwar nicht, was das zu bedeuten hat, aber ich glaube nicht, daß das ein Zufall ist. Dennoch könnte ich mir vorstellen, daß Angus sich in der jetzigen Situation unter Druck gesetzt fühlt. Er weiß, daß wir die Kopien seiner Unterlagen früher oder später entschlüsselt haben werden. Ich glaube sogar, das wird nicht mehr lange dauern. Denn ich habe das Gefühl, daß ich ganz dicht an der Lösung bin. Wenn ich Angus wäre, würde ich also alles daransetzen, die Sache so schnell wie möglich über die Bühne zu bringen.»

«Und was sagt Ihr Assistent?»

«Daß im Labor irgend etwas im Busch ist. Frazer hat kurzfristig drei Lieferungen nach Oregon abgesagt, um die Lkw zur Verfügung zu haben. Wir wissen zwar noch nicht, was Frazer abtransportieren will, aber Lomax meint, daß es vielleicht schon morgen soweit ist.»

«Nur noch ein Tag», murmelte Noah vor sich hin. «Dann müssen wir uns aber ranhalten, wenn wir die Unterlagen noch vorher entschlüsseln wollen.»

«Sie haben recht, wir müssen uns beeilen. Wenn Angus' Plan tatsächlich etwas mit dem Tod seines Vaters zu tun hat, dann ist das vermutlich eine verdammt persönliche Angelegenheit. Ich denke, er hat etwas Schreckliches vor. Ich weiß nicht genau, was das sein könnte, aber ich habe ein schlechtes Gefühl. Ich arbeite schon seit vielen Jahren im FrazerLab. Ich habe dort angefangen, als Angus' Vater, Robert, noch das Unternehmen leitete. Als er Selbstmord verübte und sein Sohn das Labor übernahm, hat sich einiges verändert. Robert war ein guter Wissenschaftler, der das nötige Geld geerbt hatte, um ein eigenes Labor zu gründen. Aber er war kein guter Geschäftsmann. Er hat sein Hauptaugenmerk auf die Forschung gelegt. Ob seine Aktivitäten Geld einbrachten, spielte für ihn eine eher untergeordnete Rolle.» Page trank einen Schluck Eistee und fuhr fort: «Das war auch der Grund, weswegen das FrazerLab mehr als einmal kurz vor der Pleite stand. Schließlich schrieben wir nur noch rote Zahlen – von da an versuchten andere Firmen immer wieder, uns zu schlucken. Auch ausländische Investoren, vor allem die Japaner. Angesichts der Hoffnungslosigkeit der Situation war Robert so verzweifelt, daß er sich selbst umbrachte. Er hat sich in seinem Büro erhängt.»

«Und dann übernahm Angus das Labor?»

«Ja. Er ist ein guter Wissenschaftler und, im Gegensatz zu seinem Vater, ein hervorragender Geschäftsmann. Er hat die Banken überzeugen können, dem Labor Kreditverlängerungen und neue Darlehen zu gewähren. Wir haben damals alle nicht daran geglaubt, daß er das Schicksal des Unternehmens abwenden könnte, aber er hat es geschafft. Heute stehen wir besser da denn je. Wenn es etwas gibt, das Angus auszeichnet, dann ist es seine Entschlossenheit. Und genau das macht mir angst, Mister Washington.»

«Angst? Wie meinen sie das?» Noah spürte, daß Page noch mehr zu erzählen hatte.

«Kurz nachdem Angus das Unternehmen übernommen hatte, stellte er Frank Chaffy als Sicherheitsbeauftragten ein. Ein ehemaliger Soldat aus Südafrika, der unehrenhaft entlassen worden sein soll, wie man damals hörte. Angeblich weil er inhaftierte schwarze Apartheidgegner zu Tode foltern ließ. Ich weiß nicht, ob an diesem Gerücht etwas dran ist. Später hat Angus Doktor Daniel Irving dazugeholt.»

Noah kannte den Mann, der ihn stets an ein Ferkel mit Brille erinnerte.

«Er ist ein junger und hochintelligenter Gentechniker, der geradezu fanatisch bei der Sache ist. Kommt morgens als erster ins Labor und schuftet bis tief in die Nacht hinein. Ich schätze, die Unterlagen, die ich entwendet habe, sind die Ergebnisse seiner Arbeit. Wenn wir nur noch herausbekämen, was es damit auf sich hat!» Page hielt einen Moment lang inne. «Aber das ist noch nicht alles», sagte er zögernd. «Ich muß Ihnen ein Geständnis machen: Kurz nachdem Chaffy eingestellt worden war, bat Angus mich zu sich. Er fragte mich, ob mich der Tod seines Vaters nicht auch getroffen hätte. Ich sagte, daß mir Roberts Tod sehr nahegegangen sei, denn wir waren jahrelang nicht nur Arbeitskollegen gewesen, sondern gute Freunde. Angus eröffnete mir daraufhin, daß er den Tod seines Vaters niemals ungesühnt lassen werde. Er habe eine Organisation gegründet, die sich alleine diesem Ziel verschrieben habe. Und er würde sich freuen, mich als Mitglied gewinnen zu können. Wenn Angus Frazer etwas auszeichnet, Mister Washington, dann ist es seine Entschlossenheit. Ich sage Ihnen, ich bekam es mit der Angst zu tun, als er mich bat, in seine Organisation einzutreten. Ich fragte ihn, was das für eine Organisation sei, doch er sagte, er könne mir das erst verraten, wenn ich eingetreten sei. Aber dann gebe es kein Zurück mehr.» Page schüttelte gedankenverloren den Kopf. «Wir saßen in seinem Büro – er, Chaffy und ich –, und mir lief der kalte Schweiß den Rücken hinab, das kann ich Ihnen sagen. Er hatte mir eindeutig gesagt, daß er Wert auf meinen Eintritt legt. Aber ebenso eindeutig ließ er mich wissen, daß es keine Möglichkeit gab, wieder auszusteigen.»

«Und Sie sind nicht eingetreten?»

«Nein, obwohl mir die Entscheidung nicht leichtfiel. Ich konnte es verstehen, daß er seinen Vater rächen wollte. Außerdem hatte ich Angst vor ihm und Chaffy. Ich habe wochenlang geglaubt, er würde mich feuern, weil ich ihm abgesagt hatte. Aber erstaunlicherweise hat er nie wieder ein Wort darüber verloren. Ich glaube, er respektiert mich allein deshalb, weil ich seinem Vater sehr nahestand.»

Noah nickte. «Also schön – Frazer ruft also eine Art Geheimbund ins Leben, um seinen Vater zu rächen. Er verpflichtet Söldner ebenso wie Wissenschaftler. Sogar bei der Polizei hat er Leute, die für ihn arbeiten. Aber warum? Tun sie es für Geld?»

«Oder weil sie die gleiche Gesinnung haben. Ein gemeinsames Feindbild.»

«Aber wer zum Teufel könnte das sein?»

«Ich weiß es nicht.»

[68]

Jenny wagte kaum zu atmen, als die beiden Männer auftauchten, die sich auf der rechten Seeseite an die Hütte herangepirscht hatten. Sie glaubte, den jüngeren der beiden schon einmal gesehen zu haben – auf dem Flur von Noahs Wohnung, als sie mit knapper Not entkommen waren. Der ältere war dem Aussehen nach sein Vater, aber das spielte jetzt keine Rolle. Sie waren Verfolger, die es auf Jennys Leben abgesehen hatten.

Als sie sich der Hütte näherten, tauschten sie einen schnellen Blick. Der Vater gab dem Sohn ein lautloses Handzeichen, woraufhin sich ihre Wege trennten. Der eine ging links, der andere rechts um die kleine Holzhütte herum, wobei sie – soweit Jenny es beobachten konnte – stets die Fenster im Auge behielten. Sie trafen sich wieder vor der Eingangstür, ohne daß etwas geschehen war.

Nachdem sie ein paar Sekunden zögernd herumgestanden hatten, entschlossen sie sich, die Hütte genauer zu untersuchen. Der

Jüngere trat die morsche Tür ein und sprang mit einem Satz hinein, während der andere den Eingangsbereich sicherte. Darauf hatte Jenny gehofft: daß die Killer die Hütte in Augenschein nehmen würden. Deswegen hatte sie entsprechende Vorbereitungen getroffen. Sie dachte an King George, an Bobby, an Hoss und an all die anderen Opfer, und zündete ihren zweiten Pfeil an.

Benny Lipton hätte viel darum gegeben, die Frauen endlich kaltmachen zu können. Wenn er ehrlich zu sich selbst war, mußte er sich eingestehen, daß er Angst vor ihnen hatte. Gleichzeitig durchströmte ihn jedoch auch eine erwartungsvolle Vorfreude.

«Hier ist niemand», sagte er deswegen enttäuscht.

Ted Lipton, der draußen vor der Tür wartete, hielt sein Funkgerät vors Gesicht und gab Chaffy Bescheid, der am gegenüberliegenden Seeufer auf Nachricht wartete.

«Okay, Ted», meldete sich Frank Chaffys verzerrte Stimme. Er klang gereizt, denn er hatte bereits zu hohe Verluste einstecken müssen. «Ich möchte, daß Ihr Sohn die Hütte dennoch untersucht. Vielleicht findet er einen Hinweis darauf, was die beiden Frauen vorhaben könnten.»

«In Ordnung.»

«Und Sie, Ted, bleiben, wo Sie sind. Sichern Sie den Eingangsbereich, denn ich will keine weitere Pleite. Halten Sie die Augen offen!»

Doch die Gefahr kam nicht von vorn, vom Eingang her, sondern von hinten. Der Benzinkanister stand im Rückfenster, als wäre das schon immer sein Platz gewesen. Daß er dort erst vor wenigen Minuten abgestellt worden war, ahnte keiner. Weder Ted Lipton noch sein Sohn Benny sollte jemals erfahren, daß sie in eine tödliche Falle geraten waren. Als der brennende Pfeil klirrend die Scheibe durchschlug und den Benzinkanister mit Wucht vom Sims riß, war es auch schon geschehen: Von einer Sekunde auf die andere stand die Hütte in Flammen – und mit ihr die beiden Männer.

Während die ‹Elvira› auf und ab schaukelte, beobachtete Noah wieder mit dem Fernglas das FrazerLab. Professor Page saß, vertieft in seine Unterlagen, neben ihm am Tisch. Er hatte die Kopien auf einzelne Stapel verteilt und Aschenbecher, Flaschen und andere Gegenstände darauf gelegt, damit sie in der aufkommenden Brise nicht davonflogen. Immer wieder nahm er sich einen anderen Stapel vor, oft kritzelte er ein paar Stichworte auf eines der Papiere. Noah wurde daraus nicht schlau, wollte ihn aber auch nicht aus seiner Konzentration reißen. Sollte Page nur machen. Wenn einer die Unterlagen enträtseln konnte, dann er.

Erst als er durch sein Fernglas beobachtete, wie die drei Lkw vor dem Lager beladen wurden, sagte er: «Ich glaube, da tut sich was.»

«Und was?»

«Frazer läßt die Lkw beladen.»

«Was denn, jetzt schon?»

In diesem Moment klingelte das Bord-Handy. Page stand auf und verschwand unter Deck. Kurz darauf war er wieder bei Noah.

«Das war Harry Lomax, mein Assistent», sagte Page.

«Und?»

«Wir haben keine Zeit mehr. Es geht los. Frazer läßt seine Fracht noch heute ausliefern.»

Noah nahm sein Fernglas nicht von den Augen. «Habe ich mir schon fast gedacht. Die Lkw sind inzwischen abgefertigt und verlassen gerade das Laborgelände. Sie fahren nach Norden, die Küstenstraße entlang. Scheiße!»

«Noch haben wir nicht verloren, Mister Washington», sagte Page. «Solange Sie den Highway 101 nehmen, können wir sie verfolgen. Also lassen Sie uns keine Zeit verlieren. Sie gehen ans Steuer. Geben Sie einfach Vollgas, und versuchen Sie, die Kolonne nicht aus den Augen zu verlieren. Ich werde sehen, ob ich nicht doch noch etwas herausbekomme. Geben Sie mir Bescheid, wenn die Lkw den Highway verlassen. Und jetzt los!»

Gale lag am Waldrand, versteckt hinter ein paar Büschen, und beobachtete, wie ihre Hütte von den Flammen aufgefressen wurde. Sie wußte nicht, was vorgefallen war, deswegen hatte sie sich so weit wie möglich ans Ufer geschlichen, um besser sehen zu können. Eine brennende Gestalt war aus der Hütte getorkelt und hatte versucht, sich zum Wasser zu schleppen. Aber es war nicht Jenny gewesen. Gale ahnte, daß Jenny den beiden Männern eine Falle gestellt hatte. Der Anblick der Flammen schmerzte Gale. Ihr war, als würde mit der Hütte auch ein Teil ihres Lebens verbrennen. Möglicherweise lag es an der Melancholie des Augenblicks, daß Gale unaufmerksam war und den nahenden Mann nicht bemerkte.

«Sie ist hier vor mir», flüsterte Roddy Elmer in das Drahtmikro direkt vor seinem Mund.

«Welche?» Chaffys Stimme war durch den Miniempfänger in Roddys Ohr verzerrt, aber immerhin vernehmbar.

«Die Mutter, glaube ich.»

«Wie ist Ihre Position, Rod?»

Der Rothaarige nannte sie Chaffy und gab ihm auch durch, wo die Frau lag.

«Okay. Können Sie sie erledigen?»

Roddy Elmer schätzte seine Erfolgsaussichten ab. Zwischen ihm und der Frau lag eine beachtliche Strecke. Auf freiem Feld wäre ein exakter Schuß eine Leichtigkeit gewesen, aber im Wald? «Zu viele Bäume, Frank», sagte er schließlich.

«Ich möchte, daß Sie nur schießen, wenn Sie absolut sicher sind, auch zu treffen. Ich will nicht, daß die Frau flüchtet.»

«Auf diese Entfernung kann ich keinen Treffer garantieren, Frank. Niemand kann das. Nicht im Wald.» Die Funkverbindung blieb kurz still. Dann meldete sich Chaffy wieder zu Wort: «Bleiben Sie auf Ihrer Position, Rod. Machen Sie sich unsichtbar, und behalten Sie Ihr Ziel weiterhin im Auge.»

«Was haben Sie vor?»

«Behalten Sie einfach die Frau im Auge.»

Kurz darauf hörte Roddy Elmer, wie der zweite Hubschrauber vom gegenüberliegenden Seeufer startete, und da wußte er, was Frank Chaffy vorhatte: Er wollte ihm die Frau zutreiben.

Gales Beunruhigung stieg, je näher der Hubschrauber kam. Aber sie war felsenfest davon überzeugt, daß sie unentdeckt geblieben war. Deswegen schien es ihr am sichersten, sich einfach hinter einem Baum zu verkriechen und abzuwarten, bis die Gefahr vorüber war.

Doch der Hubschrauber flog nicht über sie hinweg, sondern blieb dicht über ihr stehen. Durch die Baumwipfel, die durch den Druck der Rotoren wie wild hin- und hergeschüttelt wurden, konnte Gale das massige Blechungeheuer erkennen. Plötzlich spritzte irgendwo neben ihr der Waldboden auf, und Gale erkannte, daß ein anonymer Schütze über ihr eine Garbe auf sie abgefeuert hatte.

Verdammt! Wie hatten sie nur herausgefunden, wo sie war?

Doch sie hatte jetzt keine Zeit, darüber nachzudenken. Sie wußte, daß sie diesen Kampf nicht gewinnen konnte. Eine neuerliche Garbe – diesmal noch dichter als die erste – zwang Gale zur Flucht.

Roddy Elmer spürte die Vorfreude des Jägers, als er sah, wie die Frau auf ihn zuhastete. Sie hatte nicht die geringste Ahnung von der Gefahr, die auf sie lauerte.

Trotz der Kühle des Morgens fühlte Roddy, wie seine Handflächen feucht wurden, als er sein Gewehr in Anschlag brachte. Der erste Schuß muß sitzen, hatte Chaffy verlangt. Deswegen wollte der Rothaarige die richtige Gelegenheit abpassen.

Endlich hatte er die Frau exakt im Fadenkreuz seines Zielfernrohrs. Wenn nicht immer wieder Baumstämme die Schußlinie versperrt hätten, hätte er schon lange abdrücken können. Mit Mühe zwang Roddy Elmer sich zur Zurückhaltung. Geduld ist die Tugend des Jägers, sagte er sich. Als die Frau jedoch einen Haken schlug und unvermittelt ihre Richtung änderte, mußte er schnell handeln.

Gale hätte den Schützen, der kniend hinter einem Busch lauerte, niemals gesehen. Sie war viel zu sehr abgelenkt durch den Hubschrauber und durch die Kugelsalven, die immer wieder links und rechts neben ihr in den Boden einschlugen.

Doch dann zersplitterte auf einmal ein Stück Rinde direkt neben ihrem Gesicht, ohne daß andere Kugeln um sie herum einschlugen. Sofort erkannte Gale, daß dieser einzelne Schuß nicht aus dem Hubschrauber abgefeuert worden war. Und im selben Moment erkannte sie den Killer hinter einem Gebüsch.

Ohne ihren Lauf zu unterbrechen, hielt sie ihr Gewehr in Richtung des Busches und feuerte ab. Einmal, zweimal, dreimal. Und dann noch ein viertes Mal. Sie hörte einen Schrei und sah den Mann nach hinten kippen. Aber freuen konnte sie sich darüber nicht. Denn schon wieder zwang sie ein Kugelhagel aus dem Hubschrauber zum Weiterrennen.

Gale rannte und rannte und rannte – stets verfolgt von Schüssen, die auf den Waldboden trommelten. Schon längst hatte sie die Orientierung verloren, zu oft hatte sie ihre Richtung ändern müssen. War sie schon meilenweit vom See entfernt, oder hatte sie sich im Kreis bewegt? Sie wußte es nicht. Sie wußte nur, daß der Hubschrauber sie vor sich her trieb.

Direkt in die Arme von Frank Chaffy.

Sie stand dem blonden Mann mit der Kerbe im Kinn und dem Gewehr im Anschlag nur wenige Meter entfernt gegenüber. Sie hatte kaum noch Munition, war am Ende ihrer Kraft angelangt. Aus dieser Situation konnte ihr nur noch ein Wunder helfen.

[71]

Die beiden Dieselmotoren mit ihren 280 PS ließen die ‹Elvira› wie einen Pfeil durchs Wasser schnellen. Wellen prallten gegen den Bug, ließen das Boot erzittern und warfen Gischt auf. Aber Noah nahm das Gas nicht zurück. Er wollte die Lkw, die die Küstenstraße entlangrollten, nicht verlieren.

«Ich hab's!» hörte er Professor Page auf einmal hinter sich sagen.

«Sie haben das Rätsel gelöst?»

«Ja.»

«Da hol mich der Teufel!» Noah konnte es kaum glauben. «Spannen Sie mich nicht länger auf die Folter. Schießen Sie los!»

Page kam etwas näher, um das Motorengeräusch zu übertönen. «Wie Sie wissen, dreht sich die ganze Geschichte um diese schwarzen Ratten. Angus hat in den letzten Jahren viel Zeit darauf verwendet, sie weiterzuentwickeln. Anfangs konnte ich mir keinen Reim darauf machen, was er damit bezwecken wollte. Und dann war da noch dieser Vektor – anfangs ein Plasmid, später ein Virus –, den er an den Ratten ausprobierte und den er parallel dazu weiterentwickelte.»

«Sie sagten, das sei untypisch für Tierversuche mit Medikamenten, weil das Untersuchungsergebnis keine Aussagekraft besitzt, wenn die Versuchstiere oder die Medikamente während der Testreihe geändert werden.»

«Und noch weniger Sinn macht es, *sowohl* die Versuchstiere *als auch* die Medikamente zu ändern.»

Das Boot wurde von einer besonders großen Welle getroffen, und Noah mußte mit beiden Händen ans Steuer. «Was hat Frazer also vor?» fragte er schließlich.

Die Antwort war verblüffend. «Angus arbeitet nicht an einem Medikament. Er arbeitet an einer *Krankheit*!»

[72]

Gale stand abgehetzt vor Frank Chaffy, noch immer auf ein Wunder hoffend. Und das Wunder geschah!

Es kam in einer kleinen weißen Cessna mit roten Zierstreifen angeflogen und hieß Dan Paxton. Nach der nächtlichen Attacke auf Gales Haus hatten die Missetäter ihn noch eine Weile gesucht, aber sie hatten bald aufgegeben und sich mit ihren schwarzen Limousinen aus dem Staub gemacht. Er selbst hatte in die Stadt zurücklaufen müssen, da sein Wagen fahruntüchtig war. Im Sheriffsbüro hatte er Trevor bei einem Nickerchen erwischt, aber er hatte auf eine Standpauke verzichtet, weil er keine Lust auf einen Streit hatte. Statt dessen erzählte er dem Schmied, was vorgefallen war. Außerdem informierte er per Funk die umliegenden Bezirke. Falls die Limousinen irgendwo auftauchten, würde er benachrichtigt werden.

So hatten er und Trevor die ganze Nacht lang im Büro gewartet, ohne etwas unternehmen zu können. Trevor hatte Dans Schulterwunde behandelt, so gut es ging. Dabei hatten die beiden Männer ein wenig über die alten Tage gesprochen. Über die Zeiten, in denen sie noch Freunde gewesen waren, und beide waren willens, noch einmal von vorne anzufangen.

Als der Morgen anbrach, war noch immer keine Nachricht aus den umliegenden Bezirken eingegangen. Wußte der Himmel, wohin diese Bastarde verschwunden waren.

Was Dan viel nervöser machte, war, daß auch Gale und Jenny sich nicht gemeldet hatten. Schließlich hielte er es nicht länger auf seinem Hosenboden aus. Gemeinsam mit dem Schmied wollte er sich auf die Suche nach den beiden Verschollenen machen. Doch als Dan und Trevor an der kleinen Rollbahn am Stadtrand ankamen, mußten sie feststellen, daß die ‹Bell› geklaut worden war.

So groß Trevors Aufregung auch war – Dan Paxton sah darin sogar etwas Gutes: Er war nun sicher, daß die Gangster den kleinen Hubschrauber benötigten, um die beiden Frauen zu verfolgen. Das wiederum bedeutete, daß Gale und Jenny entkommen waren.

Paxton mußte nicht lange überlegen, wohin sie geflohen sein konnten: zu Gales Berghütte. Kurzerhand wies er Trevor an, Verstärkung kommen zu lassen. Er selbst wollte mit der Cessna nach dem Rechten sehen, obwohl er wußte, daß er im unwegsamen Berggelände kaum eine Chance haben würde zu landen. Aber alles war besser, als herumzusitzen und Däumchen zu drehen.

Und nun kam er gerade noch rechtzeitig! Einen Bogen fliegend, sah er den großen Hubschrauber über dem Waldrand schweben. Wenige Meter darunter stand Gale am Ufer, die von einem einzelnen Mann in Schach gehalten wurde. Die Ausweglosigkeit ihrer Situation war Paxton sofort bewußt. Gegen den einzelnen Mann am Boden konnte er nichts unternehmen, aber der Hubschrauber gab für ihn ein würdiges Ziel ab, fand er.

Der alte Mann drehte eine enge Schleife und hielt kerzengerade auf den Hubschrauber zu. Nicht ein einziges Mal geriet er in Versuchung, das Ruder herumzureißen und abzudrehen. In den letzten Sekunden vor dem Aufprall dachte er an seine tote Frau und an Bobby, der von diesen Killern umgebracht worden war. Es war an der Zeit, seinen Schmerz zu überwinden.

Gale traute ihren Augen nicht, als sie die Cessna am Himmel auftauchen sah. Sie wußte, das konnte niemand anderes sein als der alte Dan.

Die unerwartete Hilfe verlieh ihr neue Kraft. Sie erkannte ihre Chance, wieder ins Unterholz zu verschwinden, denn Frank Chaffy war einen Moment lang abgelenkt – auch er konnte kaum fassen, was er sah. Bis er verstand, was vor sich ging, war Gale schon wieder im Schutz des Waldes untergetaucht.

«Laßt sie nicht entkommen!» schrie er in sein Mikro. Der Befehl galt der Hubschrauberpilotin Mona Calder und Hank Davis, dem Schützen im Cockpit. «Sie darf nicht wieder in den Wald zurück!»

Doch Mona hatte ganz andere Probleme. Sie war eine erfahrene

Pilotin mit etlichen Flugeinsätzen in diversen Krisengebieten. Schon oft hatte sie unter Beschuß gestanden. Aber noch nie hatte sie es erlebt, daß ein Flugzeug direkt auf sie zusteuerte, um sie zu rammen.

Erst im allerletzten Moment löste sich ihr Schrecken. Sie riß den Steuerknüppel herum, die Maschine drehte sich zur Seite, und schon glaubte Mona Calder, der Gefahr um Haaresbreite entgangen zu sein. Doch sie hatte sich zu früh gefreut. Der direkte Aufprall blieb zwar aus, aber dafür hatte sich ein Flügel der Cessna im hinteren Teil des Hubschraubers verfangen. Krachend zerschellte der Heckrotor an dem plötzlichen Widerstand. Mona Calder erkannte entsetzt, daß die Maschine außer Kontrolle geriet. Der Rumpf begann zu taumeln, dann zu kreisen, immer schneller und schneller.

«Wir stürzen ab!» war das letzte, was sie schreien konnte, bevor vier Tonnen Stahl in die umstehenden Bäume stürzten.

Gale hätte am liebsten vor Freude laut aufgeschrien, als sie sah, wie die Cessna den Hubschrauber streifte. Aber dann erkannte sie, wie stark das kleine Propellerflugzeug beschädigt worden war. Eine dünne Rauchspur hinter sich herziehend, driftete es zur Seite weg wie irgendein tumbes, nutzloses Ding, bevor es hinter einer felsigen Anhöhe verschwand. Gale wußte, daß es dort draußen keine Landemöglichkeit gab. Schon gar nicht mit lädiertem Flügel. Dan Paxton hatte sich für sie geopfert. Sie hoffte, daß der alte Sheriff in diesen schroffen, kühlen Bergen, die ihm genausoviel bedeuteten wie ihr, seinen Seelenfrieden finden würde.

[73]

«Wie meinen Sie das?» fragte Noah ungläubig. «Daß Frazer an einer *Krankheit arbeitet*?»

«Es ist ganz einfach», brüllte Page gegen die Motoren an. «Im Prinzip hat Frazer keine Ratte gezüchtet, sondern ein Virus. Ein Virus, das nur auf ganz bestimmte körperliche Merkmale anspringt.»

«Zum Beispiel auf schwarze Behaarung?»

«Exakt. Aber – und das ist ganz wesentlich – das Virus wirkt nicht bei einzelnen Körpermerkmalen, sondern nur, wenn eine ganz bestimmte Kombination von Merkmalen zusammentrifft.»

«Aber woher soll ein Virus das denn wissen?»

«Nichts einfacher als das!» sagte Page. «Das Virus schleust sich in eine organische Zelle ein und überprüft deren DNA. Wenn darin ganz genau definierte Gensequenzen auftreten, dann – und *nur* dann – aktiviert sich das Virus, indem es die Eiweißproduktion der Zelle hemmt und sie damit tötet. Gleichzeitig wird ein membranauflösendes Substrat gebildet. Das heißt, ein Organismus, der diese DNA-Abschnitte in seinen Zellen hat, stirbt, denn die befallenen Körperteile hören auf zu funktionieren und lösen sich allmählich sogar auf. Angus hat den Erreger so konstruiert, daß er sich durch Inhalation überträgt.»

«Das heißt, er ist hochgradig ansteckend und gefährlich», sagte Noah. «Was mir allerdings noch nicht klar ist: Welchen Grund könnte Frazer haben, ganze Rattenpopulationen zu vernichten?»

Pages Stimme überschlug sich, als er gegen die Motoren anschrie: «Verstehen Sie denn immer noch nicht? Es geht hier nicht um Ratten. Frazer hat diese Tiere nur gezüchtet, um Versuchsobjekte zu haben. An denen konnte er ausprobieren, ob das Virus die vorgegebenen DNA-Sequenzen auch tatsächlich identifizieren würde. Wie bei allen Arbeiten im FrazerLab ging es nur darum, ein Präparat zu testen, um es später bei Menschen anzuwenden.»

«Nur daß das Präparat kein Medikament ist, sondern eine Krankheit!» Diese Erkenntnis war niederschmetternd.

«So ist es, Mister Washington.»

«Und für welche Art von Menschen hat Frazer sein Virus geschaffen?» Noah war nicht sicher, ob er die Antwort überhaupt hören wollte, ja er fürchtete sich sogar davor. Hatte Frazer es womöglich auf Schwarze abgesehen?

«Das steht leider nicht in den Unterlagen», gab Page zurück.

«Ich kann nur Vermutungen anstellen.» Er blätterte in den Kopien, die er in den Händen hielt. «Ich lese Ihnen ein paar Passagen vor. Hier: 772/53-5 A-T- usw. in Verbindung mit …»

«Lesen Sie mir bitte nur die Passagen vor, die ich auch kapieren kann», unterbrach ihn Noah.

«Okay, ich will sehen, was ich machen kann. Jedenfalls sind die Genkombinationen, die Angus hier angibt, ‹verantwortlich für die charakteristische Schwarzpigmentierung im Körperhaar›. Eine andere Genkombination, die das Virus erkennt, verursacht eine leichte Gelbfärbung der Haut. Außerdem fällt das Virus hauptsächlich Menschen mit der Blutgruppe AB an, denen ein Enzym namens Äthanol Dehydrogenase fehlt …›»

«Na schön, ich gebe auf», seufzte Noah. «Und was heißt das in *meiner* Sprache?»

«Hier geht es um Rassismus. Angus will mit seinem Virus ausschließlich Japaner töten.»

[74]

Hinter dem Steuer des ersten der drei Laster saß Angus Frazer höchst persönlich. Er hatte schon seit Jahren keinen 10-Tonner mehr gefahren, wollte aber selbst dabei sein, wenn die Fracht verladen wurde. Es war ihm einfach *zu* wichtig, als daß er diese Aufgabe einem seiner Leute übertragen konnte.

Als er das Laborgelände verlassen hatte und auf den Highway 101 eingebogen war, hatte er einen Moment lang befürchtet, von der Schar wartender Reporter erkannt zu werden. Seit dem nächtlichen Überfall auf das Labor hatten die Medien ein Auge auf ihn geworfen. Sie verfolgten jeden seiner Schritte. Für die drei Lieferwagen interessierten sie sich jedoch gar nicht. Vermutlich hielten sie das ganze für einen Routinetransport. Ein Blick in den Rückspiegel bestätigte Angus Frazer, daß er auch absolut nicht aussah wie sonst. Statt eines dunklen Anzugs trug er heute ein lässiges T-Shirt und eine Baseball-Kappe, wie die meisten seiner

Fahrer. Um die Pressehyänen zu täuschen, hatte es jedenfalls gereicht.

Neben ihm saß Doktor Daniel Irving auf dem Beifahrersitz und seufzte. Es behagte ihm überhaupt nicht, daß Frazer den Zeitplan so abrupt umstieß. Er bezweifelte, daß sein Boß wirklich wußte, was er eigentlich tat und welch fatale Folgen der Plan haben konnte, wenn er mißlang. Deswegen startete er einen letzten Versuch, Frazer dazu zu bewegen, alles zu stoppen. «Angus, ich bitte Sie, sich die ganze Sache noch einmal zu überlegen. Das Virus ist absolut noch nicht ausgereift. Ich bin sicher, bis zum 13. September könnten wir soweit sein, aber nach dem heutigen Stand ist es zu gefährlich, den Erreger in Umlauf zu bringen. Er hat lediglich eine 71 %ige Erkennungsgenauigkeit, das heißt, 29 % der Opfer gehören nicht unserer Zielgruppe an. Wenn sich der Erreger ungehemmt verbreiten kann, könnte es sogar zu einer Seuche kommen. Das dürfen wir nicht zulassen!»

Irving, dieses gottverdammte Ferkelgesicht! dachte Frazer. Jetzt, wo es brenzlig wurde, zog er den Schwanz ein. «Daniel, Sie sind ein hervorragender Wissenschaftler», sagte er. «Ich gehe jede Wette ein, Sie denken, ich bin übergeschnappt und weiß nicht mehr, was ich tue.»

Irving fühlte sich ertappt, sagte aber nichts.

«Ich weiß genau, was ich tue!» fuhr Frazer fort, während er in eine der vielen engen Kurven einlenkte, die sich an der Küste entlangschlängelten. «Die Lieferung in diesen drei Lkw wird noch heute ausgeflogen. Zuerst nach Mexiko und von dort aus nach Tokio. Und ich will doch stark hoffen, daß dort eine Seuche ausbrechen wird, denn sonst wäre mein Plan gescheitert.»

Frazer hatte alles organisiert. In den Lkw befanden sich insgesamt 60 Kisten mit Plastikampullen, die in einer Nährstofflösung die tödlichen REV 6-Viren enthielten. Ein Labor namens BIOTEC würde die Kisten in Tokio in Empfang nehmen und im Laufe der nächsten Tage den Erreger in Umlauf bringen. BIOTEC bestand nur aus fünf Angestellten – allesamt überzeugte US-Amerikaner, allesamt ehemalige Angestellte von FrazerLab und allesamt Mitglieder seiner Organisation. Allen Gesinnungsgenossen gemeinsam war ihr geradezu fanatischer Haß auf Japaner, die nach und nach die US-Wirtschaft übernahmen, nach fernöstlichem Muster rationalisierten und auf diese Weise für Arbeitslosigkeit, Armut und soziale Unruhen sorgten. Ungesühnt würden sie das nun die längste Zeit getan haben. Heute war der Tag, an dem der Rückschlag begann.

BIOTEC war schon vor Jahren allein zu diesem Zweck gegründet worden: um einen Abnehmer und Verteiler für das todbringende Virus zu haben, sobald es fertiggestellt war.

Daniel Irving kannte diesen Plan, wußte aber auch, daß das eigentliche Ziel nicht Japan gewesen war. Vor allem sollte es Japaner treffen, die in den USA lebten. Angus Frazer hatte ursprünglich vorgehabt, das Virus in Los Angeles und anderen Metropolen des Landes in Umlauf zu bringen. Auf diese Art wäre zwar fast jeder Amerikaner damit in Berührung gekommen, aber wegen ihrer spezifischen DNA wären nur Japaner wirklich angesteckt worden.

So simpel es klang, so schwierig war es jedoch gewesen, das Virus so zu konstruieren, daß es auch tatsächlich nur auf japanisches Erbgut ansprang. Um das Virus zu vervollkommnen, fehlten Irving nur noch ein paar Wochen. Aber eine Erkennungsgenauigkeit von knapp über 70 % war einfach zu wenig. «Gehen wir einmal davon aus, das Virus verbreitet sich in Japan, wie Sie es sich vorstellen», sagte er, bemüht um einen ruhigen Ton. «Das ist in Ordnung. Aber was ist nun, wenn Japaner in die USA einreisen, nachdem sie sich angesteckt haben? Touristen beispielsweise. Oder Geschäftsleute. Wir können kein landesweites Einreiseverbot aufstellen.» Er machte eine Pause, um seine Worte wirken zu lassen. «Das heißt, daß innerhalb kürzester Zeit auch in den Vereinigten Staaten diese Seuche wütet. Und sie wird nicht nur die Schlitzaugen ausrotten, sondern auch viele US-Bürger befallen. Fast ein Drittel aller Ansteckungsopfer werden Nicht-Japaner sein.»

Frazer biß die Zähne zusammen. Er wußte, daß Irving recht hatte, aber er sah keine Alternative. Zu warten hieß der Presse eine Chance zu geben, alles aufzudecken. Und die Sache zwei Jahre ruhen zu lassen, bis Gras darüber gewachsen war, kam nicht in Frage. Solange wollte er nicht mehr warten. «Übertreiben Sie nicht, Daniel», sagte er schließlich. «Bei diesem Plan war eine gewisse Ungenauigkeit von vornherein eingeplant. Wir wußten von Anfang an, daß wir kein Virus schaffen können, das *ausschließlich* Japaner befällt. Dafür ist die menschliche DNA zu individuell.»

«Aber 71 % ist zu unspezifisch!»

Jetzt wurde Frazer zornig. «Nein, verdammt!» zischte er. «71 % müssen genügen. Besser 71 % heute als 100 % nie! Und nun keinen Ton mehr davon! Wir ziehen den Plan durch – nicht erst am 13. September, sondern heute!»

Angus Frazer hatte Mühe, seine Emotionen unter Kontrolle zu halten. Am liebsten wäre er explodiert, denn die Diskussion mit Irving hatte alte Wunde aufgerissen – und damit alten Haß. Er erinnerte sich an den Tag, an dem sein Vater gestorben war. Frazer senior hatte bereits am Vorabend angekündigt, die Nacht wegen des hohen Arbeitsanfalls im Büro zu verbringen. Doch er hatte nicht durchgearbeitet, sondern sich umgebracht. Angus Frazer wußte noch genau, wie er am nächsten Morgen in das Büro seines Vaters kam und ihn dort hängen sah, starr, leblos, das Gesicht mit den offenen Augen zu einer Grimasse verzerrt. Um den Hals hatte er sich ein Schild gehängt: *Solange ich lebe, kauft kein Japaner dieses Unternehmen auf!* Der Anblick hatte sich Angus Frazer ins Gedächtnis gebrannt. Jeden einzelnen Tag mußte er daran denken, bereits seit über fünfzehn Jahren. Dieses Bild hatte ihm die Kraft gegeben, durchzuhalten und seinen Plan mit eiserner Entschlossenheit zu verfolgen. Es hatte ihm ein Ziel gegeben.

Und dieses Ziel war fast erreicht!

[75]

«Sie biegen ab!» rief Professor Page Noah zu, während er das Fernglas von den Augen nahm. «Die Lkw meine ich. Sie verlassen den Highway. Jetzt übernehme ich das Steuer.»

Er tauschte mit Noah die Position, riß das Steuer nach rechts, und die Yacht legte sich zur Seite, um direkten Kurs auf die Küste zu nehmen.

«Natürlich!» Noah schlug sich mit der flachen Hand gegen die Stirn. Ihm war schlagartig aufgegangen, welches Ziel die Lkw-Kolonne hatte. «Sie wollen zum Montecito Airfield! Von dort werden zwar keine Lieferungen nach Übersee ausgeflogen, aber ich wette tausend Dollar, daß Frazer einen Zwischenstop eingeplant hat. Mexiko vermutlich. Von dort aus wird dann Japan beliefert.»

«Es sei denn, wir machen Angus einen Strich durch die Rechnung», sagte Page. «Allerdings sind wir zu zweit kaum in der Lage, ihn aufzuhalten. Wir brauchen dringend Verstärkung. Rufen Sie die Polizei an, am besten in Santa Barbara, das ist näher als L. A.»

«Außerdem hat Frazer dort vermutlich keine Kontaktleute.»

Schon eine Minute später stand Noah wieder neben dem Professor. «Auftrag ausgeführt!» sagte er. «Unsere Freunde und Helfer sind im Anmarsch.»

[76]

«Okay, Baby, schön stehenbleiben. Keine Bewegung, sonst ...» Die Männerstimme hinter Jenny kam ihr unangenehm vertraut vor. «Und jetzt weg mit deinem Spielzeug!»

Jenny tat, was von ihr verlangt wurde, indem sie den Bogen und ihre restlichen Pfeile fallen ließ.

«Gut so! Und jetzt bleib genau so stehen!»

Jenny hörte Schritte im Laub, die näher kamen. Schließlich konnte sie die Gegenwart des Mannes hinter sich regelrecht spüren. Sie fragte sich, was nun passieren würde. Der Gedanke daran beunruhigte sie.

«Ich muß zugeben, ich habe dich unterschätzt», flüsterte ihr die Stimme ins Ohr. Der Geruch sauren Atems stieg Jenny unangenehm in die Nase. «Du hast dich tapfer geschlagen. Damals im Verlies hätte ich nicht gedacht, daß du uns noch so viele Schwierigkeiten machen würdest.»

Jenny zuckte zusammen. Das Verlies! Daher also kannte sie die Stimme. Deutlich erinnerte sie sich an den untersetzten Mann. An seine kalt-feuchten Wurstfinger auf ihrer Haut. Er war derjenige, der sie gefoltert hatte, sie angegrapscht hatte, während sie auf einen Stuhl gefesselt gewesen war. Derjenige, der versucht hatte, sie zu vergewaltigen. Und vielleicht war er es auch, der in jener Nacht Robert Benton, den Tierarzt, ermordet hatte. Jenny gefror das Blut in den Adern.

Auch Nick Rydell erinnerte sich gut an diese Nacht. Noch heute schmerzten ihn die Wunden, die Jenny ihm beigebracht hatte. Jetzt war die Gelegenheit gekommen, sich an ihr zu rächen.

«Du bist ein hübsches kleines Biest», fuhr der Mann fort. «Schön wie eine Wildkatze und genauso gefährlich.»

Jenny fühlte, wie ihr ein Gewehrlauf an den Hinterkopf gedrückt wurde. Gleichzeitig legte sich eine Hand auf ihre Schulter.

«Du hast heute schon ein paar meiner besten Freunde umgebracht.» Die Stimme ließ keine Spur von Trauer erkennen. Höchstens Wut oder kühle Verachtung. «Ein schneller Tod wäre noch viel zu gut für dich.» Während er weitersprach, ließ der Mann seine Hand an Jennys Arm herabwandern. Schließlich schob sie sich auf ihre Hüfte und blieb dort mit forderndem Druck liegen.

Jenny wußte, daß dieser Mann nicht vorhatte, sein sadistisches Spiel vorzeitig zu beenden. Sie überlegte noch, was sie tun sollte, als etwas Unerwartetes geschah.

Zuerst vernahm sie das Brüllen, dann sah sie im Augenwinkel eine dunkle, haarige Gestalt nur wenige Meter entfernt: einen Schwarzbären. Aufgerichtet stand er da – in imponierender Größe.

Ein Schrei des Entsetzens entfuhr dem Mann hinter ihr. Auch Jenny ging er durch Mark und Bein. Sie fühlte, wie der Gewehrlauf von ihrem Hinterkopf weggerissen und sie umgestoßen wurde. Zweifellos wollte der Mann sie dem Bären überlassen, um sich selbst in Sicherheit zu bringen. Aber Jenny wußte, daß es in dieser Situation am besten war, ruhig liegen zu bleiben und abzuwarten, bis sich der Bär wieder verzogen hatte.

Nick Rydell aber wußte nicht, wie er sich verhalten sollte. Noch nie hatte er einem Bären gegenübergestanden, und noch nie hatte er eine so große Angst verspürt. Krampfhaft klammerte er sich an sein Gewehr und zielte auf das wilde Tier. Ein Schuß löste sich ploppend aus dem Schalldämpfer, dann noch einer. Aber die Schüsse zeigten nicht die geringste Wirkung. Der Bär brüllte nun noch lauter. Er bäumte sich auf, stieß einen weiteren markerschütternden Schrei aus und ließ sich dann auf alle viere fallen.

Das riesige Tier stand nun direkt vor dem zitternden Mann. In einem letzten verzweifelten Versuch schleuderte er die Waffe gegen den Bären, doch sie prallte an ihm ab und grub sich irgendwo ins Laub.

Nick Rydell hatte keine Chance. Er konnte nur noch flüchten. Ohne sich umzublicken und ohne zu wissen wohin, stolperte er los, rannte um sein Leben.

Doch er hatte das Tier unterschätzt. Zwar dauerte es ein bißchen, bis das massige Ungetüm in Fahrt gekommen war, aber dann verfolgte es den Mann mit der Geschwindigkeit eines Rennpferds. Rydells Vorsprung schmolz mit jedem Schritt. Er mußte sich dringend etwas einfallen lassen, wenn er von der wilden Bestie nicht gerissen werden wollte wie ein Stück lahmes Wild.

Das einzige, was ihm in seiner Hektik in den Sinn kam, waren die Bäume rings um ihn herum – einen anderen Zufluchtsort gab es weit und breit nicht. Kurz entschlossen warf er sich gegen den nächstbesten Stamm. Er umklammerte ihn wie ein Affe, zog sich nach oben, setzte nach – und wähnte sich schon in Sicherheit, als der Bär unter ihm am Boden auftauchte. Das Tier bäumte sich auf, seine Vorderpranken schlugen nur wenige Zentimeter unter Nick Rydells Füßen in die Rinde. Vor lauter Angst machte der Mann einen Satz nach oben, was allerdings auch nicht mehr half. Zu seinem großen Entsetzen mußte Nick Rydell feststellen, daß der Bär klettern konnte. Kräftige Pranken schlugen nach seinen Füßen, scharfe Krallen bohrten sich ihm ins Fleisch. Zwei, drei Hieben hielt er stand, doch der nächste trieb ihn vor Schmerz an den Rand der Ohnmacht. Ihm wurde schwarz vor Augen, eine Sekunde lang verließen ihn die Kräfte. So kurz dieser Moment war, er dauerte doch lange genug, um sein Schicksal zu besiegeln. Als er wieder zu Bewußtsein kam, war es schon zu spät. Nick Rydell erkannte, daß er vor Schmerz und Angst den Stamm losgelassen hatte. Verzweifelt ruderte er mit seinen Armen durch die Luft, aber einen festen Halt gab es nirgends. Der ehemalige Ringer stürzte aus sieben Meter Höhe auf den Waldboden und brach sich beide Beine. Unfähig zur Flucht, war er eine leichte Beute für das Biest, das nun elegant und leichtfüßig den Stamm herabkletterte. Nick Rydells letzte Schmerzensschreie verhallten in der Weite des Waldes.

[77]

Noah und Page hatten die ‹Elvira› kurz vor Montecito an Land festgemacht und sich einen Wagen besorgt. Genaugenommen hatte Noah einfach ein offenstehendes Auto, das am Straßenrand parkte, kurzgeschlossen, denn die Zeit eilte. Wenn der Diebstahl bemerkt wurde – um so besser. Sollte die Polizei sie ruhig bis zum Flugplatz verfolgen. Je mehr Bullen dort waren, desto leichter konnte der Transport gestoppt werden.

Montecito Airfield war ein kleiner, staubiger Provinzflughafen. Es gab ein Verwaltungs- und Kontrollgebäude, drei oder vier schlecht asphaltierte Rollfelder und einen verfallenen Hangar. Ein paar Sportmaschinen standen einsam in der Nähe des Maschendrahtzauns unweit der Straße.

Als Noah und Page dort ankamen, war das Verladen der Kisten schon im Gange. Ein paar Männer, die Noah auf die Entfernung jedoch nicht erkennen konnte, standen geschäftig um die Lkw und die Frachtmaschine. Ein Gabelstapler brachte die Ladung von den Lastern zu dem Flugzeug – dem größten am Platz.

«Frazer scheint großen Wert darauf zu legen, alles so schnell wie möglich über die Bühne zu bringen», stellte Noah fest. «Er muß ganz schön Druck gemacht haben. Normalerweise dauert das Verladen mindestens zwei oder drei Stunden.»

«Wenn das so weitergeht, ist der Vogel in fünfzehn Minuten in der Luft», sagte Page. «Verdammt, wo bleibt die Polizei?»

[78]

Durch den Maschendrahtzaun beobachteten er und Noah, wie die Frachtmaschine geschlossen wurde. Frazers Lkw traten den Rückweg an, und auch der Tankwagen rollte davon. Zurück blieb allein die silbern glänzende Maschine.

Kurz darauf starteten die Motoren. Selbst auf diese Entfernung war der Lärm ohrenbetäubend.

«Wir müssen etwas unternehmen!» rief Paxton. «Wenn wir jetzt nicht handeln, ist es zu spät.»

Tatsächlich setzte sich das Flugzeug bereits in Richtung Rollfeld in Bewegung. Plötzlich glaubte Noah, etwas zu hören. «Ist das ein Martinshorn?»

«Ja», pflichtete Page bei. «Aber ich fürchte, es dauert zu lange, bis die Polizei da ist!»

Noah nickte. «Dann müssen wir diese verfluchte Maschine eben selbst aufhalten!»

Beide Männer stiegen ein, und mit quietschenden Reifen fuhr Noah los. Der Zaun und die Sportmaschinen dahinter rauschten an ihnen vorbei.

«Beeilen Sie sich!» schrie Page, der die Frachtmaschine nicht aus den Augen ließ.

«Ich gebe ja schon Vollgas!»

«Gut! Biegen Sie dort vorne ab, ich glaube, da können wir durchfahren.»

Noah folgte Pages Vorschlag. Ohne den Fuß vom Gaspedal zu nehmen, bog er in die Einfahrt. Zu spät erkannte er das Gittertor, das ihm den Weg versperrte.

«Festhalten!» war alles, was er noch rufen konnte, ehe der Kühlergrill des Wagens das Zauntor sprengte. Mit unverminderter Geschwindigkeit fuhr Noah weiter, der Frachtmaschine hinterher, die nun schon am Startpunkt angekommen war. Während sich das Flugzeug in Position brachte, raste Noah immer schneller darauf zu.

Doch der Pilot wußte, was auf dem Spiel stand – deswegen ging er aufs Ganze. Die Motoren heulten auf, und die Maschine setzte sich in Bewegung.

Professor Page preßte sich in den Beifahrersitz, als er das Flugzeug herannahen sah. «Wollen Sie uns umbringen?» schrie er seinen Nebenmann an.

«Nicht wenn es nicht unbedingt sein muß! Aber auf alle Fälle will ich, daß dieses Flugzeug nicht vom Boden abhebt.»

«Wenn das Ding uns überrollt, sind wir tot!»

«Ich weiß. Deshalb steigen Sie aus, wenn ich es Ihnen sage!»

Noch ein paar Meter jagte Noah auf der Rollbahn dem Frachter entgegen, dann legte er sein ganzes Gewicht auf das Bremspedal. Die Reifen blockierten, kreischten schrill und zogen schwarze Gummispuren hinter sich her. Das Heck scherte aus, das Fahrzeug schlingerte. Einen Moment später kam es quer zur Fahrbahn zum Stehen.

«Raus jetzt!» schrie Noah. Beide Männer rissen die Türen auf und hasteten nach draußen, während das Flugzeug sich auf wenige Meter näherte. Noah rannte ein paar Schritte und hechtete sich bäuchlings in den sandigen Boden neben der Rollbahn. Als er sich umdrehte, sah er Page, der sich neben ihn warf. In diesem Moment donnerte auch schon das Fahrwerk des Flugzeugs gegen den Wagen. Die Wucht des Aufpralls riß das Auto noch zwanzig, dreißig Meter weit mit. Es wurde zusammengedrückt, die Reifen platzten, aber dennoch war der Widerstand zu groß für die Frachtmaschine. Das Fahrwerk knickte ein, als hätte es jemand angesägt, dann hob sich der Schwanz. Die Schnauze krachte auf den Asphalt.

«Gut gemacht, Mister Washington!» triumphierte Professor Page, der aus seiner Hosentasche eine Pistole zog. «Die habe ich auf der ‹Elvira› gefunden. Und jetzt wollen wir sicherstellen, daß sich keiner unbemerkt aus dem Staub macht.»

Die beiden Männer rappelten sich auf und rannten zu der demolierten Maschine. Dort war der Pilot gerade dabei, über den unter dem Rumpf eingeklemmten Pkw nach draußen zu klettern. Professor Page richtete seine Waffe auf den Mann und sagte: «Kommen Sie runter. Aber ganz langsam. Und lassen Sie Ihre Hände von Ihren Taschen, sonst garantiere ich für nichts.»

Noah wollte nachsehen, ob noch jemand in der Maschine war. Er stieg denselben Weg hinauf, den der Pilot heruntergekommen war und verschwand im Bauch des Flugzeugs. Im Frachtraum war niemand, soweit er das beurteilen konnte. Allerdings herrschte hier ein heilloses Durcheinander, denn durch den Unfall waren alle Kisten nach vorne katapultiert worden. Falls jemand unter ihnen begraben war, war er unmöglich zu erkennen.

Noah warf einen Blick ins Cockpit, aber auch hier versteckte sich niemand. Er wollte sich schon wieder auf den Rückweg begeben, als ihn unvermittelt ein harter Schlag ins Gesicht traf. Einen Augenblick lang war Noah wie benommen, dann sah er auch schon zum zweiten Mal die Faust auf sich zurasen. Es gelang ihm gerade noch, sich unter ihr hindurchzuducken, so daß sie gegen die Cockpitwand schlug. Der Mann, der Noah angegriffen hatte, fluchte vor Schmerz: Es war Angus Frazer.

Sofort packte Noah die blanke Wut. Dieser Mann war schuld an Jennys Tod! Er stürzte sich auf ihn und hieb ihm seine Faust gegen das Kinn. Sein ehemaliger Boß fiel nach hinten wie ein nasser Sack. Doch Noah hatte seinen Gegner unterschätzt, denn der rappelte sich schon wieder hoch, um erneut anzugreifen. Fest umklammert, taumelten die beiden Männer durch den Frachtraum. Noah fühlte, wie Frazer ihn in die Nieren trommelte. Er wollte dem entgehen, hatte aber keinen Platz für einen Befreiungsschlag. Plötzlich traf ihn etwas an der Schläfe, dann an der Brust. Er verlor das Gleichgewicht, ruderte hilfesuchend mit den Armen, fand keinen Halt – stürzte ungebremst in eine der Kisten. Noah fühlte, wie die Holzlatten unter ihm nachgaben, wie Glas zersplitterte und sich ihm in den Rücken bohrte. Er wollte aufstehen, um Frazer an der Flucht zu hindern, aber er konnte sich nicht so schnell bewegen. Bis er sich zur Tür des Frachters geschleppt hatte, war es bereits zu spät. Er sah nur noch, wie Angus Frazer über die staubige Piste davonrannte.

Auf dem Boden neben dem Flugzeug wälzte sich Professor Page. Mühsam kletterte Noah zu ihm hinunter.

«Angus hat mich niedergeschlagen», murmelte der Wissenschaftler. «Dieser verdammte Hund hat mich niedergeschlagen.»

«Mich auch», antwortete Noah und schob dem alten Mann eine Hand unter den Kopf, damit er nicht auf dem sandigen Asphalt liegen mußte.

Am anderen Ende des Flugfeldes war inzwischen die Polizei eingetroffen. Soweit Noah das auf die Entfernung erkennen konnte, hatte sie es geschafft, die Lkw zu stoppen und die Fahrer dingfest zu machen. Mit etwas Glück war in ein paar Minuten ein Krankenwagen für ihn und Page zur Stelle.

«Denken Sie, Angus wird damit durchkommen?» fragte der Professor schwach.

«Keine Ahnung», sagte Noah und blickte Frazer hinterher. Der war inzwischen über den Zaun geklettert; seine Silhouette war kaum noch mehr als ein kleiner Punkt, der eine Staubwolke hinter sich her zog. «Verdient hat er es jedenfalls nicht.»

Frank Chaffy hatte innerhalb kürzester Zeit fast alle seine Leute verloren. Diese niederschmetternde Bilanz machte den ehemaligen Südafrika-Soldaten wütend. Er war mit großem Aufgebot anmarschiert, aber offenbar war das die falsche Taktik gewesen. Nicht die zahlenmäßige Überlegenheit hatte diesen Kampf zugunsten der beiden Frauen entschieden, sondern allein die Tatsache, daß sie dieses Gelände kannten und wußten, wie sie es für ihre Verteidigung nutzen konnten. Damit hatte er nicht gerechnet, sonst wäre er lieber mit nur zwei oder drei erfahrenen Jägern angerückt. Doch wer hatte schon voraussehen können, daß Mutter und Tochter derart heftigen Widerstand leisten würden?

Wie auch immer – noch war das Spiel nicht vorbei! dachte Frank Chaffy. Nun war es an ihm, das Blatt doch noch zu wenden und den Auftrag zu erledigen. Mehr als jeder andere seiner Leute brachte er die dafür notwendigen Voraussetzungen mit. Nicht nur wegen seiner militärischen Ausbildung, sondern vor allem, weil er schon oft auf Safaris gewesen war. Spuren suchen, Fallen stellen, Wild erlegen – das war sein Metier. Und Chaffy war fest entschlossen, diese Fähigkeiten heute einzusetzen.

Der Mann hatte Gales Spur an der Stelle aufgenommen, wo der Hubschrauber sie gestellt hatte, bevor er von der Cessna gestreift wurde. Von hier aus hatte die Fährte ihn in den Wald geführt, ohne erkennbares Ziel. Die Frau hatte ein paar Haken geschlagen und war dann wieder hangaufwärts zum Scc gegangen. Allein diese Tatsache machte Chaffy stutzig. Warum flüchtete sie nicht einfach? Weswegen begab sie sich zurück in ein Gebiet, wo der Wald immer lichter und der Schutz damit immer spärlicher wurde?

Mit dem Gewehr im Anschlag schlich Chaffy der Fährte hinterher, die sich deutlich im laubbedeckten Waldboden abzeichnete. Als er schließlich das moosige und grasbewachsene Ufer erreichte, knickte die Spur erneut ab, diesmal nach rechts zur Hütte hin. Doch schon nach wenigen Metern stand Frank Chaffy vor einem

Rätsel: Die Spur war wie vom Erdboden verschluckt! Erst als er das Plätschern von Wasser hinter sich hörte, wußte er, daß er in die Falle getappt war.

«Keine Bewegung, du Mistkerl! Sonst knallt's, das kannst du mir glauben», sagte Gale barsch. Sie stand bis zum Bauchnabel hinter der Uferböschung im See und hatte auf Chaffy angelegt. «Wirf dein Gewehr weg!» befahl sie.

Chaffy gehorchte und ließ die Waffe fallen. In seiner Lage wäre es töricht gewesen, sich in einer schnellen Bewegung umzudrehen und die Frau zu erschießen. Er hätte keine Chance gehabt.

«Jetzt die Hände hoch!» forderte die Indianerin. «Und dreh dich ganz langsam zu mir um!»

Chaffy gehorchte und sah Gale tropfnaß im See stehen.

«Gut so! Bleib so stehen, und rühr dich nicht.» Mit diesen Worten watete sie aus dem Wasser, ohne ihr Gewehr auch nur für eine Sekunde abzusetzen.

Jetzt mußte sie den Mann nur noch zum Steg führen, denn in ihrem Boot befand sich ein Seil, mit dem sie ihn fesseln wollte. Doch dazu kam sie nicht mehr, denn mit einem blitzschnellen Sprung war Chaffy auf einmal im Gebüsch verschwunden.

«Stehenbleiben!» brüllte Gale dem Flüchtenden hinterher – umsonst. Das hastige Rascheln von Laub entfernte sich schnell. Ihr blieb keine Wahl. Sie wollte den Mann nicht erschießen, wenn es sich vermeiden ließ, aber sie wollte ihn auch nicht entkommen lassen. Immerhin war er ein Mörder. So verschwand sie mit einem Satz im Unterholz, um die Verfolgung aufzunehmen. Vielleicht konnte sie ihn wenigstens verwunden, um ihn auf diese Art zu stoppen.

Frank Chaffy spürte, wie Kugeln links und rechts an ihm vorbeipfiffen, aber er blieb unverletzt. Zum ersten Mal seit langem hatte er wirklich Angst um sein Leben. Mit großen Schritten flog er regelrecht über den Boden, immer weiter hangabwärts. Trotz seiner klobigen Lederstiefel nahm er leichtfüßig alle Hindernisse – hervorstehende Wurzeln, umgekippte Baumstämme und kantige Steinbrocken, die an unzähligen Stellen aus dem Boden ragten. Chaffy wußte nicht, wohin ihn seine Füße trugen. Er wußte nur, daß er dem Zorn der Frau entgehen wollte. Er war nicht länger der Jäger, sondern der Gejagte.

Der Mann konnte hinterher nicht mehr sagen, wie lange er durch den Wald gerannt war, bis er endlich ein einzelnes Haus durch die Bäume erkennen konnte. Mit Beinen, schwer wie Blei, bahnte er sich die letzten Meter durchs Unterholz. Und was er da am Rande der geschotterten Auffahrt sah, ließ ihn innerlich triumphieren: ein Geländewagen. Die Rettung!

Gale hörte einen Motor aufheulen, doch bis sie endlich am Haus angelangt war, sah sie nur noch das Heck eines uralten Jeeps verschwinden. Sie legte ihr Gewehr an und feuerte dem Wagen ein paar Kugeln hinterher, aber sie war derart außer Puste, daß sie den Lauf nicht ruhig halten konnte. Die Schüsse verpufften wirkungslos im Wald.

«Hey, was soll das?» fragte eine Männerstimme hinter ihr. Gale fuhr erschrocken herum. Der Mann im Hauseingang war ihr bekannt, auch wenn es schon mindestens zwei Jahre her sein mußte, seit sie ihn zuletzt gesehen hatte.

«Was das soll, frag ich?» beharrte der Mann. Er war etwa Mitte Vierzig, grobschlächtig und hatte stumpfe Augen. Unter seinem Arbeitsoverall trug er ein Holzfällerhemd.

«Du bist Henry Laguerre, nicht wahr?» sagte Gale.

«Weiß ich selber, Gale!» blaffte der Mann.

Er und sein Bruder Greg lebten hier oben wie Eremiten, wie Gale wußte. Man sah sie selten in der Stadt, und wenn, dann nur, weil sie Vorräte einkauften oder die Felle der Tiere an den Mann bringen wollten, die sie im Laufe der Zeit erlegt hatten.

Erst jetzt schien Laguerre zu begreifen, daß der Jeep fehlte. «Was ist mit unserem Auto los?» fragte er.

«Das ist gerade eben geklaut worden!» sagte Gale knapp. Sie wollte ihre Zeit nicht mit Erklärungen vertrödeln. «Gibt es hier noch einen Wagen?»

«Wie? Noch einen Wagen?»

Seine Begriffsstutzigkeit war zum Verzweifeln. «Ich will euren Jeep verfolgen! Dazu brauche ich ein Auto! Habt ihr noch eins hier?»

Laguerre schien zu überlegen. Er sah hinüber zur Scheune, schüttelte dann aber den Kopf. «Hier ist kein anderer Wagen.»

«Und was ist in dem Schuppen?»

«Geht dich 'n Scheiß an, Gale.»

Jetzt platzte Gale der Kragen. «Hör zu, Henry: Ich habe keine Zeit für deine dämlichen Spielchen! Mach jetzt den Schuppen auf, sonst ...» Anstatt den Satz zu beenden, richtete sie ihr Gewehr auf ihn. «Aber ein bißchen plötzlich. Ich will sehen, was da drinnen ist!»

Angesichts der Waffe blieb Henry Laguerre nichts anderes übrig, als zu gehorchen. Sein Gesicht lief hochrot an, als er das Holztor öffnete und der blaue Sportflitzer zum Vorschein kam. In Gale kochte es. Einerseits stand vor ihr einer der beiden meistgesuchten Verbrecher der Gegend. Zusammen mit seinem Bruder hatte er sie vor Lukes Drugstore überfallen, ihr einen Reifen zerschossen und den alten Trevor Winwood angefahren. Andererseits: Was war das schon im Vergleich zu dem, was Frank Chaffy verbrochen hatte?

«Jetzt hör mir gut zu, Henry!» fuhr sie den Mann an. «Ich weiß nicht, was mit dir und deinem Bruder passiert, wenn herauskommt, daß ihr die Kerle seid, die, als Papst und Reagan verkleidet, anständige Bürger überfallen.» Sie packte Henry an seinem Overall. «Aber der Mann in eurem Jeep ist ein mehrfacher Mörder. Ich verspreche dir, vor Gericht ein gutes Wort für dich und Greg einzulegen, wenn du mir jetzt hilfst, ihn zu schnappen.»

Nicht zuletzt die Knarre in Gales Hand überzeugte Henry. «Na gut», knurrte er, während er mit plumpen Schritten in die Scheune eilte und seinen großen Körper hinter das Steuer des Autos klemmte. Gale nahm auf dem Beifahrersitz Platz. Eine Sekunde später surrte der Motor auf, und der schnittige Sportwagen flitzte wie ein Geschoß die geschotterte Auffahrt hinunter.

«Nach rechts!» schrie Gale, als sie an der Hauptstraße angekommen waren. Sie hatte die frischen Dreckspuren auf dem Asphalt gesehen und daraus geschlossen, daß der Jeep vor ihnen in Richtung Three Pine Village abgebogen war. «Was ist das?» In der Mitte des Armaturenbrettes war etwas eingebaut, das einem Radio nicht unähnlich war.

«Eine Funkanlage», sagte Laguerre, der im selben Moment das Lenkrad herumriß und den Flitzer auf die Hauptstraße trieb.

«Welche Frequenz benutzt die Polizei?» fragte Gale, während sie hin und her geschüttelt wurde.

«Ist schon eingestellt», antwortete Henry. «Was denkst du, weswegen man uns die ganze Zeit über noch nicht erwischt hat? Alle denken, Greg und ich sind Idioten. Sind wir aber nicht.»

Gale schaltete den Apparat an und riß das Mikro aus der Halterung. «Hier ist Abbigale Cherone!» schrie sie viel zu laut. «Trevor, kannst du mich hören?»

Zwei Sekunden später knackte das Gerät, und Trevors verzerrte Stimme sagte: «Gale? Wo um alles in der Welt steckst du? Was zum Teufel ist hier eigentlich los?»

«Jetzt ist keine Zeit für Erklärungen, Trevor!» Gales Stimme überschlug sich vor Aufregung. «Hör zu: In zwei oder drei Minuten wird ein Jeep in Three Pine Village einfahren. Du mußt ihn stoppen. Er darf auf gar keinen Fall entkommen, hast du verstanden? Und schicke einen Rettungshubschrauber zu meiner Hütte hoch!»

«Wird gemacht. Aber wenn die Sache hier zu Ende ist, schuldest du mir eine Erklärung, Gale. Over und Ende.» Dann war die Leitung tot. Jetzt konnte Gale nur noch hoffen, daß Trevor genug Zeit blieb.

«Ist das ein Schiebedach?» fragte sie ihren Fahrer, nachdem sie das Mikro wieder eingehängt hatte. Bevor der jedoch antworten konnte, hatte Gale es bereits aufgekurbelt. «Wie schnell dieses Baby wohl fährt, wenn man ihm freien Lauf läßt?»

«Keine Ahnung. Hab ich noch nicht ausprobiert.»

«Findest du nicht, daß es dafür jetzt langsam mal Zeit wird? Heute bekommst du dafür garantiert keinen Strafzettel, sondern einen verdammten Orden. Das verspreche ich dir.»

Henry Laguerre trat das Gaspedal durch, und der blaue Wagen schoß davon wie ein Pfeil. Als er in die nächste Kurve einbog, quietschten die Reifen, doch das Fahrzeug lag hervorragend in der Spur. Nun befanden sie sich auf der langen, ebenen Geraden nach Three Pine Village.

«Dort vorne ist er!» Henry Laguerre hatte den Jeep als erster ausgemacht.

«Ich sehe ihn.»

Mit vollem Tempo jagte der Sportflitzer aus dem Wald, vorbei an der Einfahrt zu Gales Häuschen. Der Abstand zu dem Jeep verringerte sich von Sekunde zu Sekunde. Aber würde es reichen?

«Nimm den Fuß ja nicht vom Gas weg!» brüllte Gale. «Keinen Millimeter, sonst kannst du was erleben!» Sie schob zuerst ihr Gewehr, dann ihren Oberkörper durch das Schiebedach. Der Wind knallte ihr ins Gesicht, rauschte an ihr vorbei, zerrte an ihrem Haar. Tränen stiegen ihr in die Augen, aber das war ihr egal. Es gelang ihr irgendwie, in dem rasenden und holpernden Auto einen sicheren Stand zu finden. Dann legte sie an.

Als Frank Chaffy im Rückspiegel sah, was sich abspielte, brüllte er vor Wut. Diese verfluchte Indianerin ließ sich einfach nicht abhängen!

Der Mann versuchte erfolglos, sein Gaspedal noch weiter

durchzutreten. Der Jeep war bereits an seiner Leistungsgrenze angelangt. Einen Moment lang überlegte Chaffy, einfach querfeldein zu fahren, doch er erkannte sofort, daß sein fahrbarer Untersatz für derartige Manöver viel zu betagt war. Schon die Fahrt auf ebener Straße löste ein nervtötendes Geklapper aus – im Gelände wäre der Wagen nicht mehr weit gekommen. Ihm blieb nichts anderes übrig, als weiter geradeaus zu fahren und zu hoffen, daß ihn keine Kugel erwischte.

Seine Chancen sahen gar nicht schlecht aus, als er an dem ‹Willkommen in Three Pine Village›-Schild am Ortseingang vorbeijagte. Wenn es ihm gelänge, irgendwo in der Stadt einen anderen Wagen aufzutreiben … Mit diesem Gedanken steuerte er geradewegs auf die drei Bronzefichten zu.

Aber er hatte die Rechnung ohne Trevor Winwood gemacht. Gerade als er den Kreisverkehr passieren wollte, traf der Dorfschmied und jetzige Hilfssheriff dort ein. Und nicht nur er, sondern noch vier weitere Polizeiwagen – die Verstärkung, die er am Morgen aus den Nachbarbezirken angefordert hatte.

Ehe Chaffy sich versah, hatten sie mit den Autos eine Straßensperre errichtet, nur noch hundert Meter von ihm entfernt. Bewaffnete Polizisten verschanzten sich eilig hinter der Barriere und zielten mit ihren Schrotflinten auf ihn.

Was konnte er tun? Für ein Ausweichmanöver war es zu spät.

Kurz entschlossen riß Chaffy das Steuer herum, doch in seiner Hektik reagierte er zu stark. Das Heck des Wagens scherte aus, und der Jeep geriet ins Schleudern.

Von Panik ergriffen, trat der Mann auf die Bremse, während er an seinen Seitenfenstern alles an sich vorbeirauschen sah. Außer Kontrolle geraten, vollführte der Jeep eine halbe Pirouette, bevor er mit der Seite voll in die drei Bronzefichten krachte. Das Splittern von Glas war das letzte, was Frank Chaffy hörte, bevor es schwarz um ihn herum wurde.

Als er wieder zur Besinnung kam, zielten mindestens zehn Gewehrmündungen auf ihn. Unter den Waffenträgern waren Gale und Trevor. Um die drei Bronzefichten hatte sich ein kleiner Menschenauflauf gebildet.

«Steigen Sie aus, Freundchen!» befahl Trevor, ohne sein Gewehr herunterzunehmen. «Und keine falsche Bewegung, hören Sie? Sonst wäre es mir ein Vergnügen, Ihnen eins auf den Pelz zu brennen!»

Frank Chaffy sah, daß er verloren hatte. Er quälte sich widerstandslos aus dem schrottreifen Jeep. Sein Körper war ein einziger Schmerz.

Trevor Winwood legte ihm Handschellen an. Der Alte genoß es, im Mittelpunkt des Interesses zu stehen. Voller Stolz verkündete er den Satz, den er in den vergangenen Tagen oft heimlich geübt hatte: «Mister, Sie haben das Recht zu schweigen. Alles, was Sie sagen, kann und wird vor Gericht gegen Sie verwendet werden ...» Er kam ins Stocken, während über ein Dutzend Augenpaare auf ihn gerichtet waren. «Verdammt!» sagte er. «Ich habe den Rest vergessen. Aber egal. Jedenfalls sind Sie hiermit verhaftet!»

[80 ... Zehn Tage später ... 28. JUNI]

Wie jedes Jahr zum Sommerfest von Three Pine Village war das Wetter auch diesmal prächtig. Es war bereits nachmittags, die Sonne stand tief, und die Stimmung war hervorragend. Man hatte einige Rummel- und Imbißbuden aufgestellt, außerdem Kinderkarussells und Biertische für alle, die hungrig oder durstig waren. Auf einer provisorischen Holzbühne hatte sich die Feuerwehrkapelle postiert, die schon seit Stunden Blasmusik zum besten gab. Die ganze Ortschaft war auf den Beinen.

Ein besonders dichter Menschenpulk hatte sich vor dem Stand von ‹All you need for your house›-Jack gebildet. Eigentlich verkaufte Jack hier vorwiegend Haushalts- und Gartengeräte – angefangen vom Eßbesteck bis hin zum Rasenmäher. Aber er veranstaltete auch das jährliche Axtwerfen, dessen Sieger die 100-Dollar-Prämie des Bürgermeisters erhielt. Diesmal gab es ein Finale zwischen Gale und dem Metzger, aber niemand war überrascht, daß die Frau gewann. Dennoch war der Beifall überschwenglich.

Zur Preisverleihung versammelten sich alle vor der Musikbühne. Gale, die in der ersten Reihe stand, schielte zu Sheriff Paxton, der den Absturz der Cessna wie durch ein Wunder überlebt hatte. Seit Bobbys Leichnam vor drei Tagen hierher überführt und auf dem örtlichen Friedhof beerdigt worden war, war er sehr ernst. Die Trauerzeremonie hatte die Wunde noch einmal aufgerissen, doch als Bürgermeister Craddock die Bühne bestieg, sein Taschentuch zückte und – noch bevor er auch nur ein Wort gesprochen hatte – lauthals ins Mikrofon schneuzte, mußte sogar Dan schmunzeln.

Jenny stand mitten in der Menge und hielt Noah Washingtons Hand. Der Schwarze hatte heute morgen vor der Tür gestanden, als wäre er vom Himmel gefallen. Jennys Chef bei der *CORICO* hatte ihm die Adresse gegeben.

Schon erstaunlich, dachte Gale, daß alles doch noch ein gutes Ende genommen hatte. Nachdem die Toten geborgen und die restlichen Übeltäter hinter Gitter gesteckt worden waren, hatten Gale und Jenny sich in den Wald zurückgezogen, angeblich um Ordnung zu schaffen, King George zu begraben und die Hütte neu aufzubauen. In Wahrheit hatten sie nur niemanden mit dem Virus anstecken wollen. Aber die Krankheit war nicht ausgebrochen, weder bei Jenny noch bei Gale. Nachdem sie ein paar Tage in den Bergen verbracht hatten und die Gefahr vorüber war, hatten sie sich auf den Rückweg gemacht.

Gale war erleichtert bei dem Gedanken und widmete ihre Aufmerksamkeit wieder dem Fest.

Vor dem Podium sah sie die beiden Laguerre-Brüder, Henry und Greg. Sie hatten sich vor Gericht bereits für ihre Taten verantworten müssen. Die wenigen hundert Dollar, die sie im Laufe der letzten Wochen ergaunert hatten, waren weitaus weniger schlimm als die Tatsache, daß sie Trevor Winwood angerempelt und anschließend Fahrerflucht begangen hatten. Natürlich mußte der Richter ihnen ihre Mithilfe bei Frank Chaffys Festnahme zugute halten, so waren sie auf Kaution freigelassen worden. Die Auflage, ein halbes Jahr lang jedes Wochenende Trevors Pferde zu versorgen, hatten sie murrend akzeptiert.

«Können Sie mich alle verstehen?» sagte der Bürgermeister gerade, während er sein Taschentuch wegsteckte. Er nahm das Gemurmel als Zustimmung. «Nun gut, dann möchte ich die Gelegenheit nutzen, ein paar Worte an Sie zu richten.»

Für Jenny und Noah war das die Chance, sich abzusetzen.

«Wie geht es eigentlich Professor Page und seiner Frau?» fragte Jenny.

«Sind beide wohlauf. Mrs. Page hat ihre Verletzung gut überstanden und ist schon wieder zu Hause. Der Professor hat die Gelegenheit dazu genutzt, die Führung des Labors zu übernehmen, denn Angus Frazer ist noch immer nicht wiederaufgetaucht.»

«Was denkst du, wo er gerade steckt und was er gerade tut?» fragte Jenny.

«Keine Ahnung. Aber das spielt jetzt auch keine Rolle mehr», sagte Noah. «Wichtig ist allein, daß du bei mir bist.»

Die beiden fielen sich um den Hals und küßten sich. Als sie Minuten später wieder voneinander abließen, meinte Jenny plötzlich: «Denkst du denn, wir passen zusammen? Ein Schwarzer und eine Indianerin? Wie werden unsere Kinder denn einmal aussehen?»

Noah lächelte sie an. «Spielt die Farbe denn eine Rolle?

[81]

Los Angeles. Im sogenanten ‹Frazer-Fall› gab es gestern eine entscheidende Wende. Doktor D. Irving, der am 18. Juni gemeinsam mit anderen auf dem Montecito Airfield festgenommen werden konnte, eröffnete dem Untersuchungsgericht, daß auch diverse Beamte des Los

Angeles Police Department in den Skandal verwickelt sind. Die Genannten wurden bereits verhaftet und haben gestanden. Dennoch bezeichneten sie sich selbst als gute Amerikaner. «Hätte unsere Regierung verhindert, daß Japan den halben Kontinent aufkauft, wäre unsere Organisation nie gegründet worden», so Irving. Der Prozeß gegen ihn und achtzehn weitere Angeklagte wird in den nächsten Wochen stattfinden. Allein vom Hauptdrahtzieher dieser Affäre, Angus Frazer, fehlt bislang jede Spur.

Irving, dieser verdammte, ferkelgesichtige Verräter!

Angus Frazer saß auf einer Bank am Strand von Santa Barbara und klappte verbittert die Zeitung zu. Seine großen Pläne waren endgültig gescheitert.

Er fühlte sich unwohl heute. Seine Zunge klebte trocken an seinem Gaumen, und schon seit vorgestern plagten ihn Schwindelanfälle. Die Schmerztabletten, deren Dosis er in den vergangenen Tagen permanent erhöht hatte, halfen kaum noch. Ständig plagten ihn krampfartige Schmerzen. Heute morgen hatte er in seinem Motelzimmer Blut gespuckt.

Welch grausame Ironie des Schicksals! dachte er. Irving hatte ihn gewarnt, daß das Virus noch nicht ausgereift war; daß rund 30 % der Befallenen Nicht-Japaner sein würden. Nie hätte Angus Frazer geglaubt, daß er sich selbst anstecken würde. Beim Kampf mit Noah Washington im Flugzeug waren einige der Kisten kaputtgegangen. Das war ihm zum Verhängnis geworden.

Angus Frazer blickte über den Strand auf den Pazifik hinaus. Irgendwo dort draußen, Tausende von Meilen entfernt, lag Japan. Wäre sein Plan geglückt, würde er jetzt nicht hier sitzen, zu schwach, um aufzustehen. Wäre der Transport nicht sabotiert worden, würde am anderen Ende des Ozeans jetzt ein ganzes Volk mit dem Tode ringen.

Aber er hatte versagt. Er hatte sich letztlich selbst umgebracht – genau wie sein Vater. Das war das letzte, was Angus Frazer dachte, bevor er von seiner Bank kippte und reglos im Sand liegenblieb.